삼국지

4

4

·三·國·志·

삼국지

나관중 지음

황석영 옮김

창비

차례

6권

• 일러두기

1. 이 책은 중국 인민문학출판사에서 발간한 간체자(簡體字) 『삼국연의(三國演義)』
   (1953년 초판: 2002년 3판 9쇄)와 강소고적(江蘇古籍)출판사의 번체자(繁體字) 『수상
   삼국연의(繡像三國演義)』(전10권, 1999년 초판)를 저본으로 했다.
2. 원문에 충실하게 번역하는 것을 원칙으로 하되, 원서의 불필요한 상투어들(각 회 끝
   의 "다음 회의 이야기를 들으시길且看下回分解", 본문 중의 "이야기는 두 머리로 나뉜
   다話分兩頭" 등)은 오늘의 독자들에게 맞게 현대화했다. 또한 생동감을 살리고 독자
   들의 이해를 돕기 위해 건조한 원문을 대화체로 한 부분이 있고, 주요 전투장면의 박
   진감을 살리기 위해 덧붙여 묘사하기도 했다.
3. 본문 중의 옮긴이주는 해당어를 우리말로 풀어옮기고 괄호 안에 그에 해당하는 한자
   를 병기한 뒤 이어붙이는 것을 원칙으로 했다.
4. 한시의 옮긴이주는 해당 시의 아래에 붙였다.
5. 본문 중의 삽화는 원서의 것을 쓰지 않고 현대적 감각에 맞추어 왕홍시(王宏喜) 화백
   에게 의뢰해 새로 그려넣었다.

61

손권이 조조를 물리치다

조자룡은 배를 막아 아두를 빼앗고
손권은 서신을 보내 조조를 물리치다

방통과 법정 두 사람은 유현덕에게 술자리에서 유장을 죽이면 힘들이지 않고 서천을 손에 넣을 수 있다고 권했다. 현덕이 말한다.

"내 이제 비로소 촉땅에 들어와 은혜와 신의를 베풀기도 전인데, 절대 그런 일을 저지를 수는 없소."

두 사람이 거듭 권했으나 현덕은 결코 받아들이려 하지 않았다.

이튿날, 성중에서는 또다시 잔치가 벌어져 유장과 현덕이 자리를 함께했다. 두 사람은 숨김없이 흉금을 털어놓으며 돈독한 정을 나누었다. 어느덧 술자리는 무르익어 좌중에는 취흥이 감돌기 시작했다. 방통이 법정과 의논하여 말한다.

"일이 이미 이렇게까지 되었으니 주공의 허락만 기다리고 있을 수는 없소이다."

방통 등은 즉시 위연에게 당상에 올라 검무를 추다가 틈을 보아 유장을 베어없애도록 은밀하게 지시했다. 위연이 칼을 차고 나와 고한다.

"잔치 자리에 풍악이 없으니, 소장이 검무라도 추어 좌중의 흥을 돋울까 합니다."

방통은 무사들을 불러들여 당하에 늘여세우고 위연의 신호를 기다리게 했다. 유장의 수하장수들이 보니, 위연은 당상의 잔치 자리에서 칼춤을 추고, 당 아래서는 무사들이 칼자루를 잡은 채 당 위를 지켜보고 있다. 당상에서 이를 바라보던 유장의 종사 장임이 자리에서 벌떡 일어나더니 칼을 빼들고 나서며 말한다.

"검무에는 반드시 상대가 있어야 하는 법이니, 제가 위장군과 더불어 추겠습니다."

위연과 장임 두 사람이 어울려 검무를 추는데, 위연이 흘끗 유봉에게 눈짓을 보낸다. 그러자 유봉도 칼을 빼들고 검무를 돕는다. 이를 지켜보던 유장의 장수 유괴(劉璝)와 영포(泠苞), 등현(鄧賢) 등도 저마다 칼을 빼들고 나섰다.

"우리들도 함께 추어 군무로 흥을 돋울까 하옵니다."

유현덕이 크게 놀라 옆에 있던 시종의 허리에서 칼을 뽑아들더니 자리를 박차고 일어나며 꾸짖는다.

"우리 형제가 상봉하여 서로 술잔을 나누는 데 어떤 의혹도 없고, 여기가 홍문회(鴻門會, 항우와 유방이 홍문에서 만나 베푼 연회. 항우의 항장項莊이 검무를 핑계 삼아 유방을 죽이려 한 고사가 있음) 자리도 아닌데 어째서 검무 따위가 필요하단 말이냐. 당장 칼을 버리지 않으면 누구든 즉시 목을 베겠다!"

유장도 자신의 장수들을 꾸짖었다.

"형제가 서로 만났거늘 어찌하여 칼을 뽑느냐, 즉시 칼을 버려라!"

호위병들에게 명해 칼을 뺏도록 했다. 그제야 양쪽 장수들은 당하로 내려갔다. 유현덕이 다시 수하장수들을 불러올려 자리에 앉으라 하고 술잔을 내리며 말한다.

"우리 형제는 한조상의 뼈와 피를 나눈 사이로 앞으로의 대사를 의논할 뿐 다른 마음이 없으니 그대들은 추호도 의심치 말라."

현덕의 말에 장수들은 일제히 절을 올려 사례했다. 유장은 현덕의 손을 맞잡고 눈물을 흘리며 말한다.

"형님의 크신 은혜를 맹세코 잊지 않겠습니다."

현덕과 유장은 밤늦도록 술잔을 나누며 즐기다 헤어졌다. 현덕은 영채로 돌아오자마자 방통을 불러들여 나무란다.

"공들은 어찌하여 나를 불의에 빠뜨리려 하오? 앞으로는 이런 일이 없도록 단단히 주의하시오!"

방통은 길게 한숨을 지으며 물러났다.

한편, 영채로 돌아온 유장에게 유괴 등이 입을 모아 말한다.

"주공께서는 오늘 잔치에서 보신 모습을 어떻게 생각하십니까? 어서 돌아가 후환을 면하도록 하십시오."

유장이 말한다.

"내 형님 현덕은 다른 사람과 같지 않은 분이라네."

"비록 유현덕에게 그럴 마음이 없다 해도, 수하장수들은 모두 서천을 손에 넣고 부귀를 누리려 하는 게 분명합니다."

유장은 귀담아듣지 않는다.

"그대들은 우리 형제의 정을 갈라놓지 말게!"

그뒤로도 유장은 날마다 현덕과 더불어 즐겁게 보냈다.

바로 그때 장로(張魯)가 군사를 일으켜 가맹관(葭萌關)으로 쳐들어온다는 급보가 날아들었다. 유장이 황급히 현덕에게 도움을 요청하자 현덕은 흔쾌히 수락하고 즉시 본부의 군사를 거느리고 가맹관을 향해 출정했다.

유현덕이 출정한 뒤 유장 수하의 장수들은 한결같이 현덕군이 변란을 일으키는 것을 막기 위해 곳곳의 요충지와 관문에 장수들을 파견해 굳게 지켜야 한다고 간했다. 유장은 처음에는 들은 척도 하지 않았다. 그러나 많은 사람이 일제히 권하자 더는 물리칠 수가 없어서 마침내 백수(白水) 도독(都督) 양회(楊懷)와 고패(高沛) 두 사람을 부수관(涪水關)으로 보내 지키게 했다. 그리고 유장 자신은 성도로 돌아갔다.

한편 가맹관에 이른 유현덕은 먼저 군사들을 엄하게 단속하고, 널리 은혜를 베풀어 민심을 거두었다.

이 소식은 곧바로 염탐꾼에 의해 동오에 전해졌다. 오후(吳侯) 손권은 지체없이 문무백관을 불러모아 대책을 상의했다. 먼저 고옹이 나서서 말한다.

"유비가 지금 군사를 나누어 멀리 험준한 서천으로 들어갔으니, 돌아오는 길이 쉽지 않을 것입니다. 그러니 어찌 이 기회를 놓치겠습니까? 우선 군사를 풀어 강어귀를 지키게 하고 돌아오는 길을 막은 다음 군사를 동원한다면, 한번 북을 울려 능히 형주·양양을 공략할 수 있을 것입니다. 이는 놓칠 수 없는 기회입니다."

손권이 무릎을 치며 감탄한다.

"참으로 훌륭한 계책이로구나!"

바로 그때 갑자기 병풍 뒤에서 느닷없는 고함소리가 터져나왔다.

"대체 이런 계책을 꾸민 자가 누구냐? 그놈을 끌어내 당장 목을 베어야 한다. 너희들이 이제 내 딸을 죽이려 하느냐!"

모든 사람들이 화들짝 놀라 바라보니, 그는 다름 아닌 오국태다. 오국태의 노여움은 하늘에 닿을 지경이었다.

"내 평생 딸 하나를 애지중지 키워 유비에게 시집보냈는데, 지금 너희들이 군사를 일으키면 내 딸의 목숨은 어찌 된단 말이냐!"

오국태는 이어 손권을 꾸짖는다.

"너는 아비와 형의 기업(基業)을 물려받고, 앉아서 81주를 거느리고 있으면서 무엇이 부족해 작은 이익에 눈이 어두워 골육의 정을 생각지 않는 것이냐?"

오국태의 호된 꾸짖음에 손권은 그저 예, 예 할 뿐이었다.

"어머님 뜻을 어찌 거역하겠습니까? 그대들은 모두 물러가게."

백관들을 꾸짖어 물러나게 했다. 그제야 오국태는 눈물을 거두

고는 여전히 원망을 지닌 채 안으로 들어갔다. 손권은 처마 아래
서서 혼자 깊은 생각에 잠겼다.

'이렇게 좋은 기회를 놓치면 언제 어떻게 형주·양양땅을 얻을
수 있겠는가.'

손권이 한숨을 내쉬는데, 마침 장소가 들어와 묻는다.

"주공께서는 무슨 근심이라도 있으십니까?"

"아까 있었던 일 때문에 그러네."

장소가 웃으며 말한다.

"그리 어려운 일이 아닙니다. 이제라도 심복 한 사람에게 군사
5백명을 주어 형주로 잠입하게 하십시오. 국태께서 병환이 위독해
따님을 보고 싶어하신다는 밀서를 꾸며서는 밤 도와 손부인을 모
셔오게 하고, 이때 현덕의 하나밖에 없는 혈육인 아두(阿斗)까지
데려오는 것입니다. 그러면 현덕은 필시 아두를 형주와 바꾸자고
할 테고, 그렇지 않더라도 우리가 군사를 일으켜 쳐들어가는 데 장
애될 게 없어지지 않겠습니까?"

손권이 듣고 나서 말한다.

"그것 참 묘한 계책이오. 마침 그 일에 적당한 인물이 있으니 이
름이 주선(周善)이오. 주선이 담대할 뿐 아니라 어려서부터 우리
집안과 가깝고, 형님을 수행하기도 했으니 그를 보내야겠소."

"주공께서는 일을 은밀하게 추진하셔야 합니다. 즉시 떠나게 하
십시오."

이리하여 주선은 군사 5백명을 장사치로 꾸며 배 다섯척에 나누

어 태우고 길을 떠났다. 거짓으로 꾸민 국태의 밀서를 몸에 지녀 검문에 대비하고, 배 안에는 무기를 은밀히 감추어두었다. 명에 따라 주선은 물길을 따라 나아가 형주에 도착했다. 배를 강가에 정박시킨 다음, 그는 홀로 성중에 들어가 문지기에게 손부인께 알리도록 했다. 손부인은 급히 주선을 들여보내도록 명했다. 주선은 손권의 밀서를 손부인에게 올렸다. 어머니의 병환이 위독하다는 내용을 읽은 손부인이 눈물을 흘리며 병세를 묻자 주선이 엎드려 절하며 아뢴다.

"국태께서는 병환이 위중하셔서 밤낮으로 부인 생각만 하고 계십니다. 서둘러 떠나시지 않으면 살아생전에 만나뵙기 어려울 것입니다. 또한 아두 도련님을 보고 싶어하시니 부인께서는 가시는 길에 함께 모시고 가시지요."

손부인이 근심에 잠겨 대답한다.

"지금 황숙께서는 군사를 거느리고 멀리 외지에 나가 계시오. 내가 이곳을 떠나려면 아무래도 군사(軍師, 제갈공명)께 알려야 하겠소."

주선은 이내 손부인의 말꼬리를 잡고 늘어진다.

"만일 군사가 황숙께 알리고 허락을 받은 다음에 떠나라고 하면 어찌시렵니까?"

손부인이 걱정스럽게 말한다.

"알리지 않고 떠나려 했다가 도중에 못 가게 막을까 두렵소."

"이미 강가에 배를 정박해두었습니다. 부인께서는 곧 수레에 올라 성을 빠져나가시면 됩니다.”

주선이 거듭 재촉하며 어머니의 병세가 위독하다고 하니, 손부인은 급한 마음에 황망히 일곱살 난 아두를 데리고 수레에 올랐다. 수행하는 30여명의 군사들이 모두 칼을 차고 부인을 호위하면서 일행은 형주성을 떠나 강가에 이르렀다. 형주성 부중에서 이 사실을 위에 알렸을 때 손부인은 이미 사두진(沙頭鎭)에 이르러 아두를 안고 배에 오르고 있었다.

주선이 서둘러 배를 띄우려 할 때였다. 언덕 위에서 한 장수가 거세게 말을 몰고 달려오면서 큰소리로 외친다.

“배를 멈추시오. 내 부인을 전송해야겠소!”

그는 바로 조자룡이었다. 조자룡은 강가를 순찰하던 중에 이 소식을 전해듣고 깜짝 놀라, 겨우 기병 4~5명만 거느리고 바람처럼 달려온 것이다. 주선이 손에 긴 창을 잡고 마주 소리친다.

“대체 누구기에 감히 주모(主母)를 뵙겠다는 것이냐?”

주선은 군사를 재촉해 일제히 노를 젓게 하는 한편 배 안에 숨겨두었던 병장기를 꺼내 무장군사들을 벌여세웠다. 순풍에다 물살이 빨라 다섯척의 배는 나는 듯이 강위를 달렸다. 조자룡은 강가를 따라 달려오며 거듭 소리친다.

“부인께서는 가시더라도 제 말을 듣고 가십시오!”

주선은 들은 척도 않고 배를 재촉해 달아날 뿐이다. 조자룡이 강변을 10여리 남짓 뒤쫓아오는데, 강가 여울에 어선 한척이 비스듬히 묶여 있었다. 조자룡은 말을 버리고 창을 거머쥔 채 어선에 뛰어올라 사공과 둘이 급히 노를 저어 손부인이 타고 있는 큰 배를 추격해갔다. 주선이 다급히 군사들에게 명령한다.

"활을 쏘아라!"

순간 화살이 비오듯 날아드니 조자룡이 창을 휘둘러 화살을 막아낸다. 물속으로 화살이 어지러이 떨어졌다.

조자룡의 배는 어느 틈에 손부인이 타고 있는 큰 배의 뱃전에 한 길 남짓의 거리로 다가들었다. 동오의 군사들은 이번에는 창을 들고 일제히 공격할 태세를 취했다. 조자룡은 창을 내버리고 차고 있던 청강검을 빼들더니 단숨에 큰 배로 뛰어올랐다. 청강검으로 마구 찔러대는 적들의 창을 되받아치니, 동오군은 대경실색하여 물러섰다. 조자룡은 한달음에 선실로 쫓아들어갔다. 손부인이 아두를 품에 안은 채 큰소리로 꾸짖는다.

"이 무슨 무례한 짓인가!"

조자룡은 청강검을 칼집에 꽂고 공손한 태도로 말한다.

"주모께선 어디로 가십니까? 어찌하여 군사께 알리지도 않고 떠나십니까?"

"모친의 병환이 위독하다 하여 알릴 틈이 없었네."

"주모께서 문병 가시는데 어찌하여 작은주인은 데리고 가십니까?"

"아두는 내 아들이오. 형주에 두고 가면 돌봐줄 사람이 없질 않소?"

"잘못 생각하셨습니다. 우리 주공께 혈육이라고는 아두 공자뿐입니다. 일찍이 소장이 당양 장판파에서 백만 대군 속을 누비고 겨우 구해낸 터인데, 오늘 주모께서 아두 공자를 데려가신다니 이런 도리는 없습니다."

손부인은 화가 나서 낯색이 변했다.

"너야말로 장하의 일개 장수에 지나지 않거늘, 어찌하여 내 집안 일에 간섭하려 드느냐!"

조자룡은 완강하다.

"부인께서 문병을 가셔야 한다면 혼자 떠나시지요. 작은주인은 안됩니다."

손부인은 거듭 언성을 높여 꾸짖는다.

"네가 이렇게 도중에 배로 뛰어든 걸 보니 필시 반역할 뜻이 있는 게로구나!"

"만일 작은주인을 두고 가시지 않으면 저는 만번 죽는 한이 있어도 부인을 보내드릴 수 없습니다."

손부인이 곁에 있는 시비들에게 조자룡을 붙들라고 호통친다. 조자룡은 급히 몸을 날려 시비를 밀어넘어뜨리고는 부인이 안고 있는 아두를 빼앗아 품에 안고 뱃전으로 나왔다. 그러나 막상 나와보니, 망망한 장강 위에서 배를 대려 해도 강기슭까지는 까마득한데다 도와주는 이도 없다. 배 안의 동오군을 쳐 없애고 싶어도 손부인 앞에서 도리가 아니라고 생각되어 조자룡은 이러지도 저러지도 못하고 있었다. 손부인이 뛰쳐나와 시비들에게 호령한다.

"뭣들 하느냐, 당장 아기를 빼앗아오너라!"

그러나 조자룡이 한손에 아두를 안고 또 한손에 청강검을 들고 험악한 기세로 서 있으니, 누구 하나 감히 덤벼들지 못한다. 그사이에도 주선은 키를 놓지 않고 부지런히 배를 몰아 강줄기를 내려갔다. 순풍에 물살이 급하니 배는 빠른 속도로 중류를 향해 나아갔다. 조자룡은 아두를 품에 안고 있을 뿐, 혼자서 어떻게 배를 기슭으로 옮겨댈 수 있겠는가.

이 위급한 때 홀연히 하류 포구에서 10여 척의 배가 일자로 늘어서서 거슬러올라오고 있었다. 오색 깃발이 바람에 나부끼고 북소리가 요란하다. 조자룡은 낭패스러웠다.

'기어이 동오놈들의 책략에 빠지고 말았구나!'

그런데 고개를 들어 바라보니 뱃전에 한 장수가 손에 장팔사모를 쥐고 서서 큰소리로 외치는 게 아닌가.

"형수는 조카님을 두고 가우!"

순찰 중이던 장비가 소식을 듣고 급히 유강(油江) 어귀로 달려온 참이었다. 배가 맞닿기도 전에 장비는 칼을 쥐고 동오의 배로 뛰어올랐다. 뒤늦게 주선이 칼을 빼들고 나왔으나 장비의 칼이 바람을 가르자 주선의 목은 단번에 떨어져나갔다. 장비가 주선의 목을 손부인 앞에 던지니, 손부인이 크게 놀라 소리친다.

"시숙은 어찌 이리 무례하오!"

장비가 대답한다.

"형수께서는 형님 생각은 안하시고 사사로이 집으로 돌아가려 하다니, 이런 무례한 일이 어디 있수?"

조자룡은 손부인에게서 아두를 빼앗아오다

"어머님 병환이 위중하여 급히 가는 길인데, 형님의 회신을 기다리다가는 일을 그르치기 십상이오. 만일 나를 못 가게 막는다면 이 자리에서 강물에 빠져 죽고 말 테니 그리 아시오."

장비와 조자룡이 급히 의논한다.

"여기서 부인을 죽게 한다면 신하의 도리가 아니지. 우리는 아두나 데리고 돌아가세."

장비가 배를 옮겨타기 전에 부인에게 말한다.

"우리 형님은 대한(大漢)의 황숙이시니 형수께 욕된 일은 있을 리 없수. 형수는 오늘 떠나시더라도 황숙의 은의를 생각해서 하루바삐 돌아오도록 하시우."

장비는 말을 마치고 아두를 안고는 조자룡과 함께 타고 온 배로 돌아갔다. 손부인은 결국 아두를 뒤로한 채 다섯척의 배와 더불어 동오로 향했다.

후세 사람들이 이 일을 시로 읊어 조자룡을 기렸다.

지난날 당양에서 주인을 구하더니	昔年救主在當陽
오늘은 몸을 날려 장강으로 달려갔네	今日飛身向大江
배 위의 동오 군사 간담이 찢어진다	船上吳兵皆膽裂
조자룡의 용맹, 세상에 짝이 없어라	子龍英勇世無雙

또한 장비의 무용을 칭찬한 시도 있다.

그 옛날 장판교 위에서 노기등등	長坂橋邊怒氣騰
우렁찬 한 소리 조조의 대군이 물러갔더라네	一聲虎嘯退曹兵
오늘은 강 위에서 주인의 위기를 구하니	今朝江上扶危主
청사에 그 이름 만세에 전하리라	靑史應傳萬載名

두 사람이 아두를 안고 기뻐하며 돌아오는데, 몇리도 채 못 가 대선단을 인솔해오는 공명을 만났다. 공명은 아두를 무사히 되찾아온 것을 크게 기뻐했다. 세 사람은 말머리를 나란히 하여 형주성으로 돌아왔고, 공명은 즉시 글을 써서 이 일을 가맹관에 있는 현덕에게 알렸다.

한편 동오로 돌아간 손부인은 손권에게 장비와 조자룡이 주선을 죽이고 아두를 빼앗아간 일을 자세히 이야기했다. 손권은 크게 노여워했다.

"내 누이가 돌아왔으니 이제 유비와는 남남이나 다름없다. 주선의 원수를 어찌 갚지 않을 수 있으랴."

손권은 급히 문무관원들을 불러모아 당장 군사를 일으켜 형주를 공격할 계획을 상의했다. 이때 홀연히 급보가 날아들었다. 조조가 40만 대군을 거느리고 적벽대전의 원수를 갚으러 온다는 소식이었다. 깜짝 놀란 손권은 형주 공격은 제쳐두고 급한 대로 조조 대군을 막을 일을 상의했다. 그때 또 한 사람이 들어와 병으로 고향에 돌아가 있던 장사(長史) 장굉(張紘)이 죽으면서 남긴 유서를 바쳤다. 손권이 그 유서를 보니, 도읍을 말릉(秣陵)으로 옮길 것을 권유하고 있었다. 말릉은 제왕의 기운이 산천에 넘쳐흐르니 하루바삐 천도하여 만세의 기업을 이루라는 내용이었다. 유서를 읽고 난 손권은 통곡하며 문무관원들에게 말한다.

"자강(子綱, 장굉의 자)이 내게 말릉으로 천도하라 했으니 내 어찌 그 뜻을 따르지 않을 수 있으랴."

손권은 즉시 명을 내려 도읍을 말릉(천도 후 건업建業으로 고쳐부름)으로 옮기고 그곳에 석두성(石頭城)을 쌓도록 했다. 이에 여몽(呂蒙)이 나서서 간한다.

"조조가 대군을 거느리고 오니, 유수(濡須)땅 강어귀에 보루를 쌓아 막아야 합니다."

여러 장수들이 반대한다.

"언덕에 올라 대적하다가 여차하면 맨발로 강물에 배를 띄워 오를 수 있는데 보루는 쌓아 무엇에 쓰겠소?"

여몽이 답한다.

"싸움에는 불리할 때와 유리할 때가 있는 법이오. 언제나 반드시 적을 이긴다고 누가 장담할 수 있겠소? 보병과 기병이 일시에 공격해 들어오면 언제 배를 띄우고, 어느 참에 배에 오른단 말입니까?"

손권은 여몽의 말이 옳다고 생각했다.

"사람이 먼 일에 대한 대비가 없으면 반드시 가까운 근심을 얻게 되는 법이니, 자명(子明, 여몽의 자)의 식견이 자못 원대하다."

곧 군사 수만명을 동원해 유수땅에 보루를 쌓았는데, 밤낮으로 서둘러서 며칠 만에 완성되었다.

한편 허도에 있는 조조는 그 위엄과 영화가 날로 드높아졌다. 하루는 장사 동소(董昭)가 간한다.

"자고로 신하의 몸으로 승상만큼 공을 세운 인물이 없으니, 주공(周公)이나 여망(呂望, 강태공)이라도 따르지 못할 것입니다. 승상께서는 즐풍목우(櫛風沐雨, 바람으로 머리 빗고 비로 몸을 씻는다는 뜻으로, 긴 세월을 객지에서 떠돌며 갖은 고생을 한다는 비유) 30여년에 역도들을 소탕하여 백성을 평안케 하고 한나라 황실을 반석 위에 올려놓았으니, 어찌 다른 신하들과 같은 열에 서실 수 있겠습니까? 모름지기 위공(魏公, 모든 제후의 위이고 왕의 바로 아래인 직위)의 지위를 얻고 구석(九錫)의 예우를 받아 공덕을 빛내 마땅하십니다."

여기서 구석의 예우란 무엇인가. 왕이나 누릴 수 있는 크나큰 특권이니, 그 내용은 다음과 같다.

첫째는 수레와 말인데, 검은 암소 두마리가 끄는 황금으로 칠한 큰 수레 대로(大輅)와 여덟필의 황마(黃馬)가 끄는 전투용 병거(兵車) 융로(戎輅) 한채씩이다. 둘째는 의복(衣服)으로, 면류관에 곤룡포를 입고 붉은 가죽신을 신으니 임금의 의복과 같다. 셋째는 악현(樂懸)이니, 곧 왕의 음악이다. 넷째는 주호(朱戶)로 거처하는 집의 창과 대문을 붉게 칠한다. 다섯째는 납폐(納陛)인데, 황제가 계신 어전 층계를 마음대로 오르내릴 수 있다. 여섯째는 호분(虎賁)으로 3백명의 군사를 두어 문을 지키게 한다. 일곱째는 부월(鈇鉞)로, 금도끼·은도끼 한자루씩을 주니, 이는 병권의 상징이다. 여덟째는 궁시(弓矢)로, 붉은 활 한벌에 붉은 살 10대, 검은 활 10벌에 검은 살 1천대를 사용한다. 아홉째는 거창규찬(秬鬯圭瓚)인데, 거창은 거초(秬草)와 검은 수수, 향초로 빚은 제사 술이고 규찬은 종묘 제사에 쓰는 옥돌로 만든 제기(祭器)를 말한다.

동소의 말을 듣고 시중 순욱이 간한다.

"안됩니다. 승상께서는 의병을 일으켜 한나라 황실을 받들어모셨으니, 마땅히 충정에서 비롯된 것이라 겸양하고 물러서는 절조를 지켜야 합니다. 군자는 덕으로써 백성을 사랑하는 법이니 그런 특권은 누리지 마소서."

조조는 순욱의 말에 불쾌해져서 대뜸 안색이 변했다. 동소가 뜻을 굽히지 않고 말한다.

"어찌 한 사람이 여러 사람의 뜻을 막을 수 있겠습니까."

그러고는 마침내 황제에게 표문을 올려 조조를 위공으로 삼고 구석을 내릴 것을 청하였다. 순욱은 길게 탄식해 마지않았다.

"오늘과 같은 일이 있을 줄은 내 몰랐구나!"

조조는 순욱의 말을 전해듣고 그를 미워하는 마음이 깊어졌다.

건안 17년(212) 10월, 조조는 군사를 일으켜 강남으로 진군하면서 순욱에게 함께 출정할 것을 명했다. 이미 조조에게 살의가 있음을 깨달은 순욱은 병을 핑계로 수춘(壽春)에 머물면서 조조의 명에 따르지 않았다. 그러던 어느날이었다. 느닷없이 조조가 사람을 시켜 순욱에게 음식 합(盒)을 보내왔다. 합 위에는 조조가 친필로 쓴

종이가 봉해져 있었다. 순욱이 열어보니 아무것도 들어 있지 않은 빈 합이다. 빈 합은 곧 먹을 것이 없다는 뜻이니, 순욱이 조조의 뜻을 깨닫고 스스로 독약을 마시고 죽었다. 그의 나이 50세였다.

후세 사람이 이를 탄식해 시를 지었다.

순욱의 재주 천하에 드높더니	文若才華天下聞
아깝다 권문에 발을 잘못 디뎠던고!	可憐失足在權門
후세 사람들 그를 장자방에 비하지 마라	後人休把留侯比
죽음에 다다라 한나라 임금을 뵈올 낯이 없으리	臨沒無顏見漢君

순욱의 아들 순운(荀惲)이 조조에게 부고를 띄워 알렸다. 조조는 비로소 깊이 뉘우치는 마음이 들어, 후하게 장사 지낼 것을 명하고 순욱에게 경후(敬侯)라는 시호를 내렸다.

이윽고 조조 대군은 유수에 이르렀다. 먼저 조홍이 철갑기병 3만 명을 이끌고 강변으로 나가 주변 정세를 살피고 와서 보고한다.

"장강 일대 눈 닿는 곳마다 깃발이 무수히 펄럭이니, 도무지 군사들이 어디에 있는지 알 수가 없습니다."

조홍의 보고에 초조해진 조조는 친히 군사를 이끌고 유수 어귀에 진을 치고 나서 1백여명의 친위군만 데리고 산으로 올라갔다. 멀리 동오의 선단을 바라보니 대오를 나누어 늘어섰는데, 오색 깃발이 하늘을 뒤덮고 병장기들이 햇빛을 받아 번쩍인다. 한복판의 큰 배 위에는 푸른 비단일산 아래 손권이 앉아 있고, 좌우에는 문무관원들이 시립하고 있었다. 조조가 채찍을 들어 손권을 가리키며 주위 사람들에게 감탄하여 말한다.

"아들을 낳으려면 손중모(孫仲謀, 손권) 같은 자식을 낳아야지, 유경승(劉景升, 유표)의 자식 따위는 개돼지에 불과하다!"

그때였다. 갑자기 포소리가 울리더니 동오의 전선(戰船)이 나는 듯이 달려오고, 유수성 안에서 한무리의 군사들이 쏟아져나와 조조군을 공격하기 시작했다. 조조군은 싸울 생각도 못하고 앞다투어 달아나기에 바빴다. 조조가 호통을 쳐도 멈추지 않았다. 게다가 갑자기 산기슭을 향해 1천여명의 날쌘 기병들이 공격해오는 것이 아닌가. 앞에서 그들을 지휘하는 장수는 바로 푸른 눈에 자줏빛 수염의 손권이었다. 손권이 몸소 한떼의 군사를 거느리고 조조를 잡으러 온 것이다. 깜짝 놀란 조조가 허겁지겁 말머리를 돌려 달아나려 하는데, 어느새 동오의 장수 한당과 주태가 조조를 쫓아 산 위로 치달아왔다. 조조의 등 뒤에서 허저가 뛰쳐나와 칼을 휘둘러 두 장수의 공격을 막아내는 사이에 조조는 겨우 빠져나와 영채로 돌아올 수 있었다. 허저는 동오의 두 장수들과 어우러져 30여합을 더 싸운 다음에야 말머리를 돌려 조조의 뒤를 따랐다.

그날 조조는 허저에게 후한 상을 내리고, 싸우지도 않고 달아난 여러 장수들을 호되게 꾸짖었다.

"적을 맞아 싸워보지도 않고 물러나 군사의 사기를 꺾다니, 이후 다시 이런 일이 있을 때는 모두 참하겠다!"

그날밤 2경(밤 10시) 무렵이었다. 갑자기 영채 밖에서 천지를 뒤흔드는 함성이 들려왔다. 조조가 급히 말에 올라 살펴보니, 주위가 온통 불바다가 아닌가. 기세가 오른 동오군이 대채로 밀려들어 아무런 방비도 하지 않고 있던 조조군을 닥치는 대로 베어 죽이니, 이때 목숨을 잃은 조조군은 이루 다 헤아릴 수도 없었다. 조조는 날이 밝을 때까지 쫓기며 수많은 군사를 잃고 50여리 밖까지 밀려나서야 영채를 다시 세웠다.

조조가 울적한 심사를 달래려고 병서(兵書)를 뒤적이고 있는데 정욱이 들어와 간한다.

"승상께서는 병법을 잘 아시면서 어찌 '군사에는 신속함이 가장 중요하다(兵貴神速)'는 것을 잊으셨습니까? 이번에 군사를 일으키면서 자꾸 날짜를 늦추는 바람에 손권이 만반의 준비를 갖추어 유수 어귀마다 보루를 세웠으니 공격하기가 어렵습니다. 허도로 돌아가 다시 좋은 계책을 찾는 게 옳은 줄로 아룁니다."

정욱이 간곡하게 권했으나 조조는 대꾸도 하지 않는다. 정욱은 조조 앞을 물러나왔다.

조조는 책상에 엎드려 피곤한 몸을 쉬고 있었다. 갑자기 파도소리가 들끓으며 천군만마가 달리는 듯한 소리가 들려왔다. 조조가 깜짝 놀라 보니 강 한복판에서 붉고 둥근 해가 솟아오르며 눈부신 빛을 내뿜는다. 고개를 들어보니 하늘에도 두개의 태양이 서로 맞서 빛을 발하고 있었다. 그때 갑자기 강속에서 솟구친 붉은 해가 그대로 날아올라 영채 앞 산중으로 떨어지며 벼락치는 듯한 소리를 내는 게 아닌가. 그 소리에 놀라 깨어보니 꿈이었다.

때마침 장막 앞에서 군사가 오시(午時, 낮 12시)를 알리는 소리가 들려왔다. 조조는 즉시 50여 기를 거느리고 영채를 나와 꿈에서 해가 떨어졌던 산쪽으로 갔다. 산기슭을 찬찬히 둘러보던 조조는 돌연 이쪽을 향해 달려오는 한떼의 인마를 보았다. 앞선 장수는 황금 투구에 황금 전포를 입었는데, 햇빛을 받아 그 광채가 사뭇 찬란하다. 그는 다름 아닌 손권이었다. 손권은 조조를 알아보고도 전혀 당황해하는 기색 없이 말을 멈추더니 채찍을 들어 조조를 가리키며 말한다.

　"승상은 중원을 차지하여 이미 부귀가 극에 이르렀는데 무엇이 부족해 또다시 우리 강남을 침범하는가?"

　조조가 소리를 가다듬어 답한다.

　"네가 신하의 처지로 감히 황실을 업신여기고 있으니, 내 황제의 명을 받들어 너를 토벌하려는 것이다."

　손권이 크게 웃으며 말한다.

　"그렇게 말하다니 참으로 부끄럽지도 않은가? 네가 황제를 빙자해 제후들을 호령하고 있음은 온 세상 사람이 다 아는 일이다. 그럼에도 오히려 나더러 한실을 존중하지 않는다 하니 가소롭구나. 내 너를 토벌해 한나라를 바로잡을 것이니라!"

　조조가 크게 노하여 호통을 쳤다.

　"누가 저놈을 잡아들이겠느냐!"

　그때 갑자기 북소리가 울리더니 산뒤 양쪽에서 군마가 쏟아져나왔다. 오른쪽에서는 한당과 주태가, 왼쪽에서는 진무·반장이 군사를 이끌고 있었다. 네 장수가 3천 궁노수를 거느리고 어지럽게 활을 쏘아대니 조조 진영으로 화살이 빗발처럼 쏟아진다. 조조가 놀라 급하게 무리를 이끌고 달아나는데 뒤에서 네 장수가 나는 듯이 쫓아왔다. 조조가 영채에 거의 반쯤 다다랐을 때 허저가 호위군을 이끌고 나와 조조를 구해냈다. 동오군은 개가를 올리고 유수로 돌아갔다.

영채로 돌아온 조조는 손권에 대한 두려움을 떨칠 수가 없었다.

'손권은 과연 가볍게 볼 인물이 아니야. 꿈에 본 붉은 해가 곧 그일 테니, 뒷날 필시 제왕이 될 것이다.'

조조는 허도로 돌아가고 싶은 생각이 간절했지만 동오의 비웃음을 살까 두려워 이러지도 저러지도 못하고 진퇴양난에 빠져 있었다.

이렇게 조조군과 동오군이 서로 대치한 채 한달이 지났다. 그동안 이기고 지는 싸움을 몇차례 치렀으나 양군 모두 결정적인 승리를 얻지 못한 채 어느새 해가 바뀌었다. 정월로 들어서자 봄을 재촉하는 비가 그치지 않고 계속되니 이곳저곳이 모두 물바다로 변해버렸다. 군사들은 진창에서 고생이 이만저만이 아니었다. 조조는 처한 상황이 근심스러워 여러 모사들을 불러 의논했으나 모사들의 의견은 저마다 달랐다.

"군사를 거두어 돌아가는 게 상책이오."

"그렇지 않소. 곧 봄이 되어 날이 풀릴 터이니 좀더 기다려봅시다."

조조는 도무지 마음을 정하기가 어려웠다. 그 와중에 동오로부터 사신이 손권의 서신을 들고 찾아왔다. 그 글을 읽어보니 대략 다음과 같은 내용이다.

나와 승상은 모두 한나라의 신하인데, 승상은 보국안민(報國安民)할 생각은 않고 망령되이 군사를 움직여 산것들을 잔학하게 해치니 어찌 어진 사람이라 하겠소. 바야흐로 봄물이 넘쳐나는데 공은 마땅히 물러가야 할 것이오. 만일 그러지 않으면 또 한번 적벽에서와 같은 화를 당할 터이니, 모름지기 그대는 깊이 생각하시라.

그리고 편지 뒷면에는 두줄의 문장이 적혀 있었다.

| 그대가 죽지 않으면 | 足下不死 |
| 나는 편치 않으리 | 孤不得安 |

조조는 크게 소리 내어 웃었다.

"손중모가 나를 속이지는 않겠구나."

동오의 사자에게 후하게 상을 내려 돌려보내고, 전군에 철수 명령을 내렸다. 여강 태수 주광진(朱光鎭)에게 환성(皖城)을 지키게 한 다음 조조는 대군을 거느리고 허도로 돌아갔다.

손권 역시 말릉으로 회군하여 여러 장수들을 불러놓고 말한다.

"조조가 북으로 돌아가고 아직 유비는 가맹관에서 돌아오지 않고 있으니, 조조를 막으려던 군사로 형주를 취하면 어떻겠소?"

이에 장소가 말한다.

"아닙니다. 아직 군사를 일으킬 때가 아닙니다. 제게 한가지 계책이 있으니, 유비로 하여금 형주로 돌아오지 못하게 하겠습니다."

조조의 대군이 북으로 물러가니 　　　　　孟德雄兵方退北

손권의 웅대한 뜻 다시 남쪽을 도모한다 　　仲謀壯志又圖南

장소의 계책이란 무엇일까?

62
부수관

방통은 부수관을 쳐서 양회와 고패의 목을 베고
낙성 공격에서 황충과 위연이 공을 다투다

장소가 자신의 계책을 설명한다.

"무엇보다 군사를 움직이지 않아야 합니다. 만일 우리가 군사를 움직이면 조조가 반드시 그 틈을 타 들이닥칠 것입니다. 그러나 제 계책대로 두 통의 서신만 만들어 보내놓으면 우리는 앉아서 형주를 손에 넣을 수 있습니다."

손권이 묻는다.

"어디다 무슨 편지를 보낸단 말이오?"

장소가 차근차근 계책을 풀어놓는다.

"주공께서는 우선 유장에게 한 통의 서신을 보내십시오. 유비가 우리 동오와 결탁해 함께 서천을 취하기를 권유하고 있다고 적어 보내, 유장으로 하여금 유비를 불신하게 만드는 것입니다. 또 한 통은 장로에게 보내서 형주로 쳐들어가도록 권유한다면, 유비는 양쪽으로 적을 맞게 되어 머리와 꼬리가 서로를 구하지 못할 것입니다. 바로 그때 군사를 일으켜 치면 우리는 앉아서 형주를 취할 수 있습니다.”

손권은 장소의 말에 따라 유장과 장로에게 각각 사신을 보냈다.

한편, 유현덕은 가맹관에 오래 주둔하면서 백성들로부터 널리 신망을 얻고 있었다. 또한 공명의 서신을 받아, 손부인이 동오로 돌아갔고 조조가 군사를 일으켜 유수를 공격했다는 사실도 알고 있었다. 유현덕은 방통을 불러 의논한다.

“조조가 손권을 이긴다면 반드시 형주를 그냥두지 않을 것이고, 손권이 이긴다고 해도 형주를 취하려 할 터인데, 군사께 무슨 좋은 계책이 있으시오?”

방통이 대수롭지 않은 듯 대답한다.

“주공께서는 심려하지 마십시오. 공명이 그곳에 있는데 동오가 어찌 감히 형주를 넘보겠습니까? 그러니 먼저 주공께서는 유장에게 서신을 한통 쓰시되 ‘조조에게 공격당한 손권이 형주에 구원을 요청했소. 손권과는 입술과 이처럼 서로 의지하는 처지라 돕지 않을 수 없고, 장로로 말할 것 같으면 제 땅만 침범하지 않으면 쳐들어오지 않을 테니 나는 군사를 이끌고 형주로 돌아가 손권과 더불어 조조를 칠 계획이오. 다만 우리에게 군량과 군사가 모두 부족하니, 바라건대 형제간의 정리를 생각하여 정예병 3~4만명과 군량

10만섬을 도와주시오'라고 하십시오. 만일 유장이 군사와 군량을 보내준다면 그때 다시 의논하지요."

현덕은 방통의 말대로 성도의 유장에게 사신을 보냈다. 현덕의 사신은 곧 부수관에 이르렀다. 당시 부수관(涪水關)은 양회(楊懷)와 고패(高沛)가 지키고 있었다. 사신에게서 현덕의 뜻을 확인한 양회가 고패에게 말한다.

"고장군께서 이곳을 지켜주시오. 나는 사신과 동행하여 성도로 가겠소이다."

사신과 함께 성도로 들어간 양회가 유장에게 현덕의 서신을 올렸다. 유장이 글을 다 읽고 나서 양회에게 묻는다.

"그래 장군은 어인 일로 사신과 함께 왔소?"

양회가 대답한다.

"이 서신 때문에 왔습니다. 유비가 서천에 온 이후 널리 은덕을 베풀어 인심을 얻고 있는데, 그 뜻이 결코 선하다고만 할 수 없습니다. 지금 군마와 군량미를 구하는데 주공께서는 절대로 응하셔서는 안됩니다. 그것은 그야말로 타오르는 불길에 마른섶을 던져주는 형국입니다."

"현덕은 나와 더불어 형제의 의를 맺었는데, 내 어찌 그를 돕지 않을 수 있겠소?"

유장의 말이 끝나기를 기다렸다는 듯 한 사람이 나서며 간한다.

"유비는 효웅(梟雄)이라 우리 촉땅에 오래 머물게 하는 것은 호랑이를 방 안에 들이는 것과 같습니다. 게다가 다시 군마와 전량까지 주어 돕는다면 이는 호랑이에게 날개를 달아주는 격이지요."

그는 영릉(零陵) 증양(烝陽) 사람으로 이름은 유파(劉巴)요, 자는 자초(子初)이다. 유장은 유파의 말을 듣고도 결정을 못 내리고 주저했다. 황권이 거듭 간한다. 마침내 유장은 늙고 약한 군사 4천명과 쌀 1만섬만 보내기로 결정하고 현덕에게 사신을 보냈다. 양회와 고패에게는 부수관을 단단히 지키라고 일렀다.

유장의 답신을 들고 온 사자가 가맹관에 도착해 현덕에게 글을 올렸다. 현덕은 유장의 서신을 읽고 불같이 화를 낸다.

"내 저를 위해 적과 맞서 싸우면서 수고를 아끼지 않고 있는데, 재물을 쌓아두고도 이렇게 인색해서야 어찌 군사들에게 목숨바쳐 싸우라고 할 수 있겠는가!"

현덕이 소리를 지르며 답신을 찢고 자리를 박차고 일어나니, 놀란 사자는 도망치듯 성도로 달아났다. 방통이 말한다.

"주공께서는 인자함과 의리를 중히 여기시더니, 오늘은 어찌하여 이렇게 서신을 찢고 노여워하십니까? 이제까지의 정리를 모두 없던 일로 하시려는 겁니까?"

유현덕이 묻는다.

"그러니, 이 일을 어찌하면 좋겠소?"

"제게 세가지 계책이 있으니, 주공께서는 들어보시고 그중에서 하나를 취하십시오."

"세가지 계책이란 뭐요?"

"정예병을 가려뽑아 밤낮을 가리지 않고 지름길로 달려가서 성도를 급습하는 것이 상책입니다. 그다음은, 양회와 고패 같은 촉의 명장이 강한 군사들을 거느리고 부수관을 지키고 있으니, 주공께서 거짓으로 형주로 돌아간다고 하시고 저들이 배웅하러 나온 틈을 타 저들을 잡아 죽이고 부수관을 빼앗은 뒤 곧장 성도로 향하는 것이 중책입니다. 마지막으로 백제(白帝)로 물러났다가 형주로 곧장 귀환해 서서히 일을 도모하는 것이 하책입니다. 이제 여기서 때를 놓치면 빠져나올 수 없는 구렁에 빠지고 말 터이니, 시급히 결정하십시오."

현덕은 방통의 말을 듣고 나서 대답한다.

"그대가 말한 상책은 너무 촉박하고 하책은 너무 느리니, 느리지도 급하지도 않은 중책을 취하겠소."

이리하여 현덕은 유장에게 서신을 보냈다.

조조가 군사를 일으켰소. 부장 악진을 내세워 청니진(靑泥鎭)을 치고 있는데, 여러 장수들이 막아내지 못하고 있소. 내 급히 돌아가 이를 막고자 하여 경황 중에 이렇게 글을 적어 작별을 고하오.

현덕의 글이 성도에 이르자 가장 놀란 사람은 다름 아닌 장송이었다. 유현덕이 형주로 가버리고 나면 그동안의 일은 모두 허사가 되는 게 아닌가. 장송은 마침내 서신을 적어 은밀히 현덕에게 보내기로 했다. 그런데 장송이 현덕에게 보낼 서신을 막 접으려는 참에 친형인 광한(廣漢) 태수 장숙(張肅)이 아우 장송을 만나러 찾아왔다. 장송은 엉겁결에 소맷자락 안에 편지를 집어넣고 형을 맞아들였다. 두 형제가 오랜만에 만나 이야기를 나누며 술잔을 기울이는데, 장송의 행동거지가 사뭇 자연스럽지 못하니 장숙은 내심 의아하게 생각했다. 이윽고 술이 몇순배 돌았는데 형에게 술을 권하던 장송의 소맷자락에서 그만 편지가 떨어지고 말았다. 그 편지는 마침 장숙을 따라온 종자의 손에 들어갔다. 술자리를 파하자 종자는 자신의 주인 장숙에게 그 편지를 올렸다. 장숙이 보니 장송이 친필로 쓴 그 편지는 대강 이러하였다.

지난날 이 장송이 황숙께 진언한 말에 추호도 거짓이 없거늘 어찌하여 시일만 끌고 서두르시지 않습니까? 역리(逆理)로 취한 후에 순리(順理)로 지키는 것은 옛사람들도 중하게 생각해왔습니다. 이제 대사가 손안에 들어온 것이나 다름없는데 어찌 취할 생각은 않고 형주로 돌아가려 하십니까? 소식을 듣고 저는 정신을 잃을 뻔했습니다. 이 편지가 닿자마자 조금도 지체하지 말고 진군하십시오. 제가 마땅히 안에서 지원할 것입니다. 부디 서두르셔서 대사를 그르치는 일이 없기를 바랍니다.

편지를 읽은 장숙은 크게 놀라 어찌할 바를 몰랐다.
'아우가 우리 가문을 망하게 하고야 말겠구나. 일이 이 지경에 이르렀으니 내 고할 수밖에 없겠다.'

장숙은 그 밤으로 유장에게 가서 장송의 편지를 보이고 아우가 유비와 공모해 서천을 바치려 했던 일을 낱낱이 고했다. 유장은 불같이 화가 났다.

"내 평소에 저를 박대하지 않았는데 무슨 까닭에 나에게 모반하려 하는가!"

그러고는 즉시 장송 일가를 모조리 잡아들여 저잣거리에서 목을 베게 했다.

후세 사람이 이를 두고 탄식한 시가 있다.

한번 보면 잊지 않는 재주 세상에 드문데	一覽無遺世所稀
뉘 알았으랴 서신 한장으로 천기가 누설될 줄	誰知書信洩天機
현덕이 왕업 일으킴을 보지 못하고서	未觀玄德興王業
장송 먼저 성도에서 옷깃을 피로 물들였구나	先嚮成都血染衣

유장은 장송 일가를 처형하고 나서 문무관원들을 불러모아 대책을 의논한다.

"유비가 나의 터전을 빼앗으려 하니 어찌하면 좋겠소?"

황권이 말한다.

"잠시도 지체할 수 없는 일입니다. 즉시 각 관으로 사람을 보내이 사실을 알리고 굳게 지키라 이르는 한편, 형주의 군사는 단 한명도 들이지 못하게 하십시오."

황권의 말에 따라 유장은 그날밤으로 각 관문에 격문을 보냈다.

한편, 유현덕은 군사를 거느리고 가맹관을 떠나 부성에 도착했다. 그러고는 먼저 부수관의 양회와 고패에게 사람을 보내 형주로 돌아가는 길이니 관문에서 작별인사라도 나누자고 청하였다. 양회와 고패 두 장수는 현덕의 청을 받고 머리를 맞대고 궁리한다. 양회가 묻는다.

"현덕이 돌아간다 하니 어쩌면 좋겠소?"

고패가 말한다.

"이제야 현덕이 죽을 때가 되었나보오. 우리 둘 다 몸에 칼을 숨기고 가서 현덕을 만난 자리에서 없애버립시다. 그러면 우리 주공께서도 우환에서 벗어나실 것이오."

양회는 즉시 머리를 끄덕이며 찬성했다.

"참으로 묘한 계책이오."

양회와 고패는 군사 2백명을 거느리고 관을 나섰다. 나머지 군사는 관 안에 남아 지키게 하였다.

현덕의 대군이 거의 부수관에 이르렀을 즈음, 현덕은 방통과 말머리를 나란히 하고 달리며 앞으로의 일을 의논했다. 방통이 말한다.

"양회와 고패가 흔쾌한 태도로 나타나거든 잘 방비하시고, 나타나지 않거든 지체하지 말고 관으로 쳐들어갑시다. 한시도 주저하시면 안됩니다."

그런데 방통의 말이 끝나기도 전에 난데없이 회오리바람이 일더니 현덕의 수(帥) 자 기를 부러뜨렸다. 현덕이 이맛살을 찌푸리며 방통에게 묻는다.

"대체 이게 무슨 징조요?"

"이는 경계의 뜻입니다. 분명 양회와 고패가 주공을 해치려는 모양이니, 주공께서는 미리 방비하십시오."

유현덕은 즉시 갑옷을 겹으로 입고 허리에 보검을 찼다. 드디어 양회와 고패가 온다는 보고가 들어왔다. 현덕은 군사들에게 휴식을 명하고, 방통은 위연과 황충을 불러 은밀히 분부를 내린다.

"부수관에서 오는 군사가 많건 적건 기병이건 보병이건 간에 단한 명도 놓치지 마시오."

두 장수는 방통의 엄명을 받고 물러났다. 양회와 고패는 품속에 예리한 칼을 감춘 채, 양을 끌고 술통을 짊어지고는 군사 2백 명과 더불어 현덕이 주둔하고 있는 진지 앞에 이르렀다. 재빨리 주위를 살펴보니 아무런 방비도 하고 있지 않은 듯하여 양회와 고패는 내심 기뻐했다. 두 장수가 장막으로 들어가니, 현덕은 방통과 앉아 담소를 나누고 있었다. 두 장수는 자못 공손하게 말한다.

"황숙께서 먼 길을 돌아가신다니 보잘것없으나마 예를 갖추어 전송하러 왔습니다."

그러고는 들고 온 술과 안주 등을 내놓으며 현덕에게 권했다.

현덕이 사례한다.

"두 분 장군께서 평소 관소를 지키느라 고생이 많을 테니 먼저 잔을 받으시오."

두 사람은 현덕이 권하는 대로 먼저 술잔을 받아 마셨다. 현덕은 술잔이 비는 것을 보고 주위를 둘러보며 말한다.

"두 장군과 은밀히 나눌 얘기가 있으니, 다른 사람들은 잠시 물러가 있도록 하오."

현덕의 말에 따라 양회와 고패가 거느리고 온 군사 2백명은 중군 밖으로 물러나고 드디어 두 장수만 남았다. 갑자기 현덕이 벼락같이 고함을 질렀다.

"나를 위해 이 두 도적을 잡아라!"

장막 뒤에서 유봉과 관평이 뛰쳐나왔다. 양회와 고패는 갑작스럽게 벌어진 일이라 유봉과 관평을 이기지 못하고 순식간에 사로잡히고 말았다. 유현덕이 두 사람을 호되게 꾸짖는다.

"나는 너희 주인과 한집안 형제인데 너희가 어찌 감히 공모하여 혈친간의 정리를 이간질하느냐!"

방통이 좌우 사람들에게 명하여 두 사람의 몸을 뒤지게 했다. 과연 두 사람의 품속에서 날카로운 단검이 한자루씩 나왔다. 방통은 곧 큰소리로 영을 내린다.

"이 두놈을 끌어내 당장 목을 베어라!"

이 말에 유현덕이 주저하며 얼른 결단을 내리지 못하는데, 방통이 단호하게 말한다.

"이 두놈은 처음부터 주공을 해칠 음모를 품고 왔는데 어찌 그 죄를 용서할 수 있겠습니까?"

방통이 명령을 내리자 도부수의 도끼가 공중을 갈랐고 두 장수의 머리는 땅에 굴러떨어졌다. 또 한편으로 황충과 위연은 방통의 분부대로 2백명의 적군을 단 한명도 놓치지 않고 모조리 잡아두었다. 유현덕은 그들을 불러들인 다음 술을 내려 놀란 가슴을 진정하게 하고 나서 말한다.

"양회와 고패 두놈은 우리 형제 사이를 이간질했을 뿐만 아니라 단검을 숨기고 들어와 나를 해하려 하기에 어쩔 수 없이 참형에 처하였다. 너희들은 죄없이 따라온 터이니 놀랄 것 없느니라."

현덕의 위로에 군사들은 절을 올려 사례했다. 뒤이어 방통이 말한다.

"이제 너희들은 우리에게 길을 안내하도록 하라. 우리가 관소를 점령하고 나면 후한 상을 내릴 것이다."

그날밤, 현덕의 대군은 항복한 촉의 군사 2백명을 앞세우고 부수관으로 향했다. 항복한 군사들이 관문 앞에 이르러 일제히 소리 높여 외친다.

"두 장군께서 급한 볼일로 회군하셨으니 어서 관문을 열어라!"

성 위에서 그 소리를 들으니 자기편 군사가 틀림없다. 성에서는 아무 의심 없이 문을 열었고, 현덕의 군사들은 피 한방울 흘리지 않고 부수관을 점령했다. 부수관을 지키고 있던 촉군은 모두 항복했다. 현덕은 부수관에 입성하여 약속대로 후한 상을 내리고 군사를 나누어 앞뒤를 수비하게 했다.

다음 날은 군사들을 배불리 먹여 위로하고, 공청에 큰 잔치를 베풀었다. 현덕은 전에 없이 대취하여 마침 옆에서 술을 들고 있던 방통을 돌아보고 한마디 한다.

"군사, 오늘 이 자리가 가히 즐겁지 않소?"

방통이 대답한다.

"남의 나라를 치고 나서 즐겁다 하심은 어진 사람이 취할 병법이 아닌 듯합니다."

그 비꼬는 듯한 말투에 현덕의 목소리가 무심결에 커진다.

"내 듣자니 주나라 무왕은 폭군 주(紂)를 치고 나서 악곡을 지어 승리를 기렸다는데, 그러면 무왕 역시 어진 사람의 병법을 취한 게 아니란 말이오? 그대의 말은 도리에 맞지 않으니 썩 물러가오!"

방통은 크게 웃으며 밖으로 나가버렸다. 현덕이 몸을 가누지 못하고 비틀거리니 좌우에서 부축해 후당으로 들어갔다. 한밤중에야 술이 깬 현덕은 좌우 사람들에게서 방통에게 폭언을 퍼부은 이야기를 전해듣고 크게 후회했다. 이튿날 아침 일찍 현덕은 의관을 정제하고 당상에 올라 방통을 청하여 사죄했다.

"어젯밤 취중에 내가 말을 함부로 했던 모양이오만, 군사께선 부디 마음에 두지 마시오."

방통은 태연하게 웃고만 있다. 현덕이 거듭 말한다.

"어제의 말은 오로지 내 실수였소."

그제야 방통이 웃으며 대답한다.

"군신(君臣)이 함께 실수했사옵니다. 어찌 주공 혼자만의 실수이겠습니까!"

현덕도 호탕하게 웃으며 처음의 즐거운 기분으로 돌아갔다.

한편, 성도에 있는 유장은 유현덕이 양회와 고패 두 장수를 죽이고 부수관을 점령했다는 보고에 크게 놀랐다.

"오늘날 일이 이렇게 될 줄은 미처 몰랐구나!"

유장은 문무관원들을 모아놓고 현덕군을 물리칠 대책을 물었다. 황권이 나서서 아뢴다.

"당장이라도 군사를 보내 낙현(雒縣)에 주둔시키십시오. 낙현은 성도에 이르는 중요한 길목이니, 이곳을 잘 막으면 유비에게 제아무리 강한 군사와 용맹한 장수가 있다 할지라도 쉽게 지나오지 못할 것입니다."

유장은 곧 유괴와 영포, 장임, 등현 등 네 장수에게 5만 대군을 거느리고 밤을 새워 낙현으로 가서 길목을 지키라 명했다. 네 장수가 곧 출병하여 한창 행군해가는 중에 유괴가 말을 세우고 말한다.

"듣자니 금병산(錦屏山)에 도호가 자허상인(紫虛上人)이라는 아주 기이한 인물이 살고 있는데, 사람의 생사귀천(生死貴賤)을 기막히게 잘 본다고 합니다. 마침 오늘 금병산을 지나게 되니 한번 만나서 물어보면 어떻겠소?"

장임이 일소에 부친다.

"대장부가 적을 무찌르러 가는 마당에 산야에 묻혀사는 사람에게 무얼 묻는단 말이오?"

"그렇지 않소. 성인도 말씀하시기를 지성지도(至誠之道)는 미리 알 수 있다고 하셨소. 고명한 도인에게 앞날을 물어 길(吉)을 택하고 흉(凶)을 피하는 것이 어찌 부질없는 일이겠소."

그리하여 네 장수는 50~60기를 거느리고 자허상인을 찾아보기로 했다. 먼저 산 아래 마을의 나무꾼에게 자허상인이 어디에 사는지를 물으니 나무꾼은 높은 산꼭대기를 가리키며 그곳이 도인이 사는 곳이라고 일러주었다. 나무꾼의 말대로 산꼭대기까지 올라가니 과연 조그만 암자 하나가 있었다. 네 장수가 암자 앞에 이르니 동자 하나가 나와서 맞으며 이름을 묻고 암자 안으로 안내했다. 자허상인은 버들방석에 앉아 있었다. 네 장수가 공손히 절하고 나서 앞일을 물으니, 자허상인이 답한다.

"빈도(貧道)는 그저 산속에 묻혀사는 폐인에 지나지 않는데 어찌 인간사의 길흉을 알겠소?"

유괴가 세번 절하고 다시 물으니, 그제야 동자에게 종이와 붓을 가져오라 하여 거침없이 여덟 구의 글을 적어주었다.

좌측의 용 우측의 봉	左龍右鳳
서천으로 날아드니	飛入西川
봉은 땅에 떨어지고	雛鳳隆地
용은 하늘로 날아오르누나	臥龍升天
하나를 얻고 하나를 잃는 건	一得一失
천수의 당연함이라	天數當然
기회를 잘 보아 처신하여	見機而作
구천에 떨어지질 말아라	勿喪九泉

유괴가 다시 묻는다.

"저희 네 사람의 운수는 어떻습니까?"

자허상인이 귀찮다는 듯 대답한다.

"하늘이 정한 운수는 피할 길이 없으니 다시 물어 무엇 하겠소."

유괴가 거듭 물었지만, 자허상인은 눈썹을 내려뜨린 채 눈을 감고 대꾸가 없다. 그 모양이 마치 깊은 잠에 빠진 듯했다. 할 수 없이 네 장수가 산을 내려오는데 유괴가 말한다.

"선인의 말을 믿지 않을 수가 없소."

장임이 냉소한다.

"그런 미친 늙은이의 말을 들어서 무슨 이익이 있겠소."

드디어 네 장수는 낙현에 이르러, 중요한 길목에 군마를 나누어 배치하고 굳게 지키기로 했다. 유괴가 말한다.

"낙성은 성도의 장벽이자 보루니 이곳을 잃으면 성도를 지키기 어려울 게요. 그러니 우리 넷이 의논하여 둘은 성을 지키고, 나머지 둘은 낙현 앞 험산에 의지해 양편에 진을 쳐서 적군이 성에 얼씬도 못하도록 합시다."

영포와 등현이 나선다.

"그럼 우리 둘이 영채를 구축하고 적을 막겠소."

유괴는 크게 기뻐하며 즉시 두 사람에게 군사 2만명을 주어 성 밖으로 60여리 떨어진 곳에 영채를 세우게 했다. 자기는 장임과 남아서 낙성을 지키기로 했다.

한편 현덕은 부수관을 함락시킨 뒤 방통과 함께 낙성을 점령하려 의논을 하고 있었다. 그때 보고가 들어왔다.

"유장이 네 장군에게 대군 5만을 내주어 낙성을 지키도록 했는데, 그중 영포와 등현은 그날로 군사 2만을 이끌고 성밖 60리 떨어진 곳에다 각각 영채를 세웠습니다."

현덕이 주위를 돌아보며 묻는다.

"누가 나서서 적군의 두 영채를 먼저 공격해 공을 세우겠소?"

노장 황충이 앞으로 나선다.

"이 늙은이가 가겠습니다."

"노장군이 본부 인마를 거느리고 낙성으로 가서 영포와 등현의 영채를 취한다면 후한 상을 내리겠소."

황충이 크게 기뻐하며 즉시 본부 군마를 이끌고 진군하려 하는데, 갑자기 한 장수가 뛰어나오며 큰소리로 외친다.

"노장군은 연세도 많으신데 어찌 낙성을 취할 수 있겠소이까? 비록 소장이 재주는 없으나 대신 가고 싶습니다."

현덕이 보니 그는 바로 위연이다. 황충이 노하여 말한다.

"내 이미 장령(將令)을 받았는데 네가 어찌 감히 나서느냐!"

그러나 위연은 조금도 물러설 기미를 보이지 않는다.

"노장군은 이미 근력이 다했는데, 듣자니 영포와 등현은 촉의 명장으로 혈기가 왕성하다 합니다. 그러니 노장군이 어찌 당해낼지, 잘못되었다간 주공의 대사만 그르칠 게 아니겠소? 그래서 제가 대신 가겠다는 말입니다. 좋은 뜻에서 하는 말이니 부디 노여워하지 마십시오."

황충이 더욱 화가 나서 외친다.

"네가 나를 늙었다 하니, 어디 나와 무예를 겨뤄보겠느냐?"

위연이 말한다.

"주공 앞에서 무예를 겨루어 이긴 사람이 가기로 합시다."

황충이 계단 아래로 뛰어내려가며 부하장수에게 말한다.

"어서 칼을 가져오너라!"

급기야 유현덕이 나서며 두 장수를 만류한다.

"이게 무슨 짓들이오? 내 서천을 취하려는 지금 두 장수만을 믿고 있는데, 이렇게 두 호랑이가 서로 싸우면 하나는 틀림없이 상할 것이니 그래서야 어찌 대사를 이룰 수 있겠소? 두 사람은 노기를 풀고 어서 화해하시오."

방통도 말한다.

"두 사람은 다툴 것 없소. 지금 영포와 등현이 각기 영채를 하나씩 세우고 서로 호응하고 있으니, 두 사람 모두 본부 인마를 거느리고 가서 각자 영채 하나씩을 치시오. 먼저 영채를 빼앗는 쪽을 선공으로 인정하겠소이다."

이리하여 황충은 영포의 영채를, 위연은 등현의 영채를 치기로 명령을 받고 물러나갔다. 방통이 현덕에게 말한다.

"두 사람이 노상에서 행군 중에 다툴지도 모르니 주공께서 군사를 거느리고 가서서 후원하시지요."

현덕은 방통에게 성을 지키게 하고, 유봉·관평과 더불어 군사 5천명을 거느리고 뒤를 따르기로 했다.

한편, 황충은 영채로 돌아와 영을 내린다.

"내일은 4경(새벽 2시)에 밥을 지어먹고 5경(새벽 4시)에 전열을 정비해 날이 밝는 대로 왼편 산골짜기로 진군할 것이다!"

위연은 사람을 시켜 황충의 군사가 언제 출발하는지 알아오게 해두었다. 정탐꾼이 이 일을 즉시 위연에게 전하니 위연은 은근히 기뻐하며 곧 군사들에게 분부를 내린다.

"2경(밤 10시)에 밥을 지어먹고, 3경(밤 12시)에 진군하여 날이 밝는 대로 등현의 영채를 공격한다."

군사들은 위연의 명에 따라 초저녁에 배불리 먹었다. 그리고 마침내 말의 방울을 모두 떼내고 각자 함매(銜枚, 말을 못하도록 입에 물리는 나뭇조각)를 문 뒤 깃발을 말아 갑옷 속에 감추고는 어둠을 뚫고 소리 없이 행군했다. 드디어 3경 무렵, 군사를 이끌고 적의 영채를 향해 전진하면서 위연은 생각한다.

'이번 싸움에서 등현의 영채를 쳐부순다고 해서 그게 무슨 큰 공이 되겠는가. 이왕 나선 김에 우선 영포의 영채를 치고 그 기세를 몰아 등현의 영채까지 빼앗으면 두 영채를 해치운 공로를 독차지할 수 있겠지.'

위연은 즉시 군사들에게 길을 바꿔 왼쪽 산길로 진군하도록 했다. 어느새 동쪽 하늘이 뿌옇게 밝아오고 있었다. 영포의 영채가 보이는 곳에서 위연은 잠시 군사를 멈추고 북이며 징, 기치, 창검 등을 정비했다.

이미 영포의 진영에서는 만반의 태세를 갖추고 있었다. 영포의 정탐병이 이 상황을 염탐해 곧바로 보고했던 것이다. 영포의 삼군은 한방의 포소리를 신호로 위연의 군사를 향해 조수처럼 밀려나왔다. 갑작스러운 상황에 위연은 급히 칼을 쥐고 말을 몰아 영포를 맞아 싸웠다. 두 장수가 어울려 30여합을 싸웠으나 승부는 쉽게 나지 않았다. 서천 군사들은 두갈래로 나뉘어 위연의 군사들을 급습했다. 위연군은 밤샘 행군으로 지쳐 있는데다 갑작스러운 공격에 당황해 변변히 겨뤄보지도 못하고 달아나기에 바빴다. 위연도 더 버티지 못하고 말머리를 돌려 영포에게서 달아났다. 서천 군사들은 틈을 주지 않고 추격해왔다. 위연의 군사들이 크게 패하여 미처 5리도 달아나지 못했을 때였다. 산 뒤쪽에서 갑자기 북소리가 진동하더니 등현이 군사들을 이끌고 골짜기 길을 막으며 내달아온다.

"위연은 어서 말에서 내려 항복하라!"

위연이 급히 채찍을 더해 달아나는데, 순간 타고 있던 말이 앞굽을 꺾으며 넘어졌다. 그 바람에 위연은 말에서 떨어지면서 땅바닥에 내동댕이쳐지고 말았다. 등현이 때를 놓치지 않고 달려와 창을 번쩍 치켜들며 위연의 가슴을 찌르려는 참이었다. 어디선가 시윗소리가 나며 등현이 그대로 말에서 굴러떨어진다. 뒤에서 달려오던 영포가 등현을 급히 구해내려는데 한 장수가 산등성이에서 나는 듯이 말을 달려내려오며 온 산이 쩌렁쩌렁 울리도록 호통을 친다.

"노장 황충이 여기 있다!"

황충이 춤추듯 칼을 날려 영포를 공격하니, 영포는 당해내지 못하고 달아난다. 황충이 기세를 몰아 그 뒤를 추격하자 서천 군사들

황충은 활을 쏘아 위연의 목숨을 구해주다

은 사방으로 흩어지며 혼란에 빠졌다. 황충의 군사들은 위연을 구해내고 등현을 해치웠다. 그러고는 바로 적의 영채 앞까지 쳐들어갔는데, 달아나던 영포가 갑작스럽게 말머리를 돌려 황충에게 덤벼들었다.

황충과 영포가 서로 어울려 싸우기를 10여합, 갑자기 뒤쪽에서 한떼의 군마가 물밀듯 몰려왔다. 영포는 왼쪽 영채를 버리고 오른쪽 영채로 달아났다. 패잔병을 이끌고 영포가 오른쪽 영채 앞에 이르러 보니, 어찌 된 일인지 영채 안에는 자기편 기치가 전혀 보이지 않는다. 영포가 크게 놀라 주위를 두리번거리는데, 황금 갑옷에 비단 전포를 입은 한 장수가 나타났다. 그는 다름 아닌 유현덕이다. 그 왼쪽에는 유봉이, 그리고 오른쪽에는 관평이 서 있었다. 현덕이 큰소리로 호통친다.

"영채를 빼앗긴 패장이 어딜 가느냐!"

원래 현덕은 뒤에서 후원하려고 오다가 힘 하나 안 들이고 등현의 영채를 점령한 것이다. 영포는 앞뒤 생각할 겨를도 없이 산기슭 좁은 길을 따라 낙성을 향해 달아났다. 그러나 채 10리도 못 가서 복병들이 함성을 지르며 나타나더니 순식간에 밧줄을 던져 영포를 사로잡고 말았다. 다름 아닌 위연의 군사들이었다. 위연은 자신이 얼마나 큰 잘못을 범했는지 잘 아는 터라, 후군을 수습하고 촉군 포로에게 길을 물어서 영포가 달아날 만한 장소에 미리 매복해 있었던 것이다. 위연은 영포를 앞세우고 현덕에게로 갔다.

한편 첫싸움에 승리한 현덕은 면사기(免死旗)를 높이 세워서 서천 군사 중에 무기와 갑옷을 버리고 항복한 자는 죽이지 못하게 하고, 항복한 자를 죽인 경우는 제 목숨으로 갚게 했다. 그리고 서천 군사들에게 명을 내렸다.

"너희 서천 군사들에게도 부모와 처자가 있을 터인즉, 항복한 자들은 모두 군사로 받아들일 것이나 원하지 않는 자는 집으로 돌아가도록 허락한다."

이 말을 들은 서천 군사들의 환성이 땅을 진동했다. 황충이 영채를 완전히 장악하고 현덕에게 와서 고한다.

"위연이 군령을 어겼으니 목을 베소서!"

현덕이 즉시 위연을 부르니, 위연은 기다렸다는 듯 영포를 결박해 끌고 들어왔다. 현덕이 명한다.

"비록 위연이 군령은 어겼으나 적장을 사로잡은 공로를 인정하여 그 죄를 사하노라. 위연은 목숨을 구해준 황장군의 은혜에 깊이 감사하고, 다시는 서로 다투는 일이 없도록 하라."

위연은 머리를 조아려 황충에게 사죄했다. 현덕은 황충에게 상을 내리고 영포를 장막 앞으로 끌어오게 했다. 영포가 끌려오자 현덕은 손수 결박을 풀어주고 술을 내려 위로하며 묻는다.

"그대는 항복할 뜻이 없는가?"

영포가 대답한다.

"이미 죽은 목숨을 살려주셨으니 어찌 항복하지 않겠습니까? 유괴와 장임은 저와 더불어 생사를 함께하기로 맹세한 사이입니다. 저를 돌려보내주신다면 두 사람이 항복하게 하여 낙성을 바치겠습니다.”

현덕이 크게 기뻐하며 즉시 영포에게 옷과 말을 내주고 낙성으
로 돌아가게 했다. 위연이 말한다.

“영포를 돌려보내시면 안됩니다. 그자는 한번 가면 다시는 돌아
오지 않을 것입니다.”

“내가 저를 인의로 대하면 그도 나를 저버리지 못할 것이다.”

낙성으로 돌아간 영포는 유괴와 장임에게 사로잡혔다가 풀려났
다는 말은 하지 않고, 그저 10여명의 현덕군을 죽이고 말을 빼앗아
돌아왔노라고만 말했다. 유괴는 급히 성도로 사람을 보내 구원을
요청했다.

유장은 등현이 죽었다는 소식에 크게 놀라 문무관원을 모아놓고
대책을 의논했다. 큰아들 유순(劉循)이 나선다.

“제가 군사를 거느리고 가서 낙성을 지키겠습니다.”

유장이 주위를 둘러보며 말한다.

“내 아이가 나서겠다니, 누가 그를 보좌하겠느냐?”

“제가 가겠습니다.”

한 사람이 나서니 다름 아닌 유장의 외숙 오의(吳懿)였다.

“공이 가겠다 하시니 마음 든든합니다. 부장으로는 누구를 데려
가시겠습니까?”

오의는 그 자리에서 오란(吳蘭)과 뇌동(雷銅)을 천거해 부장으로
삼고, 군사 2만명을 거느리고 낙성을 향해 떠났다. 원군을 맞아들
인 유괴와 장임은 전날 있었던 일을 알리고 다시 계책을 논의했다.

먼저 오의가 계책을 묻는다.

"적병이 성밑까지 들이닥쳤으니 맞서 싸우기가 쉽지 않을 게요. 좋은 계책이 있으면 주저하지 말고 말하시오."

영포가 말한다.

"이 부근에는 부강(涪江)이 흐르는데 물살이 제법 빠릅니다. 적들의 영채는 산기슭에 있고 지세가 아주 낮습니다. 제게 군사 5천을 내주신다면 괭이와 호미로 강둑을 무너뜨려 유비의 군사들을 몰살시키겠습니다."

오의는 당장 영포의 계책에 따르기로 하고 오란·뇌동에게도 후원하도록 했다. 영포는 군사 5천 명을 거느리고 제방을 무너뜨릴 준비를 했다.

한편, 유현덕은 황충과 위연에게 각각 영채를 지키게 하고, 자신은 부성으로 돌아와 방통과 대책을 의논하고 있었다. 이때 정탐꾼이 돌아와 보고한다.

"동오의 손권이 동천의 장로에게 사람을 보내 서로 동맹을 맺고 가맹관으로 쳐들어온다 합니다."

유현덕이 깜짝 놀라며 방통에게 묻는다.

"가맹관을 잃으면 퇴로가 끊겨 진퇴유곡에 빠질 텐데 어찌하면 좋겠소?"

방통이 옆에 있는 맹달을 보며 말한다.

"그대는 촉땅 사람이라 지리에 밝을 터이니 가서 가맹관을 지키는 게 어떻겠소?"

맹달이 말한다.

"제가 한 사람을 천거할까 합니다. 그 사람과 함께 가맹관을 지킨다면 어려울 게 없겠습니다."

현덕이 묻는다.

"그 사람이 누구요?"

맹달이 아뢴다.

"일찍이 형주의 유표 밑에서 중랑장을 지낸 사람으로 남군(南郡) 지강(枝江)이 고향인데, 성명은 곽준(霍峻)이요, 자는 중막(仲邈)이라 합니다."

현덕은 크게 기뻐하며 즉시 맹달과 곽준을 가맹관으로 보내 지키게 했다. 방통은 현덕과 헤어져 관사로 돌아왔다. 잠시 후 문지기가 들어와 고한다.

"손님이 찾아와 군사를 뵙겠다고 합니다."

방통이 나가보니, 8척 장신에 생김새가 매우 비범한 사람이 서 있는데 짧게 자른 머리는 목언저리에서 너풀거리고, 아무렇게나 옷을 걸쳐 보기에 몹시 누추했다. 방통이 물었다.

"선생은 누구시오?"

그런데 그 사람은 아무런 대답도 않고 섬돌로 쓱 올라서더니 거침없이 방 안으로 들어가 침상에 누워버렸다. 방통이 당황스럽기도 하고 의아하기도 해서 거듭 물으니 그제야 그 사람이 입을 연다.

"그렇게 서두를 것이 뭐 있소? 내 이제 그대에게 천하대사를 알려주려 하는데……"

방통은 더욱 의심스러웠지만 우선 사람을 시켜 술과 음식을 내오게 했다. 그 사람은 벌떡 일어나 조금도 사양하지 않고 마구 먹고 마시더니 다시 침상에 드러누워 코를 골며 잠이 들어버렸다. 방통은 혹시 염탐꾼이나 아닌가 의심스러워 사람을 시켜 법정을 청해오도록 했다. 법정이 황망히 달려오자 방통이 나가 맞으며 정황을 설명한다.

"이러저러한 사람이 나를 찾아왔소이다."

듣고 나서 법정이 말한다.

"혹시 팽영언(彭永言)이 아닐지……"

법정이 섬돌 위로 올라서서 코를 골며 누워 자는 사람을 들여다보았다. 그때 자던 사람이 벌떡 일어나며 인사를 한다.

"그래 효직(孝直, 법정의 자)은 별일 없었는가?"

서천 사람 옛벗을 만나	祇爲川人逢舊識
마침내 부수의 거친 물결 잠재우도다	遂令涪水息洪流

이 사람은 과연 누구일까?

63

낙봉파

공명은 방통의 죽음에 통곡하고
장비는 엄안을 의리로써 살려주다

법정이 그 사람을 마주 보고 손뼉을 치며 반갑게 웃었다. 방통이 어리둥절하여 누구냐고 묻자, 법정이 대답한다.

"이분은 광한(廣漢) 사람으로 성은 팽(彭)이요 이름은 양(羕), 자는 영언(永言)이며, 촉땅의 호걸이오. 일찍이 유장에게 바른말을 했다가 미움을 받아 곤겸형(髡鉗刑, 머리를 깎이고 목에 쇠고리를 끼는 형벌)을 받고 노예가 되었던지라 이렇게 머리가 짧은 것이지요."

설명을 듣고 나서 방통은 팽양을 귀한 손님의 예로 정중하게 대접하며 묻는다.

"이번에는 무슨 일로 어려운 걸음을 하셨는지요?"

팽양이 대답한다.

"이번에 특별히 그대들 수만명의 목숨을 구해줄까 해서 왔소만,

유장군을 만나야 말할 수 있소."

법정은 지체없이 현덕에게 알렸다. 현덕이 급히 팽양을 찾아와 묻는다.

"제게 하실 말씀이 무엇인지요?"

현덕의 물음에 오히려 팽양이 되묻는다.

"장군께서는 전방 영채에 군사를 얼마나 배치했습니까?"

"그곳은 지금 황충과 위연이 지키고 있습니다."

"허허, 장군이란 사람이 어찌 지세의 이로움을 모르시오?"

"무슨 말씀인지요?"

"전방 영채가 부강에 바싹 붙어 있으니 만일 적군이 제방을 무너 뜨리고 앞뒤를 막는다면 한 사람도 살아남기 어려울 거요."

팽양의 말을 듣고 현덕은 크게 깨닫는 바 있었다. 팽양이 다시 말한다.

"이 사람이 천문을 보았는데, 강성(罡星, 북두칠성의 자루 부분에 있는 별)이 서쪽에 있고 태백(太白, 금성)이 이곳에 머물러 있으니 불길한 징조입니다. 장군께서는 부디 만사를 신중하게 처리하십시오."

현덕은 자리에서 일어나 팽양에게 절을 올리고 막빈(幕賓)으로 삼았다. 그리고 위연과 황충에게 사람을 보내 밤낮으로 경계를 철저히 하여 부강의 제방이 무너지지 않도록 하라고 일렀다. 황충과 위연은 각각 하루씩 교대로 강변을 경계하면서, 적군을 만날 경우 서로에게 통보해 지원하기로 했다.

비바람이 몰아치는 밤이었다. 영포는 이때를 놓치지 않고 군사

5천명을 이끌고 둑으로 나왔다. 영포의 군사들이 괭이와 삽으로 제방을 무너뜨리려는데 갑자기 뒤에서 빗소리 바람소리에 섞여 함성이 들려왔다. 영포가 함정에 빠진 것을 깨닫고 급히 군사를 되돌려 빠져나가려 하는데 앞에서 위연이 군사를 이끌고 들이닥치니, 갑자기 당한 일에 놀란 서천 군사들이 자기네끼리 밟고 밟히며 큰 혼란이 일어났다. 서둘러 달아나던 영포는 달려드는 위연과 마주쳤다. 서로 맞붙어 싸운 지 불과 몇합에 위연이 영포를 사로잡아버렸다. 오란과 뇌동이 급히 영포를 후원하러 달려왔으나, 황충의 군사가 들이닥치는 바람에 수많은 군마만 잃고 달아났다.

위연이 영포를 사로잡아 부관에 이르니, 현덕이 영포를 꾸짖는다.

"내 너를 인의로 대하여 살려보냈더니 감히 나를 배신했단 말이냐. 이번에는 살기를 바라지 마라!"

현덕은 즉시 영포를 끌어내 참하라 명하고 위연에게는 후한 상을 내렸다. 그리고 성대한 잔치를 베풀어 팽양을 대접하는데, 갑자기 형주에 있는 군사 제갈량이 마량(馬良)을 시켜 서신을 보내왔다는 전갈이 들어왔다. 현덕이 불러들이니, 마량이 들어와 예를 올리고 아뢴다.

"형주는 평안하오니 주공께서는 아무 염려 마십시오."

그러고는 현덕에게 제갈량의 서신을 바쳤다. 현덕이 펴보니 내용은 대강 이러하다.

신 제갈량이 밤에 태을수(太乙數, 음양가에서 전란·재화 등을 다스린다는 별자리)를 보니, 금년이 계사년인데 강성이 서쪽에 있고, 또 건상(乾象, 하늘의 별자리)을 보니 태백(금성)이 낙성땅 위에 나타나, 주장수(主將帥)의 신상에 흉함은 많고 길함이 적으니 바라옵건대 주공께서는 만사에 근신하소서.

현덕은 서신을 읽고 나서 마량을 돌려보낸 뒤에 말한다.
"내가 형주로 돌아가서 이 일을 의논해보겠소."
현덕의 말에 방통은 생각한다.
'내가 서천을 점령해 공을 세울까 두려워 공명이 편지를 보내 막으려 하는구나.'
방통이 현덕에게 말한다.
"저 역시 태을수를 보아 이미 강성이 서쪽에 있음을 알고 있습니다. 하지만 이는 주공께서 서천을 취할 조짐일 뿐 결코 흉조가 아닙니다. 또한 저 역시 천문을 보아 태백이 낙성에 임했음을 알고 있으나, 적장 영포를 참했으니 이미 흉조는 때운 것입니다. 주공께서는 주저하지 마시고 속히 진군하십시오."
현덕은 방통의 거듭되는 재촉에 군사를 이끌고 전진하기로 했다. 황충과 위연이 현덕군을 영채로 맞아들였다. 방통이 법정에게 묻는다.
"낙성으로 가자면 여러갈래의 길이 있겠지요?"
법정은 땅바닥에 지도를 그려 보이며 진군할 길을 가르쳐주었다. 현덕이 장송으로부터 건네받은 지도와 대조해보니 틀림없었다. 법정이 자세히 설명한다.

"산 북쪽으로 대로가 있는데, 바로 낙성의 동문으로 향하는 길입니다. 또한 산 남쪽으로 난 외딴 소로는 바로 낙성의 서문으로 통합니다. 두 길 모두 군사를 움직일 만합니다."

방통이 현덕에게 말한다.

"제가 위연을 선봉장으로 삼아 남쪽 소로로 갈 테니 주공께서는 황충을 선봉장으로 하여 북쪽 대로로 가시지요. 낙성에 함께 도착해 일제히 공격하는 게 좋겠습니다."

현덕이 말한다.

"나는 어렸을 때부터 활 쏘고 말 달리는 데 익숙해 소로를 많이 다녔으니, 방군사께서 대로로 가서 동문을 취하시오. 내가 서문을 공략하겠소."

"대로에는 반드시 지키는 군사가 있을 테니 주공께서 군사를 거느리고 가서 막아주십시오. 저는 소로를 맡겠습니다."

"안되오. 실은 어젯밤에 꿈을 꾸었는데, 신인(神人)이 손에 쇠막대를 들고 나타나 내 오른쪽 팔을 내려칩디다. 놀라서 잠을 깼는데, 어찌 된 영문인지 깨고 나서도 오른쪽 팔이 아팠소. 이번 행군은 아무래도 좋지 못한 듯하오."

"대장부가 싸움에 나가 죽지 않으면 다치는 것은 당연한 일입니다. 어찌 한낱 꿈을 가지고 의심하신단 말입니까?"

그러나 현덕은 걱정을 떨치지 못한다.

"아무래도 공명의 서신이 마음에 걸리는구려. 군사는 돌아가서 부관을 지키는 게 낫겠소."

방통이 대수롭지 않은 듯 크게 웃으며 말한다.

"주공께서는 공명의 서신에 미혹되셨습니다. 공명은 제가 혼자 큰 공을 세울까 하여 그런 글을 보내 주공의 마음을 흔들어놓았습니다. 그 마음 때문에 주공께서 그러한 꿈을 꾸신 것이지 무슨 흉사가 있겠습니까? 방통은 주공을 위해 간뇌도지(肝腦塗地)할 것이니, 주공께서는 더이상 여러 말씀 마시고 진군하소서."

방통의 태도는 강경했다. 마침내 현덕은 그날로 군사들에게 5경에 밥을 지어먹고 날이 밝는 대로 진군하라고 명을 내렸다.

날이 밝자마자 선봉장 위연과 황충이 군사를 거느리고 먼저 출발했다. 이어 현덕이 방통과 더불어 낙성에서 만날 약속을 정하고 있는데, 갑자기 방통이 타고 있던 말이 날뛰면서 방통을 땅에다 내동댕이쳐버렸다. 현덕은 깜짝 놀라 말에서 뛰어내려서 날뛰는 말을 붙잡는 한편, 손수 방통을 부축해 일으켰다. 현덕이 나무라듯 말한다.

"군사는 어째서 이런 말을 타시오?"

방통도 어이가 없는 얼굴로 대답한다.

"이 말을 탄 지 오래되었지만 일찍이 이런 일은 없었습니다."

"싸움에 임하여 이런 일이 생긴다면 필경 사람의 목숨이 온전치 못하겠소. 내 백마는 성질이 순하고 길이 잘 들었으니 군사가 내 말을 타시오. 절대 실수가 없으리다. 군사의 못된 말은 내가 타겠소."

현덕의 깊은 배려에 방통은 감격한다.

"주공의 두터운 은혜를 어찌 다 갚겠습니까. 제가 비록 만번 죽는다 해도 보답하기 어려울 것입니다."

현덕과 방통은 말을 바꾸어타고 각자 길을 떠났다. 현덕은 멀어져가는 방통의 뒷모습을 바라보며 어쩐지 마음이 불안하고 내내 안심이 되질 않았다.

한편, 낙성의 오의와 유괴는 영포가 사로잡혀 참형당했다는 소식을 듣고 사람들을 불러모아 의논했다. 장임이 먼저 말한다.

"성밖 동남쪽 산골에 소로가 있으니 이곳이 참으로 중요한 길목이오. 내가 한떼의 군사를 이끌고 가서 지키겠소. 공들은 이 낙성을 굳게 지켜 절대 실수 없도록 하시오."

이때, 현덕군이 두 길로 나뉘어 낙성을 향해 오고 있다는 보고가 들어왔다. 장임은 급히 군사 3천명을 이끌고 가 소로에 매복하고 기다렸다. 얼마 후 선봉인 위연의 군사가 산길에 나타났다.

"절대 움직이지 마라. 곧 후군이 올 테니 기다려라!"

장임의 은밀한 전령에 따라 매복군사들은 기다리고 있었다. 과연 얼마 후 방통의 군사들이 소로에 들어섰다. 장임의 군사 하나가 손으로 방통을 가리키며 말한다.

"저기 백마를 타고 오는 장수가 바로 유비입니다!"

장임은 크게 기뻐하며 군사들에게 이러저러하게 하라고 계책을 일러주었다.

한편 방통은 산속 좁은 길을 전진하고 있었다. 주위를 둘러보니 양쪽 산봉우리가 맞닿을 듯 길이 좁고 수목이 빽빽한데다, 마침 여름 끝이라 나뭇잎이 무성했다. 방통은 문득 의심이 일어 급히 말을 세우고 묻는다.

"이곳 지명을 뭐라 하는가?"

새로 항복해온 서천 군사가 대답한다.

"이곳은 낙봉파(落鳳坡)라 하옵니다."

방통은 깜짝 놀랐다.

'내 도호가 봉추인데, 낙봉파라니…… 내게 이롭지 않도다!'

방통은 즉시 군사들에게 호령한다.

"빨리 후퇴하라!"

그때 갑자기 산 절벽 쪽에서 한방 포소리가 울리더니 백마를 탄 방통을 향해 화살이 비오듯 쏟아졌다. 아깝게도 방통은 어지러이 날아드는 화살에 맞아 말에서 떨어져 죽으니, 이때 그의 나이 36세였다.

후세 사람이 시를 지어 탄식했다.

고갯마루 연이어 녹음이 우거진 현산　　　古峴相連紫翠堆

방통의 집은 그 산모퉁이에 있었네　　　士元有宅傍山隈

비둘기 부르는 노래 아이들까지 익히 알았고　　兒童慣識呼鳩曲

빼어난 그 재주 길거리에도 모르는 사람 없었다네　閭巷曾聞展驥才

천하가 셋으로 나뉠 것을 미리 알고서　　預計三分平刻削

만리길을 달려 홀로 배회하더니　　　長驅萬里獨徘徊

뉘 알았으리 천구성이 떨어져　　　誰知天狗流星墜

장군의 금의환향 끝내 보지 못할 줄을　　　　　不使將軍衣錦回

당시 동남쪽에서 불리던 동요도 있다.

봉 한마리 용 한마리 나란히　　　　　　　　　一鳳幷一龍
촉중으로 함께 날아가더니　　　　　　　　　　相將到蜀中
가던 길 반도 못 미쳐　　　　　　　　　　　　纔到半路裏
봉은 동쪽 언덕에서 떨어져 죽었네　　　　　　鳳死落坡東
바람은 비를 몰아오고　　　　　　　　　　　　風送雨
비는 바람 따라 오고　　　　　　　　　　　　雨隨風
한이 일어날 때 촉으로 가는 길 열리는데　　　隆漢興時蜀道通
촉으로 가는 길 열렸을 땐 용 한마리뿐이리라　蜀道通時祇有龍

　이날 장임은 방통을 쏘아 죽였고, 비좁은 산골에서 진퇴양난에
빠진 한나라 군사 태반이 죽고 말았다. 앞서 빠져나간 군사가 위연
에게 이 소식을 전했다. 위연이 황급히 말머리를 돌렸으나 길이 좁
아 싸울 수가 없다. 게다가 장임이 길을 끊고 높은 언덕에 올라 강
궁(强弓, 탄력이 세고 큰 활)과 경노(硬弩, 강한 쇠뇌)를 빗발치듯 쏘아대
지 않는가. 위연이 다급한 상황에서 어찌할 바를 모르고 있는데, 항
복해온 서천 군사가 귀띔한다.
　"차라리 곧장 큰길로 나가 낙성을 향하는 게 좋겠습니다."
　그 말에 따라 위연은 앞장서서 싸우면서 길을 뚫어 낙성을 향해

진군했다. 그때 앞에서 자욱하게 흙먼지가 일더니 한무리의 군사들이 무서운 기세로 달려오고 있었다. 바로 낙성을 지키고 있던 오란과 뇌동의 군사였다. 뒤에서는 장임이 추격하고 앞에서는 오란과 뇌동의 적병이 들이닥치니, 위연은 꼼짝없이 갇힌 꼴이라 죽기를 각오하고 싸웠지만 도무지 빠져나갈 수가 없었다. 그때 갑자기 적군의 뒤쪽이 어수선해지면서 무너지기 시작했다. 오란과 뇌동이 말머리를 돌려 후군을 수습하러 달려가니 위연은 그 뒤를 추격했다. 갑자기 앞에서 한 장수가 칼을 휘두르며 말을 박차고 달려와 큰소리로 외친다.

"문장(文長, 위연의 자), 내 그대를 구하러 왔네!"

다름 아닌 노장군 황충이었다. 비로소 힘을 얻은 위연이 그대로 적을 들이치고 황충의 군사는 뒤에서 후원했다. 위연과 황충은 협공으로 오란과 뇌동의 군사를 무찌르며 기세를 몰아 곧바로 낙성 밑까지 육박했다. 낙성에서는 기다렸다는 듯 유괴가 군사를 이끌고 나와 공격했다. 때마침 현덕이 나타나 뒤를 후원하니 황충과 위연은 그 틈에 군사를 돌려세웠다.

현덕의 군사가 서둘러 영채로 회군하는데 소로에 매복해 있던 장임의 군사가 앞길을 막았다. 그리고 뒤에서는 유괴·오란·뇌동의 군사가 합세하여 공격해온다. 현덕의 군사는 앞서 빼앗은 두 영채에 머물지도 못하고 싸우다 달아나고, 싸우다 달아나기를 거듭하면서 부관으로 밀려났다. 촉군이 승세를 타고 더욱 급하게 추격해오니 현덕의 군사는 말과 사람이 모두 지쳐 대적할 기운을 잃고 목

숨을 구해 달아나기에 바빴다. 겨우 부관에 이르렀을 때였다. 지칠
대로 지쳐 바싹 뒤로 다가든 장임의 군사에게 당하기 직전인데, 왼
쪽에서 유봉이, 오른쪽에서 관평이 3만 군사를 이끌고 나와 현덕군
을 맞는다. 그제야 장임은 말머리를 돌려 달아났다. 유봉과 관평이
장임을 20리까지 뒤쫓아 많은 전마를 빼앗고 돌아왔다.

유현덕은 부관에 들어서자마자 방통의 안부를 물었다. 낙봉파에
서 겨우 목숨을 구해 도망온 군사들이 보고한다.

"군사께서는 적군이 어지러이 쏘는 화살을 맞고 말과 함께 낙봉
파에서 전사하셨습니다."

그 말을 들은 현덕은 서쪽을 바라보며 통곡했다. 그러고는 방통
을 위해 초혼제를 지내니, 여러 장수들도 모두 통곡하며 애통해 마
지않았다. 황충이 말한다.

"방통 군사께서 돌아가셨으니 필시 장임이 이 틈을 노려 부관을
공격해올 것입니다. 주공께서는 마땅히 대책을 세우셔야 합니다.
즉시 형주로 사람을 보내 제갈 군사를 모셔다가 서천을 취할 계책
을 의논하시는 게 어떨지요."

이렇게 의논하고 있는데, 장임이 성밑에 와서 싸움을 걸고 있다
는 보고가 들어왔다. 즉시 황충과 위연이 나서더니 서로 자기가 출
전하겠다고 우겼다. 현덕이 말한다.

"지금은 군사들의 사기가 꺾여 있으니 성을 굳게 지키며 제갈 군
사가 올 때까지 기다리시오."

황충과 위연은 현덕의 명령에 따라 성을 굳게 지키고만 있었다.

현덕이 서신 한통을 써서 관평에게 주며 말한다.

"네 형주로 가서 제갈 군사를 속히 청해오도록 하라."

관평이 서신을 가지고 밤을 새워 형주로 달려간 뒤로 현덕은 오직 부관을 지키기만 할 뿐 나가서 싸우려 하지 않았다.

한편 공명은 형주에서 칠석 명절을 맞아 밤에 잔치를 베풀고 서천 공략에 대한 이야기를 나누고 있었다. 문득 공명이 하늘을 바라보니, 서쪽 하늘에서 말〔斗〕만 한 크기의 별 하나가 떨어져 흐르면서 그 빛이 사방으로 흩어졌다. 공명은 소스라치게 놀라더니 술잔을 땅에 던지며 얼굴을 가리고 통곡한다.

"슬프도다, 원통하도다!"

모든 관리들이 놀라 까닭을 물으니 공명이 비통한 얼굴로 말한다.

"일전에 금년 천수(天數)를 보니 강성이 서쪽에 있어 군사에게 불길했소. 게다가 천구(天狗, 유성)가 우리 군을 침범하고 태백이 낙성에 임한지라 주공께 글을 올려 조심하시라 말씀드렸는데, 오늘 밤 서쪽에서 큰별이 떨어질 것을 어찌 생각이나 했겠소? 방사원(士元, 방통의 자)의 명이 다한 게 틀림없구려."

공명은 울음을 참지 못하며 원통해한다.

"우리 주공께서 팔 하나를 잃으셨구나!"

좌중의 사람들은 놀랐으나 누구도 그 말을 믿으려 하지 않았다. 공명이 말한다.

"며칠 안으로 반드시 소식이 있을 게요."

그날밤 잔치는 썰렁하게 끝나고 사람들은 모두 흩어져 돌아갔다. 그리고 며칠이 지났다. 공명이 관운장과 마주 앉아 있는데, 종자가 와서 알린다.

"관평이 도착하여 뵙기를 청합니다."

관리들은 모두 놀랐다. 관평이 들어와 현덕의 서신을 올리니 공명이 급히 읽는다.

"금년 칠월 초이렛날 방통 군사가 낙봉파에서 장임의 군사들이 쏜 화살에 맞아 목숨을 잃었소."

편지를 읽은 공명이 통곡하고, 모여 있던 사람들도 모두 눈물을 흘렸다. 공명이 주위를 둘러보며 말한다.

"부관에 계신 주공께서 진퇴양난에 빠져 계시니 내가 가보지 않을 수 없겠소."

관운장이 걱정스럽게 말한다.

"군사께서 떠나시면 형주는 누가 지킨단 말씀이오? 형주는 중요한 곳이니 가벼이 여겨서는 안됩니다."

공명이 답한다.

"주공께서 서신에 형주를 지킬 사람을 딱히 지목하시지 않았으나, 나는 주공의 뜻을 짐작하고 있소."

공명은 현덕의 서신을 여러 사람에게 보이며 말을 잇는다.

"주공께서는 형주의 일을 내게 맡기면서 재량껏 처리하라 하셨소. 하나 관평에게 편지를 들려보내신 것은 관운장에게 형주를 맡기라는 뜻이오. 운장은 부디 주공의 뜻을 받들어 형주를 맡아주시오. 도원결의하던 형제의 정을 생각해서라도 온힘을 다해 형주를 지키셔야 할 것이오. 실로 운장의 책임이 막중하오."

운장은 사양하지 못하고 공명의 뜻을 받아들였다. 공명은 잔치를 열고 현덕에게서 받았던 인수를 관운장에게 전했다. 관운장이 두 손을 들어 인수를 받으려 하자 공명은 인수를 떠받든 채 다시 한번 당부한다.

"형주는 오로지 장군의 손에 달려 있소이다."

관운장이 답한다.

"대장부가 중임을 맡았으니 사력을 다해 지킬 것이오."

순간 공명은 운장의 말 중에 죽을 사(死) 자가 거슬렸으나, 이미 입 밖에 나오고 말았으니 주워담을 수도 없는 노릇이다. 공명이 운장에게 묻는다.

"만일 조조가 쳐들어오면 어쩌시겠소?"

"힘을 다해 막겠습니다."

"그럼 조조와 손권이 한꺼번에 쳐들어오면 어찌하시겠소?"

"군사를 나누어 막겠습니다."

공명은 잠시 운장을 바라보다 말한다.

"안되오. 그러면 형주가 위태로워질 게요. 내가 여덟 글자를 알려드릴 터이니, 잘 기억해두었다가 그대로 행한다면 형주를 보존할 수 있으리다."

"그 여덟 글자가 무엇입니까?"

"북거조조(北拒曹操, 북으로 조조를 막다) 동화손권(東和孫權, 동으로 손권과 화친하다)이오. 이 여덟 자를 명심하시오."

"군사께서 하신 말씀을 가슴 깊이 새겨 잊지 않으리다."

마침내 공명은 운장에게 인수를 전했다. 그리고 관운장을 보좌할 사람들을 정했다. 문관으로는 마량·이적·향랑·미축을 명하고, 무관으로는 미방·요화·관평·주창을 정해 형주를 지키게 했다. 또한 공명은 친히 군사를 거느리고 서천을 향해 떠나기에 앞서 이렇게 지시한다.

"익덕은 정예군사 1만명을 거느리고 대로로 진군해 파주를 거쳐 낙성 서쪽으로 쳐들어가시오. 먼저 당도한 것으로 일등 공을 삼겠소. 또한 자룡은 한무리의 군사를 거느리고 선봉이 되어 강을 거슬러올라가 낙성에 이르도록 하오."

그리고 공명 자신은 간옹·장완(蔣琬) 등과 함께 그 뒤를 따르기로 했다. 장완은 영릉(零陵) 상향(湘鄉) 사람으로 자는 공염(公琰)인데, 형주와 양양에서 이름을 떨치던 인물로 그때 서기 일을 보고 있었다.

드디어 공명은 1만 5천 군사를 거느리고 장비와 같은 날 출정했다. 떠나기에 앞서 공명은 장비에게 거듭 당부한다.

"서천에는 호걸이 많으니 절대로 가벼이 여겨서는 안되오. 또한 군사들을 잘 단속하여 민폐를 끼치는 일이 없도록 하고, 가는 곳마다 백성을 구휼해 민심을 얻으시오. 부디 군사들을 잘 독려하여 하루바삐 낙성에 당도해 선공을 세우시오."

장비는 흔쾌히 공명의 충고를 받아들인다.

"군사는 걱정 마시우. 내 알아서 잘하리다!"

장비의 1만 대군이 드디어 낙성을 향해 떠났다. 장비가 닿는 곳마다 항복해오는 자가 많았는데 모두 너그럽게 대했으며, 군사들역시 군령을 엄수해 민폐를 끼치는 일이 없었다. 장비는 한천(漢川)길을 따라 진군해 파군(巴郡) 가까이에 도착했다. 정탐꾼이 장비에게 보고한다.

"파군 태수 엄안(嚴顔)은 널리 알려진 촉의 명장으로, 비록 나이는 많지만 혈기가 젊은이 못지않아 아직도 강한 활과 큰 칼을 잘쓰며 혼자서 만명도 대적할 만큼 용맹스럽다 합니다. 성을 굳게 지키며 백기를 내걸지 않고 있습니다.",

장비가 보니, 지금까지 지나온 다른 성들과는 달리 파군의 성곽에는 항기(降旗, 항복할 때 내거는 백기)가 나부끼지 않는다. 장비는 우선 성밖 10리 되는 곳에 영채를 세우고, 사신을 파군성으로 보내일렀다.

"늙은 필부는 즉시 항복하라. 그리하면 성안의 백성들은 목숨을보전하겠지만 만일 버티고 귀순하지 않으면 성곽을 쳐부수고 들어가 늙고 젊고를 가리지 않고 모조리 목을 벨 것이다!"

한편, 본래 파군 태수 엄안은 유장이 법정을 형주로 보내 현덕을서천으로 불러들였다는 소식을 듣고 가슴을 치며 탄식한 터였다.

"가만히 앉아서 호랑이를 데려다가 호위하게 하려는 수작이란말인가!"

그뒤 현덕이 부관을 점령했다는 소식을 들은 엄안은 크게 노하여 군사를 이끌고 가서 싸울 생각까지 했으나, 혹시나 그 틈에 동오의 군사가 쳐들어올까 두려워 주저하던 참이었다. 그러던 중 장비의 군사들이 온다는 보고를 받자 즉각 정예병 5~6천명을 점검하여 대적할 준비를 했다. 그때 한 사람이 나서서 계책을 말한다.

"장비는 당양 장판파에서 고함소리 한번으로 조조의 백만 대군을 물리친 장수입니다. 조조 역시 그 이름만 들어도 피하는 터이니 절대 가벼이 여길 상대가 아닙니다. 도랑을 깊이 파고 보루를 높인 다음 나가서 싸우지 말고 굳게 성을 지킨다면, 양식이 떨어져 한달도 버티지 못하고 물러나게 되겠지요. 더구나 장비는 성미가 불같아서 곧잘 군사를 채찍질한다 합니다. 그러니 우리가 나아가 싸우지 않으면 반드시 노할 테고, 노하면 군사들을 포악하게 다룰 것입니다. 그리되면 군사들의 마음도 변하고 말 테니, 그때 기회를 보아 공격하면 수월하게 장비를 사로잡을 수 있을 것입니다."

엄안은 그 말을 받아들이고 군사들을 총동원하여 굳게 성을 지키라 명했다. 그때 홀연히 장비의 군사 하나가 성밑에 와서 소리친다.

"성문을 열어라!"

엄안이 불러들이라 해서 만나보니, 장비의 군사는 사신으로 온 뜻을 고하고 즉각 항복하면 목숨을 살려줄 것이라는 장비의 말을 그대로 전했다. 그 말을 들은 엄안이 크게 노하여 꾸짖는다.

"그런 보잘것없는 놈이 어찌 이리 무례한가. 나 엄장군이 그까짓 도적놈에게 항복할 것 같으냐. 너의 입을 빌려 내 말을 장비에게 그대로 전하리라!"

엄안은 장비의 사자로 온 군사의 귀와 코를 베어버린 다음 성밖으로 쫓아냈다. 귀와 코를 베인 군사는 영채로 돌아와 울며불며 장비에게 엄안의 욕설을 그대로 고했다. 대로한 장비는 이를 갈며 고리눈을 부릅뜨더니 수백기를 거느리고 한달음에 파군 성밑으로 달려가 싸움을 걸었다. 하지만 성 위의 군사들은 입에 담지도 못할 더러운 욕설만 퍼부어댈 뿐 맞서 싸우러 나오지 않았다. 장비는 화를 참지 못해 몇차례나 조교 가까이 쳐들어가 해자를 건너려 했다. 그러나 그때마다 비오듯 쏟아지는 화살 때문에 뜻을 이룰 수 없었다. 잔뜩 노기가 치밀어오른 장비가 앞뒤로 오가며 싸움을 독촉했으나 밤이 이슥하도록 성에서는 한 사람도 나오지 않는다. 장비는 끓어오르는 분을 누르며 영채로 돌아왔다.

이튿날 이른 새벽부터 장비가 또 성밑으로 나가 싸움을 거는데, 성루 위에 있던 엄안이 화살 한대를 쏘아 장비의 투구에 맞혔다. 약이 오른 장비가 엄안을 향해 손가락질하며 소리친다.

"내 반드시 저 늙은놈을 잡아 그 고기를 씹고야 말 테다!"

그날도 온종일 욕설만 오가다가 헛되이 날이 저물고 말았다. 사흘째 되는 날, 장비는 다시 군사를 거느리고 성밑으로 가서 싸움을 걸었다. 원래 파군성은 산 위에 세운 성으로, 주위의 산세가 험준했다. 장비가 산꼭대기로 말을 몰아 파군 성안을 굽어보니, 엄안의 군사들은 하나같이 투구를 쓰고 정연히 대오를 갖추어 매복해 있었다. 단지 싸우러 나오지 않을 뿐이었다. 백성들은 부지런히 돌과 벽돌을 나르며 성 지키는 일을 돕고 있었다. 장비는 곧 군사들에게 영을 내렸다.

"기병은 말에서 내리고, 보병은 풀밭에 널브러져 있도록 해라. 저놈들이 어찌하는지 어디 두고 보자."

이렇듯 허점을 보이며 성밑에서 싸움을 걸어보았지만, 여전히 파군성에서는 개미새끼 한마리 나오지 않았다. 장비군은 이날도 하루 종일 욕설만 퍼붓다가 영채로 돌아왔다.

'온종일 싸움을 걸었지만 꿈쩍도 하지 않으니, 어쩐다? 이러다 낙성에는 언제 가게 되나.'

곰곰이 생각하다가 불현듯 한가지 계책을 떠올린 장비는 곧 전군을 무장시켜 영채에 머물게 한 다음, 몇십명의 군사만을 성밑으로 보내 욕설을 퍼부어 싸움을 걸도록 했다. 엄안이 쫓아나오면 그때 일제히 군사들을 풀어 엄안을 해치우려는 것이었다. 이렇게 해놓고 장비는 다급한 마음에 주먹을 어루만지고 손을 비비며 싸움이 벌어지기를 학수고대했다. 그러나 사흘이 지나도록 엄안은 꿈쩍도 하지 않았다.

'이 계책도 아무 소용 없으니, 어쩐다?'

장막 안에 들어앉아 미간을 찌푸린 채 골똘히 궁리하던 장비는 드디어 새로운 계책을 떠올렸다. 장비는 즉시 전군에 영을 내린다.

"전군은 산속으로 들어가 사방으로 흩어져 나무를 베면서 낙성으로 들어가는 샛길이 있는지 찾아보라!"

명을 받은 장비의 군사들은 산에서 나무를 하는 한편 산길을 찾느라 성밑에 가서 싸움을 청하지 못했다. 엄안은 성안에서 며칠째 기다려도 장비가 모습을 보이지 않자 심중에 의혹이 일었다. 곧 10여명의 군사들을 장비의 군사처럼 꾸며 산중으로 보냈다. 엄안의 정탐꾼들은 해가 저물자 돌아오는 군사들 틈에 섞여 장비의 영채로 들어왔다. 장비는 장막 안에 있다가 일을 마치고 돌아온 군사들 앞에서 발을 구르며 화를 냈다.

"엄안 그놈이 나를 아예 속태워 죽일 작정인가보다."

서너 사람이 나서서 장비를 달랜다.

"장군님, 고정하십시오. 저희가 샛길을 발견했으니 파군성쯤이야 그냥 두고 간들 뭐가 아깝겠습니까?"

장비는 일부러 화를 내며 호통친다.

"그런 길을 알았으면 진작 알릴 것이지 여태 가만있었단 말이냐!"

모두들 한입으로 대답한다.

"저희들도 오늘에야 겨우 찾아냈습니다."

장비는 즉시 영을 내린다.

"그렇다면 더이상 기다릴 것 없다. 2경에 밥을 지어먹고, 3경에는 밝은 달빛을 이용해 영채를 거두고 진군한다. 군사들은 함매하고 말방울을 떼내고서 조심조심 떠나도록 하라. 내가 앞장설 테니 모두들 내 뒤를 따르라!"

장비의 말소리는 밖에까지 들릴 정도로 우렁찼다. 잠시 후 전군에 영이 내려 떠날 채비를 하니, 엄안의 정탐꾼들은 몰래 장비의 영채를 빠져나가 엄안에게 이 사실을 보고했다. 엄안은 크게 기뻐한다.

"내 그놈이 참지 못할 줄 알았다. 샛길로 빠져나가려면 군량과 마초가 뒤따를 테니 내가 그 중로를 끊겠다. 제가 무슨 수로 행군을 계속하겠느냐!"

엄안은 즉시 영을 내려 군사들에게 진군할 채비를 갖추게 했다.

"오늘밤 2경에 밥을 지어먹고 3경에 성을 나서서 숲속에 매복하라. 장비가 지나가고 뒤이어 수레들이 지나려고 할 때, 북소리를 신호 삼아 일제히 공격하도록 하라!"

드디어 밤이 되었다. 엄안의 군사들은 배불리 먹고 단단히 무장했다. 소리 없이 성을 빠져나가 장비가 지나기로 되어 있는 길목에 매복하고서 북소리가 울리기만을 기다렸다. 엄안은 10여기의 호위를 받으며 숲속에 몸을 숨기고 기다리고 있었다. 과연 3경이 지나자 멀리서 장비가 모습을 드러냈다. 장비가 장팔사모를 단단히 쥐고 말을 몰아 앞장서 오는데, 그 뒤를 군사들이 소리 없이 따르고 있다. 선발대가 3~4리 정도 진군해갔을 무렵 드디어 장비의 수송부대가 나타났다. 엄안이 즉시 북을 치게 하니, 울리는 북소리와 함께 사방에서 복병이 일어나 함성을 지르며 장비의 군사들을 덮쳤다. 그때였다. 난데없이 배후에서 징소리가 울리더니 한무리 군사들이 짓쳐나오며 고함을 지른다.

"늙은 도적은 꼼짝 마라. 내 너를 기다린 지 오래다!"

엄안이 깜짝 놀라 고개를 돌려보니 한 장수가 내달아오는데, 표범 같은 머리에 고리눈, 제비 같은 턱에 호랑이 수염, 장팔사모를 치켜들고 검은 말을 탄 모습이 장비가 틀림없다. 징소리가 천지를 진동하고 수많은 군사들이 사방에서 몰려들어오며 엄안의 군사들을 쳐부수기 시작했다. 엄안은 장비를 확인한 순간 몹시 당황했으나 곧 칼을 고쳐잡고 맞붙어 싸웠다. 불과 몇합 만에 장비가 틈을 보이자 놓칠세라 엄안이 큰칼을 번쩍 들고 장비의 어깨를 내려치려는데, 장비가 번개같이 몸을 피하면서 한손으로 엄안의 갑옷끈을 쥐더니 땅바닥에 내동댕이쳐버린다. 순간 장비의 군사들이 한꺼번에 달려들어 그대로 엄안을 결박해버렸다.

원래 중군을 거느리고 앞서 지나갔던 장수는 가짜 장비였다. 장비는 엄안이 북소리로 신호를 삼을 줄 짐작하고 징소리로 신호를 바꾼 다음 앞서 가던 군사들까지 되돌아와 공격하게 하니, 서천 군사들은 태반이 무기를 버리고 항복했다.

장비가 적을 무찌르며 곧장 파군성으로 쳐들어가니 그때는 이미 장비의 후군이 성안에 들어가 있었다. 이렇게 하여 파군성을 손에 넣은 장비는 모든 군사들에게 절대 백성을 다치게 하지 말라고 엄명을 내리는 한편 방을 붙여 백성들을 안심시켰다.

이윽고 장비는 도부수에게 명해 엄안을 끌어오도록 했다. 그러나 끌려들어온 엄안은 장비가 대청 위에 앉아 있는데 도무지 무릎을 꿇으려 하지 않았다. 여럿이 달려들어 내리눌러도 막무가내였다. 장비가 눈을 부릅뜨고 이를 갈며 큰소리로 꾸짖는다.

"대장이란 자가 이 지경에 이르고도 어찌하여 항복하지 않고 저항하는가!"

장비는 엄안의 기개에 감동해 절을 올리다

엄안은 두려워하는 빛 없이 오히려 장비를 꾸짖는다.

"의리 없는 네놈들이 우리 주군(州郡)을 침범하지 않았느냐! 우리 땅에는 비록 목을 잘릴 장수는 있을지언정 항복할 장수는 없다!"

장비가 격분하여 좌우를 둘러보며 소리친다.

"당장 저놈의 목을 쳐라!"

엄안 또한 굽히지 않고 맞고함을 지른다.

"이 도적놈아, 목을 치려면 당장 칠 것이지 화를 낼 건 또 뭐냐!"

장비가 보니 그 음성이 우렁차고 위엄이 있는데다 안색조차 조금도 변하지 않았다. 크게 감동한 장비는 곧 노여움을 풀고 기쁜 얼굴로 섬돌 아래로 내려가 좌우를 꾸짖어 물리치고는 몸소 엄안의 결박을 풀어주었다. 그러고는 옷을 가져오게 해 손수 입혀준 다음 엄안을 부축하여 대청 위에 오르게 하고 엄안 앞에 머리숙여 절을 올렸다.

"장군께서는 이제까지 내뱉은 이 사람의 실언을 용서하시오. 내오래전부터 노장군의 호걸다운 기개를 알고 있었소이다."

엄안은 장비의 후한 은의에 감복하여 마침내 항복했다.

후세 사람이 엄안을 칭송한 시가 있다.

백발 노장이 서촉에 사니   白髮居西蜀

맑은 이름 온나라에 울렸어라   淸名震大邦

충성스러운 마음은 밝은 달빛이요   忠心如皎月

호연한 기개 장강을 휘감는도다	浩氣卷長江
차라리 목이 잘려 죽을지언정	寧可斷頭死
어찌 무릎 꿇어 항복하랴	安能屈膝降
파주의 연로한 노장군	巴州年老將
천하에 다시 짝이 없네	天下更無雙

또한 장비를 찬탄한 시도 있다.

엄안을 사로잡은 그 용맹 절륜하고	先獲嚴顔勇絶倫
오로지 의기 하나로 군민을 감복시켰네	惟憑義氣服軍民
오늘날까지도 파촉에 사당이 있어	至今廟貌留巴蜀
술 안주 갖추어 받드니 태평한 세월이라	社酒鷄豚日日春

장비가 엄안에게 성도로 들어갈 계책을 묻자 엄안이 답한다.
"패장으로서 이렇게 큰 은혜를 입었으니 어찌 보답하지 않을 수 있겠소? 견마지로(犬馬之勞)를 다할 터이니, 화살 한대 쏘지 않고 성도를 얻을 수 있는 방도를 알려드리겠소."

한 장수의 마음이 기운 후에	祇因一將傾心後
이르는 곳 여러 성들 항복하기 바쁘구나	致使連城唾手降

과연 엄안의 계책은 무엇일까?

64
낙성과 기주

공명은 계책을 써서 장임을 사로잡고
양부는 군사를 빌려 마초를 격파하다

장비가 엄안에게 대체 어떤 계책이냐고 묻자 엄안이 대답한다.

"여기서부터 낙성까지 관문을 지키고 있는 군사는 모두 이 늙은이의 소관이오. 이제 장군의 은혜에 보답할 차례이니, 내가 앞장서서 이르는 곳마다 항복을 받아내겠소이다."

장비는 엄안의 손을 마주 잡고 사례했다. 이윽고 엄안이 선봉에 서고 장비는 군사를 이끌고 뒤를 따랐다. 과연 엄안은 이르는 곳마다 장수를 불러내 항복을 받아냈다. 간혹 의혹을 떨치지 못하고 불복하는 자가 있었지만 그때는 엄안이 직접 나서서 타일렀다.

"나도 항복했는데 그대가 망설일 게 뭐가 있는가!"

그뒤로 모두들 먼빛으로 보기만 해도 항복하니, 장비는 단 한차례도 싸우지 않고 전진할 수 있었다.

한편, 형주에서 출정하던 날 공명은 현덕에게 모두들 낙성에서 모이기로 약속했다는 사실을 알렸다. 유현덕은 곧 사람들을 불러 모아 의논한다.

"지금 공명과 장비가 두 길로 나뉘어 서천으로 오고 있고, 우리는 낙성에서 모여 함께 성도를 공략하기로 했소. 수륙 양군이 이미 7월 20일에 길을 떠났으니 며칠 안으로 도착할 게요. 우리도 군사를 거느리고 진격해야겠소."

황충이 말한다.

"장임이 매일 싸움을 거는데도 우리가 움직일 기미를 보이지 않아 모두들 방심하고 있을 것입니다. 그러니 오늘밤에 군사를 나누어 저들을 기습공격한다면 대낮에 적을 치는 것보다도 많은 전과를 올릴 것입니다."

현덕은 황충의 말을 따르기로 했다. 황충이 좌군을 맡고 위연이 우군을, 현덕 자신은 중군을 거느리고서 그날밤 2경에 세 길로 나뉜 군마가 일제히 진격했다. 과연 장임의 군사들은 방비가 소홀했다. 현덕의 군사들은 거침없이 대채로 쳐들어가 불을 놓았다. 시뻘건 화염이 하늘을 가득 메우고, 촉군은 혼비백산하여 낙성을 향해 달아났다. 현덕군이 뒤쫓아 어느덧 낙성에 이르렀는데, 성안에서 군사들이 달려나와 지원하여 도망치던 촉군들은 겨우 성안으로 피해들어갔다. 현덕은 일단 군사를 물려 영채를 세웠다.

이튿날 날이 밝았다. 현덕은 몸소 군사를 거느리고 낙성을 포위

공격했으나 장임은 군사를 눌러둔 채 전혀 움직이지 않았다. 나흘째 되는 날 현덕은 한무리의 군사를 거느리고 서문을 공격하고, 황충과 위연에게는 동문을 공격하게 했다. 남문과 북문은 포위하지 않고 그대로 두었는데, 남문 일대는 첩첩산중으로 도망갈 길이 없었고, 북문 쪽에는 부강이 흐르고 있었다. 장임은 성안에서 현덕이 말에 올라 서문 앞에서 분주히 군사를 지휘하며 성을 공격하는 것을 지켜보았다. 진시(辰時, 오전 8시)에서 미시(未時, 오후 2시)까지 쉬지 않고 공격하던 현덕군은 점차 군사와 말 모두 피곤한 빛이 역력해졌다. 드디어 공격의 때를 잡은 장임은 곧 오란과 뇌동에게 군사를 이끌고 북문으로 나가 동문 쪽의 황충과 위연을 공격하도록 하고, 자신은 남문으로 나가 서문의 현덕군과 맞서기로 했다. 성안에서는 백성들을 동원해 북을 치고 함성을 질러 전세를 북돋게 하였다.

해가 서산으로 기울어가자 현덕은 후군을 먼저 물렸다. 그러고는 막 회군하려 할 때였다. 갑자기 성안에서 함성이 일더니 남문 쪽에서 한무리의 군마가 달려나왔다. 장임이 앞장서서 말을 몰고 달려와 현덕을 공격하니 지쳐 있던 현덕의 군사들은 적병의 기습으로 크게 혼란에 빠졌다. 황충과 위연 역시 오란과 뇌동의 습격으로 길이 막혀 도울 수 없었다. 현덕은 장임을 막아내지 못하고 말에 채찍을 가하여 산골 좁은 길로 달아났다. 장임이 기병을 이끌고 추격해오는데 현덕은 혼자 말을 달리고 있었다. 양편의 거리는 점점 좁혀지고 현덕은 필사적으로 앞만 보고 내달렸다. 그때 갑자기 앞길에서 한무리의 군사들이 먼지를 일으키며 달려왔다. 현덕은 절망에 빠져 탄식한다.

"뒤에는 추격병이고 앞에는 복병이니, 이제 하늘이 나를 죽이실 작정이로구나!"

그러다가 앞쪽에서 달려오는 장수를 보니, 바로 장비였다. 원래 장비는 엄안과 더불어 그 길로 오던 중이었는데, 멀리서 먼지가 일어나는 것을 보고 촉군과 전투가 벌어졌다고 판단해 앞서서 급히 달려온 참이었다. 장비가 곧바로 장임을 대적해 10여합을 싸우는데 뒤에서 또 엄안이 군사를 거느리고 달려왔다. 장임은 그만 말머리를 돌려 황급히 달아나기 시작했다. 장비는 낙성 아래까지 추격했다. 장임은 성안으로 들어가더니 조교를 걷어올려버렸다. 장비가 현덕에게 말한다.

"군사께서 강을 거슬러오기로 했는데 아직 당도하지 않았으니, 이번에는 내게 선공을 뺏긴 셈이우."

현덕이 묻는다.

"산길이 험하고 막히는 데가 많은데, 어떻게 적군에게 저지당하지 않고 그 먼 길을 이렇듯 먼저 도착했단 말이냐?"

장비가 말한다.

"관문이 모두 마흔다섯이나 되는데, 노장군 엄안의 공으로 싸움 한번 치르지 않고 여기까지 왔지요."

그러고는 의기로 엄안을 살려준 것부터 지금까지 있었던 일을 상세하게 아뢰고 나서 엄안을 불러들여 현덕을 뵙게 했다. 현덕이 사례하며 말한다.

"노장군의 도움이 아니었다면 내 아우가 어찌 이처럼 빨리 올 수 있었겠소?"

현덕은 그 공을 칭송하며 자신이 입고 있던 황금 갑옷을 벗어 엄안에게 내렸다. 엄안은 갑옷을 받아입고 감격하여 절을 올려 사례했다. 현덕이 장비와 엄안을 환영하는 간단한 술자리를 벌이려 하는데, 문득 한 군사가 달려와 이른다.

"황충과 위연이 오란과 뇌동에 맞서 싸우던 중 성안에서 갑자기 오의와 유괴가 나와 협공하니, 견디지 못하고 동쪽으로 달아났습니다."

장비가 이 말을 듣고 즉시 현덕에게 청한다.

"군사를 두 길로 나누어 적을 치고 그들을 구해냅시다!"

곧바로 장비는 왼쪽을, 현덕은 오른쪽을 맡아 적진을 향해 나아가니, 오의와 유괴는 뒤쪽에서 일어나는 함성만 듣고도 놀라 급히 성안으로 들어가버렸다. 황충과 위연을 부지런히 추격하던 오란과 뇌동은 현덕과 장비에 의해 돌아갈 길이 끊겼다. 그뿐만 아니라 달아나던 황충과 위연이 말머리를 돌려 공세를 취하니 대오마저 흩어져 모두들 달아나기에 바빴다. 오란과 뇌동은 할 수 없이 본부 인마를 수습하여 항복하고 말았다. 현덕은 기꺼이 그들의 항복을 받아들이고, 낙성 가까이에 영채를 세웠다.

한편 장임은 오란과 뇌동 두 장수를 잃고 근심에 잠겨 있었다. 오의와 유괴가 말한다.

"지금 형세가 심히 위태로우니 죽기를 각오하고 한판 싸움을 벌이지 않고서 어찌 적군을 물리칠 수 있겠소? 성도로 사람을 보내 주공에게 급한 사정을 알리는 한편, 적을 물리칠 계책을 세워야 하오."

장임이 말한다.

"내일 내가 군사를 거느리고 나가서 싸우다가 패한 체하며 적을 성 북쪽으로 유인할 테니, 그때 성안에서 군사를 끌고 나와 적진의 허리를 끊으시오. 그러면 틀림없이 승리를 거둘 수 있을 것이오."

오의가 말한다.

"그럼 유장군께서 공자(유장의 아들 유순)를 도와 성을 지키시오. 내가 군사를 이끌고 나가 싸움을 돕겠소."

이렇게 정하고 다음 날, 장임은 수천 군사를 거느리고 성을 나와 깃발을 휘날리며 함성을 질러 싸움을 돋우었다. 장비가 지체없이 말을 몰고 달려나와 싸우기를 10여합, 장임은 거짓으로 패한 체하며 성벽을 돌아 북문 쪽으로 달아난다. 장비가 전력을 다해 장임을 추격하는데, 난데없이 오의가 한무리의 군사를 거느리고 나타나 대오의 허리를 끊었다. 장임이 기다렸다는 듯 말머리를 돌려 가세했다. 드디어 장비는 앞뒤로 적을 맞아 진퇴양난에 빠졌다.

장비가 장팔사모를 휘두르며 활로를 찾고 있는데 문득 한무리의 군사들이 강변 쪽에서 나타났다. 앞선 장수가 창을 휘두르며 달려와 오의와 맞서는가 싶더니 단 1합에 오의를 사로잡고 군사들을 물리쳐 장비를 구해냈다. 그는 바로 조자룡이었다. 장비가 묻는다.

"군사께서는 어디 계시오?"

"군사는 이미 도착해 지금쯤 주공을 뵙고 계실 게요."

장비와 조자룡 두 사람은 사로잡은 오의를 끌고 영채로 향했다. 장임은 오의를 구할 생각도 못하고 동문으로 해서 성안으로 들어가버렸다. 장비와 조자룡이 영채로 돌아오니, 공명과 간옹, 장완이 모두 장막 가운데 앉아 있었다. 장비가 말에서 내려 공명에게 절하니, 공명이 놀라서 묻는다.

"어떻게 하여 먼저 올 수 있었소?"

현덕이 장비와 엄안 사이에 일어난 일을 자세히 얘기했다. 공명이 크게 기뻐하며 경하해 마지않는다.

"장장군께서 이렇게 계책을 쓰게 되었으니, 이는 모두 주공의 큰 복이올시다."

이때 조자룡이 사로잡은 오의를 현덕 앞에 끌어냈다. 현덕이 오의에게 묻는다.

"네가 항복하겠느냐?"

오의가 답한다.

"이미 사로잡힌 몸, 어찌 항복을 않겠습니까?"

현덕은 기뻐하며 친히 오의의 결박을 풀어주었다. 공명이 오의에게 묻는다.

"지금 성에는 몇 사람이나 지키고 있소?"

오의가 말한다.

"유계옥(劉季玉, 유장의 자)의 아들 유순과 그를 보필하는 장수로 유괴와 장임이 있소이다. 유괴는 대수롭지 않은 인물이나, 장임은 촉군(蜀郡) 사람으로 담대하여 가볍게 여길 수 없는 상대입니다."

오의의 말을 듣고 나서 공명이 혼잣말처럼 중얼거린다.

"먼저 장임을 사로잡고 난 뒤에 낙성을 취하리라!"

그리고는 오의에게 다시 묻는다.

"낙성 동쪽에 있는 다리는 뭐라 부르오?"

"금안교라 합니다."

공명은 곧 말에 올라 금안교 쪽으로 가서 주변을 둘러본 다음 영채로 돌아왔다. 그리고는 황충과 위연을 불러들여 말한다.

"금안교에서 남쪽으로 5~6리쯤 가면 양쪽 기슭이 모두 갈대밭으로 군사들을 매복시키기에 좋은 곳이오. 위장군은 군사 1천명을 거느리고 왼쪽 기슭에 매복해 있다가 적의 기병만 죽이고, 황장군은 도부수 1천명을 이끌고 오른쪽 기슭에 매복해 있다가 군마의 다리만 찍으시오. 그러면 장임이 필시 산 동쪽 작은 길로 달아날 터이니, 장익덕은 군사 1천명을 이끌고 그 부근에 매복해 있다가 장임을 사로잡도록 하오."

공명은 다시 조자룡을 불러 명한다.

"자룡은 금안교 북쪽에 매복해 있다가 내가 장임을 유인해 다리를 지나거든 즉시 다리를 끊고, 군사를 다리 북쪽에 벌여세워 세를 과시하시오. 그러면 장임이 감히 북쪽으로 도망갈 생각을 못하고 남쪽 길을 취해 반드시 우리의 계책에 빠지게 될 것이오."

할일을 지시한 다음 공명은 적군을 유인하러 나갔다.

한편, 성도의 유장은 낙성이 위태롭다는 소식을 듣고 탁응(卓膺)과 장익(張翼) 두 장수를 보내 싸움을 돕도록 했다. 장임은 두 장수가 도착하자 장익에게는 유괴와 더불어 성을 지키게 하고, 자신과 탁응은 성을 나가 적을 치기로 했다. 공격을 위해 군사를 두대로 나누어 자신이 전대를 맡고, 탁응에게는 후대를 맡겼다.

드디어 장임이 군사를 움직였다. 공명은 대오도 제대로 갖추지 않은 군사 1백여명만 거느리고 금안교를 건너 마주하고 진을 쳤다. 공명은 윤건(綸巾)에 우선(羽扇, 깃털부채)을 들고 사륜거에 앉았고 그 주위에는 1백여 군마가 호위하고 있었다. 이윽고 공명이 장임을 손가락질하며 말한다.

"백만 대군을 거느린 조조도 내 이름만 듣고 달아났거늘, 너는 감히 무얼 믿고 항복하지 않느냐!"

장임은 공명의 군사들이 규율도 없어 보이는데다 공명 또한 초라한 행색이라 말위에서 한껏 냉소하며 말한다.

"제갈공명의 용병술이 귀신같다고 하더니, 이제 보니 참으로 유명무실한 위인이구나!"

장임은 말위에서 창을 들어 공격신호를 내렸다. 순간 촉군들은 일제히 적을 향해 돌진했다. 공명은 제대로 싸워볼 생각도 않고 허겁지겁 수레를 버리더니 말을 타고 금안교를 건너 달아나버렸다. 장임은 곧장 공명을 뒤쫓아 금안교를 건넜다. 좌우를 둘러보니 현덕의 군사가 왼쪽에서 내달아오고, 오른쪽에는 엄안의 군사가 숨어 있다가 일시에 달려들었다.

'적들의 계교에 빠졌구나!'

당황한 장임은 급히 금안교를 건너려고 말머리를 돌렸다. 그러나 이미 다리는 끊어진 뒤였다. 장임이 북쪽으로 달아나려 하는데, 건너편 언덕에 조자룡이 군사를 벌여세우고 기다리고 있다. 장임이 남쪽으로 말머리를 돌려 강을 끼고 6~7리쯤 달리니 갈대가 우거진 벌판이 나왔다. 그런데 갑자기 갈대숲에서 위연의 군사들이 일어나더니 장창으로 장임의 군사를 마구 찔러죽인다. 그와 동시에 황충이 거느린 군사들도 갈대숲에 숨어서 긴 칼을 휘둘러 말다리를 마구 찍어대니 기병은 말에서 떨어지고 넘어져 거의가 포박되었고, 보병이야 더 말할 것도 없었다.

장임은 겨우 기병 수십기를 수습하여 산길을 바라고 달리다가 정면으로 장비와 맞부딪쳤다. 장임이 급히 말을 돌려 달아나려는데, 장비가 한마디 큰소리를 질렀다. 이를 신호로 모든 군사들이 일제히 달려들어 장임을 사로잡아버렸다. 이미 탁응은 장임이 계교에 빠진 것을 보고 조자룡에게 가서 투항하고 말았다. 조자룡이 군사를 거두어 대채로 돌아오니, 현덕은 탁응에게 상을 내렸다. 이어 장비가 장임을 끌고 들어섰다. 이때는 공명도 장중에 이르러 현덕 옆에 앉아 있었다. 현덕이 장임에게 말한다.

"촉의 모든 장수가 바라만 보고도 항복했는데, 너는 어찌하여 일찌감치 항복하지 않았느냐?"

장임이 눈을 부릅뜨고 외친다.

"충신이 어찌 두 주인을 섬기겠느냐!"

낙성과 기주 ● 93

장비는 드디어 장임을 산 채로 사로잡다

"너는 천시(天時)를 모르는구나. 지금 항복하면 죽음은 면할 것이다."

장임의 태도는 단호하다.

"내 지금 항복한다 해도 나중에 반드시 다시 대적할 테니 어서 나를 죽여다오!"

유현덕이 차마 죽이지 못하고 머뭇거리니, 장임은 큰소리로 저주를 퍼붓는다. 옆에서 지켜보던 공명이 보다 못해 명한다.

"장임을 참하라!"

공명의 뜻은 장임의 이름이나마 온전히 해주기 위함이었다.

후세 사람이 장임을 찬탄한 시가 있다.

열사 어찌 두 주인을 섬길쏘냐 　　　　　烈士豈甘從二主

장임의 충의와 용맹은 죽어서 살아 있네 　張君忠勇死猶生

하늘에 뜬 저 달처럼 높고도 밝아서 　　　高明正似天邊月

밤마다 흐르는 빛 낙성을 비추누나 　　　夜夜流光照雒城

현덕은 장임의 절개에 감탄해 그의 수급과 시신을 거두어 금안교 옆에 장례를 치러주고 그 충의를 기렸다.

이튿날, 현덕은 엄안과 오의 등 항복한 장수들을 선봉부대로 삼아 낙성으로 진군했다. 엄안은 성 앞에 이르러 큰소리로 외쳤다.

"어서 성문을 열고 항복하여 성중 백성들의 고생을 면하게 하라!"

성 위에 있던 유괴가 마구 욕설을 퍼부었다. 엄안이 활에 살을 메겨 쏘려는 바로 그때, 한 장수가 성 위에 나타나더니 한칼에 유괴를 찔러죽이고 성문을 활짝 열게 했다. 현덕의 군마가 거침없이 낙성으로 들어가니, 유순은 서문을 열고 탈출하여 성도를 향해 달아났다. 현덕이 방을 붙여 백성들을 안심시키고 나서 유괴를 죽인 장수를 찾으니 그는 무양(武陽) 사람 장익(張翼)이었다. 낙성을 점령한 현덕은 여러 장수들에게 큰 상을 내렸다. 공명이 말한다.

"낙성을 이미 깨뜨리고 성도는 바로 목전에 있습니다. 다만 주군 경계 밖의 고을이 조용하지 못하니, 조자룡은 장익과 오의를 데리고 외수(外水)의 강양(江陽)·건위(犍爲)·일대를 무마하고, 장익덕은 엄안과 탁응을 데리고 파서(巴西)·덕양(德陽) 일대를 무마하게 하십시오. 이렇게 하여 지방관리들을 달래고 치안을 안정시킨 후에 군사를 돌려 일제히 성도를 공략하는 것이 좋겠습니다."

공명의 제안에 따라 조자룡과 장비가 명을 받고 각자 군사를 거느리고 출발했다. 군사들을 떠나보낸 다음 공명이 묻는다.

"앞으로 진군하는 데 주의할 관문이 어디인가?"

촉에서 항복한 장수가 답한다.

"면죽(綿竹)이라는 곳이 있는데, 많은 군사들이 굳게 지키고 있습니다. 이곳만 얻으면 성도는 손에 넣은 거나 진배없습니다."

공명이 진군할 일을 상의하는데 법정이 들어와서 말한다.

"이미 낙성이 깨졌으니 촉중은 위태로운 지경입니다. 주공께서 인의로 복종시키시려거든 잠시 진군을 늦추시지요. 제가 유장에게 서신을 써보내어 이로움과 해로움을 밝혀 말하면 유장이 스스로 항복해올 것입니다."

공명이 듣고 나서 말한다.

"효직의 말이 최선이구나."

공명은 곧 법정에게 서신을 쓰게 하여 성도로 보냈다.

한편, 성도로 달아난 유순은 부친 유장에게 낙성이 함락되었음을 고했다. 놀란 유장은 모든 관원들을 불러모아 대책을 상의했다. 종사로 있는 정도(鄭度)가 계책을 올린다.

"지금 유비가 성을 공격해 땅을 빼앗았다고는 하오나, 군사가 많은 것도 아니고 선비와 백성들이 따르는 것도 아닙니다. 식량이라야 우리 들판에서 나는 곡식이 고작이고 군중에 군량도 없습니다. 그러니 파서(巴西)와 재동(梓潼)의 백성들을 모조리 부수 서쪽으로 옮기고 창고와 들에 있는 곡식을 불살라버리십시오. 해자를 깊이 파고 보루를 높이 쌓은 채 적들이 와서 싸움을 걸어도 응하지 않으면 저들은 오래지 않아 양식이 떨어질 터이니, 백일이 지나기 전에 스스로 물러날 것입니다. 이때를 타서 일시에 공격한다면 유비를 능히 사로잡을 수 있습니다."

유장이 말한다.

"그렇지 않소. 내가 적을 막아 백성을 평안하게 한다는 말은 들었어도 백성을 움직여 도적을 막는다는 말은 듣지 못했으니, 이는 분명 나라를 지키는 계책이 아니오."

이렇게 한참 의논을 하는 중에 법정에게서 서신이 왔다는 보고가 들어왔다. 유장이 곧 사신을 불러들여 편지를 보니, 그 내용은 다음과 같다.

지난날 저를 파견해주신 뒤로 형주와는 우호를 돈독히 해왔습니다만, 뜻밖에도 주공께서 좌우에 사람을 얻지 못하여 오늘날 이와 같이 되었습니다. 지금 형주는 아직도 옛정을 간직하고 형제의 의리를 잊지 못하고 있사오니, 이제라도 주공께서 생각을 돌려 귀순하신다면 절대 박정하게 대하지는 않을 것입니다. 바라옵건대 재삼 생각하시고 결단을 내리소서.

유장이 크게 노하여 서신을 찢으며 목청껏 질타한다.

"법정은 주인을 팔아 제 한몸의 영화를 구하는 배은망덕한 역적 놈이로다!"

유장은 사자를 성밖으로 쫓아버리고 즉시 처남인 비관(費觀)에게 군사를 이끌고 가서 면죽관을 군게 지킬 것을 당부했다. 비관이 남양 출신으로 성명은 이엄(李嚴)이요 자가 정방(正方)이라는 사람을 천거했다. 유장이 이를 허락하니 비관은 이엄과 함께 3만 군사를 거느리고 면죽관을 지키러 떠났다.

이때 익주(益州) 태수로 있던 동화(董和)는 자가 유재(幼宰)로 남군 지강(枝江) 사람이다. 동화가 유장에게 글을 올려 한중으로 가서 원군을 청하라고 간하였다. 유장은 곧 동화를 불러들여 의논한다.

"장로는 대대로 우리와 원수지간인데 도와주려 하겠소?"

동화가 말한다.

"비록 장로가 우리와 원수지간이라 해도 유비군이 낙성에 주둔해 있어 정세가 위급합니다. 자고로 입술이 없으면 이가 시린 법이라 했으니, 촉이 망하면 한중도 위험에 빠진다는 사실을 밝히고 이해득실을 따져 말한다면 반드시 우리 뜻에 따를 것입니다."

유장은 드디어 서신을 써서 사자를 한중으로 보냈다.

한편, 마초가 조조에게 패하여 강족(羌族)의 땅으로 종적을 감춘 지 어언 두해가 넘었다. 그동안에 마초는 강족과 우의를 다져서 그 군사로 농서(隴西)의 고을들을 무찌르니, 이르는 곳마다 항복하지 않는 자가 없었다. 오로지 기주(冀州)만이 함락되지 않았다. 기주자사 위강(韋康)은 마초를 맞아 싸우면서 거듭 하후연에게 구원을 요청했다. 그러나 하후연은 조조의 승낙이 없어 감히 원병을 보내지 못하고 있었다. 구원병을 기다리다 지친 위강은 수하 사람들과 상의했다.

"아무래도 마초에게 투항할 수밖에 없겠다."

참군(參軍)으로 있는 양부(楊阜)가 울면서 간한다.

"마초는 반군의 무리인데 어찌 항복한단 말씀입니까?"

"사태가 이 지경에 이르렀는데 항복하지 않고 더 무엇을 기다리란 말인가."

양부가 거듭 간했지만 위강은 듣지 않고 마침내 성문을 크게 열어 마초에게 항복했다. 그러나 마초는 크게 노했다.

"네 이놈, 형세가 이렇듯 위급해진 오늘에야 항복하다니, 이는 결코 진심이 아니다!"

불같이 화를 내며 위강과 그의 식솔 40여명을 모조리 잡아다 목을 베었다. 어떤 사람이 옆에서 마초에게 한마디 했다.

"양부가 위강에게 항복하지 말자고 권했다 하니 그자도 참해야 합니다."

마초는 오히려 양부를 두둔한다.

"그는 의리를 지켰으니 죽일 수 없다."

그러고는 양부를 다시 참군으로 썼다. 양부가 양관(梁寬)과 조구(趙衢) 두 사람을 천거하니 마초는 그들을 군관으로 삼았다. 어느 날 양부가 마초에게 고한다.

"제 아내가 임조(臨洮)에서 죽었는데 두어달 말미를 주신다면 가서 장례를 치르고 오겠습니다."

마초가 선선히 승낙하니 그 즉시 양부는 고향으로 떠났다. 양부는 도중에 역성(歷城)을 지나다가 무이장군(撫彝將軍) 강서(姜敍)의 집에 들렀다. 양부와 강서는 원래 고종형제간으로, 강서의 모친이 바로 양부의 고모였으며 그때 나이 82세였다. 양부가 강서의 내실로 들어가 고모를 뵙고 절을 올리고는 울면서 호소한다.

"제가 기주성을 온전히 지키지 못하고 주인을 따라 죽지 못했으니, 고모님을 뵐 면목이 없습니다. 반역죄를 지은 마초가 군수를 죽인 터라 고을의 선비와 백성들이 모두 원망하고 있는데, 형님은 역성을 굳게 지키시면서 도적을 칠 생각을 안하시니 어찌 신하된 도리라 하겠습니까!"

양부는 말을 마치고 그 자리에서 피눈물을 흘렸다. 이 말을 듣고 강서의 모친이 아들을 불러들여 꾸짖는다.

"위사군(韋使君, 위강)께서 해를 입었으니, 이는 또한 네 죄가 아니겠느냐."

그러고는 양부에게도 한마디 한다.

"너는 이미 마초에게 항복해 그 녹을 먹고 있으면서 어찌 그를 칠 생각을 한단 말이냐?"

양부가 눈물을 거두고 답한다.

"제가 도적을 따른 것은 오로지 목숨을 보전해 원수를 갚기 위해서였습니다."

강서가 한마디 한다.

"마초는 영특하고 용맹하여 쉽게 도모하기 어렵다."

양부가 말한다.

"비록 마초가 용맹하기는 하나 꾀가 없으니 쉽게 도모할 수 있습니다. 제가 이미 양관·조구와 은밀하게 약속해두었으니, 형님이 군사를 일으키시면 두 사람은 반드시 도울 것입니다."

강서의 모친이 아들에게 말한다.

"네가 지금 서두르지 않고 다시 어느 때를 기다린단 말이냐. 사람은 누구나 죽는 법, 충의에 죽는다면 참으로 죽을 자리를 얻는 일이니라. 내 염려는 조금도 하지 마라. 아우의 의로운 말을 듣지 않겠다면 내가 먼저 죽어서 네 근심을 덜어주마."

강서는 마침내 마초를 칠 결심을 굳히고, 그날로 통병교위(統兵校尉) 윤봉(尹奉)과 조앙(趙昂)을 불러 군사 일으킬 일을 의논했다. 그런데 조앙의 아들 조월(趙月)은 마초 밑에서 비장(裨將)으로 있는 터라, 조앙은 그날 강서의 말에 응낙하고 집으로 돌아와 아내 왕씨를 보고 한탄한다.

"오늘 강서·양부·윤봉과 상의해 죽은 위강의 원수를 갚기 위해 마초를 치기로 했소. 그런데 마초가 알면 당장 내 아들부터 죽일 테니 이를 어찌하면 좋겠소?"

가만히 듣고 있던 왕씨가 목소리를 가다듬어 말한다.

"주군과 부모의 치욕을 갚는다면 죽어도 애석할 것이 없는데, 하물며 자식놈 때문에 망설이십니까? 당신이 아들 때문에 가시지 않겠다면 제가 먼저 목숨을 끊겠어요."

조앙은 아내의 말에 깊이 감명을 받고 결심을 굳혔다. 이튿날 그들은 일제히 군사를 일으켰다. 강서와 양부는 남아 역성을 지키기로 하고, 윤봉과 조앙은 기산(祁山)에 주둔했다. 조앙의 아내 왕씨는 가지고 있던 패물과 비단 등속을 남김없이 팔아 술과 고기를 장만하여 몸소 기산으로 찾아가 군사들을 위로했다.

한편, 마초는 강서와 양부가 윤봉·조앙과 더불어 군사를 일으켰다는 소식을 듣고 크게 노하여 즉시 조앙의 아들 조월을 끌어다 목을 베었다. 그리고 방덕(龐德)·마대(馬岱)에게 즉시 군사를 일으키라고 명하여 역성을 치러 나섰다.

마초가 역성에 이르자 강서와 양부가 군사를 거느리고 성밖으로 나왔다. 양쪽 진영은 즉시 마주 보고 둥글게 진을 벌여세웠다. 흰색 전포를 입은 양부와 강서가 앞으로 나서며 마초를 향해 크게 꾸짖는다.

"임금에게 반역한 의리 없는 도적놈아!"

크게 노한 마초는 당장 군사들을 이끌고 짓쳐들어갔다. 양군이 어우러져 접전을 벌였지만, 강서와 양부의 군사들이 어찌 마초의 적수가 될 수 있겠는가. 강서와 양부의 군사가 크게 패하여 달아나니 마초는 급히 군사를 휘몰아 추격했다. 그때 갑자기 뒤쪽에서 함성이 일더니 윤봉과 조앙이 한무리의 군사를 이끌고 들이닥쳤다. 마초는 즉시 말머리를 돌려 새로운 적들을 맞는데, 이번에는 쫓기고 있던 양부와 강서가 회군하여 마초를 협공한다. 마초가 앞뒤로 적을 맞아 어렵게 싸우는데, 또다시 옆에서 한떼의 군마가 나타나더니 마초의 진영 한복판으로 달려들었다. 하후연이 마침내 조조의 군령을 받고 군사를 휘몰아 마초를 공격하러 온 것이다. 아무리 용맹한 마초라고 해도 무슨 수로 세 방면에서 압박해오는 군사를 당해낼 수 있으랴. 결국 마초는 참패를 당하고 밤새 달아나 새벽녘에야 겨우 기성에 이르렀다.

"어서 성문을 열어라!"

그때 성루 위에서 난데없이 화살이 비오듯 쏟아져내렸다. 곧이어 양관과 조구가 모습을 드러내고 마초에게 한껏 욕설을 퍼붓는다. 그와 함께 마초의 아내 양씨가 끌려나오는가 싶더니 곧바로 칼날이 번뜩이며 양씨의 목과 몸이 두동강이가 되어 성밑으로 굴러

떨어졌다. 마초의 어린 세 아들과 친척 10여명이 차례로 그뒤를 이었다. 마초는 기가 막히고 가슴이 떨려 그만 말에서 떨어질 지경이었다. 설상가상으로 등 뒤에서는 하후연이 군사를 이끌고 들이닥쳤다. 마초는 하후연의 군세가 강한 것을 보고 싸움을 포기하고는 마대·방덕과 더불어 혈로를 뚫고 달아났다. 그러나 얼마 달리지 못하고 강서·양부의 군사와 맞닥뜨려 죽기로써 일전을 벌였다. 겨우 남은 병사를 수습하여 다시 길을 뚫고 달리는데 이번에는 윤봉과 조앙의 군사가 달려든다. 또 한바탕 싸움을 치르고 나니, 이제 마초의 군마는 겨우 50~60기에 불과했다.

마초는 밤새도록 달려 4경 무렵에 역성 아래 이르렀다. 이때 성문을 지키던 군사들은 강서가 회군한 줄 알고 성문을 활짝 열어 맞이했다. 그대로 남문으로 짓쳐들어간 마초는 닥치는 대로 백성들을 잡아 죽였다. 마초군의 무기는 곧 피로 붉게 물들었다. 마초는 곧바로 강서의 집으로 들이닥쳤다. 마초에게 끌려나온 강서의 팔순 노모는 두려운 빛 없이 오히려 마초를 손가락질하며 큰소리로 꾸짖었다. 대로한 마초는 몸소 칼을 빼어 노파를 쳐죽이고, 윤봉과 조앙의 일가족 남녀노소를 모조리 잡아 죽였다. 오직 조앙의 부인 왕씨만 군중에 가 있어 겨우 난을 면할 수 있었다.

다음 날, 하후연이 대군을 이끌고 역성으로 쳐들어왔다. 마초가 성을 버리고 서쪽을 향해 달아나서 채 20리도 못 갔을 때 또 한떼의 군마가 앞길을 가로막았다. 바로 양부가 이끄는 무리였다. 마초가 원한에 맺혀 이를 갈면서 말을 박차고 창을 휘두르며 양부에게 달려들었다. 양부의 일곱 형제들이 일제히 나와 맞서 싸웠다. 마대와 방덕이 마초를 돕기 위해 뒤쫓는 적의 후군을 막는 사이에 마초는 양부의 일곱 형제를 모두 쳐죽였다. 양부가 다섯군데나 창을 맞고도 마초에 맞서 의연히 싸우는 중에 하후연의 원군이 들이닥쳤다. 마초는 다시 하후연의 대군에 쫓겨 달아나니, 따르는 군마는 방덕·마대와 더불어 겨우 6~7기에 불과했다.

하후연은 달아나는 마초를 더 쫓지 않고 돌아왔다. 농서의 여러 고을을 순시하며 백성들을 위로한 다음 강서 등에게 각각 고을을 지키게 하고 부상당한 양부를 수레에 싣고 허도로 돌아갔다. 조조는 양부의 충절과 공로를 칭찬하고 그를 관내후(關內侯)에 봉했다. 양부는 한사코 사양한다.

"저는 싸움에 이긴 공로도 없으려니와 죽어야 할 때 죽지 못했으니 절개를 지킨 것도 아닙니다. 오히려 군법으로 따지자면 죽어 마땅한데 무슨 낯으로 작위를 받겠습니까?"

조조는 더욱 가상히 여겨 끝내 양부에게 작위를 내렸다.

한편, 마초는 방덕·마대와 상의한 끝에 한중의 장로에게 몸을 의탁하러 갔다. 용장 마초를 얻은 장로는 크게 기뻐했다.

'이제 마초를 얻었으니 서쪽으로는 익주를 손에 넣고 동쪽으로는 조조를 막을 수 있겠구나!'

장로는 기쁜 나머지 부하들과 의논해 마초를 사위로 삼으려 했다. 이때 대장 양백(楊柏)이 간한다.

"마초의 처자가 참혹하게 죽은 것은 모두 그의 잘못입니다. 주공께서는 어째서 따님을 주려 하십니까?"

장로는 양백의 말을 듣고 마초를 사위로 삼으려던 것을 없던 일로 했다. 그런데 이때 양백이 장로에게 한 말은 공교롭게도 마초의 귀에까지 들어갔으니, 마초는 크게 앙심을 품고 양백의 목숨을 벼르게 되었다. 양백도 그런 기미를 감지하고 그의 형 양송(楊松)을 찾아가 함께 마초를 도모하기로 상의했다.

유장이 보낸 사자가 한중에 이르러 원군을 요청한 것은 바로 이 무렵이었다. 장로는 그 청에 따르지 않았다. 얼마 후 유장이 또다시 황권을 사자로 보냈다는 보고가 들어왔다. 황권은 이번에는 친분이 있는 양송을 먼저 찾아갔다.

"동천(東川, 한중지방)과 서천(西川, 촉땅)은 입술과 이처럼 운명을 함께하는 이웃이오. 만일 서천이 격파되면 동천 역시 보존하기 어려울 것이외다. 지금 우리에게 원군을 보내 도와준다면 서천땅 스무 고을을 한중에 내주겠소."

양송은 크게 기뻐하며 즉시 황권을 장로에게 안내했다. 그러고는 서천과 동천이 순치지간(脣齒之間)임을 이야기하면서 원군을 보내주면 서천땅 스무 고을을 내줄 것이라는 황권의 말을 그대로 전했다. 장로는 그 말에 크게 혹해서 유장의 요청에 따르기로 했다. 이때 파서의 염포(閻圃)가 간했다.

"유장은 주공과 대를 이어 원수지간이었습니다. 지금 형세가 위급해지자 짐짓 땅을 떼어준다는 말로 주공을 유혹하는 것이니, 절대로 속지 마십시오."

그런데 바로 이때 갑자기 섬돌 아래서 한 사람이 나서며 말한다.

"제가 비록 재주는 없으나, 원컨대 얼마간의 군사를 내주신다면 유비를 사로잡고 땅을 떼어받아오는 일을 맡을까 합니다."

바야흐로 참주인이 서촉으로 들어오니　　　　　方看眞主來西蜀
또 정예병이 한중에서 출동하는구나　　　　　又見精兵出漢中

유비를 사로잡겠다고 큰소리치는 이 사람은 누구인가?

65

가맹관 싸움

마초는 가맹관에서 크게 싸우고
유비는 스스로 익주목이 되어 다스리다

염포가 장로에게 유장을 도와주지 말라고 권하는데, 마초가 앞으로 나서며 말한다.

"주공의 은혜에 깊이 감사하고 있으나 이제까지 갚을 길이 없었습니다. 바라건대 제게 군사를 내주시면 가맹관을 취해 유비를 사로잡고 그 댓가로 유장에게서 스무 고을을 할양받아 주공께 바치겠습니다."

장로가 마초의 말을 듣고 크게 기뻐하면서 우선 황권을 소로로 하여 돌아가도록 하고, 군사 2만명을 마초에게 내주었다. 이때 방덕은 병이 나서 가지 못하고 한중에 남았다. 장로는 양백을 감군(監軍)으로 삼고 마초·마대 형제와 더불어 날을 잡아 떠나도록 했다.

한편, 현덕은 군마를 거느리고 낙성에 주둔하고 있었다. 법정의 서신을 가지고 성도에 갔던 사람이 돌아와 고한다.

"정도라는 자가 유장에게, 들에 쌓인 곡식과 곳곳의 창고를 모조리 불태우고 파서의 백성들을 부수 서쪽으로 피난시킨 다음, 해자를 깊게 파고 보루를 높이 쌓아 나가서 싸우지 않고 굳게 지키면 될 것이라 권했다 합니다."

현덕과 공명은 소스라치게 놀랐다.

"그렇게 되면 우리 형세가 위태로워지겠구나!"

두 사람이 걱정을 하고 있는데 법정은 한가롭게 웃는다.

"주공께서는 과히 심려 마소서. 그 계책이 자못 혹독하지만 유장은 반드시 그 계책을 쓰지 못할 것입니다."

과연 그날 하루가 다 지나기 전에 소식이 전해졌다.

"유장은 백성을 옮기지 않았으며, 정도의 계책을 따르지 않았다고 합니다."

현덕은 그제야 마음을 놓았다. 공명이 말한다.

"속히 군사를 진격시켜 면죽관을 손에 넣어야겠습니다. 여기만 손에 넣으면 성도는 쉽게 취할 수 있을 것입니다."

그 말에 따라 황충과 위연으로 하여금 먼저 군사를 거느리고 진군하게 했다.

한편, 면죽관을 지키던 비관(費觀)은 현덕군이 온다는 보고를 받고 이엄에게 군사 3천명을 거느리고 맞서 싸우라 명하였다. 이엄이 군사들을 거느리고 나가 진을 벌이니, 현덕군 또한 포진했다. 먼저 황충이 말을 몰고 출전해 이엄과 어우러져 40~50합을 싸웠으나 승패가 나지 않았다. 지켜보던 공명이 징을 울려 군사를 거두어들였다. 황충이 진영으로 돌아와 공명에게 묻는다.

"바야흐로 이엄을 사로잡으려는 판인데 군사께서는 어째서 군사를 거두셨소?"

공명이 답한다.

"이엄의 무예를 보니 힘만으로는 취할 수 없겠소. 내일 다시 싸우게 되면 장군은 거짓으로 패한 체하여 산골짜기로 유인하시오. 그런 뒤 불시에 군사를 내몰아 급습하면 이길 수 있소."

황충은 공명에게서 계책을 받고 물러났다. 다음 날 이엄이 군사를 거느리고 와 다시 싸움을 청했다. 황충은 출전하여 이엄과 싸운 지 10합이 채 못 되어 거짓으로 패한 체하며 군사를 이끌고 달아났다. 이엄은 급히 그 뒤를 쫓다가 구불구불 이어진 산길을 돌아 어느덧 깊은 산골짜기에 들어섰다.

'아, 내가 적의 계책에 빠져들었구나!'

이엄이 급히 말머리를 돌리는데, 어느새 위연이 군사를 벌여세우고 앞을 가로막고 있었다. 그때 공명이 산 위에 나타나 이엄에게 말한다.

"지금 항복하지 않으면 양옆에 매복한 궁노수들에게 명해 방사원의 원수를 갚아주겠다!"

이엄은 허겁지겁 말에서 내리더니 갑옷과 투구를 벗고 항복했다. 이렇게 하여 공명은 한명의 군사도 잃지 않았다. 공명이 이엄을 데리고 현덕 앞에 이르렀다. 현덕이 너그러운 태도로 대하자 이엄이 감복하여 말한다.

"비관은 유익주(劉益州, 유장)의 처남이지만 저와는 절친한 사이입니다. 제가 가서 설득하여 항복시키도록 하겠습니다."

현덕은 즉시 이엄에게 명하여 성으로 돌아가 비관에게 항복을 권유하도록 했다. 면죽성으로 돌아온 이엄은 비관에게 현덕의 어진 덕성을 한껏 칭송하고 이렇게 권한다.

"지금 항복하지 않으면 필시 큰 화를 당할 것이오."

비관은 이엄의 말을 받아들여 성문을 활짝 열고 항복했다.

면죽에 입성한 현덕이 장차 군사를 나누어 성도를 취할 방책을 상의하고 있을 때, 홀연 파발꾼이 와서 급보를 전한다.

"가맹관을 지키고 있는 맹달과 곽준이 동천의 장로가 보낸 마초와 양백, 마대의 군사들에게 맹렬한 공격을 받고 있습니다. 구원병이 늦어지면 가맹관을 잃게 될 것입니다."

난데없는 소식에 현덕은 크게 놀랐다. 공명이 말한다.

"장익덕과 조자룡 두 장군이라야 상대가 되겠습니다."

"자룡은 지금 주군(州郡)을 순시 중인데 아직 돌아오지 않았소. 익덕이 이곳에 있으니 그라도 급히 보내야겠소."

현덕의 말에 공명이 웃으며 말린다.

"주공께서는 아무 말씀 마십시오. 제가 장익덕을 한번 격동시켜 보겠습니다."

한편 장비는 마초가 가맹관을 공격한다는 소식을 듣자마자 달려와 큰소리를 쳤다.

"형님, 내가 마초놈과 싸우러 가겠수."

공명은 들은 척도 하지 않고 현덕을 바라보며 말한다.

"지금 마초가 가맹관을 침범했으나 아무도 대적할 사람이 없습니다. 형주에 있는 관운장을 불러야 맞수가 되겠습니다."

장비가 버럭 화를 내며 말한다.

"군사는 어째서 나를 얕잡아 보는 거요? 내 일찍이 혼자서 조조의 백만 대군도 물리쳤는데 마초 같은 촌놈 하나 감당 못하겠소!"

공명이 말한다.

"장장군이 지난번 장판교를 끊었을 때는 조조가 우리의 허실을 몰랐으니 망정이지 만일 알았다면 무사할 수 있었겠소? 오늘날 마초의 용맹은 천하가 다 아는 바요. 마초가 위교(渭橋)에서 조조의 대군을 맞아 여섯차례 싸웠을 때 수많은 조조의 군사들이 목숨을 잃고 조조도 수염을 깎고 전포마저 벗어던지고서야 겨우 살아났으니, 마초는 절대 함부로 볼 상대가 아니오. 관운장이 온다 해도 반드시 이길 수 있을지 모르겠소."

공명의 말 한마디 한마디가 모두 장비의 화통을 지르는 소리뿐이다. 참다못한 장비가 큰소리로 말한다.

"어쨌든 나는 갈 테요. 만일 내가 마초를 못 이기면 어떤 군령도 감수하겠소."

그제야 공명이 현덕을 보며 말한다.

"장장군이 군령장을 써서 약조하겠다니 선봉장으로 쓰시되, 주공께서 친히 함께 가십시오. 저는 이곳에 남아 있다가 조자룡이 돌아오면 따로 의논하겠습니다."

이때 위연이 나선다.

"저도 가고자 합니다."

"그렇다면 위장군은 초마(哨馬, 파수를 보거나 경계를 순시하는 기병) 5백 명을 이끌고 먼저 떠나도록 하오."

이리하여 위연의 기마 초병들이 먼저 떠난 다음 장비가 뒤를 이었고, 현덕은 후군으로 가맹관을 향해 출병했다.

위연의 군사들이 먼저 가맹관에 도착해 양백의 군사와 정면으로 맞섰다. 양군이 맞붙어 싸운 지 불과 10여 합에 양백은 힘에 부쳐 달아났다. 위연이 장비보다 먼저 공을 세우려는 욕심에 승세를 타고 양백의 뒤를 쫓는데 앞쪽에서 한 무리의 군사들이 진을 벌여 세우고 막아선다. 바로 마대의 부대였다. 위연이 마초인 줄 알고 말을 달려나가 칼을 휘두르며 싸우는데, 이번에도 10여 합 싸우다가 마대가 달아난다. 위연은 적장을 놓칠세라 정신없이 뒤를 쫓았다. 도망치던 마대가 갑자기 몸을 홱 돌리더니 활에 화살을 메겨들고 쏘았다. 화살은 위연의 왼쪽 팔에 꽂혔다. 놀란 위연이 급히 말머리를 돌려 달아나니 이번에는 마대가 그 뒤를 추격한다. 마대가 위연을 쫓아 가맹관 앞에 이르렀을 때다. 갑자기 한 장수가 우레 같은 함성을 내지르며 달려나오니, 다름 아닌 장비였다. 원래 장비는 한발 늦게 관에 도착해 위연과 마대의 싸움을 보고 있다가 위연이 화살을 맞고 도망치자 구하러 달려나온 참이었다. 장비가 마대를 향해 호통친다.

"너는 누구냐? 먼저 통성명이나 하고 내 널 죽여주마!"

마대가 맞고함을 지른다.

"나는 서량의 마대다!"

장비가 호탕하게 웃으며 말한다.

"네가 마초가 아니었구나. 너는 내 상대가 아니니 냉큼 돌아가거라. 가서 마초에게 연인 장익덕이 왔으니 죽으러 나오라고 전해라."

자신을 업신여기는 장비의 말에 마대가 크게 노하여 버럭 소리를 지른다.

"어찌 감히 나를 업신여기느냐!"

그러고는 창을 비껴들고 장비에게 덤벼든다. 장비가 장팔사모를 휘둘러 마대를 맞아 싸우니 마대는 겨우 10여합을 겨루다가 견디지 못하고 달아나기 시작했다. 장비가 그 뒤를 추격하는데, 갑자기 관에서 말 탄 사람이 달려오면서 소리친다.

"아우는 잠시 멈추어라!"

뒤를 돌아보니 유현덕이다. 장비는 더이상 추격하지 않고 현덕·위연 등과 함께 관으로 돌아왔다. 현덕이 말한다.

"네 조급한 성미가 걱정되어 따라왔느니라. 이미 마대를 이겼으니 오늘은 편히 쉬고 내일 다시 마초와 싸우도록 해라."

이튿날이었다. 새벽녘에 성문 아래서부터 북소리가 크게 울리더니 마초의 군사들이 들이닥쳤다. 현덕이 관 위에서 내려다보니 문기(門旗) 아래에서 마초가 옆구리에 창을 끼고 말을 몰아나온다. 사자머리 투구에 수대(獸帶, 괴수의 형상을 새긴 띠)를 두르고 은빛 갑옷과 백색 전포 차림의 그는 한눈에도 모습이 비범하고 재간이 출중해 보였다. 현덕은 자신도 모르게 탄성을 지른다.

"사람들이 서량에 '금마초(錦馬超)'가 있다고 하더니 과연 명불허전(名不虛傳, 명성이 헛되이 퍼진 것이 아님)이로구나!"

옆에 있던 장비는 그 소리를 듣고 분이 나서 숨을 몰아쉬며 다짜고짜 달려나갈 기세다. 현덕이 장비를 만류한다.

"가만있거라. 적의 예기(銳氣)는 피하는 게 좋다."

그때 마초는 성 아래서 쉬지 않고 장비를 부르며 충동질한다.

"촌놈 장비야, 네가 찾던 마초가 여기 왔는데 어째서 꾸물대느냐. 벌써 겁을 집어먹은 게냐!"

관 위에서는 장비가 고리눈을 부라리며 들썩거리는데, 그때마다 현덕이 제지하기를 벌써 네댓번이나 했다. 그러는 동안 어느새 오후도 훌쩍 기울었다. 현덕이 보니 마초 진영의 기세가 조금 해이해지고 군마가 모두 방심한 빛이 역력했다.

"익덕은 5백기를 선발해 적을 물리쳐라!"

현덕의 승낙을 받은 장비는 관을 나서서 나는 듯이 달려갔다. 장비의 기습에 마초는 창을 들어 군호를 내리더니 화살이 닿지 못할 만한 거리로 군사를 물렸다. 장비의 군사들도 멈추어섰다. 관에서는 아직도 군사들이 쏟아져나오고 있었다. 장비가 고리눈을 부릅뜨고 외친다.

"연인 장익덕을 네가 아느냐?"

마초가 답한다.

"우리 집안은 대대로 공후(公侯)를 지내온 가문이다. 어찌 너 따위 촌놈을 알겠느냐!"

격분한 장비가 말을 휘몰아 나서니 마초 역시 말을 달려나와 맞섰다. 말이 가쁘게 콧김을 내뿜고 창날과 창날이 부딪쳐 번뜩인다. 이렇게 두 장수가 어우러져 싸우기를 1백여합이 지나도록 승패가 나지 않았다. 지켜보던 현덕이 탄식했다.

"참으로 호랑이 같은 장수로다!"

현덕은 행여 장비가 실수라도 할까 염려해 징을 울려 불러들였다. 그제야 두 장수는 각기 자기 진영으로 돌아갔다. 진영에서 잠시 말을 쉬게 한 장비는 곧바로 투구를 벗어던지고 수건으로 머리를 동여맨 채 다시 말을 몰고 나갔다.

"이놈, 마초야. 어서 싸움을 끝내자!"

장비의 호통소리를 듣고 마초도 달려나와 두 사람은 다시 싸우기 시작했다. 현덕은 장비를 염려해 갑옷을 입고 관을 나서서 진 앞에 말을 세우고 서 있었다. 창과 창이 맞부딪치고 말과 말이 한데 엉켜 접전을 벌이기를 다시 1백여합이 지났다. 그러나 두 사람은 싸울수록 힘이 솟는 듯 조금도 지친 기색이 없었다. 현덕이 징을 울려 싸움을 중지시키니 두 장수는 다시 창을 거두고 각자의 진으로 돌아갔다.

어느덧 날이 저물어가고 있었다. 현덕이 장비를 불러 조용히 타이른다.

"과연 마초는 영용한 장수라 가벼이 대적할 수 없겠다. 우선 관으로 돌아갔다가 내일 다시 싸우도록 해라."

그러나 흥분한 장비는 발을 구르며 부르짖는다.

"난 맹세코 죽기 전엔 돌아오지 않겠수!"

"날이 이미 저물었는데 무슨 수로 싸운단 말이냐?"

"횃불을 밝히고 싸우면 되잖수."

이때였다. 마초가 말을 바꿔 타고 현덕군의 진영 앞으로 나와 소리친다.

"장비야, 네 감히 야전(夜戰)을 할 수 있겠느냐!"

성이 머리끝까지 치민 장비는 현덕에게 청해 말을 바꾸어 타고는 창을 비껴들고 나가며 소리친다.

"내 네놈을 잡기 전에는 맹세코 관으로 돌아가지 않겠다!"

마초도 마주 소리친다.

"오냐, 이 마초도 네놈을 이기기 전에는 맹세코 영채로 돌아가지 않을 테다!"

양쪽 진영의 군사가 함성을 지르며 기세를 올렸다. 그와 함께 여기저기서 횃불이 오르니 어느새 싸움터는 대낮처럼 밝아졌다. 수천의 횃불이 활활 타오르는 가운데 두 장수는 창날을 번뜩이며 어울려 싸웠다. 20여합 싸우다가 마초가 갑자기 말머리를 돌리더니 달아나기 시작했다. 장비가 마초를 뒤쫓으며 외친다.

"네 이놈, 어디로 달아나느냐!"

원래 마초는 장비가 다루기 어려운 상대임을 깨닫고 계책을 세워둔 터였다. 마초가 짐짓 달아나는 체하니 장비가 고함을 지르며 뒤를 쫓는데, 마초는 가만히 동추(銅鎚, 살상용 망치)를 꺼내들었다. 장비가 가까워지기를 기다려 마초는 갑자기 몸을 돌리더니 동추를 휘둘렀다. 장비는 달아나는 마초를 보고 내심 의혹이 일어 대비를 하며 마초의 뒤를 쫓고 있었다. 그러다가 갑자기 동추가 날아오자 가볍게 몸을 돌려 피했다. 동추는 바람소리를 내며 장비의 귓가를 스쳐지나갔다. 장비는 그대로 말머리를 돌려 달아났다. 이번에는 마초가 그 뒤를 추격한다. 달아나던 장비가 활에 화살을 메기면서 말을 세우더니 몸을 돌리는 순간 마초를 향해 쏘았다. 마초가 급히 몸을 틀어 화살을 피했다.

장비와 마초는 이렇게 서로 쫓고 쫓기기를 수십차례 했으나 승패를 가리지 못했다. 결국 두 장수는 누가 먼저랄 것도 없이 말머리를 돌려 본진으로 향했다. 그때 현덕이 진영 앞에 나와 마초를 향해 외친다.

"나는 오늘날까지 인의로 사람을 대접하여 결코 속인 일이 없으니 맹기(孟起, 마초의 자)는 어서 군사를 거두고 잠시 쉬도록 하라. 내 그 틈을 노려 그대를 뒤쫓지는 않을 것이다."

마초가 현덕의 말을 듣고 친히 뒤를 끊어 군사들을 단속하며 전군을 후퇴시켰다. 현덕 또한 군사를 거두어 관으로 올라갔다.

다음 날 장비가 다시 관문을 나가 마초와 결전을 벌이겠다고 벼

가맹관에서 장비와 마초는 죽을힘을 다해 싸우다

르고 있는데, 사람들이 들어와 공명이 도착했다고 알렸다. 현덕이 공명을 맞아들이니 공명이 현덕에게 말한다.

"제가 듣건대 맹기는 호랑이 같은 장수라, 만약 익덕과 더불어 죽기로 싸우게 둔다면 둘 중 하나는 상할 게 틀림없습니다. 그래서 자룡과 한승(漢升, 황충의 자)에게 면죽관을 지키게 하고 밤새 달려온 것입니다. 이제 제가 계책을 써서 마초가 주공께 귀순하도록 하겠습니다."

현덕이 묻는다.

"내 마초를 보고 그 용맹함과 영특함을 매우 사랑하게 되었는데, 어떻게 하면 그를 얻을 수 있겠소?"

"제가 듣자하니 동천의 장로는 스스로 한녕왕(漢寧王)이 되고 싶어 안달이고, 그 수하에 있는 모사 양송은 탐욕스러운 인물로 뇌물을 밝힌다고 합니다. 주공께서는 지름길로 한중에 사람을 보내어 금은으로 양송의 환심을 산 다음, 장로에게 서신을 올리도록 하십시오. '나와 유장이 서천을 다투는 것은 장로의 원수를 갚아주려는 뜻이니 이간하는 자들의 말을 믿지 말 것이며, 일이 평정된 뒤에는 그대를 한녕왕으로 삼을 것을 보증한다' 하시고, 즉시 마초의 군사를 불러들이라 종용하십시오. 마초의 군사가 철수할 때를 기다려 계교를 써서 마초가 항복하게 하겠습니다."

현덕은 크게 기뻐하며 즉시 서신을 써서 많은 금은보화와 함께 손건에게 주고 양송을 찾아가게 했다. 지름길로 해서 한중에 이른 손건이 양송을 만나 금은보화를 내놓고 찾아온 뜻을 전하니 양송은 매우 흡족해하며 손건을 몸소 장로에게 인도했을 뿐만 아니라 옆에서 손건의 말을 거들기도 했다. 장로가 편지를 읽고 나서 양송에게 미심쩍은 듯 묻는다.

"유현덕은 벼슬이 좌장군일 뿐인데 무슨 수로 내가 한녕왕이 되는 것을 보증한단 말인가?"

양송이 나서서 아뢴다.

"유현덕은 바로 대한(大漢) 황제의 황숙입니다. 마땅히 황제께 주청하고 보증할 자격이 있습니다."

장로는 양송의 말에 의심을 거두고 그 자리에서 명한다.

"그렇다면 즉시 마초의 군사를 철수시키도록 하라."

장로의 사자가 마초에게로 떠난 뒤 손건은 양송의 집에 머물면서 마초의 회신을 기다리기로 했다. 하루도 안되어 마초에게 갔던 사자가 돌아와 전하기를, 공을 이루지 않고는 회군할 수 없다고 했다는 것이다. 장로가 다시 사람을 보내 소환했으나 마초는 듣지 않았다. 연달아 세번이나 사자를 보냈는데도 마초는 돌아오지 않았다. 양송이 기다렸다는 듯이 장로에게 넌지시 말한다.

"본래 마초가 믿을 만한 인물이 아니었는데, 회군하라는 영을 거역하는 것으로 보아 모반할 뜻이 있는 게 분명합니다."

양송은 사람을 시켜 유언비어를 퍼뜨리기까지 했다.

"마초는 서천을 빼앗아 촉왕이 되어 아비의 원수를 갚으려 할 뿐, 한중의 신하 되기를 원하지 않는다더라."

바야흐로 이 소문은 장로의 귀에까지 닿았고, 장로는 즉시 양송을 불러들여 계책을 물었다. 양송은 때를 만난 듯 장로에게 말한다.

"마초에게 사람을 보내 이렇게 이르십시오. '네가 기어이 공을 세우려 한다면 한달의 기한을 주겠노라. 그 대신 내가 바라는 세가지 일을 완수하면 상을 내릴 것이요 못하면 목을 벨 것이다. 첫째는 서천땅을 취하는 일이고 둘째는 유장의 수급을 가져오는 일이며 셋째는 유비의 형주 군사를 물리치는 일이니, 이 세가지 중에서 어느 하나라도 이루지 못하는 날에는 네 머리를 바쳐라.' 이렇게 이르는 한편 장위(張衛)에게 명하여 군사들을 풀어 길목마다 단단히 지키게 해서, 마초가 변란을 일으키지 못하도록 미리 방비하십시오."

장로는 양송의 계책을 따르기로 했다. 즉시 사람을 보내 세가지 완수해야 할 일을 전하니, 마초는 다 듣고 크게 놀랐다.

"나를 대하는 태도가 어찌 이리도 변했는가?"

마초는 마대와 함께 의논한 끝에 철군하는 길밖에 없다는 결정을 내렸다. 한편 마초의 결정을 전해들은 양송은 다시 사람을 시켜 유언비어를 퍼뜨렸다.

"마초가 회군하는 것은 다른 마음을 품었기 때문이다."

이 말이 성중에 퍼지자 장로는 즉시 장위를 시켜 군사를 일곱갈래로 나누어 관문을 굳게 지키며, 마초의 군사들을 들이지 못하게 했다. 바야흐로 마초는 나아갈 수도 물러설 수도 없는 처지에 빠지고 말았다. 드디어 공명이 현덕에게 말한다.

"지금 마초가 진퇴양난에 빠져 있으니, 제가 직접 마초의 영채로 찾아가 세치 혀로 설복시켜 항복하게 하겠습니다.”

공명의 말을 듣고 현덕은 안색이 흐려진다.

“선생은 나의 고굉심복(股肱心腹, 고굉지신股肱之臣과 심복지신心腹之臣을 아우른 말로 없어서는 안될 존재)인데 만에 하나 무슨 일이라도 생기면 어찌하겠소?”

공명이 굳이 가고자 하나 현덕은 놓아주려 하지 않았다. 이러는 중에 문득 보고가 들어와 조자룡의 추천장을 가지고 서천에서 한 사람이 항복해왔다고 전했다. 현덕이 그 사람을 불러들이니, 그는 건녕의 유원 출신으로 성명은 이회(李恢)요 자는 덕앙(德昻)이었다. 현덕이 이회에게 묻는다.

“내 일찍이 들으니 공은 지난날 유장에게 간곡하게 간하였다 하던데, 이제 내게 온 까닭이 무엇이오?”

이회가 답한다.

“제가 듣건대 좋은 새는 나뭇가지를 가려서 깃들이고, 어진 신하는 주인을 가려 섬긴다 합니다. 지난날 제가 유익주에게 신하의 도리를 다하려고 간했으나 들어주지 않는 것을 보고 반드시 패할 것을 알았습니다. 오늘날 장군의 인덕이 촉땅에 널리 퍼져 있으니 필경 뜻을 이루겠기에 이렇게 찾아온 것입니다.”

현덕은 기쁘게 맞으며 말한다.

“선생이 이렇게 오셨으니 이 유비에게 큰 도움이 될 것이오.”

이회가 조심스럽게 말을 꺼낸다.

“마초가 진퇴양난에 빠졌다는 소식을 들었습니다. 제가 일찍이 농서에 있을 때 마초와 대면한 적이 있으니, 찾아가 설득하여 주공께 투항하도록 하면 어떻겠습니까?"

공명이 말한다.

"그렇지 않아도 나 대신 마초에게 보낼 사람이 절실하게 필요했소. 그대가 무슨 말로 마초를 설득할 것인지 한번 들어봅시다."

이회는 좌우를 살피더니 공명의 귓가에 입을 대고 속삭였다. 공명은 크게 기뻐하며 즉시 이회를 마초의 진영으로 보냈다.

마초의 영채에 당도한 이회는 먼저 사람을 시켜 자신의 이름을 전하게 했다. 수하 사람을 통해 보고를 받은 마초는 의혹이 일었다.

"이회는 언변이 뛰어난 자다. 나를 설득하러 온 게 틀림없구나!"

그러고는 즉시 20여명의 도부수를 불러들였다.

"너희들은 장막 뒤에 숨어 있다가 내가 명을 내리거든 즉시 그자를 죽여 고기젓을 만들어버려라!"

얼마 후 이회가 고개를 꼿꼿이 들고 조금도 두려워하는 빛 없이 들어섰다. 마초는 장막 가운데 꼼짝도 않고 앉은 채 사납게 소리친다.

"너는 무슨 일로 왔느냐?"

이회가 겁도 없이 대꾸한다.

"내 특별히 세객(說客)으로 그대를 타이르러 왔소!"

마초는 이회의 담대함에 약간 놀랐지만 은근히 얕잡아 보는 태도로 말한다.

"내 보검을 새로 갈아놓았으니 어디 하고 싶은 말을 해보아라.

네 말이 내게 통하지 않으면 당장에 내 보검을 시험해보겠다!"

마초의 섬뜩한 말에 이회는 오히려 껄껄 웃으며 답한다.

"장군에게 화가 닥쳐오고 있으니, 새로 벼린 칼을 내 목에 시험
해보기는커녕 장군 자신에게 쓰게 될까 두렵구려."

이회의 이 말은 진퇴양난에 처한 마초가 결국에는 자결할 수도
있다는 뜻이었다. 마초가 언성을 높여 묻는다.

"도대체 내게 무슨 화가 닥친단 말이냐?"

"내가 듣건대 월(越)나라 서시(西施, 춘추시대의 미녀)를 두고는 아
무리 헐뜯기를 잘하는 사람도 아름다움을 무시할 수 없었고, 제
(齊)나라 무염녀(無鹽女, 무염 지방에 살았다는 못생긴 여자)에 대해서는
아무리 칭찬을 잘하는 사람도 그 못난 용모를 가려줄 수 없었다고
하오. 해가 중천에 오르면 기울고 달도 차면 이지러지는 법이니 이
것은 세상의 이치로소이다. 지금 조조야말로 장군의 부친을 죽인
원수이며, 농서는 장군이 잊지 못할 한을 품었던 곳이오. 앞으로는
유장을 도와 형주 군사를 물리치지 못했고, 뒤로는 양송을 누르고
장로의 얼굴을 대할 면목도 없으니, 천하에 장군이 몸 둘 곳이 어디
있으며, 모실 주인은 누구겠소? 만일 또다시 위교와 기성에서처럼
실패한다면 세상 사람들을 도대체 무슨 낯으로 대하려 하시오?"

심금을 찌르는 이회의 말을 묵묵히 듣고 있던 마초는 드디어 머
리를 조아리며 사례한다.

"공의 말이 참으로 옳소이다. 나는 갈 곳이 없는 사람이오."

이회가 말한다.

"공이 내 말을 알아들었다면 어찌하여 장하에 도부수를 그대로 숨겨두고 있소이까?"

마초가 크게 부끄러워하며 도부수들을 꾸짖어 물리쳤다. 이회가 다시 말한다.

"유황숙은 예로써 어진 선비를 대하니 반드시 큰뜻을 이룰 것이오. 이 믿음에 따라 나는 유장을 버리고 귀순한 것이오. 더구나 공의 선친은 지난날 유황숙과 더불어 역적을 토벌하기로 약속하신 분인데, 공은 어찌하여 어둠을 버리고 밝음을 취하여 위로는 선친의 원수를 갚고 아래로 큰 공명을 세우려 하지 않으시오?"

말을 다 들은 마초는 크게 깨달으며 기뻐했다. 곧 양백을 불러들여 한칼에 목을 벤 후, 그의 수급을 들고 이회와 더불어 관으로 가서 현덕에게 항복했다. 현덕이 친히 나와 마초를 공손히 맞아들이고 귀빈의 예로 대접했다. 마초가 머리를 조아리며 사례한다.

"이제 밝은 주인을 만나뵙게 되니 구름과 안개가 걷힌 푸른 하늘을 보는 것 같습니다."

이때는 손건도 이미 관으로 돌아와 있었다. 현덕은 다시 곽준과 맹달에게 가맹관을 지키라 이르고 군사를 거두어 성도를 치러 갔다. 조자룡과 황충이 나와 유현덕을 면죽관으로 맞아들이는데, 수하 사람이 와서 촉의 장수 유준(劉晙)과 마한(馬漢)이 군사를 거느리고 온다고 고했다. 조자룡이 성큼 나서며 말한다.

"제가 가서 두 사람을 사로잡아오겠습니다."

그러고는 말에 올라 군사를 거느리고 싸우러 나갔다. 유현덕은 마초를 대접하기 위해 술자리를 마련하게 했는데, 모두 자리를 잡고 앉기도 전에 조자룡이 어느새 적장 두 사람의 수급을 들고 돌아와 바쳤다. 마초는 조자룡의 용맹스러움에 놀라는 한편 더욱더 공경하는 마음을 품게 되었다. 마초가 말한다.

"주공께서 손수 군사를 거느리고 싸우실 것 없습니다. 제가 가서 유장을 불러내 항복하도록 하겠습니다. 만일 항복하지 않으면 아우 마대와 더불어 성도를 쳐서 주공께 바치겠습니다."

마초의 말에 유현덕은 크게 기뻐하며 술자리를 즐기니 잔치는 온종일 계속되었다.

한편, 패주한 군사들이 익주에 이르러 유장에게 패전 사실을 보고하자 유장은 크게 놀라 성문을 굳게 닫아걸었다. 그때 사람이 와서 마초가 구원병을 거느리고 성 북쪽에 이르렀다고 알렸다. 유장이 급히 성 위에 올라 바라보니, 과연 마초와 마대 형제가 성밑에서 큰소리로 외치고 있었다.

"유계옥은 나와서 답하시오."

유장이 성 위에서 무슨 뜻이냐고 되묻자 마초가 말 탄 채로 채찍을 들어 가리키며 소리친다.

"내 본래 장로의 군사를 거느리고 익주를 구하러 왔으나, 장로가 양송의 모함을 듣고 오히려 나를 해치려 할 줄 누가 알았겠소. 나는 이미 유황숙께 항복했소. 귀공도 지체하지 말고 항복하여 수많은 백성들의 고생을 면하도록 하시오. 만일 항복하지 않고 어리석은 고집을 부린다면 내가 먼저 성을 공격하겠소!"

이 말을 듣고 유장은 너무도 놀라 안색이 흙빛으로 변하더니 그만 기절하여 쓰러졌다. 좌우 사람들이 달려들어 정신을 차리게 하니 유장은 겨우 몸을 일으켜 힘없이 말한다.

"내 어리석음을 이제 와서 후회한들 무슨 소용이랴. 성문을 열고 항복해 백성들을 구하느니만 못하도다."

이때 동화가 나서서 만류한다.

"성안에 군사가 3만여명이고 일년을 버틸 만한 돈과 비단, 군량과 마초가 있는데 어찌하여 항복하신단 말씀입니까?"

유장이 고개를 가로저으며 말한다.

"우리 부자가 촉땅을 다스린 지 어언 20여년이오. 하지만 그간에 백성들에게 은혜와 덕을 베풀지 못했고, 지난 3년 동안의 전쟁으로 피와 살이 들판에 널렸으니, 이는 모두 나의 죄요. 어찌 내 마음이 편하겠소? 차라리 항복하여 백성들을 편안히 하고자 하오."

유장의 말을 듣고 모두들 비감해 눈물을 흘리는데, 문득 한 사람이 나와 아뢴다.

"주공의 말씀이 바로 하늘의 뜻에 합당합니다."

사람들이 보니 그는 파서 서충국(西充國) 출신으로 이름은 초주(譙周)요 자는 윤남(允南)이며, 천문에 능통한 사람이었다. 유장이 그 말의 까닭을 물으니 초주가 대답한다.

"제가 밤에 천문을 보니 많은 별들이 촉땅에 모였는데, 그중에 큰 별 하나가 달처럼 밝게 빛나니 이는 바로 제왕의 상입니다. 더구나 한해 전에 아이들이 부른 노래에도 '새 밥을 먹으려거든 먼저 주인이 오실 때를 기다려라(若要吃新飯 須待先主來)'했습니다. 이 모든 징조가 하늘의 뜻이니 이를 거역해서는 안됩니다."

황권과 유파가 이 말을 듣고 크게 노해 칼을 빼들고 초주를 죽이려 하자 유장이 말렸다. 이때 갑자기 보고가 들어왔다.

"촉군 태수 허정(許靖)이 성밖으로 나가 항복했습니다."

유장은 목놓아 울며 부중으로 들어갔다.

이튿날 수하 사람이 와서 유황숙이 막빈(幕賓) 간옹을 사자로 보냈는데, 지금 성 아래에 와서 문 열어주기를 청하고 있다고 고하니 유장은 성문을 열어 영접하라고 명했다. 간옹이 수레를 타고 들어오는데 그 태도가 심히 오만하다. 갑자기 한 사람이 칼을 빼들고 뛰쳐나오며 크게 꾸짖는다.

"하찮은 놈이 뜻을 이루었다고 방약무인이로구나. 네 감히 우리 촉땅 사람들을 이렇듯 업신여길 수가 있느냐!"

간옹이 황망히 수레에서 내리더니 그 사람에게 절을 올렸다. 그는 광한(廣漢) 면죽 사람으로 성명은 진복(秦宓)이요 자는 자칙(子勅)이었다. 간옹은 진복에게 웃으며 말한다.

"내 미처 형을 알아보지 못했구려. 너무 책망하지 마시오."

간옹은 진복과 함께 유장을 만나, 유현덕이 관대하고 인자한 사람이며 절대 해칠 뜻이 없음을 간곡하게 설득했다. 마침내 유장은 항복할 뜻을 굳히고 간옹을 후대했다.

다음 날 유장은 손수 인수와 문적(文籍)을 싸들고 간옹과 함께 수레를 타고 성을 나와 유현덕에게 항복했다. 유현덕은 영채에서 나와 친히 영접하며 유장의 손을 잡고 눈물을 흘린다.

"내가 인의를 행하려 하지 않은 게 아니라, 형세가 어쩔 수 없어 이렇게 되었소이다."

유장이 영채로 들어가 인수와 문적을 현덕에게 넘겨주니, 이윽고 두 사람은 말머리를 나란히 하고 함께 성도 성안으로 들어갔다. 유현덕이 성안으로 들어서자 백성들은 향기로운 꽃과 등촉을 들고 나와 영접했다.

현덕이 공청에 이르러 당상에 올라앉으니 그곳 관원들이 빠짐없이 나와 당하에서 절을 올리는데 황권과 유파만은 문을 굳게 닫아걸고 나오지 않았다. 여러 장수들이 격분해 당장 달려가 두 사람을 죽이려 하니 현덕이 황망히 영을 내려 제지한다.

"만일 두 장수를 해치는 자가 있으면 그 삼족을 멸하리라."

엄명을 내린 후 현덕이 몸소 두 사람을 찾아가 벼슬길에 나오기를 청하니, 두 사람 모두 현덕의 높은 은혜에 감동하여 나왔다. 공명이 현덕에게 말한다.

"이제 서천을 평정했으니 두 주인을 섬길 수는 없는 일입니다. 주공께서는 유장을 형주로 보내십시오."

현덕이 대답한다.

"내가 방금 촉군을 얻었는데 어찌 계옥을 멀리 보낼 수 있겠소?"

"유장이 기업을 잃은 것은 유약했기 때문입니다. 그런데 주공께서도 아녀자 같은 마음으로 결단을 내리지 못하신다면 이 땅을 오래 보전하지 못할까 두렵습니다."

현덕은 공명의 말에 따르기로 했다. 크게 잔치를 베풀어 유장을 위로하고 진위장군(振威將軍)의 인수를 내리는 한편 재물을 수습해 처자와 종자들을 거느리고 남군(南郡) 공안(公安)땅으로 부임하도록 했다. 유장은 그날로 익주를 떠났다.

현덕은 스스로 익주목(益州牧)이 되어 항복한 문무관료들에게 후한 상과 벼슬을 내렸다. 엄안을 전장군(前將軍)으로 삼고 법정을 촉군 태수로, 동화를 장군중랑장(掌軍中郞將)으로, 허정을 좌장군 장사(左將軍長史)로, 방의(龐義)를 영중사마(營中司馬)로, 유파를 좌장군(左將軍)으로, 황권을 우장군(右將軍)으로 삼았다. 그리고 그 나머지 오의·비관·팽양·탁응·이엄·오란·뇌동·이회·장익·진복·초주·여의·곽준·등지(鄧芝)·양홍(楊洪)·주군(周羣)·비의(費禕)·비시(費詩)·맹달과 이미 투항했던 문무관원 60여명을 모두 발탁하여 기용했다.

또한 제갈량을 군사로 삼고, 관운장을 탕구장군(蕩寇將軍) 한수정후(漢壽亭侯)로, 장비를 정로장군(征虜將軍) 신정후(新亭侯)로, 조자룡을 진원장군(鎭遠將軍)으로, 황충을 정서장군(征西將軍)으로, 위연을 양무장군(揚武將軍)으로, 그리고 마초를 평서장군(平西將軍)으로 삼았다. 그밖에 손건·간옹·미축·미방·유봉·오반·관평·주창·요화·마량·마속·장완·이적 등과 지난날 형주·양양땅의 모든 일반 문무관원들까지 벼슬을 올려주고 상을 내렸다.

사자를 시켜 황금 5백근·은 1천근·전(錢) 5천만과 촉땅에서 나는 비단 1천필을 관운장에게 보내고, 그 나머지 관원과 장수 들에게도 직위에 따라 차등을 두어 후하게 상을 내렸다. 한편으로는 소와 말을 잡아 군사들을 배불리 먹이고, 창고를 열어 백성들에게 골고루 나누어주니 군사들과 백성들 모두 기뻐해 마지않았다.

익주를 완전히 평정한 현덕은 성도의 기름진 논밭과 가옥을 여러 관리들에게 나누어주려 했다. 조자룡이 나서서 간한다.

"익주 백성들이 여러차례 난리를 겪어 집과 논밭을 잃었으니 이제 마땅히 백성들에게 돌려주어 편안히 생업에 종사하게 해야 민심이 따를 것입니다. 이를 빼앗아 사사로이 상으로 내림은 온당치 않습니다."

현덕은 흔쾌히 조자룡의 말을 따랐다. 또 한편으로 군사 제갈량으로 하여금 치국(治國)을 위한 조례를 정하게 했는데, 그 형법이 매우 까다롭고 엄중했다. 법정이 말한다.

"옛날 고조께서는 약법삼장(約法三章, 살인한 자는 죽이고, 사람을 상하게 한 자, 도둑질한 자는 벌한다는 세 조목만의 법)으로 다스려 백성들이 그 은덕에 감복했다 하지 않습니까. 그러니 군사께서도 형벌을 줄이고 법령을 간단히 하여 백성을 위로하심이 어떠한지요?"

공명이 대답한다.

"그대는 참으로 하나만 알고 둘은 모르오. 그것은 진(秦)나라 법이 모질고 가혹해 만백성이 원망한 까닭에 한고조께서 어질고 관대한 덕으로 다스리신 것이오. 하지만 유장은 어리석고 유약해 덕으로 다스리지 못한데다 형벌은 위엄을 잃어 임금과 신하의 도리가 무너졌소. 총애하여 직위를 자꾸 올려주면 직위가 높아질 대로 높아진 사람은 잔악해지고, 순종시킨다고 은혜를 베풀기만 하다가 더이상 은혜를 베풀지 못하게 되면 백성들은 태만해지니, 그런 까닭으로 폐단이 오늘에 이른 것이오. 이제 법의 위엄을 세워 잘 시행되면 은혜를 알게 되고, 벼슬에 한계를 두면 벼슬이 높아질수록 그 영광을 알게 될 것이오. 은혜와 영광을 아울러 베풀면 위아래가 절도 있어질 터이니, 이로써 나라를 다스리는 도리를 삼으려 하오."

법정은 공명의 설명을 듣고 감복하여 절했다. 그 이래로 군사와 백성들이 안정되었다. 공명은 41주에 군사를 파견해 지키고 위무하며 두루 평정했다.

그런데, 촉군 태수에 오른 법정은 평소 남에게 받은 작은 은혜를 잊지 않고 갚는 반면 자질구레한 원한을 참지 않고 보복하는 사람이었다. 어떤 사람이 나서서 공명에게 고한다.

"효직의 횡포가 지나치니 주의를 주시지요."

공명이 말한다.

"지난날 주공께서 어렵게 형주를 지키면서 북으로는 조조의 위세를 두려워하고 동으로는 손권을 꺼려하시다가, 마침내 효직의 도움으로 몸을 일으켜 날개를 활짝 펴고 남의 압제를 받지 않게 되었소이다. 그런데 지금 효직의 행동을 금하여 작은 일도 뜻대로 못하게 해서야 되겠소?"

공명이 자신의 소행을 불문에 부친 이야기를 전해듣고 법정은 스스로 부끄럽게 여겨 매사에 삼가는 마음을 가지게 되었다.

하루는 유현덕이 공명과 한담을 나누고 있는데, 지난번에 관운장에게 금은과 비단을 내린 일로 관평이 사례하러 왔다는 보고가 들어왔다. 현덕이 불러들이니 관평이 절을 올리고 서신을 전한다.

"아버님께서 마초의 무예가 출중하다는 말을 들으시고 서천에 와서 한판 겨루어보고 싶다고 하십니다. 그래서 오늘 백부님께 그 뜻을 전하러 왔습니다."

현덕은 크게 놀란다.

"만일 운장이 여기 와서 맹기와 무예를 겨룬다면 두 사람이 비길 수는 없는 일 아닌가!"

공명이 말한다.

"걱정 마십시오. 제가 관운장에게 서신을 써보내겠습니다."

유현덕은 관운장의 급한 성미를 염려하여 즉시 공명에게 서신을 쓰게 하고 관평에게 밤낮을 가리지 말고 달려서 형주로 돌아가라고 일렀다. 관평이 형주로 돌아오자 운장이 묻는다.

"마맹기와 무예를 겨루고 싶다는 내 뜻은 전하였느냐?"

관평이 말한다.

"말씀을 올렸더니 군사께서 서신을 써주셨습니다."

운장이 서신을 펴보니 다음과 같다.

들자니 장군께서 맹기와 무예를 겨루고 싶다 하셨다는데, 내 생각으로는 비록 맹기의 용맹이 출중하다지만 그저 경포(黥布)

나 팽월(彭越)의 무리(둘 다 한고조 시대의 맹장)에 불과하오. 장익덕
과는 말을 달려 앞서거니 뒤서거니 다툴 만한 정도이나, 미염공
(美髥公)의 절륜한 용맹에는 따르지 못할 것이오. 지금 귀공이 형
주를 지켜야 하는 막중한 임무를 두고 서천에 왔다가 만약 형주
를 잃는 날에는 그 큰 죄를 말로 다 할 수 없으니 부디 깊이 헤아
리고 밝게 살피시오.

관운장은 편지를 읽고 나서 수염을 쓰다듬으며 기분좋게 웃는다.
"과연 공명이 내 마음을 아는구나!"
좌중에 편지를 돌려 읽히며 서천에 갈 생각을 접었다.

한편, 동오의 손권은 유현덕이 서천을 얻고 유장을 공안 지방으
로 보냈다는 보고를 받자 곧 장소와 고옹을 불러들여 형주를 되찾
을 일을 의논했다.
"애당초 유비가 우리 형주땅을 빌릴 때 서천을 얻게 되면 형주를
돌려주마고 했소. 이제 그들이 파촉(巴蜀) 41주를 얻었으니 우리는
반드시 옛땅을 되찾아야 하오. 유비가 형주를 돌려주지 않으면 군
사를 일으켜서라도 찾아야 할 것이오."
장소가 나서서 말한다.
"동오가 이제야 겨우 안정되었는데 지금 군사를 일으켜서는 안
됩니다. 제게 한가지 계책이 있으니, 유비가 두 손으로 형주를 받들
어 주공께 바치게 하겠습니다."

서촉에서 바야흐로 새 세상이 열리는데   西蜀方開新日月
동오는 또 옛 산천을 찾으려는구나   東吳又索舊山川

장소의 계책이란 과연 무엇일까?

66

조조가 황후를 시해하다

관운장은 칼 한자루 들고 연회에 참석하고
복황후는 나라를 위하다가 목숨을 버리다

장소가 손권에게 형주를 되찾을 계책을 말한다.

"유비가 의지하는 사람은 오로지 제갈량뿐입니다. 그의 형 제갈
근이 우리 동오에 있지 않습니까. 그의 가족을 잡아가두십시오. 그
런 다음 제갈근을 서천으로 보내 그의 아우 제갈량이 유비를 설득
해 형주를 돌려주도록 하십시오. '만일 형주를 돌려주지 않으면 내
가족들이 모두 죽게 되었다'고 하면 제갈량도 육친의 정을 생각해
반드시 응할 것입니다."

손권이 말한다.

"제갈근은 성실한 군자인데 어찌 차마 그의 가족을 가두어둔단
말이오?"

"그저 계책일 뿐임을 알려주면 마음을 놓을 것입니다."

손권은 장소의 계획에 따르기로 했다. 즉시 제갈근의 가족을 모두 불러들여 거짓으로 관부에 가두고는, 제갈근에게 서신을 주어 서천으로 보냈다. 며칠 만에 성도에 당도한 제갈근은 먼저 현덕에게 사람을 보내 자신이 왔음을 알렸다. 현덕이 공명에게 묻는다.

"형님 되시는 분이 무엇 때문에 여기 오신 것 같소?"

"형주를 되찾으러 왔을 겁니다."

"그럼 내가 어떻게 대답해야 하오?"

공명은 유현덕에게 이러이러하게 대답하라고 일러주었다. 계책을 정하고 나서 공명은 성밖으로 나가 제갈근을 영접했는데, 형을 자신의 집으로 데려가지 않고 빈관(賓館, 귀한 손님을 모시는 집)으로 안내했다. 인사를 마치자마자 제갈근은 소리 내어 통곡을 한다.

"형님, 대체 무슨 일이십니까? 말씀을 하셔야지 이렇게 우시면 어찌합니까?"

공명의 말에 제갈근이 한숨을 내쉬며 말한다.

"내 가족들은 모두 이제 끝장이 났구나……"

"형주를 돌려받지 못해서 그런 것 아닙니까? 이 아우 때문에 형님 가족들을 잡아가두었다니 제 마음인들 어찌 편하겠습니까. 제게도 생각이 있으니 형님께서는 너무 걱정 마십시오. 형주를 곧 돌려드리도록 하겠습니다."

제갈근은 크게 기뻐하며 즉시 공명과 더불어 현덕에게로 가서 인사하고 손권의 서신을 바쳤다. 현덕은 제갈근으로부터 서신을 받아 읽고 나서 벌컥 화를 낸다.

"손권이 제 누이를 내게 시집보내놓고 내가 형주를 비운 틈에 몰래 빼내갔으니 정리로 보아도 어찌 용서할 수 있겠소? 내 지금 서천 군사를 이끌고 강남으로 쳐들어가 원한을 갚으려는 생각뿐인데, 오히려 형주를 돌려달란 말인가!"

바로 그때 공명이 울면서 땅에 엎드려 말한다.

"오후가 형님의 가족들을 잡아가두었으니 형주를 돌려주지 않으면 형님 일가는 참살당할 것입니다. 형님이 죽고 어찌 저 혼자 살 수 있겠습니까? 바라건대 주공께서는 저의 얼굴을 보아서라도 형주를 동오에 돌려주시고 저희 형제간의 정을 온전하게 해주소서!"

공명이 거듭 청했으나 현덕은 받아들이지 않았다. 마침내 공명이 울면서 매달리니 현덕이 마지못해 대답한다.

"내 군사의 체면을 보아 형주의 절반을 떼어 장사(長沙)·영릉(零陵)·계양(桂陽) 세 지방을 내주겠소."

공명이 말한다.

"기왕 주공께서 허락하신 일이니, 즉시 관운장에게 편지를 보내 세 지방을 돌려주라 하십시오."

현덕이 제갈근에게 말한다.

"편지를 써드릴 테니 자유(子瑜, 제갈근의 자)께서 직접 형주에 가서 내 아우 운장에게 잘 말씀해보시오. 내 아우의 성미가 워낙 불같아서 나도 두려울 때가 있으니, 아무쪼록 잘 알아듣게 말씀하셔야 할 거요."

유현덕의 서신을 받아들고 물러나온 제갈근은 공명과 헤어져 즉시 형주로 떠났다.

관운장은 제갈근이 왔다는 보고에 중당(中堂)으로 청해들였다. 서로 인사를 나누고 손님과 주인이 자리를 가려 앉자 제갈근이 먼저 유현덕의 편지를 내놓으며 말한다.

"황숙께서 이미 세 지방을 동오에 돌려주라고 허락하셨으니, 장군께서는 즉시 돌려주시오. 그래야만 내가 돌아가서 우리 주공께 면목이 서겠소이다."

제갈근의 말에 관운장의 안색이 변한다.

"나는 우리 형님과 도원에서 형제의 의를 맺으며 반드시 한나라 황실을 바로잡기로 맹세했소. 형주로 말할 것 같으면 애초에 한나라 강토라는 걸 천하가 다 아는데, 한치의 땅인들 어찌 함부로 내줄 수 있겠소? 장수가 외지에 나가 있을 때는 비록 임금의 명이라도 거역할 수 있다 했소. 아무리 형님의 서신을 가지고 왔다 해도 나는 단 한치의 땅도 동오에 내줄 수 없소이다!"

제갈근이 애원한다.

"오후가 지금 내 가족을 잡아가두었소이다. 만일 형주를 돌려받지 못하면 모조리 죽임을 당할 것이니, 바라건대 장군은 이를 가엾게 여겨주오!"

운장이 코웃음을 친다.

"그 모두가 오후의 계책인데, 내가 속아넘어갈 것 같소?"

"장군께서는 어찌 이리도 경우가 없으시오?"

그 말에 관운장은 손에 칼을 잡으며 말한다.

"더이상 말하지 말라. 이 칼에는 원래 경우가 없느니라!"

관평이 보다 못해 만류한다.

"군사의 체면을 봐서라도 아버님께서는 노여움을 거두십시오."

운장이 제갈근에게 말한다.

"군사의 체면을 생각지 않았다면 그대를 동오에 살려보내지 않았을 게요."

제갈근은 큰 수모를 당하고 나서 급히 배를 타고 공명을 만나러 다시 서천으로 갔다. 그러나 공명은 이미 각군을 순시하러 떠나고 없었다. 할 수 없이 제갈근은 현덕을 찾아가 뵙고, 관운장이 명에 따르기는커녕 자신을 죽이려 했다고 울면서 고했다. 현덕이 시치미를 떼고 말한다.

"내 아우는 성미가 워낙 급해서 한번 화를 내면 함부로 말을 붙이기가 어렵소. 자유는 잠시 동오로 돌아가 계시오. 내가 장로의 동천 한중땅을 얻게 되면 관운장을 그리로 보내 지키게 할 테니, 그때 형주를 돌려드리겠소이다."

제갈근은 하는 수 없이 동오로 돌아와 손권에게 자초지종을 자세히 이야기했다. 다 듣고 난 손권이 대로하여 말한다.

"자유가 이번에 소득도 없이 분주하게 다닌 것은 모두 공명의 계책이오!"

제갈근이 황망히 말한다.

"아닙니다. 내 아우도 현덕에게 울면서 고하여 세 지방을 돌려받기로 허락받은 것인데, 관운장이 완강히 내놓지 않으니 어쩌겠습니까?"

"좌우간 유비가 우선 세 지방을 돌려준다고 했으니, 장사·영릉·계양에 관리를 부임시키고 저들이 어찌 나오는지 한번 봅시다."

제갈근이 힘없이 대답한다.

"주공의 말씀이 가장 그럴듯합니다."

손권은 제갈근의 식구들을 모두 풀어주고 나서 장사·영릉·계양 3군에 관리를 부임시켰다. 그러나 3군에 파견된 관리들은 하루도 견디지 못하고 쫓겨와서 손권에게 고한다.

"관운장이 우리를 받아들이지 않아 그 밤으로 동오 경계까지 쫓겨났는데, 자칫 죽을 뻔했습니다."

손권은 크게 화가 나서 즉시 노숙을 불러들여 꾸짖는다.

"지난날 자경(子敬, 노숙의 자)이 보증을 서서 유비에게 형주를 빌려주었는데, 이제 유비는 서천을 얻고도 형주를 돌려줄 생각을 않고 있소. 자경은 앉아서 구경만 할 작정이오!"

노숙이 답한다.

"제가 한가지 계책을 생각해둔 게 있어서 안 그래도 주공께 아뢰려던 참입니다."

"그래 어떤 계책이오?"

"먼저 군사를 육구(陸口)에다 주둔시키고, 사람을 보내 관운장을 모임에 청합니다. 관운장이 응하여 오면 크게 잔치를 베풀어 좋은 말로 타이르고, 듣지 않으면 도부수를 매복해두었다가 죽여버리십시오. 그가 불러도 오지 않는다면 군사를 일으켜 쳐들어가 형주를 빼앗는 것입니다."

"그대의 생각이 나와 같으니 즉시 실행하도록 하오."

그때 감택(闞澤)이 나서서 만류한다.

"안됩니다. 관운장은 범 같은 장수니 섣불리 다루었다가 일이 잘못 풀리면 오히려 우리가 해를 입게 됩니다."

순간 손권은 소리를 버럭 질렀다.

"그렇다면 형주는 대체 언제 되찾을 수 있단 말이냐!"

그러더니 노숙에게 영을 내린다.

"자경은 속히 계획대로 실행하오."

이에 노숙은 육구로 가서 여몽과 감녕 등을 불러 관운장을 다룰 일을 의논했다. 곧 육구의 영채 바깥 임강정(臨江亭)에 잔치 자리를 마련하는 한편, 말솜씨 좋고 배포 큰 사람을 골라 관운장을 잔치에 청하는 서신을 가지고 강을 건너게 했다.

강을 건넌 노숙의 사자에게 나루터를 지키고 있던 관평은 온 까닭을 물어보고 그를 형주로 데리고 들어갔다. 사자가 관운장을 뵙고 노숙이 잔치에 청한다는 말을 전하며 가지고 온 서신을 바쳤다. 관운장은 노숙이 보낸 서신을 읽고 나서 좋은 얼굴로 말한다.

"자경이 나를 초대했으니 내 내일의 잔치에 참석해야겠다. 그대는 먼저 돌아가 내 뜻을 전하라."

사자가 떠나고 나서 관평이 걱정스럽게 묻는다.

"노숙이 절대 호의로 청한 것이 아닐 텐데, 아버님께서는 어째서 허락하셨습니까?"

관운장이 웃으며 답한다.

"내 어찌 그걸 모르겠느냐. 분명 제갈근이 돌아가서 손권에게 관운장이 세 지방을 내주지 않는다고 고했을 테니, 손권은 노숙을 시켜 육구에 군사를 주둔시키고, 나를 잔치에 초대해 어서 형주를 내놓으라고 독촉할 작정이겠지. 그러니 가지 않으면 나를 비겁하다고 할 게 아니냐. 내일 작은 배에다 호위병 10여명을 데리고 칼 한 자루만 들고 잔치에 가서 노숙이 어쩌는지 구경이나 해야겠다."

관평이 간곡하게 간한다.

"아버님께서는 만금같이 귀중한 몸으로 어찌 호랑이굴로 들어가려 하십니까? 큰아버님께서 당부하신 중책을 저버리실까 두렵습니다."

관운장이 웃으며 말한다.

"내가 헤아릴 수 없이 많은 창칼과 빗발치는 돌과 화살 가운데서도 필마(匹馬)로 무인지경 드나들듯 하며 적을 무찔렀는데, 하물며 강동의 쥐새끼 같은 것들을 두려워하겠느냐!"

곁에 있던 마량도 간한다.

"비록 노숙이 장자의 풍모를 지녔다 해도 지금처럼 일이 급해지고 보면 딴생각을 품을 수 있으니, 장군께서는 가벼이 움직이셔서는 안됩니다."

"옛날 전국시대에 조(趙)나라의 인상여(藺相如)는 닭모가지를 비틀 만한 힘도 없으면서 민지(澠池)의 잔치에서 진나라 군신(君

144

臣)을 두려움 없이 대했소(진나라 왕이 민지에서 잔치를 열어 조나라 왕을
모욕하려 하자 인상여가 지혜와 용기로 조나라 왕을 보위한 고사). 하물며 나로
말하자면 만인의 적을 상대하는 법을 배우지 않았소? 내 이미 허락
했으니 신의를 잃을 수는 없소이다."

"장군께서 꼭 가셔야 한다면 마땅히 준비가 있어야 할 것입니
다."

마량의 말에 운장이 답한다.

"관평은 쾌선 10척에 수군 5백명을 선발해 강 위쪽에 숨어 있다
가 내일 내가 붉은 깃발을 흔들거든 강을 건너오도록 해라."

관평은 명을 받고 나가서 그대로 준비했다.

한편, 형주에서 돌아온 사자가 노숙에게 아뢰었다.

"관운장이 내일 오겠다고 쾌히 승낙했습니다."

노숙은 여몽과 대책을 의논한다.

"관운장이 온다는데 어찌하면 좋겠소?"

여몽이 대답한다.

"관운장이 군사를 거느리고 오면 제가 감녕과 함께 각각 한무리
의 군사를 거느리고 언덕에 숨어 있다가 포소리를 신호 삼아 무찌
르겠습니다. 만일 운장이 군사를 거느리지 않고 온다면 정원 뒤에
도부수 50명을 숨겨두었다가 잔치가 무르익을 때 기회를 보아 해
치워버리면 될 것입니다."

이튿날, 노숙은 사람을 시켜 언덕에서 강어귀를 지키게 했다. 진

시(辰時, 오전 8시)가 조금 지나서 강물 위로 배 한척이 다가왔다. 사공은 몇 사람 안되고 배 한쪽에 붉은 깃발이 바람에 나부끼는데, 크게 관(關) 자가 씌어 있다. 배는 차츰 남쪽 기슭으로 다가왔다. 배 위에는 푸른 두건에 녹색 전포를 입은 관운장이 앉아 있고, 그 옆에는 주창이 청룡도를 들고 서 있었다. 그밖에는 허리에 칼을 찬 8~9명의 장정들이 있을 뿐이다. 노숙은 놀랍고 의심스러우면서도 강변으로 나아가 관운장을 영접했다. 서로 예를 갖추어 인사를 올린 두 사람은 자리에 앉아 술잔을 기울이기 시작했다. 노숙은 마음속에 딴 생각을 품고 있는 까닭에 감히 운장의 얼굴을 정면으로 바라보지 못하는데, 관운장은 태연자약하게 웃으며 이야기를 나누었다.

술잔이 거듭되어 어느덧 분위기가 무르익었다. 노숙이 말한다.

"군후(君侯)께 한가지 드릴 말씀이 있으니 들어주시면 다행이겠소이다. 지난날 형님 되시는 유황숙께서 나를 보증인으로 세워 우리 주공에게서 형주를 빌리실 적에 서천을 취하면 즉시 돌려주겠다고 약속하셨소. 그런데 지금 서천을 얻었는데도 형주를 돌려주지 않고 계시니, 황숙께서 신의를 저버린 게 아니고 무엇이겠습니까?"

관운장은 태연하게 노숙의 말을 받아넘긴다.

"이는 나라의 일이니 술자리에서 논할 바가 아니오."

"우리 주공께서 변변치 못한 강동땅에 계시면서도 형주를 빌려주신 것은 황숙께서 싸움에 패해 의지할 곳 하나 없이 멀리 와 계신 것이 딱해서였소. 이제 황숙께서 익주를 얻었으니 형주를 돌려

관운장은 칼을 차고 노숙의 잔치에 참석하다

주시는 것은 당연한 일, 세 지방만 돌려주시겠다는 것도 안될 말이오. 그런데 그마저도 군후는 따르지 않으시니, 참으로 이치에 어긋나는 일이외다."

관운장이 말한다.

"오림의 전투(烏林之役, 적벽대전) 때 좌장군(左將軍, 현덕이 국가로부터 받은 작위)께서는 친히 비오듯 쏟아지는 돌과 화살을 무릅쓰고 힘을 합쳐 적을 격파하셨는데, 어찌 좁은 땅덩이 하나 차지할 수 없단 말이오? 그대는 동오의 신하로서 고마워해야 마땅한데도 그러기는커녕 그 땅마저 도로 내놓으란 게요?"

"그렇지 않소이다. 지난날 군후가 유황숙과 함께 장판에서 대패하고 오갈 데 없는 신세로 멀리 달아나야 했을 때 우리 주공께서 의탁할 곳 없는 황숙의 처지를 딱하게 여겨 아낌없이 땅을 빌려주신 것은 훗날 공을 세울 기반을 마련해주고자 함이었소. 이제 황숙은 우리의 호의를 입어 서천을 얻고 형주까지 장악하고서 탐욕에 빠져 의리를 배반한 것이니 천하의 비웃음거리가 될까 걱정이오. 모름지기 군후께서는 깊이 살피시오."

"이 모두 형님께서 알아 하실 일, 내가 간섭할 바 아니오."

"듣자하니 군후는 황숙과 도원에서 결의형제를 맺으면서 생사를 함께하기로 맹세했다니 황숙이 곧 군후이거늘, 어째서 이렇게 서로 핑계만 대신단 말이오?"

관운장이 미처 대답할 말이 없어 머뭇거리고 있는데, 갑자기 뜰 아래 서 있던 주창이 사납게 소리친다.

"천하의 땅은 인덕 있는 자가 다스려야 마땅하다. 어째서 너희 동오만 차지하겠단 말이냐!"

순간 관운장은 낯빛이 변하면서 벌떡 일어났다. 그러더니 주창이 들고 서 있던 큰칼을 빼앗아들고 뜰에 서서 주창을 똑바로 바라보며 꾸짖는다.

"이는 나라의 일인데 네 어찌 감히 함부로 입을 놀리느냐. 당장 나가거라!"

주창은 관운장의 뜻을 눈치채고 먼저 강언덕으로 나가 붉은 깃발을 휘둘렀다. 기다렸다는 듯 강 건너편에서 관평의 쾌선들이 쏜살처럼 강을 건너왔다. 관운장은 한손에 큰칼을 들고 다른 한손으로는 노숙의 손을 끌어당기며 짐짓 취한 체 말한다.

"공이 오늘 나를 잔치에 청하셨으니 형주 일은 더이상 입에 올리지 마시오. 내 이미 취하여 오랜 정이 상할까 두렵소이다. 내 다음에 귀공을 형주로 초청해 잔치를 베풀 터이니 그때 다시 상의합시다."

노숙은 혼이 빠진 듯 관운장에게 끌려 강변으로 나섰다. 여몽과 감녕은 당장에라도 본부 군마를 풀고 싶지만, 운장이 한손에는 칼을 쥐고 또 한손에는 노숙을 잡고 놓지 않으니, 혹시라도 노숙이 다칠까 염려되어 감히 움직이지 못한다. 관운장은 나루터에 이르러 노숙의 손을 놓고, 뱃전에 올라서야 작별인사를 한다. 노숙은 바보처럼 서 있고 관공이 탄 배는 이미 바람을 타고 떠나갔다.

후세 사람이 관공을 찬탄한 시가 있다.

오나라 신하를 어린아이처럼 보고 藐視吳臣若小兒

칼 한자루로 연회에 나가니 감히 해칠쏘냐 單刀赴會敢平欺

그 당시 관운장의 영웅스러운 기개야 當年一段英雄氣

인상여 민지의 일보다 더 대단해라 尤勝相如在澠池

관운장이 형주로 돌아가니, 노숙은 여몽과 더불어 의논한다.

"이번 계책도 성사되지 않았으니 어쩌면 좋겠소?"

여몽이 말한다.

"어서 주공께 보고드리고 군사를 일으켜 관운장과 결전을 벌일 수 밖에 없소이다."

노숙이 손권에게 사람을 보내 일의 전말을 보고하니, 손권은 노발대발하며 온 나라의 군사를 일으켜 형주를 치기로 했다. 문무관료들을 모아 형주 공략을 의논하는 중에 문득 파발꾼이 들어와 알린다.

"조조가 다시 30만 대군을 일으켜 쳐들어온다고 하옵니다."

손권은 크게 놀라 즉시 노숙에게 전교를 내렸다.

"형주를 치려던 군사를 잠깐 멈추고, 우선 합비와 유수(濡須)로 돌려서 먼저 조조를 막도록 하라!"

한편 조조는 남정(南征)을 위해 군사를 일으키려 하고 있었다. 그때 참군(參軍)으로 있던 부간(傅干)은 자가 언재(彦材)로, 조조에게 글을 올려 간했다. 그 내용은 다음과 같다.

　제가 듣건대 무(武)를 쓰는 데는 위엄이 앞서야 하고, 문(文)을 쓰는 데는 덕이 앞서야 하며, 위엄과 덕을 아울러 베풀어야 왕업을 이룬다고 하였습니다. 지난날 천하가 크게 어지러워 명공께서는 무를 써서 열에 아홉을 평정하셨사옵니다. 하나 아직도 왕명을 거역하는 자가 있으니, 바로 오와 촉입니다. 오는 장강이 있어 지세가 험하고 촉은 높은 산이 가로막고 있으니, 위엄만으로는 이기기 어렵습니다. 제 어리석은 소견으로는 마땅히 문덕(文德)을 닦으면서 군사를 쉬게 하고 선비를 기르며 적절한 때를 기다렸다가 움직여야 할 줄로 아옵니다. 만약에 지금 수십만 군사를 일으켜 장강에 주둔시켰다가, 적들이 험준한 지세를 이용해 깊숙이 숨어서 우리 군마가 능히 제 힘을 다하지 못하게 하고 기이한 계책으로 우리 권위를 무너뜨린다면, 이는 하늘의 위엄이 꺾이는 일이 될 것입니다. 부디 명공께서는 자세히 살피시기 바라옵니다.

　조조가 이 글을 보고 마침내 남정의 뜻을 접었다. 우선 학교를 지어 문사들을 초빙하고 예로써 대우했다. 이 무렵 시중(侍中) 왕찬(王粲)·두습(杜襲)·위개(衛凱)·화흡(和洽) 등 네 사람이 조조를 위왕(魏王)으로 모셔야 한다는 공론을 일으켰다. 이에 중서령(中書令) 순유(荀攸)가 단호한 어조로 반대한다.

"안될 말이오. 승상의 벼슬이 이미 위공에 이르렀고 그 영광에 구석(九錫, 천자가 공로가 큰 사람에게 하사하는 아홉가지 물품)을 더해 지위가 극에 달하였는데, 이제 다시 왕위에까지 오른다면 이치에 어긋나오."

순유의 말을 들은 조조는 무척 노여워했다.

"그놈이 순욱을 본받고 싶다는 게냐!"

순유가 조조의 말을 전해듣고는, 근심과 울화가 병이 되어 앓아 눕더니 10여일 만에 세상을 하직했다. 그의 나이 쉰여덟이었다. 조조는 순유의 장례를 후하게 치러주고, 위왕이 되려던 뜻을 접었다.

하루는 조조가 칼을 차고 입궁했다. 헌제와 복황후가 함께 앉아 있었는데, 복황후는 조조가 들어오는 것을 보고 깜짝 놀라 자신도 모르게 자리에서 일어났다. 헌제는 벌벌 떨며 어찌할 바를 몰랐다. 조조가 말한다.

"손권과 유비가 각기 한 지방의 패권을 차지하고 조정을 업신여기니 어찌하면 좋겠소이까?"

황제가 겨우 대답한다.

"모든 일을 위공이 알아서 처리하시오."

조조가 화를 벌컥 낸다.

"폐하의 이런 말을 누가 듣는다면 내가 임금을 기망한다고 하지 않겠소!"

황제가 풀이 죽어 말한다.

"승상이 나를 보좌해준다면 심히 다행스러운 일이겠소. 그러나 그러지 못하겠거든 부디 은혜를 베풀어 퇴위시켜주시오."

조조는 성난 눈으로 황제를 쏘아보며 나가버렸다. 좌우 사람이 황제에게 아뢴다.

"요즈음 소문에 의하면 위공이 스스로 왕이 되려고 한다니, 머지않아 제위까지 찬탈하려 할 것입니다."

이 말에 헌제와 복황후는 소리 내어 울었다. 한참 만에 황후가 울음을 그치고 말한다.

"신첩의 아비 복완(伏完)은 언제나 조조 죽일 생각을 하고 계시니, 제가 이제 서신 한통을 써보내 은밀히 아비와 더불어 일을 도모할까 합니다."

황제가 걱정스러운 빛으로 말한다.

"지난날 동승이 일을 도모하다 누설되어 도리어 조조에게 큰 화를 입지 않았소? 이번에 또다시 비밀이 누설된다면 짐과 그대는 정말 마지막이오!"

황후가 말한다.

"밤낮으로 바늘방석에 앉아 있는 듯합니다. 이렇게 사느니 차라리 일찍 죽느니만 못하지 않습니까. 신첩이 보기에 환관들 중에서 목순(穆順)은 충성스러운 신하로 일을 맡길 만하오니, 그를 시켜 아버님께 밀서를 보내겠나이다."

헌제와 복황후는 즉시 목순을 병풍 뒤로 불러들이고 좌우 근신들을 모두 내보낸 뒤 울면서 당부한다.

"역적 조조가 위왕이 되려는 마음에 머지않아 제위를 찬탈하려

할 것이다. 짐이 황후의 부친 복완을 시켜 역적을 없애려는데, 좌우가 모두 조조의 심복들이라 맡길 만한 인물이 없구나. 이제 네게 황후의 밀서를 줄 테니 은밀히 복완에게 전해주길 바란다. 너의 충의를 짐작건대, 반드시 짐을 저버리지 않으리라."

목순도 울며 아뢴다.

"신은 폐하의 큰 은혜에 감격하옵니다. 죽기를 각오하고 황은(皇恩)에 보답하겠사오니, 그 일을 맡겨주시옵소서."

복황후는 즉시 밀서를 써서 목순에게 내주었다. 목순은 밀서를 머리 안에 감추고 몰래 궁을 빠져나왔다. 복완의 집에 당도한 목순이 밀서를 바치니, 복황후의 친필을 확인한 복완이 말한다.

"역적 조조의 심복이 너무 많아 갑자기 일을 도모할 수는 없소. 강동의 손권과 서천의 유비가 군사를 일으키면 조조가 반드시 싸우러 나갈 테니, 그 틈을 타서 조정의 충의로운 신하들이 함께 계책을 세워 안팎으로 조조를 협공한다면 가히 뜻을 이룰 수 있을 것이오."

목순이 말한다.

"황장(皇丈, 황제의 장인)께서는 황제와 황후께 답신을 올려 밀조를 받으시고, 오와 촉 두곳에 몰래 사람을 보내 군사를 일으킬 날짜를 정한 다음 역적 조조를 토벌하여 주군을 구하십시오."

복완은 그 자리에서 답신을 써서 목순에게 건넸다. 목순은 그 답신을 다시 머리 속에 감추고 복완과 헤어져 궁으로 향했다. 그러나 벌써 누군가 목순이 수상쩍다고 보고한 까닭에 조조는 먼저 궁궐 문앞에서 기다리고 있었다. 궁궐 문으로 들어서는 목순에게 조조가 묻는다.

"어딜 갔다 오느냐?"

목순은 태연하게 대답한다.

"황후께서 편찮으셔서 의원을 부르러 갔다오는 길입니다."

"그럼 의원은 어디 있느냐?"

"아직 당도하지 않았습니다."

조조가 좌우에게 호통을 치며 몸수색을 하게 했다. 여러 사람이 달려들어 목순의 몸을 뒤졌으나 이렇다 할 만한 것이 나오지 않았다. 조조가 도리 없이 목순을 놓아보내려는데, 홀연 바람이 거세게 불어 목순의 관모를 날려 떨어뜨린다. 조조는 다시 목순을 불러세우고 떨어진 관모를 살펴보았다. 그러나 역시 아무것도 나오지 않았다. 조조는 관모를 되돌려주며 쓰라고 했다. 목순이 얼른 받아 머리에 쓴다는 것이 그만 엉겁결에 돌려쓰고 말았다. 갑자기 의심이 든 조조가 큰소리로 좌우에게 명한다.

"저놈의 머리 속을 뒤져라!"

과연 머리 속에서 복완의 밀서가 나왔다. 조조가 밀서를 훑어보니 유비·손권 등과 결탁해 밖에서 지원하도록 한다는 내용이었다. 노기등등해진 조조가 목순을 밀실에 잡아가두고 심문했지만 목순은 끝내 아무 말도 하지 않았다. 그닐밤으로 조조는 무장군사 3천 명을 풀어 복완의 집을 에워싸고 남녀노소 가릴 것 없이 모두 잡아 들였다. 그리고 온 집 안을 뒤져 마침내 복황후의 친필 밀서를 찾아내고는 불같이 화를 내며 복씨 삼족을 모조리 옥에 가두었다. 다음 날 이른 아침, 조조는 어림장군(御林將軍) 치려(郗慮)에게 권한을 집행할 절(節, 허가증)을 주고 궐 안에 들어가 먼저 황후의 새수(璽綬, 옥새와 그 인끈)를 거두어들이라 명했다.

그날 외전에 있던 헌제는 갑자기 치려가 무장한 군사 3백명을 거느리고 들어오는 것을 보고 깜짝 놀라 묻는다.

"무슨 일이냐?"

"위공의 명을 받들어 황후의 새수를 거두려 하나이다."

비밀이 누설되었음을 안 순간 헌제는 심장과 간담이 찢어지는 듯했다. 치려가 후궁(后宮)으로 들이닥쳤을 때 복황후는 방금 침소에서 일어난 참이었다. 치려는 새수를 맡아보는 관리를 불러 옥새를 빼앗더니 말 한마디 없이 나가버렸다. 복황후는 일이 탄로났음을 알고 급히 전각 뒤 초방(椒房, 호초를 넣어 벽을 바른 황후의 방)으로 들어가 좁은 벽 사이에 몸을 감추었다. 잠시 후 상서령(尙書令) 화흠(華歆)이 무장군사 5백명을 이끌고 후궁으로 들어와 궁인들에게 다그쳐 묻는다.

"복황후는 어디 있느냐?"

궁인들은 모두 알지 못한다고 답했다. 화흠은 군사들을 이끌고 초방으로 가서 문을 활짝 열어젖히고 찾아보았으나 복황후는 어디에도 없었다. 화흠이 군사들에게 명한다.

"당장 벽을 부수고 샅샅이 뒤져라!"

마침내 복황후를 찾아낸 화흠은 달려들어 머리채를 휘어잡고 끌고 나왔다. 복황후가 애절하게 간청한다.

"부디 목숨만 살려다오!"

화흠이 꾸짖는다.

"네 스스로 위공을 뵙고 청해보아라!"

복황후는 머리가 풀어헤쳐지고 맨발인 채 두 무사에게 떠밀려 밖으로 끌려나왔다.

원래 화흠은 글재주로 이름이 높았는데, 병원(邴原)·관녕(管寧)과 친교가 있어 세상 사람들이 이들 세 사람을 '한마리의 용'이라 불렀다. 화흠이 용의 머리(龍頭)이고, 병원은 용의 몸통(龍腹)이며, 관녕은 용의 꼬리(龍尾)라 칭송한 것이다. 어느날 관녕과 화흠이 채마밭에서 호미질을 하다 우연히 금덩어리를 캐게 되었다. 관녕은 호미질만 계속할 뿐 거들떠보지 않는데, 화흠은 금덩어리를 주워들고 한참을 보다가 내던져버렸다. 또 한번은 관녕과 화흠이 함께 책을 읽고 있는데, 문밖에서 떠들썩하게 소리를 지르며 귀인(貴人)이 수레를 타고 지나갔다. 관녕은 움직이지 않고 단정히 앉아 책을 읽는데, 화흠은 책을 던지고 나가서 행차를 구경했다. 그 일이 있은 후부터 관녕은 화흠의 사람됨이 비루하다 하여 자리를 같이 하지 않았고, 벗으로 여기지도 않았다. 그후 관녕은 요동땅으로 가서 항상 흰 관을 쓰고 누각에 기거하면서 땅을 밟지 않았고, 일생 동안 벼슬에 오르지 않았으며, 위나라를 섬기지 않았다. 화흠은 처음에는 손권을 섬기다가 나중에 조조에게 귀순해 마침내는 복황후를 잡아들이는 데 이른 것이다.

후세 사람이 화흠을 두고 한탄한 시가 있다.

이날에 화흠이 부린 흉악한 음모   華歆當日逞凶謀
벽을 부수고 황후를 마구 끌어내라니   破壁生將母后收
역적을 도와 하루아침에 범의 날개 붙였으니   助虐一朝添虎翼
욕된 이름 천년토록 가소롭다, 용두여   罵名千載笑龍頭

또 관녕을 칭찬한 시도 전해진다.

요동땅에 전해오는 관녕루는   遼東傳有管寧樓
사람 가고 누각 비었으되 이름 홀로 남았구나   人去樓空名獨留
우습구나, 부귀를 탐하던 화흠이여   笑殺子魚貪富貴
어찌 흰관 쓴 관녕의 풍류에 비하리   豈如白帽自風流

화흠이 복황후를 끌고 외전으로 나오니, 헌제가 전각 아래로 내려와 황후를 끌어안고 통곡했다. 화흠이 호령한다.

"위공의 명령이다. 어서 가자!"

복황후가 울면서 헌제에게 하직을 고한다.

"다시는 살아서 뵙지 못하겠나이까?"

"내 목숨도 언제 끝날지 알 수 없소."

무장한 군사들이 복황후를 밖으로 끌고 나갔다. 헌제가 가슴을 두드리며 통곡하다가 곁에 서 있는 치려에게 말한다.

"치공, 천하에 어찌 이런 일이 있소!"

헌제가 땅바닥에 넘어져 슬피 우니, 치려가 좌우에게 명해 황제를 부축해 궁 안으로 모시도록 하였다.

화흠이 복황후를 끌어오니 조조가 보고 큰소리로 꾸짖는다.

"내가 너희를 성심으로 대했는데 너희는 오히려 나를 해치려 하느냐? 내가 너를 죽이지 않으면 반드시 네가 나를 죽이겠구나!"

조조가 좌우 무사들에게 호령하여 몽둥이로 황후를 마구 때려죽였다. 그것으로도 성에 차지 않아 복황후의 소생인 두 황자(皇子)에게 독약을 먹여 죽였으며, 그날밤으로 복완·목순의 일족 2백여 명을 모조리 저잣거리로 끌어내어 참형에 처했다. 조정과 재야 사람들은 하나같이 두려움에 떨었다. 건안 19년(214) 11월의 일이다.

후세 사람이 이를 탄식한 시가 있다.

조조의 흉악함 세상에 다시 없거니   曹瞞兇殘世所無
복완의 충의로 무슨 일 해보랴   伏完忠義欲何如
애달파라 황제와 황후의 이별이여   可憐帝后分離處
민간의 지어미 지아비만도 못하구나   不及民間婦與夫

헌제는 복황후가 처참하게 죽은 뒤로 며칠 동안이나 음식을 들지 못했다. 조조가 입궐하여 말한다.

"폐하께서는 근심하지 마십시오. 신에게 다른 마음은 없소이다. 신의 딸을 이미 폐하에게 드려 귀인으로 있으니, 어질고 효심이 있어 정궁(正宮)으로 삼을 만합니다.”

헌제가 어찌 감히 복종하지 않을 수 있으랴. 건안 20년 정월 초하루, 설을 경하하는 날에 조조의 딸 조귀인을 정궁 황후로 삼으니, 신하들 가운데 누구 하나 감히 말하는 사람이 없었다.

이 무렵 조조의 위세는 날로 더해갔다. 하루는 대신들을 모아놓고 촉과 오를 칠 일을 의논하는데 가후가 나서서 말한다.

“하후돈과 조인 두 사람을 불러서 상의하시는 게 좋겠습니다.”

조조는 즉시 사자를 보내 두 사람을 불렀다. 하후돈이 도착하기 전에 조인이 먼저 허도에 당도했다. 그날밤으로 곧 부중에 들어가 조조를 뵙자 하니 마침 조조는 술에 취해 누워 있고, 허저가 칼을 짚고 당문을 지키고 있었다. 조인이 안으로 들어가려 하자 허저가 막아섰다. 조인이 크게 화를 내며 말한다.

“나는 조씨 일족인데 네가 어찌 감히 내 앞을 막느냐?”

“아무리 주공과 친족이라 해도 장군은 외관을 지키는 관리요, 이 허저는 비록 친족은 아니나 궁중 안에서 호위하는 직임을 맡았소이다. 지금 주공께서 대취하여 당상에 누워 계시니 누구도 함부로 들여보낼 수 없소.”

결국 조인은 들어가지 못했다. 조조가 이 얘기를 듣고 탄복하여 중얼거렸다.

“허저는 참으로 충신이로다!”

그로부터 며칠 후 하후돈이 당도하여 함께 오와 촉을 정벌할 일을 의논했다. 하후돈이 말한다.

"오와 촉을 갑자기 칠 수는 없습니다. 먼저 한중의 장로를 취한 다음 승세를 몰아 촉을 무너뜨린다면 가히 북소리 한번 울려 이들을 평정할 수 있을 것입니다."

"바로 내 뜻과 같도다!"

조조는 드디어 서쪽을 칠 군사를 일으켰다.

바야흐로 흉계를 꾸며 약한 주인을 속이더니　　方逞兇謀欺弱主

또 군사를 몰아 변방을 휩쓸러 가는구나　　又驅勁卒掃偏邦

뒷일은 어찌 될 것인가.

67
한중 평정

조조는 한중땅을 평정하고
장요는 소요진에서 위세를 떨치다

조조는 서쪽을 정벌하러 떠나면서 군사를 3대로 나누었다. 전군의 선봉은 하후연과 장합이 맡고, 조조는 몸소 여러 장수들의 호위 속에 중군이 되었으며, 후군의 조인과 하후돈은 군량과 마초의 운송을 맡았다. 정탐꾼이 일찌감치 이러한 조조군의 움직임을 한중의 장로에게 보고했다. 장로는 곧 아우 장위(張衛)와 더불어 적을 물리칠 계책을 의논했다. 장위가 말한다.

"한중에서 지형이 험하기로는 양평관(陽平關)만 한 데가 없습니다. 제가 그곳 좌우 산기슭에 의지하여 10여개 영채를 세우고 조조군을 맞아 싸우겠습니다. 형님께서는 한녕(漢寧)에 계시면서 군량과 마초를 공급해주시면 됩니다."

장로는 아우의 말에 따르기로 하고 대장 양앙(楊昂)·양임(楊任)

을 데리고 그날로 출발하게 했다. 장위의 군사는 양평관에 이르러 영채를 구축하고 적을 기다렸다.

조조군의 선봉 하후연과 장합은 적군이 이미 양평관에서 자신들을 기다리고 있다는 소식을 전해듣고, 그곳으로부터 15리 정도 떨어진 곳에 영채를 세웠다. 그날밤, 먼 길을 행군해온 조조의 군사들은 피곤한 터라 모두 정신없이 자고 있었다. 갑자기 영채 뒤편에서 불길이 일어나며 양앙과 양임이 두 길로 나뉘어 쳐들어왔다. 하후연과 장합이 급히 말에 뛰어올라 싸웠으나 적은 이미 사방을 포위하고 있었다. 하후연과 장합은 크게 패하여 물러나 조조에게 아뢰었다. 조조가 크게 노해 꾸짖는다.

"너희 두 사람은 여러해 동안 전쟁터를 누벼왔으면서, 먼 길을 행군하여 군사들이 피곤할 때는 반드시 기습에 대비해야 함을 어찌 몰랐더란 말이냐! 왜 아무 방비도 하지 않았느냐!"

조조는 즉시 두 사람의 목을 베어 군법을 밝히고자 했다. 관원들이 나서서 간청한 덕에 두 장수는 겨우 죽음을 면했다.

다음 날 조조는 친히 군사를 거느리고 선봉이 되어 진군했다. 그러나 양평관에 이르러 보니, 산세가 험악하고 숲이 울창해 도무지 길을 분간할 수가 없었다. 혹시 복병이 숨어 있지 않을까 두려워 더이상 전진할 수도 없었다. 조조는 즉시 군사를 돌려세웠다. 영채로 돌아온 뒤 허저와 서황 두 장수에게 말한다.

"내 이렇게 험악한 줄 알았더라면 군사를 일으켜 여기까지 오지 않았을 게다."

허저가 위로한다.

"기왕에 여기까지 진군했으니 주공께서는 망설이지 마십시오."

이튿날, 조조는 다시 말에 올라 허저와 서황 두 사람을 데리고 장위의 영채를 살피러 나갔다. 세필의 말이 산등성이를 돌아 장위의 영채를 바라볼 수 있는 곳에 이르렀다. 조조가 채찍을 들어 가리키며 말한다.

"저렇게 견고하게 세웠으니 급습하기가 어렵겠구나!"

말이 끝나기도 전에 갑자기 뒤에서 함성이 터져오르더니 화살이 빗발치듯 날아들며 양앙과 양임이 두 길로 나뉘어 쳐들어온다. 조조는 깜짝 놀라 어쩔 줄 몰랐다. 허저가 크게 소리친다.

"내가 적을 막을 테니 공명(公明, 서황의 자)은 주공을 잘 모시게!"

허저는 칼을 빼들고 두 적장에게로 달려가 맞서 싸우기 시작했다. 양앙과 양임은 허저의 용맹을 당해내지 못하고 말머리를 돌렸다. 다른 사람들은 감히 앞으로 나서지도 못했다.

서황이 조조를 호위해 산등성이를 달려가는데 앞에서 한무리의 군사들이 내달려왔다. 하후연과 장합이었다. 두 장수는 조조 있는 데서 일어나는 함성을 듣고 급히 도우러 달려오는 길이었다. 이들 네 장수는 양앙과 양임의 군사를 물리치고 조조를 호위하여 무사히 영채로 돌아왔다. 조조는 네 장수에게 후하게 상을 내렸다.

그로부터 양쪽 군사는 대치한 채 움직이지 않았다. 그런 상태에서 어느덧 50여일이 지났다. 마침내 조조는 군사들에게 퇴각하라는 영을 내렸다. 가후가 묻는다.

"적이 강한지 약한지도 아직 모르는데 주공께서는 어찌하여 스스로 군사를 물리려 하십니까?"

조조가 말한다.

"내가 살펴보니 적병이 방비를 단단히 하고 있어 급습해서 이기기는 어려울 듯하다. 퇴군한다는 소문을 퍼뜨려 적이 마음을 놓고 방비를 허술히 할 때를 기다렸다가 날쌘 기병으로 엄습한다면 반드시 승산이 있을 것이다."

가후가 탄복한다.

"과연 승상의 귀신같은 계책은 헤아릴 수가 없나이다."

조조의 지시에 따라 하후연과 장합은 각각 기병 3천명을 거느리고, 두 길로 나뉘어 좁은 길로 해서 양평관 뒤쪽으로 움직였다. 한편 조조는 대군을 거느리고 영채를 거두어 물러나기 시작했다. 양앙은 조조군이 퇴각한다는 보고에 양임을 불러 상의한다.

"우리가 승세를 몰아 물러가는 적을 칩시다."

양임이 말한다.

"조조는 속임수가 많아 아직 진상을 알 수 없소이다. 섣불리 뒤를 쫓으면 안됩니다."

양앙은 단호하게 말한다.

"공이 가지 않겠다면 나 혼자서라도 가겠소!"

양임이 간곡하게 만류해도 듣지 않고, 양앙은 다섯 영채의 군마를 동원해 조조군을 추격하기 위해 진군했다. 영채에 남아 지키는 군사는 얼마 되지 않았다. 그날은 안개가 짙게 끼어 서로 대면해도 얼굴을 알아볼 수 없을 정도였다. 양앙의 군사는 얼마쯤 가다가 안개 때문에 더이상 행군할 수 없어 도중에 영채를 세우고 머물렀다.

한편, 하후연의 군사들은 산등성이 뒤쪽으로 질러가다가, 안개가 자욱한 가운데 사람들의 이야깃소리와 말들이 콧김을 뿜어내는 소리가 들려오자 복병이 있다고 생각했다. 하후연이 급히 군사들을 재촉해 빠져나가려 했으나 안개 속에서 길을 잘못 들어 양평관 뒤쪽이 아니라 양앙이 방금 전에 비우고 떠난 영채 앞쪽으로 나왔다. 영채를 지키던 양앙의 군사들은 말발굽소리에 자기네 군사가 되돌아오는 줄로만 알고 문을 열어 맞이했다. 하후연의 군사들은 얼떨결에 적의 영채로 들어섰다. 영채는 비어 있었다. 조조의 군사들이 불을 지르니 다섯 영채를 지키던 양앙의 몇 안되는 군사들은 모두 달아나버렸다.

안개가 걷히고 양임이 군사를 거느리고 구원하러 달려왔다. 양임이 하후연과 맞서 싸운 지 불과 몇합에 등 뒤에서 장합이 군사를 거느리고 달려들었다. 다급해진 양임은 겨우 혈로를 뚫고 남정(南鄭)땅을 향해 달아났다.

한편 양앙이 군사를 이끌고 돌아오니 영채는 이미 하후연과 장합에게 점령당한 뒤였다. 게다가 배후에서는 조조의 대군이 달려든다. 앞뒤로 협공을 받은 양앙은 포위를 뚫고 나가려 애쓰다가 바로 장합과 맞닥뜨렸다. 두 사람이 어울려 싸운 지 얼마 안되어 양앙은 장합의 칼 아래 죽고 말았다. 패배한 양앙의 군사들은 양평관으로 돌아갔다. 그러나 장위는 이미 두 장수가 패하여 모든 영채를 잃었음을 알고 양평관을 버린 채 밤의 어둠을 타서 도망치고 없었다. 이렇게 하여 조조는 양평관과 여러 영채를 점령했다.

장위는 양임과 함께 장로를 만나 지금까지의 사정을 아뢰었다.

"양앙과 양임이 중요한 길목을 잃은 탓에 양평관을 지키기 어려웠습니다."

장로가 화를 벌컥 내며 즉시 양임을 참하려 했다. 양임이 급하게 말한다.

"제가 조조군을 뒤쫓아서는 안된다고 거듭 말렸으나, 양앙이 끝내 듣지 않았습니다. 제게 한번만 더 군사를 내주시면 나가서 반드시 조조의 목을 베어오겠습니다. 이기지 못하면 그때는 군령을 달게 받겠습니다."

장로는 양임에게 군령장을 받고 군사를 내주었다. 양임은 말에 올라 2만 군사를 거느리고 나아가 남정에서 조금 떨어진 곳에 영채를 세웠다.

한편 조조는 대군을 거느리고 전진하면서 하후연에게 군사 5천 명을 거느리고 앞서가 남정으로 향하는 길을 정탐하도록 했다. 얼마 가지 않아 하후연의 군사들은 양임의 군마와 정면으로 마주쳤다. 즉시 양쪽 진영은 군사를 벌여세우고 대치했다. 양임은 먼저 부장 창기(昌奇)를 내보내 하후연과 싸우게 했다. 창기는 불과 3합도 못 싸우고 하후연의 칼에 목이 달아나고 말았다. 이번에는 양임이 몸소 창을 잡고 말을 달려나가 하후연과 싸웠으나, 30여합이 지나도록 승부가 나지 않았다. 하후연이 짐짓 패한 체하며 달아났다. 양임이 급히 뒤를 쫓았다. 하후연은 달아나다가 갑자기 몸을 돌리면서 칼을 내려치는 타도계(拖刀計)를 써서 양임을 베어 말 아래로 떨어뜨렸다. 장로의 한중 군사는 크게 패하여 돌아갔다. 조조는 하후연이 양임의 목을 베었다는 보고를 듣고, 즉시 진군하여 남정에 영채를 세웠다.

장로는 황급히 문무관원들을 불러모아 대책을 상의했다. 염포가 말한다.

"제가 조조의 수하장수들을 당해낼 사람 하나를 천거하겠습니다."

장로가 다급히 묻는다.

"그게 누군가?"

"남안(南安) 사람 방덕(龐德)입니다. 방덕은 마초를 따라 주공께 투항했는데, 뒤에 마초가 서천으로 갈 때 병으로 누워 있어서 따라가지 못했습니다. 지금까지 주공의 은혜를 입었으니, 이 사람을 불러다 쓰는 것이 어떻겠습니까?"

장로가 크게 기뻐하며 곧 방덕을 불러 후하게 상을 내리고 군사 1만명을 주어 출전하도록 했다. 방덕이 군사를 거느리고 성을 나서서 10여리쯤 가다가 조조군과 마주쳤다. 방덕은 즉시 말을 달려나갔다. 조조는 지난날 위교 싸움으로 방덕이 얼마나 용맹한지 익히 알고 있던 까닭에 여러 장수들에게 당부한다.

"방덕은 서량의 용장으로, 원래 마초 수하에 있다가 지금은 장로에게 의탁해 있지만 그 심중은 알 수 없다. 내 그를 내 사람으로 만

들고 싶으니, 그대들은 천천히 싸워서 지치게 만들어 그를 사로잡도록 하라."

먼저 장합이 나가서 방덕과 몇합 싸우다가 물러났다. 이어서 하후연이 나가 몇합 싸우다가 물러나고, 또 서황이 나가 3~4합 싸우다가는 물러나버렸다. 나중에는 허저가 나가서 50여합을 싸우다물러났다. 방덕은 이렇게 네 장수들을 차례로 맞아 싸우면서도 두려워하거나 피로한 기색이 없었다. 나가서 싸운 조조의 장수들마다 돌아와 방덕의 무예를 칭찬하니, 조조는 내심 기뻐하며 장수들을 불러들여 다시 상의한다.

"어찌하면 그 사람을 투항시킬 수 있겠느냐?"

가후가 말한다.

"장로 수하에 모사로 있는 양송이란 자를 제가 잘 아는데, 뇌물을 매우 밝히는 자입니다. 그에게 은밀히 금과 비단을 보내 장로에게 방덕을 참소하도록 하면 가히 일을 도모할 수 있을 것입니다."

"어떻게 남정성으로 사람을 들여보낼 수 있나?"

"내일 적군과 교전하다가 영채를 버리고 거짓으로 패한 체 달아나면 방덕이 군사를 몰고 와서 영채를 점령할 것입니다. 우리가 다시 한밤중에 군사를 이끌고 습격한다면 방덕은 반드시 군사를 거두어 성으로 물러갈 테지요. 바로 그때를 타서 말 잘하는 군사 한 명을 적병으로 위장시켜 방덕의 군사들 틈에 섞여 성으로 들어가게 하면 됩니다."

조조는 그 계책을 따르기로 했다. 즉시 말 잘하는 군사를 뽑아

상을 내린 다음, 금으로 만든 엄심갑(掩心甲, 가슴을 가리는 갑옷)을 주어서 맨살에 걸치도록 하고 겉에는 한중 군사의 옷을 입혀 길가에 숨어서 기다리게 했다.

이튿날, 하후연과 장합은 각기 한무리의 군사들을 거느리고 멀리 나아가 매복한 다음 이어 서황으로 하여금 나가서 싸움을 걸게 했다. 서황이 불과 몇합에 패하여 달아나니, 방덕은 그대로 군사를 휘몰아 쳐들어온다. 조조의 군사들은 뿔뿔이 흩어지며 달아났다. 방덕이 조조의 영채를 점령하고 나서 둘러보니 군량과 마초가 가득하다. 방덕은 크게 기뻐하며 이 소식을 장로에게 전하고, 영채 안에서 축하의 잔치를 벌였다.

그날밤 2경이 지나서였다. 갑자기 세군데에서 불길이 오르더니, 가운데는 서황과 허저, 왼쪽에 장합, 오른쪽에서는 하후연 등 조조의 군사가 세 길로 나뉘어 일제히 쳐들어왔다. 불시에 일을 당한 방덕은 급히 말에 올라 닥치는 대로 적을 무찌르며 길을 뚫고 성쪽으로 달아났다. 뒤에서는 세 길로 나뉜 조조의 군사가 추격해왔다. 방덕은 소리쳐 성문을 열게 하여 군사들을 거느리고 성안으로 들어갔다. 이때 조조군의 정탐꾼도 함께 휩쓸려 들어갔다. 정탐꾼은 곧바로 양송의 부중을 찾아갔다.

"위공 조승상께서는 오래전부터 귀공의 성덕을 들으시고, 특별히 저를 시켜 이 황금 갑옷을 신표로 보내셨습니다. 여기 따로이 밀서를 올립니다."

양송은 크게 기뻐하며 밀서를 받아 읽어내려갔다. 다 읽고 나서 정탐꾼에게 말한다.

"그대는 돌아가 위공께 마음 놓으시라고 전하라. 내게 좋은 계책이 있으니 나중에 알려드릴 것이다."

정탐꾼을 돌려보내고 나서 양송은 그날밤 당장 장로를 찾아갔다.

"방덕이 이번 싸움에 패하여 돌아온 것은 조조에게서 뇌물을 받았기 때문입니다."

장로는 순간 크게 노하여 방덕을 불러들여 꾸짖더니 좌우에게 당장 목을 베라고 명했다. 곁에 있던 염포가 애써 만류하여 방덕은 겨우 목숨을 구할 수 있었다. 장로가 방덕에게 말한다.

"내일 출정하여 이기지 못하면 네 반드시 죽을 줄 알아라!"

방덕은 마음속에 장로에 대한 한을 품고 물러났다.

다음 날 조조군이 몰려와 공격하니 방덕도 군사를 이끌고 나와 맞섰다. 조조는 먼저 허저를 내보내 방덕과 싸우게 했다. 허저가 싸우다 거짓으로 패한 체하며 달아나니 방덕이 그 뒤를 쫓았다. 조조가 말을 타고 산 위에 올라 있다가 방덕을 부른다.

"영명(令明, 방덕의 자)은 어찌하여 빨리 항복하지 않는가!"

방덕은 조조를 올려다보며 생각한다.

'지금 내가 조조를 사로잡으면 1천여 장수들의 윗자리에 오를 수 있겠구나.'

방덕은 나는 듯이 말을 달려 산등성이로 오르기 시작했다. 순간 외마디 함성에 하늘이 갈라지고 땅이 뒤집히는 듯하더니, 말과 사람이 한꺼번에 함정 속으로 떨어져버렸다. 조조의 군사들이 함정 주위로 몰려오더니 쇠갈고리를 던져 방덕을 옭아매어 끌어올렸다. 결국 방덕은 옴짝달싹 못하고 사로잡혀 조조 앞으로 끌려나왔다. 조조는 말에서 내리더니 좌우 군사들을 꾸짖어 물리치며 몸소 결박을 풀어주고는 부드럽게 묻는다.

"그대는 항복할 뜻이 없는가?"

방덕은 장로의 어질지 못함을 생각하고 조조에게 절을 올려 항복했다. 조조가 친히 방덕을 부축해 말에 오르게 하고 말머리를 나란히 하여 본채로 돌아오는데, 일부러 천천히 말을 몰아 성 위의 장로 군사들이 이 광경을 보게 했다. 과연 이를 지켜본 장로의 군사들은 이 사실을 즉시 보고했다. 장로는 더더욱 양송의 말이 사실이었다고 믿게 되었다.

다음 날 조조는 성밖 세 방면에 운제(雲梯, 성벽에 걸쳐놓는 사다리)를 걸쳐놓고 화살과 포를 마구 쏘아댔다. 장로는 이미 형세가 기운 것을 깨닫고 동생 장위와 상의했다.

"어쩌면 좋겠느냐?"

장위가 말한다.

"창고와 부고(府庫)를 모조리 불사르고 남산으로 빠져나가 파중(巴中)을 지킵시다."

곁에 있던 양송이 말한다.

"성문을 열고 투항하는 게 나을 것입니다."

장로가 결정을 내리지 못하고 머뭇거리는데, 장위가 재촉한다.

"어서 불사르고 갑시다!"

義轉龐德

조조는 마침내 항복한 방덕을 부축해 말에 태우다

장로가 말한다.

"내 본시 나라에 충성하고자 했으나 뜻을 이루지 못하였다. 지금 부득이 달아나게 되긴 했으나, 창고와 부고는 나라의 것인데 어찌 태워버릴 수 있겠느냐!"

장로는 창고와 부고를 모두 봉하고 그날밤 2경에 가솔을 거느리고 남문을 열고 달아났다. 조조는 달아나는 장로를 추격하지 않고, 군사를 거느리고 남정에 입성했다. 성안으로 들어간 조조는 장로가 창고와 부고를 단단히 봉하고 떠난 것을 보고 문득 측은한 생각이 들어 곧 파중으로 사람을 보내 장로에게 항복하기를 권했다. 장로는 항복하고 싶었으나, 동생 장위가 말을 듣지 않았다. 이때 양송이 밀서를 써서 조조에게 보내면서 군사를 일으켜 진군하면 안에서 지원하겠다는 뜻을 전했다. 조조는 양송의 밀서를 받고 친히 군사를 일으켜 파중으로 쳐들어갔다. 장로는 아우 장위에게 군사를 이끌고 나가 싸우도록 했다. 그러나 허저와 접전을 벌인 장위는 변변히 싸워보지도 못하고 허저의 칼에 맞아 죽고 말았다. 패배한 군사들이 성으로 돌아가 장로에게 사실을 고했다. 장로는 성문을 닫아걸고 굳게 지키려 했다. 이때 양송이 옆에서 부추긴다.

"지금 나가 싸우지 않으면 앉아서 죽음을 기다리는 격입니다. 제가 성을 지킬 터이니, 주공께서는 친히 나가 결사일전하시지요."

장로는 그 말에 따르기로 했다. 염포가 옆에서 만류하는데도 듣지 않고 마침내 군사를 거느리고 싸우러 나갔다. 그러나 미처 싸움이 벌어지기도 전에 후군이 어지럽게 흩어지며 달아났다. 장로가

급히 후퇴하는데 뒤에서 조조의 군사들이 달려들었다. 장로가 성
아래까지 이르러 소리쳤으나 양송은 성문을 닫고 열어주지 않았
다. 장로는 더이상 달아날 길이 없었다. 조조가 뒤쫓아오며 큰소리
로 외친다.

"어째서 항복하지 않느냐!"

장로가 마침내 말에서 내리더니 몸을 던져 절을 올렸다. 조조는
크게 기뻐하며 장로가 창고와 부고를 봉한 마음을 갸륵하게 생각
하여 예를 갖추어 대우했다. 장로를 진남장군(鎭南將軍)으로 봉하
고 염포를 비롯한 수하 문무관원들도 모두 열후에 봉했다.

이리하여 한중땅은 평정되었다. 조조는 각 군에 영을 내려 태수
와 도위를 두고, 사졸(土卒)들에게도 큰 상을 내렸다. 다만 양송은
자기 주인을 팔아 영화를 구한 자이니 즉시 참하라 하고, 저잣거리
에 내걸어 백성들의 본보기로 삼았다.

후세 사람이 탄식한 시가 있다.

어진 이 해하고 주인을 팔아 공 세웠으되   妨賢賣主逞奇功
긁어모은 금은보화 모두 허탕이로다   積得金銀總是空
부귀영화 누리기도 전에 제 몸이 먼저 죽임을 당하니 家未榮華身受戮
양송은 천추에 웃음거리 되는구나   令人千載笑楊松

조조가 동천(東川)을 얻자 주부(主簿) 사마의(司馬懿)가 나서서
아뢴다.

"유비가 속임수를 써서 유장을 몰아낸 까닭에 아직 촉의 민심을 얻지 못하고 있습니다. 이제 주공께서 한중을 평정하셨으니 익주의 민심이 술렁거릴 것입니다. 속히 군사를 일으켜 진군하시면 유비의 세력을 무너뜨릴 수 있습니다. 지혜로운 사람은 기회를 귀중하게 여기는 법이니, 부디 때를 놓치지 마십시오."

조조가 탄식하며 말한다.

"인생의 괴로움은 모두 만족을 모르는 데 있느니라. 이미 한중을 얻었는데 또 촉을 바라겠느냐?"

이번에는 유엽(劉曄)이 나서서 말한다.

"중달(仲達, 사마의 자)의 말이 옳습니다. 만약 우리가 조금이라도 지체한다면, 치국(治國)의 도리에 밝은 제갈량은 재상이 될 것이고, 관우와 장비 등은 그 용맹으로 삼군을 통솔하여 촉의 민심을 안정시키고 요충지를 튼튼히 지킬 것입니다. 그렇게 되면 다시는 그들을 범할 수 없을 것입니다."

조조가 말한다.

"군사들이 원정길에 노고가 많았으니, 마땅히 쉬도록 해야 한다."

조조는 군사들을 쉬게 하며 움직이지 않았다.

한편 서천의 백성들은 조조가 이미 동천을 점령했다는 소문을 듣고 이제 서천을 취하러 올 것이라 생각해 하루에도 몇번씩 놀라고 두려워했다. 현덕이 군사 공명을 청하여 이 일을 상의했다. 공명이 말한다.

"제게 한가지 계책이 있으니, 조조가 스스로 물러가도록 하겠습니다."

"어떤 계책이오?"

"조조가 군사를 나누어 합비에 주둔시킨 것은 손권이 두렵기 때문입니다. 지금 우리가 강하(江夏)·장사(長沙)·계양(桂陽) 세 지방을 동오에 돌려주는 한편, 말 잘하는 선비를 보내 이해를 따져 설득하여, 동오로 하여금 합비의 조조를 치게 해 그 세력을 견제한다면 틀림없이 조조는 남쪽으로 군사를 돌릴 것입니다."

"그러면 누구를 사자로 보내면 좋겠소?"

이적(伊籍)이 나선다.

"제가 가겠습니다."

현덕은 크게 기뻐하며 이적에게 서신과 예물을 갖추어주고, 우선 형주에 들러 관운장에게 이 일을 알린 뒤 동오에 가도록 했다. 이적은 동오의 말릉(秣陵)에 다다라 손권을 만나러 왔다 이르고 성명을 밝혔다. 손권이 그를 들이라 하자 이적은 부중으로 들어가서 손권을 보고 먼저 예를 올렸다. 손권이 묻는다.

"그대는 무슨 일로 왔는가?"

이적이 말한다.

"지난번에 제갈자유(제갈근의 자)께서 장사 등 세 지방을 돌려받으러 왔는데 마침 우리 군사께서 계시지 않아 드리지 못했기에 이제 반환하고자 서신을 가지고 왔습니다. 또한 형주의 남군과 영릉도 돌려드려야 마땅하나, 이번에 조조가 동천을 손에 넣은 탓에 관장군이 몸 둘 곳이 없어 머물러 있을 뿐입니다. 지금 합비가 허술하니, 바라옵건대 군후께서 군사를 일으켜 합비를 공격해주시면 조조는 남쪽으로 군사를 이끌고 내려올 것입니다. 우리 주공께서 동천을 얻게 되면 즉시 형주땅도 모두 돌려드릴 생각입니다."

"그대는 역관으로 돌아가 있으라. 내 그 일을 여러 신하들과 상의해 정하겠다."

이적이 물러가자 손권은 모사들을 불러들여 대책을 상의했다. 장소가 말한다.

"이는 조조가 서천을 취할까 두려워 유비가 궁리해낸 계책입니다. 그러나 비록 그렇다 해도 조조가 한중에 머물러 있는 틈을 타서 합비를 취하는 게 상책인 것만은 사실입니다."

손권은 장소의 말을 따르기로 하고 우선 이적에게 수락한다는 뜻을 주어 촉으로 돌려보냈다. 그리고 군사를 일으켜 조조 칠 일을 의논하는 한편, 노숙에게 장사·강하·계양 세 지방을 돌려받아 거두고 육구에 군사를 주둔시키도록 했다. 또한 여몽과 감녕을 불러들이고, 여항에 있는 능통을 돌아오게 했다. 채 하루가 가기 전에 여몽과 감녕이 먼저 도착했다. 여몽이 손권에게 계책을 올린다.

"지금 조조는 여강 태수 주광(朱光)에게 명하여 환성(皖城)에 군사를 주둔시키고 크게 농사를 지어 양곡을 합비로 보내게 하고 있습니다. 그로써 군량을 충당하는 것이니, 먼저 환성을 취한 다음 합비를 공격하는 게 좋겠습니다."

손권이 기뻐하며 말한다.

"그대의 말이 내 생각과 같도다."

드디어 여몽과 감녕을 선봉으로 삼고, 장흠(蔣欽)과 반장(潘璋)을 후군으로, 손권 자신은 주태(周泰)·진무(陳武)·동습(董襲)·서성(徐盛) 등을 거느리고 중군이 되었다. 정보(程普)·황개(黃蓋)·한당(韓當) 등은 각처의 진을 지키고 있어서 이번 환성 정벌에는 함께 하지 못했다.

손권의 군사는 강을 건너서 화주(和州)를 점령하고 환성으로 진격했다. 환성 태수 주광은 즉시 사람을 합비로 보내 구원을 청하는 한편, 성을 굳게 지킬 뿐 나와 싸우려 하지 않았다. 손권이 친히 적의 동태를 살피러 나가서 성 아래를 둘러보는데, 갑자기 화살이 빗발치듯 날아와 손권의 비단 일산을 꿰뚫었다. 손권이 영채로 돌아와 휘하 장수들에게 묻는다.

"어떻게 하면 환성을 취할 수 있겠는가?"

동습이 말한다.

"군사를 시켜 토산을 높이 쌓고 공격하면 가능합니다."

서성이 다른 의견을 내놓는다.

"운제(雲梯, 성을 공격할 수 있는 구름사다리)를 이어서 홍교(虹橋, 무지개다리)를 만들고 성안을 굽어보며 공격해야 합니다."

이번에는 여몽이 고개를 저으며 말한다.

"이 모두는 시일이 걸려야 되는 일인데 그러다 합비에서 원군이라도 오는 날에는 만사가 끝입니다. 아군은 이제 막 도착해 사기가 왕성하니 군사들의 예기를 이용해 분발해서 정면으로 성을 치도록 하십시오. 내일 날이 밝자마자 공격하면 오시(午時, 낮 12시)나 미시(未時, 오후 2시)에는 성을 깨뜨릴 수 있을 것입니다."

손권은 여몽의 말에 따르기로 했다. 다음 날 5경에 아침식사를 마치고 삼군이 진군했다. 성 위에서 화살과 돌이 무수히 날아왔다. 감녕이 쇠방패를 잡고 날아드는 돌과 화살을 무릅쓰고 성벽으로 기어올라가니 주광이 궁노수들을 시켜 일제히 화살을 쏘았다. 빗발치는 화살을 쇠방패로 막으면서 성 위로 올라간 감녕은 주광을 후려쳐서 쓰러뜨렸다. 여몽이 친히 북을 울려 군사들을 독려하는 가운데 성벽을 기어올라간 군사들은 주광을 난도질하여 죽였다. 나머지 무리들이 거의 항복하니, 동오군의 환성 점령이 끝난 때는 아직도 이른 진시(辰時, 오전 8시)경이었다. 한편 조조 진영의 장요는 군사를 이끌고 오는 도중 파발꾼으로부터 이미 환성이 함락당했다는 소식을 듣고 합비로 말머리를 돌렸다.

손권이 환성으로 들어가니, 능통 또한 군사를 거느리고 왔다. 손권은 삼군을 위로하고 배부르게 먹였다. 여몽과 감녕 등 여러 장수들에게 후하게 상을 내리고 잔치를 베풀어 공적을 치하했다. 여몽은 감녕에게 자기 윗자리를 내주며 그 공을 칭찬한다. 어느덧 좌중이 거나하게 취해가는데, 능통은 문득 아비를 죽인 원수 감녕이 여몽으로부터 이렇듯 칭찬의 말을 듣는 것을 보고 마음속 가득 노기가 차올랐다. 능통은 눈에 불을 밝히고 한참 동안 감녕을 노려보다가 좌우 사람이 차고 있던 칼을 뽑아들고 잔치 자리로 나서며 말한다.

"잔치에 여흥이 없으니, 내 칼춤을 한번 보시오!"

그 뜻을 눈치챈 감녕이 상을 밀어내고 일어나 양손에 창을 잡고 성큼성큼 걸어나오며 말한다.

"잔치 자리에서 나의 창솜씨를 보시라."

여몽이 두 사람 모두 호의가 아님을 알고는 한손에 방패를, 다른 한손에는 칼을 잡고 능통과 감녕 사이에 끼어들며 말한다.

"두분의 무예가 능하나, 내 솜씨만은 못할 게요!"

그러고는 칼과 방패를 들고 춤을 추며 감녕과 능통 두 장수를 갈라 떼어놓았다. 이 일은 즉시 손권에게 알려졌다. 손권이 황망히 말을 타고 잔치 자리로 달려오자 그제야 세 사람은 제각기 무기를 놓았다. 손권이 꾸짖어 말한다.

"내가 항상 두 사람에게 옛 원한을 잊으라 말했는데, 오늘 또 이게 무슨 짓들이오?"

능통이 땅에 엎드려 절하며 울음을 터뜨렸다. 손권은 거듭 위로하여 겨우 그를 진정시켰다. 다음 날, 동오의 삼군은 합비를 치러 출정했다.

장요가 환성을 잃고 합비로 돌아와 수심에 잠겨 있는데, 조조가 설제(薛悌) 편에 나무상자 하나를 보내왔다. 위에 조조가 친히 봉인을 찍었는데 '적이 오거든 열어보라(賊來乃發)'고 씌어 있었다. 마침 그날 장요는 손권이 몸소 10만 대군을 거느리고 합비를 향해 오고 있다는 보고를 들었다. 즉시 나무상자를 열어보니, 다음과 같은 글이 나왔다.

만약 손권이 오거든 장요와 이전 두 장군이 출전하고, 악진은
성을 지키도록 하라.

장요가 이전과 악진을 불러 조조의 글을 내보였다. 악진이 장요
에게 묻는다.
"장군의 생각은 어떠하시오?"
장요가 대답한다.
"지금 주공께서 원정 중이시니 동오는 반드시 우리를 격파하려
할 것이오. 우리도 군사를 이끌고 나가 힘껏 싸워 적들의 예기를
꺾고 군심을 안정시킨 뒤에라야 가히 성을 지킬 수 있겠소."
이전은 평소에 장요와 그다지 사이가 좋지 않았다. 그래서 장요
의 말을 듣고도 묵묵히 있을 뿐 대답이 없다. 악진은 아무 말 않는
이전을 염두에 두고 말한다.
"적군은 많고 우리는 적으니 나가서 맞서 싸우기는 어렵겠소. 굳
게 지키는 게 나을 듯하오."
장요가 말한다.
"공들은 사사로운 감정으로 말할 뿐 공사를 돌보지 않는구려. 나
는 당장 군사를 거느리고 적을 맞아 죽음을 각오하고 싸우겠소!"
장요가 좌우에게 명하여 군마를 준비하라 일렀다. 그제야 이전
이 벌떡 일어나며 말한다.

"장군의 뜻이 이러한데 내 어찌 사적인 감정으로 공사를 저버릴 수 있겠소? 바라건대 지휘하시오."

장요가 기뻐하며 말한다.

"만성(曼成, 이전의 자)이 기꺼이 나를 도와주시겠다니 고맙소. 내일 한무리의 군사들을 거느리고 소요진(逍遙津) 북쪽에 매복해 있다가 오군이 지나가거든 먼저 소사교(小師橋)를 끊어주시오. 나는 악문겸(樂文謙, 악진)과 더불어 적을 공격하겠소."

이전은 명을 받아 군사들을 이끌고 매복하러 떠났다.

한편 손권은 여몽·감녕을 전군으로 삼고, 자신은 능통과 더불어 중군을 거느리고, 나머지 장수들은 뒤이어 출발하게 하여 합비로 쳐들어갔다.

전군 선봉으로 앞서가던 여몽과 감녕이 조조군의 악진과 정면으로 마주쳤다. 감녕이 말을 달려 악진과 맞붙어 싸우기를 몇합, 갑자기 악진이 패한 체 달아나기 시작했다. 감녕은 여몽을 불러 함께 군사들을 이끌고 조조군을 추격했다. 손권은 중군에 있다가 전군이 이겼다는 보고를 듣고 군사를 재촉해 소요진 북쪽에 이르렀다. 갑자기 좌우에서 연주포(連珠砲)소리가 울리더니 왼쪽에서는 장요가 거느린 군사가, 오른쪽에선 이전의 군사가 짓쳐들어왔다. 손권은 깜짝 놀라 여몽과 감녕에게 원병을 청하려 했다. 그러나 이미 장요의 군사가 코앞에 이른데다 중군의 호위를 맡은 능통의 수하에는 불과 3백여기뿐이라 산이 무너지듯 덮쳐오는 조조군의 위세를 당할 수가 없었다. 능통이 크게 외친다.

"주공께서는 빨리 소사교를 건너십시오!"

말이 채 끝나기도 전에 장요가 2천여 기병을 이끌고 앞을 가로막으며 들이닥쳤다. 능통이 몸을 돌려 사력을 다해 싸우는 사이에 손권은 말을 몰아 다리 위에 들어섰다. 이미 다리 남쪽이 한길 남짓 끊겨 판자 한조각 찾아볼 수 없었다. 손권이 놀라 어찌할 바를 모르는데, 아장(牙將) 곡리(谷利)가 큰소리로 외친다.

"주공은 말을 뒤로 물렸다가 다시 앞으로 내달아 다리를 뛰어넘으십시오!"

손권이 곧 말머리를 돌려 다리에서 세길이나 물러섰다가 말고삐를 당기며 채찍을 후려치니, 말은 한번에 뛰어 다리 남쪽으로 넘어갔다.

후세 사람의 시가 있다.

옛날 현덕이 적로마 타고 단계 물 건너뛰더니	的盧當日跳檀溪
오늘은 보는구나 합비에서 패한 손권	又見吳侯敗合淝
말을 잠깐 물렸다가 채찍질하니	退後着鞭馳駿騎
소요진 나루 위로 옥룡이 나는 것을	逍遙津上玉龍飛

손권이 다리 남쪽으로 건너뛰자 서성과 동습이 배를 몰고 맞이하러 왔다. 한편 능통과 곡리는 장요에 맞서 싸우고, 감녕과 여몽은 그들을 구원하러 군사를 이끌고 달려왔다. 그러나 악진이 뒤에서 추격하고 이전이 앞에서 가로막으며 참살하니, 이 싸움에서 동오

군의 태반이 죽었다. 능통이 거느린 군사 3백여명은 거의 몰살당했으며, 능통 자신도 수십군데 창을 맞고 소사교 부근에 이르렀다. 그러나 이미 다리가 끊어진 터라 강물을 따라 달아났다. 손권이 배에서 동습에게 명하여 겨우 강기슭에 배를 대고 능통을 구해오게 했다. 여몽과 감녕도 가까스로 목숨을 구하여 하남으로 돌아갔다. 이 한판 싸움에 강남 사람들은 어찌나 혼이 났던지, 장요라는 이름만 들어도 밤에 울던 아이가 울음을 그칠 정도였다.

여러 장수들이 손권을 호위해 영채로 돌아왔다. 손권은 능통과 곡리에게 크게 상을 내리고 군사를 거두어 유수로 돌아가 배를 정돈했다. 그리고 육지와 강에서 한꺼번에 아울러 진격하기로 상의하는 한편, 사람을 강남으로 보내 다시 군마를 일으켜 싸움을 돕도록 했다.

한편 장요는 손권이 유수에 머물면서 다시 쳐들어올 준비로 바쁘다는 소식을 듣고 합비의 군사가 많지 않아 과연 당해낼 수 있을까 근심했다. 장요는 설제(薛悌)로 하여금 밤을 새워 한중의 조조에게 달려가 정세를 보고하고 지원병을 청했다. 조조가 여러 관원들을 모아놓고 상의한다.

"이번에 우리가 서천을 거둘 수 있겠는가?"

유엽이 말한다.

"이제 촉땅은 평정되어 이미 싸움에 대비하고 있으니 섣불리 공격할 수 없습니다. 군사를 거두어 위급한 합비를 구하고 강남을 치는 게 낫겠습니다."

조조는 하후연에게 한중에 머물며 정군산(定軍山) 요충지를 지키라고 하고, 장합에게 몽두암(蒙頭巖) 요충지를 지키게 했다. 나머지 군사들은 모두 영채를 헐고 유수를 향해 남하하기 시작했다.

철기군이 농우 지방 평정하자   鐵騎甫能平隴右

깃발은 다시 강남으로 향하더라   旌旄又復指江南

이 싸움의 승부는 어떻게 날 것인가?

68

도사 좌자

감녕은 기병 1백명으로 조조의 영채를 공격하고
좌자는 술잔을 던져 조조를 희롱하다

이 무렵 손권은 유수구(濡須口)에서 군마를 수습하고 있었다. 그때 조조가 한중에서 친히 40만 대군을 거느리고 합비를 구하러 온다는 보고가 들어왔다. 손권은 모사들을 불러 대책을 의논하는 한편으로 즉시 동습·서성 두 사람에게 대선 50척을 이끌고 가서 유수구에 매복해 있도록 하고, 진무에게 강기슭을 왕래하며 순찰하게 했다. 장소가 말한다.

"지금 조조의 군사들은 먼 길을 와서 피로할 테니 서둘러 적의 예기를 꺾는 게 상책입니다."

손권이 장하의 장수들에게 묻는다.

"조조군이 오고 있소. 누가 먼저 적을 격파해 그 예기를 꺾어놓겠소?"

능통이 나선다.

"제가 가겠습니다."

"군사가 얼마면 되겠는가?"

능통이 말한다.

"3천이면 족합니다."

이때 감녕이 나서며 말한다.

"1백명의 기병이면 깨뜨릴 수 있는데 3천을 다 무엇에 쓰겠소?"

능통은 내내 감녕에게 감정이 있던 터라 더욱 크게 노했다. 손권의 면전에서 두 장수는 싸움이라도 벌일 기세였다. 손권이 두 장수를 타이른다.

"조조군의 위세가 크니 경솔히 대적해서는 안되오. 능통은 3천 군사를 거느리고 유수구로 나아가 정찰하다가 조조군을 만나거든 교전하도록 하시오."

능통이 손권의 명령을 받고 3천 군마를 이끌고 유수구를 떠난 지 얼마 안되어 멀리서 티끌이 자욱하게 일어난다. 벌써 조조의 군사가 들이닥치고 있었다. 능통은 조조 진영의 선봉장 장요와 어울려 싸우기 시작했는데 50합이 되어도 승부가 나지 않았다. 손권은 능통이 실수할까 두려워 여몽에게 능통과 접응하여 본영으로 데려오라고 명했다. 감녕은 능통이 돌아온 뒤 즉시 손권에게 고한다.

"제가 오늘밤 1백기를 거느리고 조조의 영채를 습격하겠습니다. 만일 군마 하나라도 잃는다면 공을 인정하지 마소서."

손권은 감녕의 기개를 장하게 여겨서 정예병 1백명을 뽑아주고 술 50병과 양고기 50근을 상으로 내려 군사들을 배불리 먹고 마시게 했다. 감녕은 영채로 돌아와 군사 1백명을 나란히 앉혀놓고 은주발에 술을 가득 부어 두잔을 연거푸 마시고 나서 말한다.

"오늘밤 우리는 주공의 명을 받들어 조조군의 영채를 습격할 것이다. 모두 술잔 가득 술을 부어 마시고 온힘을 다해 싸울 것을 당부하노라!"

군사들은 감녕의 말에 서로 얼굴을 마주볼 뿐이다. 군사들이 난감한 기색을 보이자 감녕은 당장 칼을 뽑아들고 꾸짖는다.

"장수인 내가 목숨을 아끼지 않는데 너희는 어찌 이리 망설이느냐!"

모여 있던 군사들은 감녕의 기색이 심상치 않은 것을 보고 모두들 일어나 절하며 말한다.

"죽음을 무릅쓰고 힘껏 싸우겠습니다!"

감녕은 1백명 군사들과 더불어 고기와 술을 배불리 먹고 마시고는 2경에 이르러 출정했다. 군사들은 흰 거위깃털 1백개를 투구에 꽂아 표지로 삼고 갑옷을 갖추어입은 뒤 말에 올라 나는 듯이 조조의 영채로 달려갔다. 적들이 세워둔 녹각(鹿角, 사슴뿔처럼 만든 방어용 울타리)을 단숨에 뽑아버리고 일제히 함성을 지르며 영채 안으로 뛰어들었다.

감녕은 원래 군사들을 휘몰아 곧장 중군으로 쳐들어가 조조를 해치울 작정이었다. 그러나 워낙 중군 주위에 수레를 늘여세워 겹겹이 에워싸고 철통처럼 지키고 있었기 때문에 쉽게 뚫고 들어가

지 못했다. 감녕이 기병 1백명을 거느리고 좌충우돌하니, 조조군은
경황없이 당한 일이라 적의 병력이 얼마나 되는지도 알아채지 못
한 채 달아나기에 바빠 저희들끼리 치고 밟히고 야단이었다. 감녕
의 정예기병 1백명이 적의 영채 안을 종횡무진으로 내달리며 닥치
는 대로 무찌르니, 뒤늦게 조조군의 모든 영채에서는 북을 울리고
횃불을 밝혀들며 함성을 올렸다. 감녕이 영채의 남문으로 치고 빠
져나오는데 아무도 감히 앞을 막지 못했다. 손권이 주태에게 한무
리의 군사를 이끌고 가서 감녕을 돕게 하였다. 감녕이 1백기의 군
사를 이끌고 돌아올 때도 조조군은 혹시 복병이 있을까 두려워 감
히 추격하지 못했다.

후세 사람들이 이 일을 두고 찬탄한 시가 있다.

북소리 고함소리 천지를 진동하니	鼙鼓聲喧震地來
오나라 군사 이르는 곳에 귀신도 통곡한다	吳師到處鬼神哀
깃털 꽂은 백명의 기병 조조 영채 뚫고 가니	百翎直貫曹家寨
모두들 감녕을 호랑이 같은 장수라 하네	盡說甘寧虎將才

감녕이 기병 1백명을 이끌고 본채로 돌아왔는데, 과연 부상당한
군마가 단 하나도 없었다. 영문에 이르러 모두 북치고 피리 불며
소리 높여 만세를 부르니 환호성이 천지를 울렸다. 손권이 친히 나
와 그들을 영접했다. 감녕이 말에서 내려 엎드려 절하니, 손권은 감
녕의 손을 마주 잡아 일으키며 말한다.

"장군이 이번에 늙은 역적 조조를 혼내주었소. 내 즐거이 그대를 위험한 곳에 보낸 것이 아니고 그저 경의 담대함을 보고자 함이었소."

곧 비단 1천필과 칼 1백자루를 하사하니 감녕은 절하여 사례하고, 1백명의 군사들에게 고루 나누어주었다. 손권이 여러 장수들을 돌아보며 말한다.

"조조에게는 장요가 있고 내게는 감흥패(甘興霸, 감녕의 자)가 있으니, 족히 서로 대적할 만하도다!"

다음 날, 장요가 군사를 이끌고 와서 싸움을 걸었다. 능통은 감녕이 공을 세운 것을 보았는지라 분연히 일어나 외쳤다.

"제가 장요와 싸워보겠습니다."

손권은 두말없이 허락했다. 능통이 5천 군사를 이끌고 유수를 떠났다. 손권은 친히 감녕과 더불어 관전하러 나갔다.

양쪽 군사가 둥글게 진을 벌이고 맞선 가운데 장요가 말을 몰고 나오니, 그 왼편에는 이전이, 오른편에는 악진이 따랐다. 능통이 말에 올라 칼을 치켜들고 진 앞으로 달려나가자 장요는 악진을 시켜 맞아 싸우게 했다. 두 장수가 어울려 싸우기 50합에 이르렀건만 도무지 승패가 나지 않았다. 조조가 친히 말을 몰고 나와 문기 아래서서 두 장수가 싸우는 것을 살펴보다가 조휴에게 가만히 명한다.

"숨어 있다가 몰래 적장을 쏘아라."

조휴는 살그머니 장요의 등 뒤로 몸을 숨기고 활시위를 당겨 화살 한대를 날렸다. 화살은 그대로 능통의 말을 맞혔고, 놀란 말이 앞발을 번쩍 들고 일어서는 바람에 능통은 그만 땅바닥으로 굴러 떨어지고 말았다. 악진은 기다렸다는 듯 창을 치켜들고 능통을 찌르려 달려들었다. 그때 어디선가 활시윗소리가 들리더니 악진이 얼굴에 화살을 맞고 말에서 굴러떨어졌다. 양 진영의 군사들이 일제히 몰려나와 각기 자기편 장수를 구해 본영으로 돌아갔다. 징소리가 울리고 싸움은 중지되었다. 구사일생으로 살아난 능통은 영채로 돌아와 손권에게 절하여 사례를 올렸다. 손권이 능통에게 말한다.

"활을 쏘아 그대를 구한 사람은 감녕 장군이오."

능통이 머리를 조아려 절하며 감녕에게 말한다.

"공이 내게 이러한 은혜를 베푸실 줄 몰랐소이다."

이로부터 능통은 묵은 원한을 잊고 감녕과 더불어 생사를 함께 하기로 결의했다.

한편 조조는 감녕의 화살을 맞은 악진을 장중으로 데려가 치료하도록 하고, 다음 날 군사를 다섯 길로 나누어 일제히 유수를 향하여 진격했다. 조조는 친히 중로군을 거느렸으며, 왼쪽 1로는 장요가, 2로는 이전이 맡았고, 오른쪽 1로는 서황이, 2로는 방덕이 맡아서 각각 1만명씩의 군마를 거느리고 일제히 강기슭으로 짓쳐들어갔다.

이때 동습과 서성 두 장수는 배 위에서 조조군이 다섯 길로 나뉘어 일제히 쳐달려오는 것을 보았다. 두 장수가 둘러보니 동오 군사들의 얼굴에는 하나같이 두려운 빛이 역력했다. 서성이 큰소리로 꾸짖는다.

"나라의 녹을 먹었으면 오로지 충성을 다할 뿐이다. 너희들은 무엇을 두려워하느냐!"

서성은 즉시 용맹스러운 군사 수백명을 이끌고 작은 배에 나누어 타고 강기슭으로 나아가 이전의 군사들을 향해 돌진했다. 동습은 배 위에 남아 군사들로 하여금 북을 울리고 함성을 질러 아군의 사기를 북돋게 하였다. 그때 갑자기 강물 위로 사나운 바람이 불어와 물결이 하얗게 하늘로 치솟고 파도가 소용돌이쳤다. 큰 배가 당장이라도 뒤집힐 듯하니, 군사들은 모두 각함(脚艦, 큰 배에 딸린 작은 배)을 내리며 도망하려 한다. 동습이 칼을 뽑아들며 외친다.

"임금의 명을 받들어 도적을 막는데 어찌 배를 버리고 달아나려 하느냐?"

동습은 배에서 내린 군사 10여명을 단칼에 베어버렸다. 강풍은 오히려 더 사납게 불어댔다. 마침내 큰 배가 뒤집혀서 동습은 강물에 빠져 죽고, 서성은 이전의 군사들 속으로 쳐들어가 좌충우돌 적을 무찌르고 있었다.

한편 진무는 강기슭에서 전투가 벌어졌다는 소식에 군사들을 이끌고 오다가 방덕과 마주쳤다. 진무와 방덕 양군 사이에 일대 혼전이 벌어졌다. 손권은 유수에 있다가 조조군이 강기슭으로 쳐들어왔다는 보고를 듣고 친히 주태와 함께 군사를 이끌고 싸움을 도우러 달려왔다. 마침 서성이 이전의 군중 속에서 악전고투하고 있었다. 손권은 군사를 지휘하여 서성을 후원하려다가 조조 진영의 장요와 서황이 거느린 두 방면의 군사들에게 포위당해버렸다. 언덕 위에 올라 손권이 포위당한 것을 내려다본 조조는 급히 허저에게 명한다.

"지금 곧 손권의 군사 한복판으로 뛰어들어가 적을 두패로 끊어 서로 구하지 못하게 하라."

한편 동오 진영의 주태는 어지럽게 싸우다가 겨우 강기슭에 다다랐다. 그러나 손권이 보이지 않는다. 주태는 다시 적진 속으로 짓쳐들어가다가 본부 군사들을 만났다.

"주공께서는 어디 계시냐?"

한 군사가 적의 군마가 몰려 있는 곳을 손짓하며 말한다.

"주공께서 포위당해 매우 위급한 지경입니다!"

주태는 몸을 던지듯 잽싸게 적의 포위를 뚫고 들어갔다. 겨우 손권을 찾아내자 다급하게 말한다.

"주공께서는 제 뒤를 따라오십시오!"

주태가 앞장서서 좌충우돌하며 혈로를 뚫고 손권은 그 뒤를 따랐다. 겨우 포위를 헤치고 강기슭으로 나와 뒤를 보니, 또 손권이 보이지 않았다. 주태는 말머리를 돌려 막 뚫고 나온 적의 포위 속으로 다시 쳐들어가서 겨우 손권을 찾아냈다. 손권이 말한다.

"적이 저렇게 활을 쏘아대 빠져나갈 수가 없으니 어째야겠소?"

주태가 말한다.

"이번에는 주공께서 앞장서시고 제가 뒤를 따르겠습니다. 그렇게 하면 포위를 벗어날 수 있을 것입니다."

손권이 앞서 달려나갔고, 주태는 뒤에서 손권을 좌우로 막고 호위하며 달렸다. 몸의 여러곳에 화살을 맞고 창에 찔려 갑옷마저 뚫린 채 드디어 손권을 구출하여 강기슭에 이르렀다. 마침 여몽이 한 무리의 수군을 거느리고 배를 대어 지원했다. 배에 오른 손권이 말한다.

"나는 주태가 두번씩이나 포위를 뚫고 들어와 구해주었지만, 서성은 아직도 포위되어 곤경에 처해 있으니 어떻게 빠져나오겠소?"

주태가 다시 떨치고 일어난다.

"제가 한번 더 가서 구해오겠습니다!"

주태는 창을 휘두르며 다시 겹겹의 포위 속으로 뚫고 들어가 마침내 서성을 구출해나왔다. 두 장수 모두 중상을 입고 있었다. 여몽은 배 위에서 군사들에게 두 장수를 추격하는 적을 향해 어지럽게 활을 쏘도록 하고 두 장수를 구하여 배에 태웠다.

한편 진무는 방덕과 한바탕 전투를 치르고 있는데, 뒤에서 지원하는 원병이 없어 밀리고 있었다. 수목과 덤불이 울창한 산골짜기에 이르러 진무가 다시 싸우려고 몸을 돌리는데 그만 갑옷소매가 나뭇가지에 걸려버렸다. 더 싸우지 못하게 된 진무는 방덕의 칼에 죽고 말았다. 조조는 손권이 겹겹의 포위를 뚫고 달아났다는 보고에 친히 말을 몰고 강기슭으로 달려와 군사들에게 손권이 탄 배를 향해 어지럽게 활을 쏘게 했다. 마주 활을 쏘려던 여몽은 화살이 다 떨어진 것을 알고 당황했다. 바로 그때 강을 따라 한떼의 배들이 다가왔다. 배의 선두에 우뚝 서 있는 장수는 바로 손책의 사위

육손(陸遜)이었다.

육손이 이끌고 온 10만 대군이 일제히 화살을 날려 조조의 군사를 물리치고는 승세를 몰아 강기슭에 상륙하여 적군을 추격하기 시작했다. 손권의 군사들이 뒤쫓으며 닥치는 대로 참살하니, 이때 조조군이 빼앗긴 전마가 수천필에 이르렀으며, 조조의 군사들 중에 다치고 죽은 자는 헤아릴 수 없었다. 조조는 마침내 대패하여 돌아갔다.

손권은 진무가 죽고 동습 또한 강물에 빠져 죽은 것을 알고 몹시 애통해하며 사람들에게 명하여 강물 속에서 동습의 시체를 찾아내 진무와 더불어 후하게 장례를 치러주도록 했다. 그리고 주태가 자신을 구해준 공로를 치하하여 크게 잔치를 베풀었다. 손권은 친히 술잔에 술을 따라 주태에게 건네며 그 등을 어루만지더니 비오듯 눈물을 흘린다.

"경은 두번씩이나 목숨을 아끼지 않고 나를 구해냈소. 온몸이 수십차례나 창에 찔려 마치 살갗에 그림을 그려놓은 듯하니, 내 어찌 경을 골육의 정으로 대하지 않을 수 있으며 모든 병권을 맡기지 않을 수 있겠소. 경은 나의 공신이니 영욕의 기쁨과 근심을 나와 함께 나눌 것이오."

말을 마친 손권이 주태에게 명하여 옷을 벗어 여러 장수들에게 보이게 하니, 살은 칼로 후벼판 것 같고 상처는 나무뿌리가 휘감긴 듯하여 온몸이 성한 데가 없었다. 손권이 손가락으로 상처를 하나하나 가리키며 어찌 된 상처인지 물으니 주태가 일일이 당시 정황

을 이야기한다. 손권이 상처 하나마다 술을 한잔씩 권하여 이날 주
태는 마침내 크게 취했다. 손권은 주태에게 청라(靑羅)일산을 내리
고 자신의 장막을 드나들 때마다 쓰도록 하여 주태의 영예를 더욱
빛내주었다.

그후로 손권은 유수에서 조조군과 한달 이상 대치했지만 이기지
못했다. 장소와 고옹이 함께 와서 아뢴다.

"지금 조조의 군세가 워낙 막강하니 힘으로는 취할 수가 없습니
다. 이렇게 오래 싸움을 끌면 군사들만 잃을 것이니, 화평을 청하여
백성을 안정시키는 게 좋겠습니다."

손권은 그 말에 따라 보즐(步騭)로 하여금 조조의 영채에 가서
화평을 청하게 하고, 해마다 공물을 바치겠다고 약속했다. 조조도
빠른 시일 내에 강남을 취하기는 어려우리라 판단하고 동오의 화
친을 받아들이기로 했다.

"손권이 먼저 군사를 거두어 돌아간다면 그후에 나도 허도로 회
군할 것이다."

보즐이 돌아와 조조의 뜻을 전했다. 손권은 장흠·주태에게 남아
서 유수구를 지키라고 하고, 대군을 군선에 태워 일제히 말릉으로
철군했다.

조조는 조인과 장요를 합비에 남아 지키게 하고, 대군을 거느리
고 허도로 돌아갔다. 조조가 돌아오니 문무백관들이 모여 조조를
위왕으로 추대하자는 의견을 냈다. 상서(尙書) 벼슬에 있는 최염

(崔琰)이 안된다고 강하게 반대하니 관원들이 최염에게 말한다.

"그대는 지난날 순문약(荀文若, 문약은 순욱의 자)이 어찌 되었는지 못 보았소?"

최염이 크게 노하여 말한다.

"또다시 때가 되었단 말인가. 반드시 변고가 일어날 텐데 이렇게 되어가는 대로 두어야 한단 말인가!"

평소 최염과 별로 사이가 좋지 못한 사람이 있어 이 일을 조조에게 고해바쳤다. 크게 노한 조조는 최염을 잡아들여 옥에 가두고 문초하게 했다. 최염은 범 같은 눈을 부릅뜨고 수염을 곤두세우더니 큰소리로 꾸짖으며 욕설을 퍼붓는다.

"조조가 바로 임금을 기망하는 역적이다!"

문초하던 정위(廷尉)가 이 일을 그대로 조조에게 알렸다. 조조가 큰소리로 호령한다.

"그놈을 때려죽여라!"

마침내 최염은 옥중에서 장살당하고 말았다.

후세 사람이 최염의 일을 찬탄한 시가 있다.

청하 사람 최염이여   淸河崔琰

천성이 굳세고 강직하니   天性堅剛

용의 수염과 범의 눈   虯髯虎目

철석의 심장이라   鐵石心腸

간사한 무리를 물리치고   奸邪辟易

높은 절개 드날리더니	聲節顯昂
한나라에 바친 충성이여	忠於漢主
그 이름 천고에 드높아라	千古名揚

건안 21년(216) 5월 초여름, 여러 신하들은 헌제에게 표문을 올려 조조의 공덕을 칭송했다.

위공 조조의 공덕이 하늘에 닿고 온땅에 널리 퍼졌으니, 옛날 이윤(伊尹)과 주공(周公)도 따르지 못할 것이온즉, 위왕으로 봉하심이 마땅하다고 아뢰옵니다.

표문을 받은 헌제는 즉시 종요(鐘繇)를 불러 조서를 꾸미게 하여 조조를 위왕으로 책립했다. 조조는 체면치레를 하느라 사양하는 글을 세번이나 올렸다. 사양의 뜻을 허락할 수 없다는 조서를 세번 받고서야 마침내 위왕의 자리에 올랐다. 이때부터 조조는 열두줄의 백옥이 달린 면류관을 쓰고 여섯필 말이 이끄는 금근거(金根車)를 타는 등 황제가 움직일 때와 같은 의장을 갖추었다. 출입할 때 사람들을 경계하고 금하는 것도 빠지지 않았다. 또한 조조는 업군(鄴郡)에 위(魏) 왕궁을 짓고 세자 책립을 논하기에 이르렀다.

조조에게는 정실인 정(丁)부인 외에 첩실 유씨(劉氏)와 변씨(卞氏)가 있었다. 정부인에게서는 소생이 없고, 첩 유씨에게서는 아들 조앙(曹昂)을 얻었으나 장수(張繡)를 칠 때 완성에서 잃었다. 변씨에게서는 아들이 넷 있었으니 장자의 이름은 비(丕)이고, 둘째는 창(彰), 셋째는 식(植), 막내는 웅(熊)이었다. 조조는 드디어 정부인을 내쫓고 변씨를 위왕비로 삼았다.

조조의 네 아들 중에서 셋째아들 조식은 자가 자건(子建)으로, 몹시 총명한데다 붓만 들었다 하면 미문(美文)이 저절로 흘러나오는 문장가여서 특별히 조조가 아끼는 터라 후사를 잇게 할 작정이었다. 큰아들 조비는 세자 자리를 아우에게 빼앗길 듯해 근심이 태산 같았다. 하루는 중대부 가후를 찾아가 계책을 물으니, 가후가 조비에게 계책을 일러주었다. 이로부터 조조가 출정하느라 네 아들이 뒤를 따르며 전송할 때마다 조식은 조조의 공덕을 칭송하는 글을 짓는데, 조비는 그저 구슬프게 눈물을 흘리며 절할 뿐이었다. 그 모습에 좌우 사람들까지 모두들 마음 아파했다. 마침내 조조는 조식이 비록 재주는 있으나 성실한 마음은 만형 조비를 못 따른다고 생각하게 되었다. 그뿐 아니라 조비는 가까이 있는 사람들을 매수하여 자신이 얼마나 인덕이 높은 사람인지 널리 퍼뜨리게 했다. 조조는 세자로 세울 사람을 정하지 못하고 주저하다가 하루는 가후를 불러 의논한다.

"장차 후사를 세워야겠는데 누가 마땅하겠소?"

가후는 잠자코 있다.

"왜 대답이 없소?"

"한가지 생각되는 바가 있어 얼른 대답을 못하겠습니다."

"무슨 생각이란 말이오?"

"원본초(원소)와 유경승(유표) 부자의 일을 생각했습니다."

두 사람 모두 장자를 홀대해 나라를 지키지 못하고 자식들끼리 싸워서 망한 집안이다. 조조가 크게 웃고는 마침내 맏아들 조비를 왕세자로 삼았다.

같은 해 10월, 드디어 위 왕궁이 완공되었다. 조조는 사람을 각처에 보내 기이한 화초와 보기 드문 나무들을 모아오게 하여 후원에 심었다. 오나라에도 사자가 찾아가 손권에게 위왕의 명을 전하고 온주(溫州)로 가 특산물인 감귤을 가져갔다. 이때 손권은 위왕을 존중하는 뜻으로 본성에 사람을 보내 큰 감귤만 골라서 40여 짐을 꾸려 밤을 새워 업군으로 보내게 했다. 짐꾼들이 감귤을 지고 가다가 너무 피곤해 산기슭에서 쉬고 있는데, 생김새가 기묘한 한 도인이 나타났다. 그 도인은 애꾸눈에 한쪽 발을 절었는데, 머리에는 백등관(白藤冠)을 쓰고 청라의(靑懶衣)를 걸치고 있었다. 이 기묘한 행색의 도인이 짐꾼들에게 가까이 다가오더니 말한다.

"자네들이 이렇게 무거운 짐을 메고 가느라 참으로 고생스럽겠네. 내가 좀 져다주면 어떻겠나?"

짐꾼들은 모두 기뻐했다. 도인은 각 사람의 짐을 모두 5리씩 운반해주었는데, 그가 옮겨주고 나니 짐이 이상하게도 가벼워져서 짐꾼들은 모두 놀라고 의심스러워했다. 도인이 헤어지기 전에 감귤 운송의 책임을 맡은 관원에게 말한다.

"빈도는 위왕과 한 고향 사람으로 성은 좌(左)씨요 이름은 자(慈), 자는 원방(元放)이며 도호는 오각선생(烏角先生)이라 하네. 업군에 도착하면 이 좌자의 인사를 위왕에게 꼭 전해주게나."

그러고는 소매를 떨치고 유유히 가버렸다. 이윽고 짐꾼들이 업군에 도착해 조조에게 감귤을 바쳤다. 조조가 감귤을 하나 집어들어 손수 껍질을 벗기는데, 속이 텅 비어 속살이 전혀 없었다. 조조는 깜짝 놀라 감귤 운송을 책임진 관원을 불러서 어찌 된 일인지 물었다. 관원은 좌자를 만났던 일이며, 좌자가 한 말을 그대로 전했다.

"참으로 믿을 수 없는 일이로다!"

조조가 못내 의심스러워하며 고개를 흔드는데 문득 문지기가 와서 고한다.

"어떤 도사가 자칭 좌자라고 하면서 대왕을 뵙겠다고 청하옵니다."

조조가 불러들이니 옆에 있던 관원이 말한다.

"바로 이분이 도중에 만났던 사람입니다."

조조가 좌자에게 꾸짖어 말한다.

"네 무슨 요술로 과일의 속살을 꺼내갔느냐!"

좌자가 웃으며 말한다.

"그럴 리가 있겠소?"

그러고는 감귤을 하나 집어들고 껍질을 벗기니 속살이 가득하고 그 맛 또한 매우 달았다. 그러나 조조가 쪼갠 감귤은 모두 빈 껍질뿐이었다. 조조는 더욱 놀라 좌자에게 자리를 내주며 어찌 된 일인지 묻자 좌자는 먼저 술과 고기를 달라고 청했다. 조조가 명하여 술과 고기를 내오게 하니, 좌자는 혼자서 술을 다섯말이나 마셨는데도 전혀 취하지 않고, 혼자서 양 한마리를 통째로 먹었는데 조금도 배부른 기색이 아니다.

"그대는 대체 무슨 요술로 이렇게 할 수 있는가?"

조조가 묻자 좌자가 답한다.

"빈도는 서천의 가릉(嘉陵) 아미산(峨嵋山)에서 30년 동안 도를 닦았는데, 어느날 돌벽 속에서 내 이름을 부르는 소리가 들렸소. 허나 둘러보아도 아무도 보이지 않았지요. 며칠 동안 이런 일이 계속되더니 하루는 뇌성벽력이 일어나며 돌벽이 깨지고 그 속에서 천서(天書)가 세권 나왔소. 이름하여 '둔갑천서(遁甲天書)'인데, 상권은 '천둔(天遁)'이요 중권은 '지둔(地遁)'이고 하권은 '인둔(人遁)'이었소. '천둔'에는 능히 구름을 밟고 바람을 타고 허공을 오르내릴 수 있는 술법이 있고, '지둔'에는 산과 돌을 뚫을 수 있는 술법이 있으며, '인둔'에는 능히 사해를 구름처럼 떠돌아다닐 뿐만 아니라 모양을 감추고 변신하며, 칼을 날리고 비수를 던져 사람의 목을 취할 수 있는 비술이 있었소이다. 이제 대왕은 신하로서 지위가 극에 달했는데 어찌 물러나지 않으시오? 빈도를 따라 아미산으로 들어가 수행을 한다면 천서 세권을 모두 전수하겠소이다."

조조가 말한다.

"나 또한 오래전부터 물러날 생각이 있었으나 조정에 뒷일을 맡길 만한 사람이 없어 이러고 있소."

좌자가 껄껄 웃으며 달래듯 말한다.

"익주에 있는 유현덕은 한나라 황실의 기둥이 될 만한데 어찌하여 그에게 자리를 넘기지 않는 게요?"

그러더니 갑자기 안색을 고쳐 엄한 목소리로 말을 잇는다.

"내 말에 따르지 않는다면 칼을 날려 네 목을 잘라버릴 테다!"

조조는 화가 치밀어 좌우를 돌아보며 외친다.

"이놈이 바로 유비의 정탐꾼이로구나. 어서 이자를 끌어내라!"

좌자는 큰소리로 웃음을 그치지 않았다. 조조가 10여명의 옥졸을 시켜 좌자를 잡아들이고 죽도록 매질하며 고문했으나 좌자는 편안히 코를 골며 잠만 잘 뿐, 군소리 한마디 없었다. 조조는 더욱 화가 치밀어 좌자의 목에 큰칼을 씌우고 단단히 못을 박은 다음 쇠사슬로 옭아매어 옥에 가두고 지키게 했다. 그러나 그도 그때뿐 좌자는 칼을 벗고 쇠사슬도 풀어버린 채 땅바닥에 누워 있는데, 조금도 다친 데가 없었다. 그뿐만 아니라 옥에 가두어두고 7일이 지나도록 음식을 주지 않았는데도 단정하게 앉아 있는 좌자의 얼굴에는 불그레하게 생기가 감돌았다. 옥졸이 이 사실을 조조에게 보고했다. 조조가 좌자를 끌어내 문초하니, 좌자가 태연히 대답한다.

"나는 수십년을 먹지 않아도 배고프지 않고, 하루에 1천마리의 양을 먹어도 배부르지 않소이다."

조조는 도무지 좌자를 어찌할 수가 없었다. 하루는 여러 관원들이 왕궁에서 베푼 잔치에 참석해 한창 술과 음식을 즐기고 있는데, 좌자가 나막신을 신고 나타났다. 모든 관리들은 놀라는 한편 괴이하게 여겨 좌자를 지켜보았다. 좌자가 말한다.

"대왕이 오늘 수륙(水陸)의 진미를 모두 갖추어 신하들과 함께 큰 잔치를 열었는데, 천하의 별식이 무척 많구려. 그러나 혹시 부족한 게 있다면 빈도가 갖추어드리겠소."

조조가 말한다.

"나는 용의 간으로 국을 끓여먹고 싶다. 네 능히 용의 간을 가져올 수 있겠느냐?"

"그야 무엇이 어렵겠소?"

좌자는 먹과 붓을 달라고 하여 회분 칠한 벽에다 용 한마리를 그리더니, 소매로 한번 후려쳤다. 순간 그림 속 용의 배가 갈라진다. 좌자가 용의 뱃속에서 선혈이 뚝뚝 듣는 간을 끄집어냈다. 조조가 믿으려 하지 않고 꾸짖는다.

"네가 미리 소매 속에 감추어두었구나!"

좌자가 말한다.

"지금 날이 추워 웬만한 초목은 모두 말라죽었소. 대왕께서 좋아하는 꽃을 말씀하신다면 어떤 꽃이든 구해드리겠소."

"나는 모란꽃을 원하노라."

"쉬운 일이오."

좌자가 큰 화분을 가져오게 하여 잔칫상 위에 올려놓고 물을 머금어 뿌렸다. 보고 있는 동안에 모란 한그루가 솟아오르더니 두송이 꽃이 활짝 피어났다. 모든 관원들이 크게 놀라 좌자에게 합석하기를 청하여 함께 음식을 먹었다. 얼마 후 요리사가 생선회를 내왔다. 좌자가 좌중을 돌아보며 말한다.

조조의 잔치에서 좌자는 조조를 마음껏 희롱하다

"생선회라면 송강(松江)의 농어가 별미 아니겠소?"

조조가 눈살을 찌푸리며 말한다.

"송강이 여기서 천리나 떨어져 있는데 어떻게 구해온단 말이냐."

좌자가 말한다.

"역시 어려운 일이 아니외다."

좌자는 낚싯대를 가져오라 하더니 뜰아래 연못으로 내려가 고기 낚는 시늉을 했다. 그러자 순식간에 큰 농어 수십마리가 좌자의 낚싯대에 끌려올라왔다. 농어를 상에 바치는데 조조가 못마땅한 듯 투덜댄다.

"이건 연못 속에 원래 있던 고기로다."

좌자가 말한다.

"대왕은 왜 속이려 하시오? 천하의 모든 농어가 아가미가 두개지만 오직 송강의 농어만은 아가미가 넷이니, 이것으로 구분할 수 있소이다."

좌자의 말을 듣고 모여 있던 관원들이 그 고기의 아가미를 보니 과연 넷이었다. 다시 좌자가 말한다.

"송강의 농어를 요리하려면 자아강(紫芽薑, 붉은 싹이 돋는 생강)이 있어야 제맛이 나지요."

"네가 자아강도 구할 수 있단 말이냐!"

"쉬운 일이오."

좌자가 금화분을 가져오라고 하더니, 옷으로 화분을 덮어씌웠다가 벗겨냈다. 자아강이 화분 가득히 돋아나 있었다. 좌자는 화분째 조조에게 바쳤다. 조조가 화분에서 자아강을 집으려 하자 갑자기 화분 속에서 책 한권이 나오는데, 제목이 『맹덕신서(孟德新書)』(조조가 지었다는 병법책)였다. 조조가 그 책을 펼쳐보니 과연 한자 한구도 틀리지 않았다.

'참으로 알다가도 모를 일이로구나⋯⋯'

조조가 속으로 놀라고 의심하는데, 좌자가 잔칫상 위의 옥잔에 술을 넘치도록 가득 부어 조조에게 올린다.

"대왕은 이 술을 드시고 천년 장수하소서."

조조가 말한다.

"그대가 먼저 마셔보아라."

좌자가 머리에 쓰고 있던 관에서 옥비녀를 꺼내 잔 가운데를 그으니 술이 반으로 나뉘었다. 좌자는 그 절반을 마시고 나머지 반을 조조에게 바쳤다. 조조가 크게 꾸짖으며 호통을 친다.

"이런 요망한 놈, 저리 치우지 못할까!"

좌자는 말대꾸도 없이 술잔을 들어 공중에 던져버렸다. 좌자가 내던진 술잔은 공중에서 한마리 흰 비둘기로 변하여 전각의 추녀를 스치며 날아갔다. 모든 관원들이 고개를 들어 비둘기를 바라보는 동안 좌자는 사라져버렸다. 좌우 시종들이 아뢴다.

"좌자가 이미 궁문 밖으로 나갔습니다."

조조가 소리친다.

"이렇게 요사스러운 인물은 없애버려야 마땅하다! 그대로 두었다가는 반드시 해가 될 것이다.”

조조는 허저에게 철갑군 3백명을 거느리고 쫓아가서 좌자를 잡아들이라고 명했다. 허저가 군사들을 재촉해 성문 가까이 이르러 보니 저 앞에서 좌자가 나막신을 신고 천천히 걸어가고 있었다. 허저가 급히 말을 몰고 뒤쫓는데 도무지 좌자와의 거리가 좁혀지지 않는 것이었다. 허저가 좌자를 계속 뒤쫓아 산기슭에 이르렀다. 앞을 보니 목동이 양떼를 몰고 오는데 좌자가 슬그머니 양떼 속으로 들어간다. 허저는 좌자를 향해 활을 쏘았다. 좌자는 또다시 어디론가 없어졌다. 화가 난 허저는 양의 목을 모조리 쳐서 몰살시켜버리고는 돌아갔다.

목동이 주저앉아 울고 있는데 어디선가 사람의 음성이 들려왔다.

“얘야, 울지 말고 잘린 머리를 모두 양의 몸에 붙여라!”

목동이 놀라 두리번거리니, 땅바닥에 나동그라진 양의 얼굴 하나가 사람의 말을 하는 게 아닌가. 목동이 혼비백산하여 얼굴을 가리고 달아나려는데, 갑자기 등 뒤에서 부르는 소리가 들렸다.

“얘야, 달아나지 말아라. 내가 네 양들을 살려주마!”

목동이 돌아보니 좌자가 죽은 양들을 모두 살려내어 몰고 왔다. 목동이 다시 물어보려는데, 좌자는 어느새 소매를 떨치고 나는 듯이 걸어서는 금세 사라져버렸다. 목동이 돌아와 겪은 일을 주인에게 고하니 주인은 감히 감출 수 없는 일이라 생각해 즉시 조조에게 알렸다. 조조는 좌자의 모습을 그려 각처에 뿌리고 좌자를 잡아들이라고 호령했다.

그러고 나서 사흘이 못 되어 성 안팎에서 애꾸눈에 발을 절고 백등관에 청라의를 걸치고 나막신을 신은 똑같은 사람 3~4백명이 일제히 나타나니 저잣거리에는 일대 소동이 벌어졌다. 조조는 장수들에게 명하여 이 수백명의 좌자를 모조리 잡아 돼지와 염소의 피를 뿌리고 성 남쪽에 있는 교련장으로 압송하게 했다. 그러고는 친히 무장군사 5백명을 끌고 가서 수백명 좌자를 모조리 목베어 죽였다. 그런데 목이 떨어져나간 사람마다 목구멍에서 한줄기 푸른 기운이 솟아올라 하늘로 모이더니, 한 사람의 좌자로 변했다. 이윽고 좌자는 하늘을 나는 백학 한마리를 불러서 올라타고는 손뼉을 치며 크게 웃고 말한다.

"흙쥐〔土鼠〕가 금호〔金虎〕를 따르면 간웅은 하루아침에 끝나리라!"(오행으로 따져 건안 25년 경자년庚子年 정월에 조조가 죽을 것이란 뜻)

조조는 놀라 여러 장수들에게 일제히 활을 쏘게 했다. 갑자기 회오리바람이 일어 돌과 모래를 날리더니, 목이 없는 수백구의 시체가 벌떡벌떡 일어나 각기 제 머리를 찾아들고 껑충껑충 연무청으로 뛰어올라 조조에게 덤벼들었다. 문무관원들은 모두 얼굴을 싸쥐고 놀라자빠져 서로 돌아보지도 못했다.

간웅의 권세는 나라를 기울여도 　　　　　奸雄權勢能傾國
도사의 선기에는 어쩔 수 없도다 　　　　道士仙機更異人

조조의 목숨은 이제 어찌 될 것인가?

69
점쟁이 관로

관로는 주역으로 점쳐서 천기를 알고
다섯 신하는 역적 조조를 치다가 절개 있게 죽다

그날 조조는 검은 바람 가운데서 시체들이 일어서는 모습에 놀라 기절했다. 잠시 후 바람이 잦아들자 시체들도 어디로 사라졌는지 보이지 않았다. 좌우에서 조조를 부축해 궁으로 돌아갔다. 조조는 너무 놀란 나머지 병이 되어 자리에 누웠다.

후세 사람이 좌자를 찬탄한 시가 있다.

나는 걸음으로 구름 밟고 천하를 주유하며 　飛步凌雲遍九州
둔갑술로 몸을 감춰 유유자적하네 　獨憑遁甲自遨游
신선의 도술 한가로이 베풀어 　等閑施設神仙術
조조를 깨우치려 했건만 머리 돌리지 못하네 　點悟曹瞞不轉頭

조조의 병은 약을 써도 좀체로 낫지 않았다. 마침 태사승(太史丞, 천문·역법 등을 맡아보는 관리) 허지(許芝)가 허도에서 조조를 뵈러 왔다. 조조는 허지에게 주역점을 쳐보게 했다. 허지가 묻는다.

"대왕께서는 귀신같은 점술가 관로(管輅)에 대한 이야기를 듣지 못하셨습니까?"

"그 이름은 들어 알고 있으나 점술이 어떠한지는 알지 못하니 어디 한번 자세히 말해보라."

허지는 관로에 대해 이야기했다. 관로의 자는 공명(公明)으로, 평원(平原) 사람이었다. 관로는 워낙 추한 몰골인데다 술을 좋아하고 그 언행이 흡사 미친 사람 같았다. 관로의 아버지는 일찍이 낭야(琅琊) 즉구(卽丘)의 현령을 지냈다. 관로가 어려서부터 별을 관찰하는 것을 좋아해 잠잘 생각도 하지 않으니, 부모가 못하게 말려도 듣지 않았다. 관로는 항상 이렇게 말하곤 했다.

"집 안의 닭과 들의 고니 따위도 때(時)를 아는데, 하물며 사람으로 세상에 나서 때를 몰라 되겠느냐."

이웃집 아이들과 놀면서도 땅에 그림을 그려 천문이라 하고 일월성신(日月星辰)을 늘어놓았다. 자라면서 주역(周易)을 깊이 터득하고, 바람의 방향으로 길흉을 점치는 풍각(風角)을 했으며, 수학(數學, 고대의 운수를 점치는 분야)에 신통하고 관상도 잘 보았다. 낭야 태수 선자춘(單子春)이 그 명성을 듣고 관로를 불러들였다. 마침 그 자리에는 1백여명의 손님들이 앉아 있었는데 모두 말깨나 한다는 선비들이었다. 관로가 선자춘에게 말한다.

"제가 아직 어려서 담력이 약하니 우선 술을 석되 주시면 그걸 마시고 나서 말씀드리겠습니다."

선자춘이 기이하게 여기며 관로에게 술 석되를 내주니 관로가 술을 다 마시고 나서 물었다.

"제가 상대해야 할 사람이 부군(府君)과 여기 사방에 앉아 계신 선비님들입니까?"

자춘이 대답했다.

"내가 먼저 그대와 더불어 상대하겠네."

그리고 선자춘이 관로와 주역의 이치에 대해 토론하니, 관로는 힘들이지 않고 이야기하는데 말마디마다 정연하고 심오했다. 자춘이 까다롭고 어려운 대목을 반복해 물어도 관로의 대답은 청산유수였다. 이렇게 하기를 아침부터 저녁까지 음식 먹을 사이도 없이 계속했다. 자춘을 비롯해 모든 손님들이 탄복하지 않는 이가 없었다. 이때부터 세상 사람들은 관로를 신동이라 불렀다.

그후 곽은(郭恩)이라는 사람이 그 지방에 살았는데, 그의 삼형제가 모두 앉은뱅이가 되는 병을 앓았다. 그래서 관로를 청하여 점을 치게 하니 관로가 점괘를 보고 말한다.

"점괘에 보니 당신 집안의 묘에 여귀(女鬼)가 있소. 당신들의 백모가 아니면 숙모일 것이오. 지난 흉년에 몇되의 쌀 때문에 그이를 우물 속에 밀어처넣고 큰 돌로 머리를 눌러놓았으므로, 그 외로운 혼이 고통을 하늘에 호소해 당신 형제들에게 업보를 내린 것이니, 이는 풀 수가 없소."

곽은 형제들은 흐느껴 울며 저지른 죄를 자복했다.

안평(安平) 태수 왕기(王基)가 관로의 점괘가 신통하다는 소문을 듣고 그를 집으로 불렀다. 마침 신도(信都) 현령의 아내가 언제나 풍증으로 두통을 앓고 또 그 아들은 가슴앓이를 하여 관로에게 점괘를 봐달라고 청했다. 관로가 말한다.

"이 집의 서쪽 귀퉁이에 시체 두구가 묻혀 있는데, 한 남자는 창을 가졌고 또 한 남자는 화살을 지녔소. 머리는 벽 안에 묻혀 있고, 다리는 벽 바깥에 나와 있습니다. 창을 지닌 이는 상대의 머리를 찔러 두통이 있고, 화살을 지닌 이는 상대의 가슴과 배를 찔러 가슴이 아픈 것이오."

즉시 땅을 파보았다. 여덟자쯤 파들어가니 과연 관이 두개 있었는데 한 관 속에는 창이 들어 있고, 다른 관 속에는 각궁(角弓)과 화살이 들어 있었다. 관은 이미 썩은 상태였다. 관로는 성밖 10리 떨어진 곳에 유골을 안장해주도록 했다. 그러자 현령 아내의 두통과 아들의 가슴앓이가 씻은 듯이 나았다.

또 한번은 관도(館陶)땅의 현령 제갈원(諸葛原)이 신흥(新興) 태수로 부임하여 관로가 축하인사를 하러 갔다. 손님들이 모두 제갈원에게 말한다.

"관로는 감추어놓은 물건을 점괘로 신통하게 알아맞힌답니다. 한번 점을 쳐보십시오."

제갈원은 믿기질 않아서 은밀히 제비알과 벌집과 거미를 각각 다른 합에 넣고 밀봉한 다음 관로에게 맞혀보게 했다. 관로는 점괘

에 나타난 대로 합 위에 각기 네 구절의 글을 적었는데, 첫 합 위에
는 다음과 같이 적고, '제비알'이라 했다.

기운을 머금었으니 마땅히 변할 것이요 　　　　　　含氣須變

집 처마에 의지하네 　　　　　　　　　　　　　依乎宇堂

암수로 형태를 이룰 것이고 　　　　　　　　　雌雄以形

깃과 날개가 자라날 것이로다. 　　　　　　　　羽翼舒張

둘째 합에는 다음과 같이 적고, '벌집'이라 했다.

집이 거꾸로 매달렸으매 　　　　　　　　　　家室倒懸

드나드는 문이 수도 없고 　　　　　　　　　　門戶衆多

정기를 모으고 독을 기르니 　　　　　　　　　藏精育毒

가을이면 변화하리 　　　　　　　　　　　　得秋乃化

셋째 합에는 다음과 같이 적고, '거미'라고 했다.

긴 다리를 꾸부정 　　　　　　　　　　　　　觳觫長足

실을 토하여 그물 만드네 　　　　　　　　　　吐絲成羅

그물에서 먹을 것을 구하니 　　　　　　　　　尋網求食

이로움 어두운 밤에 있도다 　　　　　　　　　利在昏夜

사람들은 모두 깜짝 놀랐다.

또 한번은 소를 잃어버린 마을의 늙은 아낙네가 점을 쳐서 알아내달라 했더니, 관로가 말해주었다.

"북쪽 계곡가에 일곱 사람이 소를 훔쳐 삶아먹고 있을 것이오. 급히 쫓아가면 고기와 가죽은 아직 있을 게요."

늙은 아낙네가 찾아가보니, 과연 일곱 사람이 띠집 뒤에서 소를 삶아먹고 있었는데, 고기와 가죽이 남아 있었다. 아낙네는 그 고을 태수 유빈(劉邠)에게 고소하여 일곱 사람을 잡아들이게 했다. 유빈은 소도둑들을 치죄한 다음 아낙네에게 물었다.

"너는 어떻게 하여 이 사실을 알아냈느냐?"

아낙네가 관로의 점이 신통하다고 말하니, 유빈은 믿기지 않아 관로를 부중으로 불러들였다. 그러고는 몰래 도장주머니와 산닭의 털을 합 속에 넣고 점을 쳐보라 일렀다. 관로가 즉시 점괘를 보고 말한다.

"하나는 속은 모나고 밖은 둥근데 오색 무늬가 있고, 믿음을 지키는 보물을 품으며 나오면 글이 생기니, 이는 바로 도장주머니입니다. 나머지는 바위마다 새가 있으니 비단 몸에 붉은 옷을 입고 날개는 검고 누른데 새벽이면 어김없이 우니, 이는 산닭의 털입니다."

유빈이 크게 놀라 관로를 상빈으로 대우했다.

하루는 관로가 한가롭게 교외에 나가 산책을 하는데, 한 소년이 밭을 갈고 있었다. 관로는 한참 동안 밭두덕에 서서 지켜보다가 소년에게 물었다.

"네 성과 이름이 어찌 되느냐?"

소년이 대답한다.

"제 성은 조(趙)요 이름은 안(顔)이며 나이는 열아홉입니다. 감히 여쭙건대 선생은 뉘신지요?"

관로가 말한다.

"나는 관로라는 사람이다. 자네 미간을 보니 사기(死氣)가 있어 사흘 안에 죽을 운이로구나. 외모는 잘생겼다마는 수명이 짧으니, 참으로 안타깝구나!"

조안은 집으로 달려가 아비에게 이 사실을 고했다. 소년의 아비가 급히 관로에게 쫓아와 땅바닥에 엎드려 절하며 통곡했다.

"제발 제 자식을 살려주십시오!"

관로는 머리를 저었다.

"이는 천명(天命)이니 어찌 면할 수 있겠소?"

소년의 아비는 대성통곡하며 간청했다.

"이 늙은이에게 자식이라고는 이놈 하나뿐입니다. 제발 제 자식을 살려주십시오!"

조안 또한 울면서 빌었다. 관로는 그들 부자의 정경이 너무 절절해 조안에게 말한다.

"자네는 맑은 술 한병과 사슴고기포 한덩이를 마련하여 내일 남산 큰나무 밑으로 가거라. 그곳에 가면 반석 위에 두 사람이 바둑을 두고 있을 것이다. 흰 도포를 입은 사람은 남향으로 앉아 있는데, 생김새가 추할 것이고, 붉은 도포를 입은 사람은 북향으로 앉아 있는데 외모가 출중할 것이다. 너는 두 사람이 바둑에 빠져 있는 동안 무릎 꿇고 술과 사슴고기포를 올리되, 그분들이 먹고 마시기를 마친 뒤에 울며 엎드려 절하고 목숨을 빌어라. 그리하면 틀림없이 수명을 늘릴 것이다. 다만 내가 가르쳐주었다는 말은 절대로 하지 마라."

늙은 아비는 관로를 집으로 청해 머물도록 했다. 다음 날 조안은 술과 사슴고기포, 술잔과 소반 등을 갖추어 남산으로 갔다. 한 5~6리쯤 가니 과연 큰 소나무 아래 반석에서 두 사람이 바둑을 두고 있었다. 가까이 갔으나 두 사람은 돌아보지도 않는다. 조안은 꿇어앉아 술과 고기를 올렸다. 두 사람은 바둑에 열중한 나머지 자신도 모르게 술과 고기를 주는 대로 모두 먹었다. 그제야 조안은 엎드려 통곡하며 제 수명을 빌었다. 두 사람은 깜짝 놀라 고개를 들었다. 붉은 도포를 입은 사람이 말한다.

"이는 필시 관로가 시킨 것이로다. 하나 우리가 이미 사사로이 얻어먹었으니 가련히 여길 수밖에 없겠구나."

흰 도포를 입은 사람이 곁에 두었던 장부를 꺼내 훑어보고는 조안에게 말했다.

"너는 금년 나이 19세이니 마땅히 죽어야 하나, 내가 지금 십(十)자 위에 구(九)를 덧붙여 너를 99세까지 살도록 해주겠다. 너는 돌아가 관로에게 다시는 천기를 누설하지 말라고 전하여라. 그러지 않으면 반드시 하늘의 책망이 따를 것이니라."

붉은 도포를 입은 사람이 붓을 꺼내 글자 하나를 덧붙여 써넣었다. 이윽고 향기로운 바람이 일더니 두 신선은 학으로 변해 멀리 하늘 위로 날아갔다. 조안이 돌아와 신선들에 대해 관로에게 물으니 답해주었다.

"붉은 도포를 입은 사람은 남두성(南斗星)이요 흰 도포를 입은 사람은 북두성(北斗星)이니라."

"제가 듣기로 북두는 별이 아홉인데 어째서 한분인지요?"

"흩어져 있으면 아홉으로 보이나, 합치면 하나이다. 북두성은 죽음을 주관하고 남두성은 삶을 주관하느니라. 이제 수명을 늘렸으니 다시 무엇을 근심하겠느냐?"

아비와 아들은 관로에게 절하며 감사했다.

허지가 여기까지 이야기하고 나서 조조에게 말한다.

"이로부터 관로는 또다시 천기를 누설할까 두려워 다시는 사람을 위해 가벼이 점을 치지 않습니다. 그가 지금 평원(平原)에 있는데, 대왕께서 길흉화복을 알고 싶으시면 왜 부르지 않으십니까?"

조조는 매우 기뻐하여 즉시 평원으로 사람을 보내 관로를 불러오게 했다. 관로가 도착해 조조에게 절을 올리자 조조는 반겨 맞으며 관로에게 점을 치도록 일렀다. 관로가 대답한다.

"그것은 그저 환술(幻術, 눈속임)인데 무엇을 근심하십니까?"

그 말에 조조는 마음을 놓았고 병도 차츰 나아갔다. 조조가 다시 천하의 일을 물으니, 관로가 점괘를 보고 말한다.

"삼팔종횡(三八縱橫)에 누런 돼지가 호랑이를 만나고, 정군(定

軍)의 남쪽에서 수족 하나를 잃을 것입니다.”

“그럼 내 자손들은 언제까지 복을 누릴 수 있겠느냐?”

“사자궁 안에 신위를 모셨으니, 왕도(王道)가 더욱 새로워지며 자손이 지극히 귀한 지위에 오를 것이옵니다.”

조조가 자세히 알고 싶어 캐어물었으나, 관로는 웃으며 답한다.

“망망한 하늘의 운수를 어찌 미리 다 알 수 있겠습니까. 세월이 지나면 저절로 알게 됩니다.”

조조는 관로를 태사(太史)에 봉하려 했다. 관로가 사양한다.

“저는 명이 짧고 상도 궁하니 그런 직임은 감히 감당할 수 없습니다.”

그 까닭을 물으니 관로가 대답한다.

“이몸은 이마에 주골(主骨)이 없고 눈동자가 맑지 못하며, 콧대가 제대로 서지 못했고 다리에 천근(天根)이 없으며, 등에 삼갑(三甲)이 없고 배에 삼임(三壬)이 없으니, 그저 태산에서 귀신이나 다스릴 정도이지 살아 있는 사람을 다스릴 수는 없사옵니다.”

“그렇다면 내 관상은 어떠한가?”

“이미 신하로서 더이상 오를 데 없는 자리에 계시온데 관상은 보아 무엇하십니까?”

조조가 재차 물었으나 관로는 그저 웃기만 할 뿐 대답이 없다. 이어 모든 문무관원들의 상을 보이고 물으니 관로가 대답한다.

“모두 세상을 다스릴 만한 신하들입니다.”

조조가 다시 길흉을 물었으나 관로는 끝내 더이상 말하지 않왔다.

후세 사람이 관로를 찬탄한 시가 있다.

평원의 귀신같은 점쟁이 관로여	平原神卜管公明
능히 남두와 북두를 점치나니	能算南辰北斗星
팔괘의 미묘한 이치 귀신에 통하고	八卦幽微通鬼竅
육효의 깊은 뜻은 별자리를 헤아리도다	六爻玄奧究天庭
미리 조안의 상을 보아 장수 못할 것 알고	預知相法應無壽
마음의 근원 신령함을 스스로 깨달았네	自覺心源極有靈
아깝구나, 당시의 기이한 술법을	可惜當年奇異術
후인이 물려받아 전하지 못했으니	後人無復授遺經

조조는 다시 동오와 서촉 두곳에 대한 점을 쳐보라고 했다. 관로는 괘를 짚어보고 말한다.

"동오에서는 대장이 한 사람 죽을 것이고, 서촉은 이미 경계를 침범하고 있습니다."

조조는 그 말을 믿으려 하지 않았는데, 갑자기 합비에서 보고가 들어왔다.

"동오의 육구를 지키던 장수 노숙이 병으로 죽었다고 합니다."

조조는 깜짝 놀라 즉시 한중으로 사람을 보내 그간의 소식을 탐지하게 했다. 며칠이 지나지 않아 또다시 보고가 날아들었다.

"유현덕이 장비와 마초를 보내 하변(下辨)땅에 군사를 주둔시키고 관으로 쳐들어오고 있습니다."

조조가 대로하여 몸소 대군을 거느리고 다시 한중으로 진군하고
자, 관로에게 점을 쳐보게 했다. 관로가 말한다.

"대왕께서는 함부로 움직이지 마십시오. 내년 봄에 반드시 허도
에 큰불이 날 것입니다."

조조는 여러번 관로의 말이 영험한 것을 본 까닭에 감히 움직이
지 못하고 업군에 그냥 머물러 있기로 했다. 대신 조홍에게 5만 군
사를 거느리고 가서 하후연과 장합을 도와 함께 동천을 지키게 했
다. 하후돈에게는 3만 군사를 주어 허도를 경계하고 순찰하며 만일
의 사태에 대비하게 하고 장사(長史) 왕필(王必)에게 어림군(御林
軍)을 지휘 감독하게 했다. 주부 사마의가 간한다.

"왕필은 술을 지나치게 좋아하고 성품이 너그러워 그 직책을 감
당하지 못할까 걱정입니다."

조조가 말한다.

"왕필은 내가 가시밭길을 헤치며 온갖 고생을 할 때부터 나를 따
르던 사람이다. 충성스럽고 부지런하며 마음이 철석(鐵石) 같으니,
가장 적임자로다."

조조는 왕필로 하여금 어림군을 거느리고 허도 동화문(東華門)
밖에 주둔하게 했다.

이때 한 사람이 있었으니, 성은 경(耿)이요 이름은 기(紀), 자는
계행(季行)으로 낙양 출신이었다. 그는 전에 승상부의 요직에 있다
가 나중에 소부(少府)의 시중(侍中)으로 자리를 옮겼는데 사직(司

直) 위황(韋晃)과 친한 사이였다. 경기는 조조가 왕위에 오른 후 출입하는 데 황제와 다름없이 수레를 타고 의장을 갖추는 것을 보고 심중에 불평이 가득하였다. 건안 23년(218) 정월, 경기는 위황과 함께 비밀히 상의했다.

"역적 조조가 날이 갈수록 그 간악함이 심해지니, 장차 반드시 황제의 자리를 빼앗을 것이오. 우리가 한나라의 신하로서 어찌 악과 한패가 되어 놈을 도울 수가 있겠소?"

경기가 이렇게 탄식하자 위황도 속내를 내보인다.

"내게 믿을 만한 사람이 있는데, 성명은 김의(金禕)요 한실 재상 김일제(金日磾)의 후손이오. 평소 역적 조조를 칠 생각이 있는데다 겸하여 왕필과도 친한 사이이니, 그와 함께 도모한다면 대사를 이룰 수 있을 것이오."

"그 사람이 왕필과 친분이 두터운 사이라면 어찌 우리가 함께 일할 수 있겠소?"

"그럴 것 없이 가서 한번 만나 의중이나 떠봅시다."

두 사람은 그길로 김의의 집으로 찾아갔다. 김의는 두 사람을 후당으로 맞아들여 자리를 잡고 앉았다. 먼저 위황이 말한다.

"덕위(德偉, 김의의 자)께서는 장사 왕필과 매우 친한 사이시라니, 우리 두 사람이 특별히 청을 드리려고 왔소."

김의가 묻는다.

"청이라니 무슨 일이오?"

위황이 말한다.

"내가 듣자니 조만간 위왕이 황제의 자리를 물려받아 장차 보위에 오른다는데, 공도 왕장사와 더불어 반드시 높은 자리에 오를 것이오. 그때 우리 같은 사람을 저버리지 말고 함께 일하게 해주시면 그 은혜 더할 바가 없겠소."

위황의 말을 듣고 있던 김의는 말없이 소매를 떨치며 자리에서 벌떡 일어섰다. 마침 하인이 손님 대접할 차를 들고 들어오는데 갑자기 김의가 찻주전자를 쳐서 모조리 뜰에 쏟아버렸다. 위황이 짐짓 놀란 체하며 묻는다.

"덕위는 오랜 친구를 어찌 이리 박정하게 대하시오?"

김의가 말한다.

"내가 너와 사귄 것은 네가 한나라 재신(宰臣)의 후예이기 때문이었다. 그런데 이제 보니 근본을 생각지 않고 오히려 반역하는 자를 따르려 하니, 내가 어찌 너와 벗하겠는가!"

옆에서 경기가 말한다.

"하늘의 운수가 이러한데 어쩔 도리가 없지 않소?"

김의는 더욱 성을 냈다. 그제야 김의가 얼마나 충성스럽고 의리 있는 사람인지 확인한 경기와 위황은 자신들의 본심을 털어놓았다.

"사실 우리들은 역적 조조를 치기 위해 공을 찾아온 것이었소. 지금까지 한 말은 모두 공의 마음을 떠보려던 것이니 괘념치 마시오."

"내 집안 대대로 한나라의 신하였는데 어찌 역적을 따르겠소이까. 공들이 한실을 돕고자 한다니, 그래 무슨 고견이라도 있소?"

위황이 말한다.

"비록 나라에 보답하려는 마음은 간절하나, 아직 역적을 칠 계책을 세우지는 못하였소."

김의가 말한다.

"안팎에서 호응하여 왕필을 죽이고 병권을 빼앗아 황제를 보위하는 한편, 유황숙과 결탁해 밖으로부터 도움을 받는다면 역적 조조를 멸할 수 있으리다."

두 사람이 듣고 손뼉을 치며 찬성하니 김의가 다시 말한다.

"내게 믿을 만한 사람이 둘 있소. 조조가 그들의 아비를 죽인 원수요. 지금 성밖에 살고 있는데 그들이라면 우리를 도와줄 것이오."

경기가 묻는다.

"어떤 사람들이오?"

"태의(太醫) 길평의 아들들이오. 큰아들은 길막(吉邈)으로 자가 문연(文然)이고, 둘째아들은 길목(吉穆)으로 자는 사연(思然)인데, 지난날 조조가 동승의 의대조 일로 아비를 죽이는 바람에 먼 벽지로 도피했었소. 이제 몰래 허도에 들어와 살고 있는데, 우리가 조조를 친다고 도와달라면 우리를 따르지 않을 리 없을 게요."

경기와 위황은 이 말을 듣고 크게 기뻐했다. 김의는 즉시 사람을 보내 길평의 아들들을 은밀히 불러들였다. 얼마 후 두 형제가 도착하여 김의가 모의한 일에 대해 상세히 이야기하자, 두 형제는 분이 끓어올라 눈물을 흘리며 원한이 하늘에 사무쳐 나라의 역적을 죽일 것을 맹세했다. 김의가 말한다.

"정월 보름날 밤에는 성중에 환하게 등불을 밝히고 원소절(元宵節)을 경축할 것이오. 그때 경기와 위황 두분은 각각 집안의 장정들을 거느리고 왕필의 병영으로 가서 영내에 불길이 오르거든 양쪽에서 협공하여 왕필을 없애버리시오. 그런 다음 나와 함께 궐 안으로 들어가 황제를 청하여 오봉루(五鳳樓)에 오르시게 하고, 문무백관들을 불러들여 조조를 치라고 유시하시도록 합시다. 길씨 두 형제는 성밖에서 쳐들어와 불을 놓고 그것을 신호로 성안을 돌아다니며 '국적을 쳐죽이자!' 외치면서 백성들을 규합해 성의 구원병을 막으시오. 나는 황제께서 조서를 내려 구원병이 항복하고 사태가 수습되면 군사를 이끌고 업군으로 쳐들어가 조조를 사로잡겠소. 그런 다음 황제의 조서를 사자에게 주어 유황숙을 부르도록 합시다. 오늘은 이렇게 약정하고 그날 2경에 거사하되, 지난날 동승처럼 스스로 화를 자초하는 일이 없도록 실수가 있어서는 안되오."

다섯 사람은 피를 뽑아 나누어 마시며 하늘에 맹세했다. 그러고는 각각 집으로 돌아와 그날부터 군마와 병기를 정비하며 때를 기다렸다. 경기와 위황 두 사람은 저마다 부리는 종자가 3~4백명씩은 되었고 병장기를 미리 준비해두었다. 길막 형제는 3백여명의 장정을 모아 사냥을 간다는 구실로 각각 할 일을 배정해두었다.

드디어 거사할 날이 가까워왔다. 김의가 왕필을 찾아가 말한다.

"이제 세상이 자못 안정되고 위왕의 위엄은 천하를 뒤흔드니, 정월 대보름 원소절에 등불을 밝혀 태평성대의 기상을 드러내는 것이 어떻겠소이까?"

왕필은 그 말을 옳게 여겨 성안 백성들에게 보름날 모두 오색 등불을 밝혀 원소절을 경축하라 일렀다.

정월 대보름날 밤, 하늘은 맑게 개고 별과 달이 빛나는 가운데 육가삼시(六街三市, 도성의 번화한 거리)에 오색 꽃등을 밝히니, 거리마다 휘황찬란했다. 이날 밤만은 밤새도록 거리를 돌아다녀도 누구 하나 책할 사람이 없었다. 왕필은 어림군 장수들과 더불어 영내에서 잔치를 베풀어 술을 마시고 있었다. 2경이 지날 무렵, 갑자기 영내에서 함성이 일더니 사람들이 뛰어들어와 고한다.

"영문 뒤에서 불이 났습니다."

왕필은 황망히 자리를 차고 일어나 장막 밖으로 뛰어나갔다. 사방에 화광이 충천하고 함성은 하늘을 찌를 듯했다. 무슨 변고가 일어난 게 틀림없다고 판단한 왕필은 급히 말에 올랐다. 막 남문을 지나는 참에 경기가 겨눈 화살이 어깨에 꽂혔다. 왕필은 말에서 떨어질 뻔했으나 겨우 몸을 추슬러 서문을 향해 달아났다. 뒤에서 군사들이 함성을 지르며 추격해왔다. 왕필은 정신없이 말에서 뛰어내려 우선 김의의 집으로 내달려가 황급히 대문을 두드렸다. 그때 김의는 사람을 시켜 영내에 불을 지른 후, 집안 장정들을 거느리고 어림군과의 싸움을 돕고 있었기 때문에 집에는 부녀자들만 남아 있었다. 집에 있던 사람들은 다급하게 대문을 두드리는 소리를 듣고 김의가 돌아온 줄 알았다.

"그래 왕필을 죽였어요?"

다섯 신하는 조조를 치려 허도에 불을 지르다

김의의 처가 남편이 돌아온 줄 알고 대문 너머로 물었다. 왕필은 소스라치게 놀랐다. 이 변고가 모두 김의와 경기가 공모한 짓인 줄 깨닫고 다시 허둥지둥 달려 조휴의 집으로 뛰어들었다.

"김의와 경기 등이 모반했소!"

왕필의 말을 듣고 조휴는 급히 말에 올라 1천여명의 군사를 이끌고 성중으로 달려가 적을 막으려 했다. 이미 불길은 사방으로 번져 오봉루까지 태울 기세였다. 헌제는 급히 깊은 궁궐 안으로 몸을 피했다. 조조의 심복들이 죽을힘을 다해 궁문을 지키고 있는데, 사방에서 백성들의 함성이 들려왔다.

"역적 조조를 죽이고 한실을 바로잡자!"

이때 하후돈은 조조의 명을 받들어 3만 군사를 거느리고 허도를 경계하기 위해 성밖 5리쯤 되는 곳에 주둔해 있었는데, 그날밤 성안에서 치솟는 사나운 불길을 보고 급히 대군을 거느리고 달려와 허도를 포위해버렸다. 그러고는 한무리의 군사를 성안으로 들여보내 조휴를 도와 밤새도록 혼전을 벌였다.

어느새 날이 밝아왔다. 그러나 경기와 위황을 돕는 사람은 아무도 없었다. 더구나 김의와 길씨 형제 모두 죽임을 당했다는 소식까지 들려왔다. 경기와 위황은 있는 힘을 다해 길을 뚫어 성문을 나갔다. 그러나 바로 그때 성을 포위하고 있던 하후돈의 대군을 만나, 두 사람은 사로잡히고 수하의 1백여명은 그 자리에서 모조리 죽었다. 하후돈은 성으로 들어와 아직도 타고 있는 불길을 끄고, 주모자 다섯 사람의 가솔들을 모조리 잡아들였다. 그리고 즉시 사람을 보내 조조에게 보고했다. 조조는 전령을 내려 경기와 위황 두 사람을 비롯해 다섯 집안의 가솔들을 저자에 끌어내 모조리 목을 베고, 조정의 대소 백관들은 모두 업군으로 와서 처분을 기다리도록 했다. 하후돈이 경기와 위황을 저잣거리로 끌어냈다. 경기는 분을 참지 못해 큰소리로 고함을 친다.

"조아만(曹阿瞞)놈아! 내가 살아서 너를 죽이지 못했으나 죽어 귀신이 되어서라도 역적을 치리라!"

집행리가 칼로 경기의 입을 도려냈다. 경기는 땅에 피를 흘리며 죽을 때까지 조조에게 저주를 그치지 않았다. 위황은 머리를 땅바닥에 짓찧으며 한탄했다.

"원통하다, 참으로 원통하구나!"

이렇게 소리치더니 마침내 이를 악물고 죽었다.

후세 사람이 찬탄한 시가 있다.

경기의 충성이요 위황의 현명으로   耿紀精忠韋晃賢

저마다 맨손 들어 기우는 나라 떠받치네   各持空手欲扶天

누구라서 한나라 사직이 망할 줄 알았으랴   誰知漢祚相將盡

가슴 가득 한을 품고 저승으로 떠났네   恨滿心胸喪九泉

하후돈은 다섯 주모자 집안의 가솔들을 모조리 죽이고 나서, 문무백관을 끌고 업군으로 갔다. 조조가 교련장 왼쪽에 홍기를, 오른쪽에는 백기를 세워놓고 영을 내렸다.

"경기와 위황 등이 모반해 허도에 불을 놓았을 때 너희들 중에는 불을 끄러 나온 자도 있을 것이고, 문을 닫아걸고 나오지 않은 자도 있을 것이다. 불을 끄려고 나온 자는 홍기 아래에 서고, 나오지 않은 자는 백기 아래 서라!"

문무백관들은 불을 끄러 나왔다고 하면 반드시 죄를 묻지 않을 것이라고 판단하여 많은 사람이 홍기 아래 가서 섰다. 세 사람 중 한 사람 정도만 백기 아래로 가서 섰다. 그러자 조조는 홍기 아래 서 있는 사람들을 모조리 결박하라 명했다. 홍기 아래 서 있던 사람들이 놀라서 죄가 없다고 변명하니 조조가 꾸짖는다.

"너희들의 그때 마음은 불을 끄려던 게 아니라 사실은 역적을 도우려던 것이다!"

그들을 모두 장하(漳河) 기슭으로 끌어내 참하니, 이때 죽은 사람이 3백여명이나 되었다. 백기 아래 서 있던 사람들에게는 모두 상을 내리고 허도로 돌려보냈다.

이때 왕필은 화살에 맞은 상처가 덧나 결국 죽고 말았다. 조조는 왕필의 장례를 성대하게 치러주게 하고 조휴를 어림군 총독으로, 종요를 상국(相國)으로, 화흠을 어사대부(御史大夫)로 삼았다. 후작(侯爵) 6등 18급과 관중후작(關中侯爵) 17급을 정하고 그들 모두에게 자줏빛 인끈이 달린 금인(金印)을 내렸다. 또 관내외후(關內外侯) 16급을 두어 은인(銀印)에 거북의 형상을 새긴 검은 인끈을 주고, 다시 5대부 15급을 정해 동인(銅印)에 고리무늬 인끈을 내렸다. 이렇게 작위를 정하고 벼슬을 내리니, 조정의 일반 벼슬자리에까지 인사교체가 일어났다. 조조는 허도에 불이 날 것이라고 예언한 관로의 말을 상기하고 그에게 후한 상을 내렸으나, 관로는 끝내 받지 않았다.

한편, 군사를 거느리고 한중에 다다른 조홍은 장합과 하후연에게 각각 지세가 험준한 곳을 지키게 하고, 친히 군사를 거느리고 적을 막으러 나갔다. 이때 장비는 뇌동과 함께 파서를 지키고 있었다. 마초는 군사를 거느리고 하변(下辨)에 도착해 오란을 선봉장으로 삼아 적을 정탐하도록 했다. 선봉 오란이 군사를 거느리고 나갔다가 마침 조홍의 군사와 마주쳤다. 오란이 후퇴하려고 하는데 아장(牙將) 임기(任夔)가 말한다.

"적군이 처음 나타났는데 지금 적의 예봉을 꺾지 못하면 무슨 면목으로 맹기(孟起, 마초의 자)를 대하겠소!"

창을 거머쥐더니 그대로 말을 몰고 달려나간다. 조홍도 칼을 뽑아들고 나와 두 사람은 서로 어울려 싸우기 시작했다. 불과 3합에 임기는 조홍의 번뜩이는 칼을 맞고 말 아래로 고꾸라지고 말았다. 조홍이 승세를 타고 거센 파도처럼 공격해오니, 오란은 마침내 대패하여 본영으로 돌아왔다. 마초가 꾸짖는다.

"어찌하여 내 명을 듣지 않고 경솔히 적과 겨루어 이렇게 패했단 말이냐!"

오란이 말한다.

"임기가 제 말을 듣지 않고 함부로 나가 싸우다가 패했습니다."

"요충지를 튼튼히 방비하고 함부로 적과 싸우지 말라."

마초는 성도에 보고한 다음 지시를 받아 움직이기로 했다. 조홍은 마초가 나와 싸우지 않으니 무슨 계략이 있음에 틀림없다고 생각하고는 남정으로 돌아가버렸다. 장합이 조홍에게 묻는다.

"장군은 이미 적장까지 죽이고도 어째서 군사를 거두셨소이까?"

조홍이 대답한다.

"마초가 나와 싸우지 않고 방비만 하고 있으니 무슨 계략이 있지 않을까 두려웠고, 또한 내가 업군에 있을 때 점 잘 치는 관로가 말하기를 이곳에서 장수 하나가 죽을 것이라 했소. 그 말이 마음에 걸려 감히 경솔하게 나가 싸울 수가 없었소."

장합이 크게 웃으며 말한다.

"장군은 반평생을 싸움터에서 보냈으면서 그까짓 점쟁이 말에 마음이 흔들리다니 참으로 믿기 어렵소이다. 이 장합이 비록 재주 부족하나 본부 군사를 거느리고 가서 파서를 점령하겠소. 파서를 얻고 나면 촉군을 공격하기가 한결 수월할 것이오."

"파서를 지키는 장비는 용맹한 장수요. 경솔하게 대적해서는 안 되오."

조홍이 주의를 주었지만 장합은 막무가내였다.

"사람들이 장비를 두려워하지만 내가 보기에는 어린애에 불과하오. 내 기필코 장비를 사로잡아오겠소."

조홍이 묻는다.

"만일 실수라도 하면 어찌하겠소?"

"군령을 감수하리다."

조홍이 군령장을 받고 허락하니, 장합은 서둘러 군사를 거느리고 떠났다.

예로부터 교만한 군사는 실패가 많은 법   自古驕兵多致敗

언제나 적을 업신여기면 성공하기 어렵더라   從來輕敵少成功

승부는 과연 어떻게 될 것인가?

70

장비와 황충의 계책

맹장 장비는 지략으로 와구관을 얻고
노장 황충은 계책으로 천탕산을 빼앗다

장합은 군사 3만명을 이끌고 험한 산세를 의지해 세곳으로 나누어 영채를 세웠다. 한 채는 탕거채(宕渠寨)라 하였고, 다른 하나는 몽두채(蒙頭寨), 나머지 하나는 탕석채(蕩石寨)라 하였다. 장합은 세 영채에서 각기 군사를 절반씩 차출해 파서를 치러 떠나면서 군사 절반은 영채에 남겨두었다. 이 소식은 정탐꾼에 의해 즉시 파서에 보고되었다. 장비는 보고를 받고 급히 뇌동을 불러 의논했다. 뇌동이 먼저 말한다.

"파서는 지세와 산세가 모두 험준하여 군사를 매복시키기에 아주 좋은 곳입니다. 장군께서 군사를 이끌고 나가 싸우는 동안 내가 군사를 매복해 돕는다면 능히 장합을 사로잡을 수 있습니다."

장비는 정예병 5천명을 뇌동에게 내주고 자신은 친히 군사 1만명을 거느리고 출발했다. 파서에서 30리쯤 진군했을 때 장합의 군사와 마주쳤다. 양군이 포진한 후 장비가 말을 몰고 달려나가 싸움을 걸었다. 이에 맞서 장합이 창을 거머쥐고 달려나왔다. 장비와 장합이 어울려 싸우기를 20여합에 이르렀을 때, 갑자기 장합 진영의 뒤쪽에서 함성이 일어났다. 돌아보니 산등성이 뒤로 촉군의 깃발이 무수히 휘날린다. 장합은 혹시라도 뒤가 끊겨 포위될까 두려워 전의를 상실하고 말머리를 돌려 달아났다. 장비가 뒤쫓으며 마구 공격하고 또 앞쪽에서는 뇌동이 정예병 5천을 이끌고 쳐들어왔다. 장합의 군대는 협공을 당해내지 못해 결국 이 전투에서 대패하고 말았다. 장비와 뇌동이 합세해 밤새 추격하는 가운데 장합은 겨우 탕거채에 이르렀다.

장합은 남아 있던 군사들과 함께 통나무와 포석(炮石)을 쌓아두고 세곳의 영채를 지키며 방비할 뿐 나와 싸우려 하지 않았다. 장비는 탕거채에서 10여리 떨어진 곳에 영채를 세웠다. 다음 날 장비는 군사를 거느리고 나가 장합에게 싸움을 걸었다. 그러나 장합은 산 위에 올라 풍악을 울리며 술만 마실 뿐 도무지 움직이려 하지 않았다. 장비는 군사들을 시켜 마구 욕을 퍼붓게 했다. 그래도 장합은 산에서 내려오지 않았다. 장비는 하릴없이 군사를 물려 영채로 돌아오고 말았다. 다음 날은 뇌동을 산밑으로 보내 싸움을 걸었다. 이번에도 역시 장합은 싸움에 응하지 않았다. 뇌동이 참다못해 군사를 이끌고 산 위로 쳐올라갔다. 순간 산 위에서 통나무와 큰 돌들이 수없이 쏟아져내려오니 결국 뇌동은 말머리를 돌릴 수밖에 없었다. 이때 탕석채와 몽두채에서 한꺼번에 군사들이 쏟아져나오더니 후퇴하는 뇌동의 군사들을 마구 쳐죽였다. 뇌동은 대패하여 겨우 영채로 돌아왔다.

다음 날 장비가 다시 가서 싸움을 걸었지만 역시 장합은 나오지 않았다. 장비가 군사들에게 온갖 더러운 욕설을 퍼붓게 하자 장합도 산 위에서 욕설로 대응해왔다. 장비는 이런저런 궁리를 해보았으나 별도리가 없었다. 장비와 장합은 이렇게 서로 싸우지 않고 50여일을 대치하고 있었다.

마침내 장비는 산등성이 아래 가까이 대채를 세우더니 날이면 날마다 술타령을 벌였다. 술이 잔뜩 취하면 산을 바라보고 앉아 장합을 향해 욕설을 퍼부었다. 이때 현덕이 군사들을 위로하려 사자를 보냈다. 사자가 와서 보니 장비는 하루 종일 술만 마시고 있는지라 허겁지겁 돌아가 현덕에게 사실대로 고했다. 현덕은 크게 놀라 공명에게 황망히 묻는다.

"아우가 날마다 술타령이라니 어쩌면 좋겠소?"

공명이 웃으며 말한다.

"그럴 줄 알았습니다. 군영에 좋은 술이 없을 텐데 다행히 성도에 좋은 술이 많으니, 술항아리 50독을 가득 채워 수레 세대에 나누어 실어보내겠습니다. 장장군에게 실컷 드시라고 하지요."

"내 아우는 본래 술을 마셨다 하면 일을 그르치는데 오히려 술을 보내주라니, 군사는 대체 무슨 말씀이오?"

"주공께서는 익덕과 더불어 오랫동안 형제로 지내오시면서도 어찌 그 사람됨을 모르십니까? 익덕은 본래 천성이 강하지만, 지난 날 서천을 취할 때는 의로써 엄안을 풀어주지 않았습니까? 이런 일은 용맹함만으로는 할 수 없는 것입니다. 지금 장합과 50여일을 대치하면서 술에 취해 산 앞에 앉아 욕설을 퍼부으며 방약무인하게 행동하는 것은 결코 술을 탐해서가 아닙니다. 모두 장합을 쳐부술 계책이지요."

현덕은 여전히 마음이 놓이지 않는다.

"그렇다 하더라도 함부로 큰일을 맡길 수는 없으니, 위연을 보내 아우를 돕게 합시다."

공명은 위연을 시켜 술을 보내는데, 술을 가득 실은 수레마다 보란 듯이 황색 깃발을 꽂고 큰 글씨로 '군전공용미주(軍前公用美酒)'라 써붙이게 했다. 위연이 술수레를 거느리고 장비의 영채에 당도하여 전한다.

"주공께서 장군에게 좋은 술을 내리셨소이다."

장비가 절하며 받고 나서 위연과 뇌동에게 말한다.

"그대들은 각각 한무리의 군사들을 거느리고 좌·우익이 되어 숨어 있다가 군중에 홍기가 오르거든 일제히 진군하시오!"

장비는 군사들에게 장막 앞 곳곳에 술항아리를 늘어놓게 한 다음 짐짓 신명이 오른 듯 명한다.

"군사들은 모두 북을 치고 징을 두드리며 마음껏 마시도록 하라!"

장비의 군사들은 모두들 술잔을 돌리며 흥겹게 술을 마셨다.

즉시 정탐꾼이 장합에게 이 사실을 보고했다. 장합이 몸소 산꼭대기로 올라가 보니 장비는 장막 앞에서 한가하게 술을 마시며 두 군사가 씨름하는 것을 구경하고 있었다. 장합은 그만 분통이 터지고 말았다.

"장비놈이 나를 얕잡아 보는구나! 오늘밤 내 기필코 산을 내려가 장비의 영채를 기습할 것이니, 몽두채와 탕석채에 있는 군사들도 일제히 나와서 좌우를 후원하라!"

그날밤 장합은 희미한 달빛을 타고 군사를 움직여 은밀하게 산기슭을 돌아 장비의 영채로 내려갔다. 영채 앞에 이르러 바라보니 장비는 등불을 대낮같이 밝히고 장중에서 여전히 술을 마시는 중이었다. 장합은 크게 함성을 지르며 장비의 영채로 달려들었다. 그와 함께 산 위에서는 기세를 돋우기 위해 요란스레 북을 울렸다. 장합이 장막 가운데로 곧장 쳐들어갈 때까지도 장비는 단정히 앉아 있을 뿐 움직이지 않았다. 바람처럼 말을 달려들어간 장합은 창으로 대번에 장비를 찔렀다. 그런데 그것은 짚으로 만든 허수아비였다. 장합이 깜짝 놀라 급히 말을 돌리는데, 장막 뒤에서 연주포 터지는 소리와 함께 한 장수가 나타나 앞을 가로막았다.

"꼼짝 마라!"

고리눈을 부라리고 우레 같은 고함소리를 내지르는 것은 틀림없는 장비였다. 장비는 장팔사모를 틀어쥐고 말을 몰아 바로 장합에게 달려들었다. 두 장수는 불꽃을 튀기며 40~50합을 싸웠다. 장합은 몽두채와 탕석채에서 구원병이 쏟아져나오기만 초조하게 기다

장비는 술마시고 씨름구경을 하며 장합의 화를 돋우다

렸다. 하지만 누가 알았으랴. 두 영채의 구원병은 이미 위연과 뇌동 두 장수에게 쫓겨달아났고, 양쪽 영채는 모두 장비군에게 빼앗긴 뒤였다. 장합이 구원병이 오지 않아 속수무책으로 있는데, 이번에는 산 위에서 불길이 치솟아오른다. 그제야 장합은 장비의 후군에게 영채를 모두 빼앗긴 것을 깨닫고 와구관(瓦口關)을 향해 급히 달아났다. 장비는 대승을 거두고 성도에 승전보를 알렸다. 현덕은 크게 기뻐하며 익덕이 술타령을 한 것이 과연 장합을 산 아래로 유인하려던 계책이었음을 알았다.

한편 장합은 패퇴하여 와구관을 지키면서 군사를 점검해보니 3만의 군사 중에 거의 2만명이나 잃은 상태였다. 장합은 즉시 조홍에게 사람을 보내 구원병을 요청했다. 조홍은 소식을 듣고 화를 내며 말한다.

"내 말을 듣지 않고 진군하더니, 험난한 요새를 모두 잃고 이제 와서 구원을 청한단 말이냐!"

조홍은 원병을 보내지 않았다. 오히려 장합에게 사자를 보내 어서 출전하라고 독촉만 했다. 장합은 어쩔 줄 모르다가 겨우 계책을 정하고, 우선 군사를 둘로 나누어 와구관 앞에 있는 험한 산기슭 양쪽에 매복하도록 했다.

"내가 이제 거짓으로 패한 체하고 달아나면 필시 장비가 뒤를 쫓을 것이니, 너희들은 그때를 기다려 적이 돌아갈 길을 끊어라."

장합은 군사를 거느리고 전진하다가 곧바로 뇌동을 만났다. 장합이 뇌동과 싸운 지 몇합 되지 않아 패하여 달아나니 뇌동이 장합을 바싹 추격하는데, 갑자기 양쪽 기슭에서 복병이 나타나 돌아갈 길을 끊었다. 순간 달아나던 장합이 말머리를 돌리더니 뇌동을 단창에 찔러죽여버렸다. 패잔병들이 돌아가 장비에게 이 사실을 보고했다. 장비가 직접 말을 달려나가 싸움을 거는데 장합은 맞아싸우다가 이번에도 거짓으로 패한 체하며 달아났다. 그러나 장비는 더이상 쫓지 않았다. 장합은 돌아와 다시 장비에게 싸움을 걸었고, 장비가 맞아 싸우자 몇합이 못 되어 또 달아났다. 장비는 장합의 계책을 알아채고 군사를 거두어 영채로 돌아왔다. 그리고는 위연과 상의한다.

"장합이 매복계를 써서 뇌동을 죽이고 또 나까지 속이려 하니, 장계취계(將計就計, 상대의 계책을 역이용하는 계책)를 써야겠소."

위연이 묻는다.

"어떻게 하시자는 거요?"

"내일 내가 먼저 한떼의 군사를 거느리고 나갈 테니, 그대는 정예군사를 거느리고 뒤따르다가 적의 복병이 나타나거든 군사를 나누어 공격하오. 그리고 수레 10여대에 장작과 건초를 가득 싣고 가서 좁은 길목에 불을 놓으시오. 내 기필코 장합을 사로잡아 뇌동의 원수를 갚겠소."

위연은 장비의 계책을 받아들였다. 다음 날 장비가 군사를 몰고 전진하니 장합이 군사를 이끌고 나타나 장비와 싸우기 시작했다. 싸운 지 겨우 10합에 장합은 또다시 거짓으로 패한 체하며 달아난다. 장비는 기병과 보병을 이끌고 장합의 뒤를 추격했다. 장합은 싸우다가는 달아나고 또 싸우다가 달아나면서 골짜기로 장비를 유인했다. 장비는 곧장 추격하며 골짜기로 들어섰다.

그때였다. 달아나던 장합이 돌아서서 후군을 전군으로 삼아 진영을 갖추더니 장비군과 맞서 싸우기 시작했다. 그러면서 장합은 숨겨놓은 복병들이 나타나 장비군을 포위하기만 기다렸다. 그러나 적의 복병이 있을 줄 누가 상상이나 했겠는가. 위연의 정예군사들은 산골짜기 어귀를 수레로 막더니 한꺼번에 불을 놓는다. 순식간에 산골짜기의 풀과 나무에 불이 붙어 연기가 자욱하게 퍼지니 매복하고 있던 장합의 군사들은 나올 수가 없었다. 장비가 군사들을 이끌고 좌충우돌하며 적을 무찌르니, 장합은 대패했다. 겨우 혈로를 뚫고 와구관으로 달아나 패군을 수습하더니 굳게 지킬 뿐 감히 나와 싸우지 않았다. 장비와 위연이 힘을 합해 며칠 동안 쉬지 않고 공격했지만 와구관을 함락시키지 못했다. 장비는 이래서는 안 되겠다고 생각하고 군사를 거두어 와구관에서 20리 떨어진 곳에 영채를 세웠다.

어느날 장비는 위연과 더불어 수십기를 거느리고 좁은 산길을 순찰하고 있었다. 문득 등에 봇짐을 진 남녀 몇 사람이 등나무와 칡덩굴을 잡고 산비탈을 오르는 게 보였다. 장비는 말위에서 채찍으로 그들을 가리키며 위연에게 말한다.

"와구관을 빼앗는 일은 저 백성들에게 달려 있소!"

그러고는 곧장 군사를 불러 분부한다.

"저 백성들을 절대로 놀라게 하지 말고 내게 데려오너라."

군사들이 급히 달려가 백성들을 데려왔다. 장비는 먼저 좋은 말로 그들을 안심시킨 후 묻는다.

"어디서들 오는 길이오?"

"저희들은 모두 한중에 사는 백성으로 고향으로 돌아가는 길입니다. 마침 대군이 쳐들어와 파서로 가는 관도가 막혔다기에 창계(蒼溪)를 지나 재동산(梓潼山) 회근천(檜釿川)을 거쳐 한중의 집으로 돌아가려는 참입니다."

이 소리에 장비의 귀가 번쩍 뜨였다.

"이 길로 해서 와구관으로 가는 거리가 얼마나 되오?"

"재동산 소로를 따라가면 바로 와구관 뒤가 나옵니다."

장비는 몹시 기뻐하며 백성들을 영채로 데리고 가서 술과 음식을 주게 하고, 위연에게 분부한다.

"그대는 군사를 이끌고 와구관 정면을 공격하오. 나는 친히 날쌘 기병을 이끌고 재동산을 넘어 와구관 뒤를 치겠소."

장비는 기병 5백명을 뽑아 백성들의 길안내를 받으며 좁은 산길로 전진했다.

한편, 장합은 구원병이 오지 않아 울적하게 지내고 있었다. 갑자기 보고가 들어왔다.

"위연이 관 아래까지 와서 공격하고 있습니다."

장합이 말에 올라 산을 내려가려 하는데 다시 급보가 들어왔다.

"관 뒤쪽 네댓군데에서 불길이 오르는데, 어느 쪽 군사가 오는지

244

확인하지 못했습니다."

장합은 드디어 원군이 오는 줄 알고 맞이하러 나갔다. 그런데 깃발 사이로 모습을 드러낸 장수는 다름 아닌 장비였다. 깜짝 놀란 장합은 급히 좁은 산길로 달아났다. 길이 험해 말이 잘 달리지 못하는데 뒤에서는 장비가 급히 추격해온다. 장합은 말을 버리고 산위로 기어올라 겨우 달아날 길을 찾으니 따르는 자는 겨우 10여명 뿐이었다. 장합은 걸어서 남정에 당도했다. 조홍은 장합이 겨우 군사 10여명을 데리고 돌아온 꼴을 보고 화가 머리끝까지 치밀었다.

"내가 그렇게 가지 말라고 했는데도 군령장까지 써놓고 가더니, 오늘 대군을 모두 잃고는 스스로 죽지도 않고 돌아왔단 말이냐!"

심하게 꾸짖으며 좌우에게 명을 내린다.

"이놈을 당장 끌어내 목을 베어라!"

행군사마(行軍司馬) 곽회(郭淮)가 간한다.

"삼군을 얻기는 쉽지만 장수 한명을 얻기란 어려운 일입니다. 장합이 비록 죄가 있다 하나 위왕께서 깊이 아끼는 자이니 죽일 수는 없습니다. 그에게 다시 군사 5천을 내주고 가맹관을 취하게 하셔서 여러곳의 적군을 견제한다면 한중은 저절로 안정될 것입니다. 만일 그마저 성공하지 못하거든 그때 두가지 죄를 한꺼번에 물으십시오."

조홍은 그 말에 따라 다시 장합에게 군사 5천명을 내주고 가맹관을 점령할 것을 명했다. 장합은 명을 받고 떠났다.

한편, 가맹관을 지키는 장수 맹달과 곽준은 장합군이 온다는 보고에 계책을 의논했다. 곽준은 굳게 지키자 하고 맹달은 나가서 적을 맞아 싸우자고 하여 의견이 엇갈렸다. 맹달이 고집을 세워 군사를 이끌고 관 아래로 내려가 장합과 더불어 싸우더니 크게 패하여 돌아왔다. 곽준이 급히 문서를 써서 성도에 보고하니 현덕은 곽준의 급보를 받고 나서 군사 공명과 상의했다. 공명은 여러 장수들을 당상에 불러모으고 묻는다.

"지금 가맹관이 위급하다 하오. 낭중에 있는 익덕을 불러야 장합을 물리칠 수 있을 듯한데, 그대들의 생각은 어떻소?"

법정이 자리에서 일어나서 말한다.

"지금 장익덕은 와구관에 주둔하고 있고, 낭중땅 역시 긴요한 곳이라 그를 부를 수는 없습니다. 여기 있는 장수들 중에서 한 사람을 뽑아 장합을 물리치게 하시지요."

공명이 웃으며 말한다.

"장합은 위의 명장이라 가볍게 볼 인물이 아니오. 익덕이 아니면 그를 당할 사람이 아무도 없소."

갑자기 한 사람이 소리를 버럭 지르며 나선다.

"군사께서는 어째서 우리를 이리도 멸시하시오! 비록 내가 재주는 없으나 장합의 머리를 베어다 휘하에 바치겠소이다!"

모두가 보니 그는 바로 노장 황충이다. 공명이 말한다.

"비록 한승(漢升, 황충의 자)의 용맹이 뛰어나지만 연로했으니 아무래도 장합을 당해내지 못할까 염려스럽소이다."

황충은 백발의 수염을 곤두세우며 말한다.

"내 비록 늙긴 했으나 아직 두 팔에 삼석(三石)의 활을 당길 힘이 남아 있고 온몸에는 천근을 들어올릴 힘이 있는데, 장합 같은 필부 하나 대적하지 못한다 하시오!"

"황장군의 연세가 벌써 일흔 가까우시니 어찌 늙지 않았다 하겠습니까?"

황충은 자리에서 벌떡 일어나 당하로 내려가더니 선반 위의 대도를 집어들고 나는 듯이 춤을 추고, 벽에 걸린 강궁을 팽팽히 잡아당겨 연달아 두개를 부러뜨렸다. 공명이 말한다.

"장군이 꼭 가시겠다면 부장은 누가 좋겠소?"

황충이 대답한다.

"노장 엄안과 함께 가겠소. 갔다가 실수하면 이 백두(白頭)를 바치겠소이다!"

유현덕은 기뻐하며 황충과 엄안에게 즉시 가맹관으로 가서 장합과 싸우라 했다. 이때 조자룡이 간한다.

"지금 장합이 직접 가맹관을 침범했는데 군사께서는 어찌 이 일을 어린아이 장난처럼 보십니까. 가맹관을 잃게 되면 당장 익주가 위태로워집니다. 이렇게 어려운 고비를 맞아 무슨 까닭으로 두 노인에게 큰 적을 감당하게 하십니까?"

공명이 말한다.

"그대는 두 장군이 늙어서 못해낼 것처럼 여기는 모양이나, 내 생각으로는 반드시 이 두분이 한중을 손에 넣을 것이오."

조자룡 등 몇 사람은 어이가 없어 웃으며 물러났다.

한편 군사를 이끌고 출발한 황충과 엄안은 가맹관에 도착했다. 맹달과 곽준은 그들이 온 것을 보고 마음속으로 생각했다.

'이런 요충지를 두 늙은 장수에게 맡기다니, 참으로 공명의 실책이로다!'

황충이 엄안에게 말한다.

"장군은 모든 사람들의 동정을 잘 보셨겠지요? 우리 두 사람이 늙었다고 비웃는 모양인데, 이번에 기어이 공을 세워 저들을 승복시켜야겠소이다."

엄안이 말한다.

"장군의 명령에 따르리다!"

두 노장은 상의를 마친 뒤 황충이 군사를 이끌고 관 아래로 내려가 장합과 진을 벌이고 마주섰다. 장합이 말을 타고 나와 황충을 보더니 비웃으며 말한다.

"네 그렇게 나이를 먹고서 부끄러운 줄도 모르고 감히 어디라고 출전했단 말이냐?"

황충이 노하여 소리친다.

"어린놈이 내가 늙었다고 업신여기는 게냐. 내가 가진 보도(寶刀)는 아직 늙지 않았다!"

황충이 말을 박차고 달려나가 장합과 어우러져 20여합을 싸우는데 갑자기 장합의 뒤편에서 함성이 크게 일었다. 엄안이 좁은 샛길을 돌아 장합의 뒤를 친 것이다. 장합은 앞뒤로 협공을 받아 크게 패하여 밤새도록 80~90리 떨어진 곳까지 달아났다. 황충과 엄안은 군사를 거두어 영채로 돌아와서 군사들을 쉬게 하며 꼼짝도 하지 않았다. 조홍은 장합이 또 대패했다는 보고에 다시 죄를 주려 하는데, 곽회가 만류한다.

"지금 장합이 핍박을 받으면 서촉에 투항할 염려가 있으니, 장수를 보내 그를 돕는 한편 감시하여 딴마음을 품지 못하게 하십시오."

조홍은 그 말에 따라, 즉시 하후돈의 조카 하후상(夏侯尚)과 항복한 장수 가운데 한현(韓玄)의 아우 한호(韓浩)에게 군사 5천명을 거느리고 떠나 장합을 돕도록 했다. 하후상과 한호 두 장수는 즉시 행군하여 장합의 영채에 이르렀다. 두 장수가 정세를 물으니 장합이 말한다.

"노장 황충은 매우 영용한데다 엄안까지 돕고 있어서 가벼이 볼 수 없소이다."

한호가 말한다.

"나는 지난날 장사에 있었기 때문에 이 노적(老賊)이 얼마나 교활한지 잘 알고 있소이다. 그놈은 위연과 결탁해 성을 바치고 우리 형님을 해쳤소. 이제 그를 만났으니 반드시 원수를 갚아야겠소."

한호는 하후상과 더불어 새로 이끌고 온 군사들을 거느리고 영채를 떠나 전진했다. 한편 황충은 날마다 정탐병을 내보내 이미 인근의 지세와 길을 잘 알고 있었다. 엄안이 말한다.

"여기서 가다보면 천탕산(天蕩山)이 있는데, 그 산속에 군량과 마초를 쌓아둔 조조의 보급소가 있소이다. 만약 우리가 그곳을 점령해 적의 보급을 끊는다면 가히 한중을 얻을 수 있을 것입니다."

황충이 기뻐하며 말한다.

"장군의 말이 바로 내 뜻과 같소이다! 우리 이러저러하게 합시다."

엄안은 기꺼이 황충의 계책을 받아들여 몸소 한무리의 군사들을 거느리고 천탕산을 향해 떠났다.

그때 황충은 하후상과 한호가 싸우러 왔다는 보고를 받고는 기다렸다는 듯 군사를 거느리고 싸우러 나갔다. 한호가 진 앞으로 나와 큰소리로 꾸짖는다.

"의리도 없는 늙은 도적놈아!"

그러고는 그대로 말을 박차고 달려나와 황충에게 달려든다. 동시에 하후상도 황충에게 달려들었다. 협공이었다. 황충은 두 장수와 힘을 다해 10여합을 싸운 끝에 패하여 달아났다. 두 장수가 20여리를 추격해 마침내 황충의 영채를 빼앗으니, 황충은 뒤로 물러나 영채를 새로 세웠다.

다음 날 하후상과 한호는 다시 싸움을 걸었다. 황충이 나가 싸웠으나 불과 몇합도 안되어 또다시 달아났다. 두 장수는 여세를 몰아 황충의 새로운 영채를 빼앗은 다음, 사람을 보내 장합에게 전날 그들이 빼앗은 후채를 지키게 하고 영채를 옮겼다. 장합은 두 장수가 있는 전채로 와서 간한다.

"황충이 연이어 이틀씩이나 패퇴한 데에는 반드시 어떤 속임수가 있을 것입니다."

하후상이 장합을 꾸짖는다.

"그대가 이렇게 담이 작고 겁이 많으니, 싸울 때마다 패한 이유를 가히 알 만하오. 이제 더이상 여러 소리 말고 우리 두 사람이 어떻게 공을 세우는지 잘 보아두시오."

장합은 얼굴을 붉히며 물러날 수밖에 없었다. 다음 날 두 장수는 또다시 황충에게 싸움을 걸었다. 이번에도 황충이 패하여 20여리를 달아나니, 두 장수는 추격을 멈추지 않았다. 그다음 날도 두 장수가 영채를 나와 싸움을 거니, 이제 황충은 두 장수를 바라만 보고도 달아난다. 이렇게 여러번의 싸움에 연패하더니, 황충은 그대로 가맹관으로 물러가버렸다. 하후상과 한호는 가맹관 아래까지 진군해 영채를 세우고 계속 싸움을 걸었다. 그러나 황충은 관문을 닫아걸고 굳게 지킬 뿐 나와 싸울 생각을 하지 않았다. 이를 지켜보던 맹달은 몰래 서신을 써서 현덕에게 급히 보고했다.

'황충이 연달아 패하여 지금 가맹관까지 후퇴해 있습니다.'

유현덕이 당황하여 공명에게 물으니, 공명이 느긋하게 대답한다.

"이는 노장의 교병지계(驕兵之計, 적을 교만하게 하는 계책)입니다."

조자룡 등은 공명의 말을 믿지 않았다. 현덕 역시 마음을 놓을 수가 없어서 유봉을 보내 황충을 돕도록 했다. 황충이 유봉에게 묻는다.

"소장군께서 여기 온 것은 무슨 뜻이오?"

"부친께서 장군이 여러차례 패전했다는 소식을 듣고 저를 보내셨습니다."

황충이 웃으며 말한다.

"이는 이 늙은이의 교병지계요. 오늘밤에 한번 싸워 영채를 모두 되찾고 적들의 말과 군량, 마초를 빼앗을 테니 두고 보시오. 지금까지는 내가 일부러 영채를 내주어 보급품을 쌓아두게 했소. 오늘밤 곽장군은 남아서 관을 지키고, 나는 맹장군과 함께 양초를 운반하고 말을 빼앗아올 테니, 소장군은 내가 적을 무찌르는 것을 구경이나 하시오."

그날밤 2경에 황충은 5천 군사를 이끌고 관문을 열더니 산 아래로 내려갔다.

한편, 하후상과 한호 두 장수가 이끄는 군사들은 날마다 싸움을 거는데도 가맹관에서 싸우러 내려오지 않는지라 모두 기다리다 지쳐서 긴장이 풀린 상태였다. 바로 이러한 때 황충이 갑작스레 영채를 부수며 쳐들어온 것이다. 두 장수의 군사들은 갑옷을 챙겨입을 새도 말에 안장을 올릴 틈도 없었다. 두 장수는 겨우 목숨을 구해 달아나고, 군사들은 먼저 달아나려고 자기들끼리 서로 짓밟아 그 혼란 속에 죽은 자가 부지기수였다. 날이 샐 무렵 빼앗겼던 영채 세곳을 모두 탈환하니 적이 버리고 간 무기와 말이 헤아릴 수 없이 많았다. 황충은 맹달에게 이것들을 수습해 가맹관으로 운반하도록 하고, 군마를 재촉하여 패군의 뒤를 쫓았다. 유봉이 말한다.

"군사들이 피곤할 테니 잠시 쉬었다 공격하는 게 좋겠습니다."

황충은 듣지 않는다.

"호랑이굴에 들어가지 않고서 어떻게 호랑이새끼를 얻을 수 있겠소!"

황충이 말에 채찍질하며 앞서 진군하니, 군사들도 모두 전력을 다해 나아갔다. 장합의 군사들은 하후상과 한호 두 장수의 패잔병들이 자꾸만 밀려오는 통에 배겨내지 못하고 영채를 버리고 죽기살기로 달아나 한수(漢水) 기슭에 이르렀다. 장합이 하후상과 한호를 만나 대책을 상의한다.

"천탕산은 군량과 마초를 쌓아둔 곳이고, 천탕산과 이어져 있는 미창산(米倉山) 역시 양식을 쌓아두는 곳이오. 이 모두 한중 군사의 목숨이 달린 곳이라, 만일 여기를 잃으면 한중땅을 잃는 것이나 진배없으니 마땅히 보전해야만 하오."

하후상이 말한다.

"미창산에는 내 아저씨 하후연 장군이 지키고 있고, 그뒤에 바로 정군산(定軍山)이 접해 있으니 걱정 없소. 천탕산은 나의 형 하후덕이 지키고 있으니, 우리 모두 그곳에 가서 산을 보전하기로 합시다."

장합은 두 장수와 더불어 밤새도록 천탕산으로 달려가서 하후덕에게 지난 경위를 자세히 말했다. 듣고 나서 하후덕이 말한다.

"이곳에는 10만 군사가 주둔해 있으니, 그대들은 군사를 이끌고 가서 빼앗긴 영채를 되찾도록 하오."

장합이 말한다.

"지금은 이곳을 굳게 지켜야지 함부로 움직여서는 안됩니다."

그때였다. 갑자기 산 앞에서 징소리 북소리가 크게 울리더니 황충의 군사가 당도했다는 보고가 날아들었다. 하후덕이 크게 웃으며 말한다.

"늙은 도적이 병법도 모르면서 용기만 믿고 날뛰는구나!"

장합이 말한다.

"황충은 지략이 있소. 용맹만 있는 장수가 아니외다."

하후덕이 말한다.

"서천 군사들이 멀리 와서 피곤할 터인데 함부로 적의 경계 깊이 들어오다니 이야말로 무모하지 않소?"

"그래도 적을 가볍게 보아서는 안되니 굳게 지켜야만 합니다."

옆에 있던 한호가 나선다.

"원컨대 정예병 3천만 빌려주신다면 내가 나가 무찌르겠소이다."

하후덕이 나누어준 군사 3천명을 이끌고 한호가 산을 내려가니, 황충이 군사를 늘여세우고 맞섰다. 유봉이 황충에게 간한다.

"이미 해는 서편에 지고 군사들도 먼 길에 피로할 터인즉 잠시 쉬는 게 어떻겠습니까?"

황충이 웃으며 말한다.

"그렇지 않소. 이는 하늘이 공을 세우라고 내려준 기회니, 지금 취하지 않는다면 하늘의 뜻을 거스르는 일이오."

황충이 말을 마치고 요란하게 북을 울리며 나아가니 한호가 군사를 이끌고 싸우러 나왔다. 황충이 칼을 휘두르며 맞아싸운 지 단

1합에 한호를 베어 말 아래로 떨어뜨렸다. 촉군이 크게 함성을 지르며 산 위로 휩쓸고 올라갔다. 장합과 하후상이 급히 군사를 이끌고 나와 맞서는데, 갑자기 산 뒤쪽에서 함성이 크게 들리며 불길이 치솟아 산 위아래가 붉게 물들었다. 하후덕이 불길을 잡으려고 군사를 이끌고 달려가는데 정면에서 노장 엄안이 나타났다. 엄안은 한칼에 하후덕을 베어 말 아래로 거꾸러뜨렸다. 원래 황충은 먼저 엄안에게 군사를 주어 산속 호젓한 곳에 매복해 있다가, 황충군이 당도하여 공격을 개시하면 그때 땔나무더미에 불을 놓게 했다. 마른 풀더미에 한점 불꽃이 붙으니 사나운 화염이 날아올라 온 산과 골짜기를 훤하게 비췄다. 엄안은 하후덕을 참하고 그대로 산뒤에서부터 쳐들어갔다. 장합과 하후상은 앞뒤로 적군을 맞이하여 더 버틸 힘이 없었다. 두 장수는 천탕산을 버리고 정군산의 하후연에게로 달아났다. 황충과 엄안은 천탕산을 점령한 후 나는 듯이 승전보를 성도에 전했다. 현덕이 보고를 받고 기뻐하며 여러 장수들을 불러모아 경하했다. 법정이 말한다.

"지난날 조조는 장로의 항복을 받고 한중을 평정하고서도 그 승세를 몰아 파촉을 도모하지 않고, 다만 하후연과 장합 두 장수에게 지키게 하고 자신은 대군을 이끌고 북쪽으로 돌아갔으니, 그것은 실책이었습니다. 이제 장합이 패하고 천탕산도 지키지 못했으니, 주공께서 이때를 틈타 친히 대군을 거느리고 정벌에 나선다면 가히 한중을 얻을 것입니다. 한중을 평정한 뒤 다시 군사를 조련하고 군량을 쌓아두었다가 때를 보아 나아간다면 역적을 토벌할 것이고, 물러나도 스스로를 지킬 수 있으니, 이는 하늘이 주신 기회입니다. 잃어서는 안됩니다."

유현덕과 공명은 그 말에 깊이 공감했다. 곧 전령을 보내 조자룡과 장비를 선봉으로 삼고, 현덕은 공명과 함께 친히 10만 대군을 거느리고 한중으로 진군할 날을 정했다. 그리고 각처에 격문을 보내 모든 방비를 엄히 하도록 했다.

때는 건안 23년(218) 7월 길일이었다. 현덕의 대군은 가맹관을 나와 영채를 세우고 황충과 엄안을 불러들였다. 두 장수에게 후하게 상을 내리고 나서 현덕이 말한다.

"사람들이 모두 장군을 늙었다고 얕보았으나 오직 공명 군사만은 장군의 능력을 알아주더니 이번에 과연 놀라운 공을 세웠소. 지금 한중의 정군산은 곧 남정(南鄭)을 지키는 보루로 군량과 마초를 쌓아둔 곳이오. 정군산을 얻게 된다면 양평(陽平)으로 나가는 길은 걱정 없을 것이오. 장군은 감히 정군산을 취할 수 있겠소?"

황충이 흔쾌히 응낙하고 곧 군사를 거느리고 떠나려 했다. 공명이 급히 말린다.

"노장군이 비록 영용하나, 하후연은 장합과는 비할 바가 아니오. 하후연은 육도삼략(六韜三略, 병서)에 깊이 통달하고 전투 중의 임기응변이 능하여 일찍이 조조가 그로 하여금 서량을 방비하도록 맡겼소이다. 또한 장안에 주둔시켜 마초를 막아냈으며, 이제 다시 한중을 맡긴 게 아닙니까. 조조가 다른 사람을 쓰지 않고 오직 하후연에게 한중을 맡긴 것은 그가 장수로서 출중한 자질을 가지고 있기 때문이오. 지금 장군께서 비록 장합은 이겼습니다만 하후연을 이기기는 어려울 것이오. 내 생각에는 형주로 사람을 보내 관장군으로 교체해야 하후연의 적수가 될 수 있겠소.”

황충은 공명의 말에 분연히 답한다.

“옛적에 염파(廉頗, 전국시대 조나라의 명장)는 나이 여든에 한말 밥을 먹고 열근 고기를 뜯으니 제후가 그 용맹을 두려워하여 감히 조나라 경계를 침범하지 못했는데, 하물며 이 황충은 늙었다고 하지만 아직 일흔도 안되었소. 군사께서 이렇게 나를 늙은이 취급하지만 나는 이제 부장 따위도 필요 없고 본부 군사 3천명만 거느리고 가서 하후연의 목을 베어 휘하에 바치겠소이다.”

공명은 거듭 말리는데 황충은 굳이 가겠다고 고집을 부렸다. 마침내 공명이 말한다.

“장군이 꼭 가시겠다면 내가 감군(監軍)할 사람을 하나 딸려보낼 생각인데, 어쩌시겠소?”

장수를 부리려면 먼저 격동을 시키는 법　　　請將須行激將法
젊은 사람이 늙은이만 못하구나　　　　　少年不若老年人

과연 그 사람은 누구일까?

71

담대한 조자룡

황충은 맞은편 산을 점령한 채 적이 피로해지기를 기다리고
조자룡은 한수를 차지하고 적은 군사로 대군에 승리하다

공명이 황충에게 분부한다.

"장군이 꼭 가시겠다면 법정으로 하여금 돕게 하겠소. 모든 일을 그와 의논하여 하시오. 나도 군사를 거느리고 뒤따라가 지원하리다."

황충이 응낙하고, 법정과 함께 본부의 군사를 거느리고 떠나갔다. 공명이 현덕에게 말한다.

"저 노장을 격분시키지 않고는 공을 세우기 어려울 것 같아 한 말입니다. 황장군이 떠났으니 우리도 뒤따라가서 도와야 합니다."

그러고는 즉시 조자룡을 불러들여 분부한다.

"군사를 거느리고 샛길로 가서 접응하되, 만일 황장군이 이기면 군이 나설 것 없으나 실수가 있거든 즉시 돕도록 하시오."

또 유봉과 맹달을 불러 말한다.

"그대들은 군사 3천명을 이끌고 가서 산속 험준한 곳에 진을 치시오. 깃발을 무수히 꽂아서 우리의 군세가 막강한 것처럼 꾸며놓아 적군을 놀라고 의심하게 만들어야 하오."

세 사람은 각자 군사를 거느리고 떠나갔다. 공명은 또 하변으로 사람을 보내 마초에게 이러저러하게 하라는 계책을 전해주었다. 그리고 엄안을 보내 파서를 지키게 하고, 장비와 위연을 불러들여 함께 한중을 취하기로 했다.

한편, 장합은 하후상과 함께 정군산의 하후연에게 가서 정황을 상세히 고했다.

"이미 천탕산을 빼앗겼고, 하후덕과 한호가 전사했습니다. 이제 듣자니 유비가 친히 군사를 거느리고 한중으로 쳐들어오고 있다 합니다. 어서 위왕에게 보고하여 속히 용맹한 장수와 정예군을 보내달라고 청하십시오."

하후연은 즉시 사람을 보내 급박한 정세를 조홍에게 알렸다. 조홍이 밤을 새워 허도로 달려가서 조조를 뵙고 자세히 아뢰니, 조조는 크게 놀라 황급히 문무백관을 모으고는 군사를 일으켜 한중을 구할 일을 상의했다. 장사 유엽이 나서며 말한다.

"만약 한중을 잃게 되면 중원도 위태로우니, 대왕께서는 노고를 사양치 마시고 친히 정벌에 나서야 할 것입니다."

조조는 스스로 후회하며 말한다.

"그때 내가 경의 말을 듣지 않았다가 일이 이렇게 되었도다."

조조가 급히 전령을 내려 40만 대군을 일으키고 몸소 정벌에 나서니, 때는 건안 23년(218) 7월이었다.

조조의 대군은 세 길로 나뉘어 진군했다. 전군의 선봉은 하후돈이며 조조는 친히 중군을 거느렸고, 조휴는 후군을 맡게 했다. 삼군이 계속 행군하는데, 조조는 금안장을 얹은 백마를 타고 옥대에 비단옷을 입었다. 호위하는 무사들은 손에 대홍라소금산개(大紅羅銷金傘蓋, 붉은 비단에 금줄이 달린 커다란 햇빛가리개)를 들고, 좌우에 황금 갈고리와 은으로 만든 도끼와 등봉(鐙棒, 말채찍), 과모(戈矛)를 잡았다. 또한 일월용봉정기(日月龍鳳旌旗, 해·달·용·봉황이 그려진 깃발)를 들고 삼엄하게 옹위했다. 이렇듯 조조의 수레를 호위하는 용호관군(龍虎官軍)이 2만 5천명이었는데, 이들을 모두 5대로 나누어 각 대마다 5천명씩 청·황·적·백·흑의 다섯 빛깔을 주어 깃발과 갑옷, 말까지도 모두 그 빛깔에 따르게 하니 광휘가 찬란하고 그 기세가 매우 웅장했다.

조조의 군사가 동관(潼關)을 지날 무렵이었다. 조조가 말위에서 멀리 앞을 바라보니 숲이 울창하게 우거진 곳이 보여 좌우 사람에게 물었다.

"저곳이 어디냐?"

"저기는 남전(藍田)이라는 곳입니다. 숲속에 채옹(蔡邕)의 장원이 있는데, 지금은 그곳에 채옹의 딸인 채염(蔡琰)이 남편 동사(董祀)와 살고 있습니다."

본래 조조는 채옹과 각별한 사이였다. 채옹의 딸 채염은 위중도(衛仲道)의 아내였는데, 남편과 함께 북방에 잡혀가 그곳에서 아들 둘을 낳았고, 「호가 18박(胡笳十八拍)」을 지었다. 그 곡이 중원에까지 널리 알려지니, 조조가 가련히 여겨 북방에 사람을 보내 천금을 주고 속량(贖良)을 청했다. 북방의 좌현왕(左賢王)은 조조의 위세를 두려워하여 채염을 한나라로 돌려보냈다. 그뒤 조조가 채염을 동사의 아내로 맺어주었다. 이날 조조는 채옹의 일이 생각나서 군사들을 먼저 가게 하고, 측근 신하 1백여기만 거느리고 장원 문앞에 이르러 말에서 내렸다. 이때 동사는 벼슬길에 올라 외방에 나가 있었고, 채염이 집에 있다가 조조가 왔다는 말을 듣고 황망히 쫓아나와 영접했다. 조조가 당에 올라 좌정하니 채염은 예를 갖추어 조조에게 절을 올린 다음 옆에 시립했다. 조조는 우연히 벽에 비문의 탁본이 걸려 있는 것을 보았다. 몸을 일으켜 자세히 들여다보다가 묻는다.

"이게 무슨 비문인고?"

채염이 아뢴다.

"조아(曹娥)의 비문입니다. 옛날 화제(和帝) 때 상우(上虞)라는 곳에 조우(曹盱)라는 무당이 있었는데, 파사악신(婆娑樂神)의 굿에 능했답니다. 어느해 5월 5일에 술에 취한 조우는 배 안에서 춤을 추다 그만 강물에 빠져 죽었다고 하옵니다. 조우에게는 14살 된 딸이 있었는데, 아비의 죽음을 슬퍼하여 강기슭을 오르내리며 칠일 낮 칠일 밤을 통곡하다 강물 속으로 뛰어들었습니다. 한데 놀랍게도 닷새 만에 조우의 딸이 죽은 채로 아비의 시체를 업고 강물에 떠올랐답니다. 고을사람들이 부녀의 시체를 잘 거두어 강기슭에 장사를 지내주고, 상우의 현령 도상(度尚)이 조정에 보고하여 효녀의 표창을 받게 했습니다. 그리고 한단순(邯鄲淳)을 시켜 그 일을 글로 지어 비문을 새기게 했답니다. 당시 한단순은 13살에 불과했으나, 붓을 들어 글자 한자 고치는 법 없이 써내리니, 이를 돌에 새겨 무덤 옆에 세웠다 하는데, 모든 사람들이 기이하게 여겼다 하옵니다. 소녀의 아비 채옹이 이 일을 전해듣고 그 비석을 보러 갔을 때에는 이미 날이 저물었더랍니다. 어둠속에서 손으로 비문을 더듬어 겨우 읽고 나서 붓을 가져오라 하여 비석 뒷면에 여덟 글자를 써놓고 왔는데, 그뒤에 사람들이 그대로 새겨넣었다고 합니다."

조조가 탁본을 읽어보니 과연 '황견유부 외손제구(黃絹幼婦 外孫齏臼)'라는 여덟 글자가 씌어 있다. 조조가 채염에게 묻는다.

"너는 이 글의 뜻을 아느냐?"

채염이 대답한다.

"비록 아비의 유필이오나, 소녀는 그 뜻을 알지 못하옵니다."

조조가 여러 모사들을 돌아보며 묻는다.

"그대들 중에 이 글뜻을 해석할 사람이 있느냐?"

아무도 대답을 못하는데, 한 사람이 나서며 말한다.

"제가 그 뜻을 풀이해보겠습니다."

조조가 보니 주부(主簿, 문서와 장부를 맡아보는 관리)로 있는 양수(楊修)였다.

"경은 잠시 말하지 말라. 나도 한번 생각해보겠노라."

조조는 채염과 작별하고 나서 모든 사람들을 거느리고 장원을 나왔다. 말을 타고 3리쯤 갔을 때였다. 조조가 문득 빙그레 웃으며 양수에게 말한다.

"어디 경이 한번 풀어보라."

양수가 말한다.

"그것은 은어(隱語)입니다. '황견(黃絹)'은 바로 누런 빛깔의 실이니, 빛 색(色) 옆에 실 사(絲)를 더하면 끊을 '절(絶)'자가 됩니다. 다음에 '유부(幼婦)'는 젊은(少) 여자(女)니, '女'자 곁에 '少'자를 놓으면 묘할 '묘(妙)'자가 됩니다. '외손(外孫)'은 곧 딸의 아들이니, '女'자 곁에 '子'를 두면 좋을 '호(好)'자가 되지 않겠습니까. 끝으로 '제구(齏臼)'는 오신(五辛, 달고 쓰고 맵고 시고 짠 맛)을 받아들이는 그릇이니, '受'자 곁에다 '辛'자를 더하면 말씀 '사(辭, 辤와 辭는 같은 글자)'가 됩니다. 이 모두를 합쳐보면 바로 '절묘호사(絶妙好辭)', 즉 참으로 좋은 글이라는 뜻입니다."

조조가 크게 놀란다.

"바로 내 생각과 같도다!"

모든 사람들은 양수의 기민한 재주와 식견을 부러워했다.

그날 해가 저물기 전에 조조군은 남정에 당도했다. 조홍이 조조를 영접하고 그동안 장합이 어떻게 연패했는지 상세히 보고했다. 조조는 대수롭지 않게 말한다.

"그건 장합의 죄가 아니다. 이기고 지는 것은 병가지상사(兵家之

常事, 군사를 부리는 데 흔히 있는 일)니라."

조홍이 다시 아뢴다.

"지금 유비가 황충을 보내 정군산을 공격하고 있는데, 하후연은 대왕께서 오신 것을 알고 굳게 지킬 뿐 나가서 싸우려 하지 않고 있습니다."

조조가 말한다.

"만약 출전하지 않으면 우리가 적을 겁내고 있음을 보여주는 것이다."

조조는 군령 표지인 절(節)을 지닌 사자를 정군산에 보내 하후연에게 출전하도록 명을 전했다. 이때 유엽이 조조에게 간한다.

"하후연은 천성이 지나치게 강직하여 적의 간계에 빠지지나 않을까 두렵습니다."

조조는 곧 친필 편지를 써주었다. 사자가 절을 가지고 하후연의 영채에 도착하니 하후연이 맞아들였다. 곧 조조의 편지를 열어보니, 그 내용은 다음과 같았다.

무릇 장수 된 자는 마땅히 강함과 부드러움을 겸비해야 하는 법이니, 한갓 용기만을 믿어서는 아니 된다. 만약 용기로만 임한다면 이는 한낱 필부의 적수밖에 안될 터이다. 내가 이제 남정에 대군을 주둔하고 경의 묘재(妙才, 하후연의 자이기도 함)를 보려 하니, 이 두 글자를 욕되게 하지 말지어다.

다 읽고 나서 하후연은 크게 기뻐했다. 급히 사자에게 회신을 써 주어 돌려보내고는 장합과 상의한다.

"이제 위왕께서 대군을 거느리고 남정에 주둔하여 유비를 토벌 하시려 하오. 나와 그대가 계속 이곳을 지키고만 있다면 언제 공을 세울 수 있겠소? 내일은 내가 출전하여 기필코 황충을 사로잡아오 리다."

장합이 말한다.

"황충은 꾀와 용기를 겸비한데다 법정까지 옆에서 돕고 있어서 경솔히 대적할 수 없습니다. 이곳 산길이 험준하니, 굳게 지키느니 만 못합니다."

"그러고 있는 동안 다른 사람이 공을 세워버리면 나와 그대는 무 슨 면목으로 위왕을 뵙겠소? 그대는 이 산을 지키시오. 나는 나가 서 싸우리다."

드디어 하후연은 군령을 내린다.

"누가 감히 나가서 적을 유인하겠느냐?"

하후상이 나선다.

"제가 가겠습니다."

하후연이 하후상에게 당부한다.

"네 이제 출전하여 황충과 싸우게 되면 전력을 다하지 말고 슬그 머니 몸을 빼서 달아나도록 하라. 내게 묘책이 있으니, 여차여차하 게 하겠다."

하후상은 명을 받고서 군사 3천명을 이끌고 정군산 대채를 떠났다.

한편 황충은 법정과 더불어 정군산 어귀에 주둔하고 계속 싸움을 걸었으나, 하후연은 굳게 지킬 뿐 나오지 않았다. 당장이라도 쳐들어가고 싶었지만 산길이 험준한데다 적의 움직임을 가늠하기가 어려워 황충 역시 지키고만 있었다. 그런데 산 위의 조조군이 싸우러 내려온다는 갑작스러운 보고가 들어왔다. 황충이 급히 군사를 이끌고 나가려 하니, 아장(牙將) 진식(陳式)이 말한다.

"장군은 여기 계십시오. 제가 나가 싸우겠습니다."

황충은 크게 기뻐하며 진식에게 1천 군사를 거느리고 산어귀에 나가 진을 치도록 했다. 곧 하후상의 군사들이 들이닥친다. 진식이 하우상과 어울려 불과 몇합도 싸우지 않는데 하후상이 짐짓 패한 체하며 달아나기 시작했다. 진식이 급히 뒤쫓는데 갑자기 양쪽 산등성이에서 통나무와 큰 돌이 어지럽게 굴러떨어져 더 전진할 수가 없었다. 진식이 막 돌아서려는데 등 뒤에서 하후연이 군사를 이끌고 돌격해온다. 마침내 진식은 하후연을 당해내지 못하고 사로잡혀 적의 영채로 끌려가니, 많은 부하 군졸들도 항복했다. 겨우 살아 돌아온 패잔병이 황충에게 진식이 하후연에게 사로잡혔음을 보고하니, 황충은 황망히 법정과 상의했다. 법정이 말한다.

"하후연은 사람됨이 경솔하고 조급하여 용기만 믿을 뿐 꾀가 모자랍니다. 우리가 군사들을 격려하여 영채를 옮기며 전진하되, 조금씩 나아갈 때마다 영채를 하나씩 세워 하후연이 싸우러 나오도록 유인한다면 쉽게 사로잡을 수 있습니다. 이것이 바로 손님이 주인 된다는 반객위주지계(反客爲主之計)올시다."

황충은 그 계책을 쓰기로 하고 먼저 진중에 있는 물건을 전부 삼군에게 상으로 나눠주었다. 골짜기가 떠나가도록 환호성이 울려퍼지고, 군사들은 모두 죽기로 싸우겠다고 나섰다. 그날로 황충은 영채를 버리고 전진하며 조금 나아가다가는 영채를 세우고, 며칠 머물다가 다시 나아가기를 거듭했다. 하후연은 이 소식을 듣고 나아가 싸우려 했다. 장합이 간한다.

"이는 바로 반객위주지계이니, 나가 싸우면 안되오. 반드시 실패합니다."

하후연은 듣지 않고 하후상에게 수천명의 군사를 이끌고 나가 싸우도록 명했다. 하후상의 군사는 곧바로 황충의 영채 앞에 당도했다. 황충이 칼을 잡고 말을 달려나와 하후상과 싸운 지 단 1합에 하후상을 사로잡아 영채로 돌아갔다. 나머지 군사들은 모두 달아나 하후연에게 보고했다. 하후연은 즉시 황충의 영채로 사자를 보내 진식과 하후상을 교환하자고 제안했다. 황충은 하후연의 제안을 받아들여 내일 진영 앞에서 두 장수를 서로 교환하기로 약속을 정했다.

다음 날, 양군은 산골짜기에서 너른 개활지로 나와 진을 벌여세웠다. 이어 황충과 하후연이 각각 자기 진영의 문기 아래로 말을 타고 나타났다. 황충은 하후상을 데리고 나오고 하후연은 진식을 데리고 나왔는데, 사로잡힌 두 장수는 모두 갑옷과 투구를 벗고 얇은 홑옷만 입은 채였다. 북소리가 울림과 동시에 진식과 하후상은 각자의 본진을 향해 죽을힘을 다해 달리기 시작한다. 하후상이 겨우 자신의 진문 앞에 이르렀을 때다. 황충이 쏜 화살이 하후상의 등 한복판을 꿰뚫었다. 하후상은 화살이 꽂힌 채 진문으로 달려들며 쓰러져버렸다. 머리끝까지 화가 치민 하후연은 폭풍같이 말을 몰아 황충에게 달려들었다. 황충이 하후연을 맞아 말을 엇갈리며 싸우기를 20여합, 갑자기 하후연의 진중에서 징소리가 요란하게 울린다. 하후연이 황망히 말머리를 돌려 영채로 돌아가는데, 황충은 승세를 타고 한바탕 하후연의 군사들을 쳐죽였다. 하후연이 회군하여 큰소리로 압진관(押陣官)에게 묻는다.

"무슨 일로 징을 울렸느냐!"

압진관이 대답한다.

"저편 산속에 촉군의 깃발이 보이기에 혹시 복병이 있는 게 아닐까 두려워 급히 징을 울려 장군을 불러들였습니다."

하후연이 압진관의 말을 믿고, 그후로는 굳게 지키기만 하고 싸우러 나가지 않았다. 황충은 정군산 밑까지 추격했다가 사태가 이렇게 되자 법정과 상의했다. 법정이 손가락으로 산을 가리키며 말한다.

"저기 정군산 서쪽에 높은 산봉우리 하나가 솟아 있는데, 사면이 모두 무척 험합니다. 저 산봉우리 위에서는 정군산의 허실을 환히 내려다볼 수 있을 테니, 만일 장군께서 저 산봉우리만 얻는다면 정군산은 손아귀에 넣은 것이나 다름없습니다."

황충이 올려다보니 약간 밋밋한 산마루를 지나 가파른 산줄기가 이어지는데, 산봉우리 위에는 몇 안되는 인마만 보일 뿐이었다. 그날밤 2경 무렵에 황충은 군사를 거느리고 징과 북을 울리며 산꼭대기를 향해 짓쳐올라갔다. 산을 지키던 하후연의 부장 두습(杜襲)은 겨우 수백명의 군사를 거느리고 있다가 황충의 대부대가 올라오는 것을 보고는 산을 버리고 달아나버렸다. 황충이 산봉우리 정상을 취하고 나니 곧바로 정군산을 맞대면하게 되었다. 법정이 말한다.

"장군은 산중턱을 지키시오. 나는 산꼭대기에 있다가 하후연의 군사가 오면 백기를 흔들어 신호할 테니, 장군은 군사를 움직이지 마시오. 적군이 기다리다가 지쳐서 방비가 없어 보일 때쯤 내가 홍기를 흔들 테니, 그러면 장군은 그대로 산밑으로 내려가 적군을 공격하시오. 편안한 것으로 피로한 것을 친다면 반드시 이길 수 있으리다."

황충은 크게 기뻐하며 법정의 계책에 따르기로 했다.

한편 군사를 이끌고 도망한 두습은 황충에게 맞은편 산을 빼앗긴 사실을 하후연에게 보고했다. 하후연이 크게 성이 나서 말한다.

"황충이 맞은편 산을 점령했으니 내가 나가 싸우지 않을 수가 없겠구나!"

장합이 간한다.

"이것은 분명히 법정의 계책입니다. 장군은 나가 싸우지 말고 다만 굳게 지키소서."

"맞은편 산정을 점령한 적군이 우리 허실을 다 내려다보고 있는데 어찌 나가서 싸우지 않을 수가 있겠소?"

장합이 간곡하게 간했지만 하후연은 듣지 않고 군사를 나누어 맞은편 산을 포위하고는 크게 욕설을 퍼부으며 싸움을 걸었다. 이때 산 위에 있던 법정이 백기를 올리니, 그에 따라 황충은 하후연이 갖은 욕설을 퍼부어도 못 들은 체하고 출전하지 않았다. 어느덧 오시(午時, 낮 12시)가 지났다. 법정이 내려다보니, 조조군은 지치고 기세가 꺾여 거의가 말에서 내려 땅바닥에 퍼지듯 앉아 쉬고 있다. 이를 보자마자 법정은 홍기를 높이 흔들었다. 순간 북과 뿔피릿소리가 울리고 함성이 크게 일어나며, 황충이 탄 말이 앞장서 산 아래로 치달려내려간다. 마치 하늘이 무너지고 땅이 갈라지는 듯한 기세였다. 어느새 황충이 바로 코앞까지 쳐들어오니 하후연은 미처 손쓸 틈도 없었다. 황충의 천둥 같은 호통소리와 함께 보검이 번뜩인 순간 머리에서 어깨를 가르며 하후연의 몸은 두동강나버렸다.

후세 사람이 시를 지어 황충을 찬탄했다.

노년에 대적을 만났거늘	蒼頭臨大敵
백발 휘날리며 신위를 떨쳤다네	皓首逞神威
뛰어난 힘으로 강궁을 당기고	力趁雕弓發
서릿바람 이는 칼을 휘둘렀네	風迎雪刀揮
웅장한 목소리 범의 울부짖음 같고	雄聲如虎吼
날랜 말은 용이 나는 듯하네	駿馬似龍飛
적의 머리 베어 공훈을 세우고	獻馘功勳重

마침내 황충은 하후연의 목을 베다

황충이 하후연을 베자 조조군은 한꺼번에 무너져내리고 군사들
은 제각기 살길을 찾아 달아나기에 바빴다. 황충이 승세를 몰아 정
군산을 치러 올라가니 장합이 군사를 거느리고 나와 맞섰다. 황충
이 진식과 더불어 협공하여 한바탕 쳐들어가니 결국 장합은 당해
내지 못하고 달아나는데, 홀연히 산모퉁이에서 또 한무리의 군사
들이 길을 막아섰다. 앞에 선 대장이 소리 높이 외친다.

"상산 조자룡이 여기 있다!"

장합은 깜짝 놀라 패잔병을 이끌고 가까스로 길을 뚫고 정군산
을 향해 달아났다. 그때 앞에서 한무리의 군사들이 나타나 맞이하
니, 바로 두습이었다.

"정군산은 이미 유봉과 맹달에게 빼앗겼습니다."

크게 놀란 장합은 두습과 함께 패군을 수습하고 방향을 돌려 한
수 기슭에 영채를 세웠다. 그리고 사람을 보내 조조에게 그간의 사
실을 보고했다. 하후연이 죽었다는 소식에 조조는 목을 놓아 통곡
했다. 그러다가 문득 지난날 관로가 한 말을 떠올렸다. '삼팔종횡
(三八縱橫)'이라 한 것은 바로 건안 24년을 뜻하고, '황저우호(黃猪
遇虎, 누런 돼지가 호랑이를 만나다)'라 한 것은 곧 기해(己亥)년 정월을,
'정군지남(定軍之南)'은 정군산 남쪽을 말하며, '상절일고(傷折一
股, 한 다리를 잃다)'는 바로 조조와 하후연의 친형제 같은 정리를 말
한 것이었기 때문이다. 조조는 사람을 시켜 관로를 찾아보게 했다.

그러나 관로가 어디로 갔는지 아는 사람은 아무도 없었다. 이리하여 황충에게 깊은 원한을 품게 된 조조는 친히 대군을 통솔하여 정군산에 이르러 하후연의 원수를 갚고자 했다. 서황을 선봉으로 삼고 한수에 당도하니 장합과 두습이 나와 조조를 영접하며 아뢴다.

"이제 정군산을 잃었으니 미창산(米倉山)의 군량과 마초를 북산(北山)에 있는 영채로 옮긴 뒤에 진군하시는 게 좋겠습니다."

조조는 그 말대로 하기로 했다.

한편, 황충은 하후연의 수급을 베어들고 가맹관으로 가서 현덕에게 바쳤다. 현덕은 크게 기뻐하며 황충을 정서대장군(征西大將軍)에 봉하고 잔치를 베풀어 경하했다. 그때 아장 장저(張著)가 들어와 보고한다.

"조조가 하후연의 원수를 갚겠다고 몸소 20만 대군을 거느리고 왔습니다. 또한 장합은 미창산에 있는 양초를 한수 북산 아래로 옮기고 있습니다."

공명이 말한다.

"지금 조조가 대군을 이끌고 온 터라 필시 양초가 넉넉지 못할까 두려워 진군하지 못하고 있을 것입니다. 만일 우리 쪽에서 누군가 한 사람이 조조군 경계 깊숙이 짓쳐들어가 그들의 양초를 불사르고 병기를 빼앗아온다면 능히 조조 대군의 예기를 꺾을 수 있을 것입니다."

황충이 일어선다.

"이 늙은이가 그 일 맡기를 원합니다."

공명이 말한다.

"황장군, 조조는 하후연에 비길 인물이 아니오. 절대 가볍게 보아서는 안되오!"

유현덕도 말한다.

"하후연은 비록 총수(總帥, 전군 지휘관)라 해도 한낱 용맹한 대장부에 지나지 않았으니 어찌 장합에게 비하겠소. 만일 장합을 참한다면 하후연을 참한 공로의 열배는 될 것이오."

황충이 다시 분연히 말한다.

"이몸이 가서 참하겠소이다!"

공명이 말한다.

"장군께선 조자룡과 함께 군사를 거느리고 가되, 모든 일을 서로 상의해서 행하도록 하오. 누가 공을 세우는지 지켜보리다."

황충이 응낙하고 곧 떠나는데, 공명은 장저를 부장으로 삼아 함께 가게 하였다. 가면서 조자룡이 황충에게 묻는다.

"조조가 지금 20만 대군을 이끌고 와서 10군데에 나누어 영채를 세우고 주둔해 있는데, 장군은 주공 앞에서 양초를 불사르겠다고 쉽사리 말씀하셨소. 아무리 생각해도 작은 일이 아닌데, 무슨 마땅한 계책이라도 있으시오?"

황충이 말한다.

"내가 먼저 가서 어찌하는지 구경이나 하오."

조자룡이 말한다.

"내가 먼저 가겠소."

황충이 단호하게 말한다.

"나는 주장이고 그대는 부장인데 어찌 먼저 가겠다 하오?"

조자룡도 지지 않고 말한다.

"장군이나 나나 다같이 주공을 위해서 힘쓰는 터에 주장이고 부장이고 따질 게 뭐 있소? 우리 두 사람이 제비를 뽑아 먼저 가기를 정하는 게 좋겠소."

황충이 응낙하고 같이 제비를 뽑았다. 제비뽑기에서도 역시 황충이 먼저 가게 되었다. 조자룡이 말한다.

"기왕에 장군이 먼저 가시게 되었으니, 나는 뒤에서 돕겠소이다. 시간을 정하여 장군께서 그 시간까지 돌아오시면 내가 움직이지 않겠지만, 만일 그 시간이 지나도 돌아오지 않으면 내가 즉시 군사를 이끌고 나가서 접응하겠습니다."

황충이 고개를 끄덕인다.

"공의 말이 그럴듯하오."

두 사람은 약속시간을 오시(午時, 낮 12시)로 정했다. 조자룡은 본채로 돌아와 부장 장익(張翼)에게 말한다.

"황한승이 내일 오시까지 적진에 침투하여 양초를 불사르기로 했는데, 만일 오시가 되어도 돌아오지 않으면 내가 도우러 갈 것이다. 우리 영채 앞에는 한수가 있고 지세가 험하니, 내가 없는 동안 그대는 조심하여 영채를 지키고 경솔히 움직이지 말라!"

장익은 그렇게 하기로 응낙했다. 한편 황충도 자기 영채로 돌아가 부장 장저에게 말한다.

"내가 하후연을 참했으니 지금 장합은 간담이 서늘할 것이다. 내일 내가 군사를 거느리고 양초를 약탈하러 가는데 영채에는 군사 5백명만 남겨두어 지키게 하겠다. 그대는 나를 도우라. 오늘밤 3경에 군사들을 배불리 먹인 다음 4경에 영채를 떠나 북산 아래로 쳐들어갈 것이다. 먼저 장합을 사로잡은 뒤에 양초를 불사르겠다."

장저도 영에 따르기로 했다. 그날밤, 황충이 군사를 이끌고 앞장서고 장저가 뒤를 따랐다. 그들은 한수를 건너 곧바로 북산 기슭을 향해 소리 없이 진군했다. 멀리서 새벽빛이 밝아오는데 보니, 과연 양촛더미가 산같이 쌓여 있었다. 이를 지키던 몇명 안되는 장합의 군사들은 촉군이 습격해온 것을 보고 모두 버리고 달아났다. 황충은 군사들에게 일제히 말에서 내리게 했다. 그리고 양촛더미에 건초와 나뭇가지를 올려놓고 막 불을 지르려는데, 장합의 군사들이 들이닥쳤다. 황충은 장합과 어우러져 일대 혼전을 벌였다. 장합과 황충이 혼전을 벌인다는 보고에 조조는 급히 서황에게 지원하라고 명했다. 서황이 군사를 이끌고 전진하니 황충은 그만 포위되어버렸다. 장저는 군사 3백명을 거느리고 가까스로 포위망을 벗어났다. 황급히 영채로 돌아오는 중에 갑자기 한무리의 군사들이 앞을 가로막으니, 앞장선 대장은 문빙이요, 그 뒤로는 조조의 대군이 몰려오고 있었다.

한편, 영채에서 초조하게 기다리던 조자룡은 오시가 넘도록 황충이 돌아오지 않자 급히 말위에 뛰어올랐다. 지체하지 않고 3천 군사를 거느리고 접응하러 떠나면서 장익에게 명한다.

"그대는 영채를 굳게 지키되, 양쪽 비탈에 활과 쇠뇌를 배치하여 만일의 사태에 대비하고 있으라!"

장익은 쾌히 응낙했다. 조자룡이 창을 들고 곧장 앞으로 짓쳐나가는데 한 장수가 마주 달려나와 길을 막는다. 바로 문빙의 부장 모용렬(慕容烈)이었다. 모용렬이 말을 박차고 칼을 춤추듯 휘두르며 조자룡에게 달려들었다. 순간 조자룡의 창이 한번 번쩍이더니, 모용렬은 그 자리에서 나동그라지며 죽어넘어진다. 그 모습에 혼이 나간 조조군은 어지럽게 달아나기 시작했다. 조자룡이 겹겹이 에워싼 적의 포위망 속으로 곧장 쳐들어가는데 다시 한무리의 군사가 길을 막는다. 앞선 장수는 바로 조조군의 장수 초병(焦炳)이다. 조자룡이 소리친다.

"촉군은 어디 있느냐!"

초병이 답한다.

"벌써 다 죽여버렸다!"

조자룡은 크게 노하여 말을 몰아 달려들더니 한창에 초병을 찔러 죽여버렸다. 이어 나머지 적군을 숨가쁘게 몰아붙이며 무찌르니 조조군은 곧 모두 흩어져버렸다. 그길로 북산 아래까지 달려가보니 장합과 서황이 황충을 포위하고 있는데, 군사들은 모두 피로한 기색이 역력했다. 조자룡이 크게 호령하며 포위 속으로 돌진하더니 말 달리고 창을 휘두르며 좌충우돌하는데, 마치 무인지경을 달리는 듯하다. 그의 창 휘두르는 모습은 마치 하얀 배꽃이 춤추는 것 같고, 눈발이 분분히 휘날리는 듯하다. 장합과 서황은 간담이 서늘해져 감히 싸울 엄두를 내지 못했다. 조자룡이 황충을 구출해 싸우는 한편 달아나니, 가는 곳마다 감히 그 앞을 막는 자가 없었다. 조조가 높은 곳에 올라 바라보다가 놀라 좌우의 여러 장수들에게 묻는다.

"저 장수가 누구냐?"

그중에 알아보는 자가 있어 대답한다.

"상산 조자룡입니다."

"옛날 당양 장판교의 영웅이 아직도 살아 있구나!"

조조는 즉시 전군에 영을 내려 조자룡이 가는 곳마다 가벼이 대적하지 말라고 지시했다.

조자룡이 황충을 구출해 겹겹이 둘러싼 포위를 뚫고 짓쳐나오는데, 한 군사가 손으로 가리키며 외친다.

"저기 동남쪽에 포위당해 있는 장수가 필시 부장 장저인 것 같습니다!"

조자룡은 본진으로 향하던 말머리를 돌려 동남쪽으로 쳐들어갔다. '상산 조운(常山趙雲)'이라 씌어진 깃발이 이르는 곳마다, 당양 장판교에서 보였던 그의 천하무적의 활약상을 아는 자들은 서로 그때 일을 말하며 쥐새끼처럼 달아나버렸다. 이렇게 하여 조자룡은 장저까지 구해냈다. 조조는 조자룡이 동에 번쩍 서에 번쩍하며 어디를 가든 당해내는 자가 없어 황충을 구해내고 또 장저까지 구출해가는 것을 보고 참을 수 없을 만큼 성이 났다. 앞뒤 가릴 것 없이 조조는 좌우 장수들을 이끌고 친히 조자룡을 뒤쫓기 시작했다.

그때 조자룡은 본채로 돌아왔다. 부장 장익이 조자룡을 맞으러 나와서 보니 뒤쪽에 먼지가 구름처럼 이는 게 조조의 군사들이 추격해 오는 게 틀림없었다. 장익이 조자룡에게 다급히 말한다.

"추격병이 가까이 오고 있습니다. 군사들에게 일러 영채의 문을 닫고 성루에 올라 적을 막도록 하십시오."

조자룡이 꾸짖는다.

"영채 문을 닫지 말라! 그대는 내가 지난날 당양 장판교에서 필마단창(匹馬單槍)으로 조조군 83만을 초개처럼 여기며 싸운 것을 모르느냐? 지금은 장수와 군사가 많은데 무엇을 두려워하겠는가!"

조자룡은 영채 밖 참호 속에 궁노수들을 매복시켜두고, 영채 안에서는 깃발과 창을 내리고 북과 징을 울리지 못하게 했다. 그런 다음 필마단창으로 영채 문밖에 나와 섰다.

장합과 서황이 군사를 거느리고 촉군 영채 앞에 이르렀을 때는 이미 해가 기울고 있었다. 영채에는 깃발도 보이지 않고 북소리 하나 들리지 않는데 조자룡만 혼자 말 타고 창 잡은 채로 문앞에 버티고 서 있는 게 아닌가. 영채의 문은 활짝 열려 있었다. 두 장수는 의심스러운 마음이 들어 감히 나아가지 못하고 머뭇거리는데, 조조가 당도해서는 빨리 진격하라고 장수와 군사들을 재촉했다. 영을 받고 군사들이 함성을 내지르며 영채 앞으로 쳐들어갔다. 조자룡은 꼼짝도 하지 않는다. 오히려 조조군이 겁을 먹고 몸을 돌려 달아나려는데, 조자룡이 창을 높이 쳐들어 휘둘렀다. 순간 참호 속에 매복해 있던 궁노수들이 일제히 활을 쏘니 화살이 비오듯이 쏟아졌다. 이미 날이 어두워 조조의 군사들은 촉군이 많은지 적은지도 알 수 없었다.

조조가 먼저 말머리를 돌려 달아났다. 기다렸다는 듯 등 뒤에서 함성이 진동하고 북소리, 피릿소리가 일제히 울리면서 촉군이 물밀듯이 덮쳐들었다. 조조군은 저희끼리 서로 밟고 밟혀 쓰러지며 한수까지 밀려났고, 물에 빠져 죽은 자는 이루 헤아릴 수도 없었다. 조자룡·황충·장저가 각각 군사들을 거느리고 급히 추격하기 시작했다. 조조는 정신없이 달아났다. 이 무렵 유봉과 맹달은 각기 두 무리의 군사들을 이끌고 미창산으로 쳐들어가 양초에 불을 놓았다. 조조가 북산의 양초를 포기하고 황망히 남정으로 돌아가니 서황과 장합도 더이상 버틸 수가 없어 본채를 버리고 달아났다. 조자룡은 조조의 영채를 모두 점령했고, 황충은 북산의 양초를 모두 빼앗았다. 촉군이 한수에서 얻은 군수품은 헤아릴 수 없이 많았으니, 이 싸움은 그야말로 대첩(大捷)이었다. 그들은 곧 현덕에게 승전보를 알렸다. 현덕은 공명과 함께 한수에 이르러 조자룡의 군사들에게 묻는다.

"자룡이 어떻게 싸우던가?"

군사들은 조자룡이 황충을 구출하던 일과 한수 강변에서의 일을 자세히 아뢰었다. 현덕이 산 앞뒤의 험준한 길을 두루 살펴보더니 기쁜 얼굴로 공명에게 말한다.

"자룡은 담이 큰 장수로다!"

후세 사람이 자룡을 찬탄한 시가 있다.

옛날 장판교에서 떨친 용맹	昔日戰長坂
그 위풍 아직도 줄지 않았네	威風猶未減
적진에 돌격하니 영웅임이 분명하고	突陣顯英雄
포위를 뚫어 용맹을 과시하네	被圍施勇敢
귀신도 곡을 하며 울부짖고	鬼哭與神號
천지가 놀라고 처참했네	天驚幷地慘
상산 조자룡이여	常山趙子龍
일신이 온통 담력으로 뭉쳤구나	一身都是膽

현덕은 조자룡을 호위장군(虎威將軍)으로 삼고, 밤늦도록 잔치를 베풀어 군사들의 노고를 위로했다. 이때 홀연히 급보가 날아들었다.

"조조가 다시 야곡(斜谷) 샛길로 대군을 보내 한수를 치러 오고 있습니다."

현덕이 웃으며 말한다.

"조조가 이번에 다시 온들 무슨 소득이 있겠는가. 내 반드시 한수를 얻을 것이다."

현덕은 친히 군사를 거느리고 한수 서편으로 나가 진을 치고 조조군을 맞았다. 조조는 서황을 선봉장으로 삼아 나가 싸우게 했다.

이때 장막 앞에서 한 사람이 나서며 말한다.

"제가 이곳 지리를 잘 아니 원컨대 서장군을 도와 촉군을 쳐부수고자 합니다."

조조가 보니, 파서 탕거(宕渠) 사람으로 성은 왕(王)이고 이름은 평(平), 자는 자균(子均)으로, 이때 그는 아문장군(牙門將軍)으로 있었다. 조조는 크게 기뻐하며 왕평을 부선봉으로 삼아 서황을 돕게 하고, 자신은 정군산 북쪽에 주둔했다.

서황과 왕평은 군사를 이끌고 한수 기슭에 이르렀다. 서황이 물을 건너서 진을 치라고 명하자 왕평이 말한다.

"군사들이 모두 물을 건넜다가 만일 급히 후퇴하는 사태를 당하게 되면 어쩔 작정이시오?"

서황이 말한다.

"옛날 한신(韓信)은 배수진을 쳤으니, 이른바 '죽을 땅에 들어가야 산다'는 말 아니겠는가."

"그렇지 않습니다. 옛날에 한신은 적의 무모함을 알고 그런 계책을 쓴 것이나 지금 장군께서는 능히 황충과 조자룡의 뜻을 아시겠습니까?"

"그대는 보병을 거느리고 여기서 적을 막으면서 내가 기병을 이끌고 가서 적을 무찌르는 것이나 보도록 하게."

서황은 부교를 세우게 하고 물을 건너 촉군과 싸우려 한다.

위나라 사람 망령되이 한신을 본받지만　　　　魏人妄意宗韓信

촉의 정승이 곧 장자방임을 어찌 몰랐는가 　　蜀相那知是子房

과연 승부는 어떻게 날 것인가.

72

양수와 계륵

공명은 지략으로 한중을 획득하고
조조는 군사를 야곡으로 후퇴시키다

서황은 왕평이 간언하며 말리는데도 듣지 않고 군사를 이끌고 한수를 건너가 영채를 세웠다. 황충과 조자룡이 현덕에게 고한다.

"저희들이 본부 군사를 거느리고 조조군을 맞아 싸우겠습니다."

유현덕이 승낙하자 곧 두 사람은 군사를 거느리고 떠났다. 황충이 조자룡에게 말한다.

"지금 서황은 제 용맹만 믿고 왔소이다. 당장 싸울 것이 아니라 해가 저물어 적군이 피로해질 때를 기다렸다가 군사를 두갈래로 나누어 치는 것이 어떻겠소?"

조자룡은 그렇게 하기로 했다. 두 장수는 각기 약간의 군사들을 거느리고 영채에 머물고 있었다. 서황이 군사를 몰고 진시(辰時, 오전 8시)에 와서 싸움을 돋우기 시작해 어느덧 신시(申時, 오후 4시)에 이르렀지만 촉군은 전혀 움직이지 않았다. 답답해진 서황은 궁노수들에게 명해 촉군 진영을 향해 활을 쏘게 했다. 황충이 조자룡에게 말한다.

"서황이 활을 쏘게 한 데는 반드시 군사를 후퇴시키려는 뜻이 있는 듯싶으니, 이때를 타서 공격합시다."

말이 끝나기도 전에 과연 보고가 들어왔다.

"조조군 후대가 물러가기 시작했습니다."

그 즉시 촉군은 북소리를 크게 울리며 황충은 군사를 거느리고 왼쪽으로 나오고, 조자룡은 군사를 거느리고 오른쪽으로 나와 협공했다. 이 싸움에서 서황의 군사들은 크게 패해서 한수를 건너지 못하고 빠져 죽은 이가 헤아릴 수 없이 많았다. 서황은 죽기 살기로 싸워 겨우 영채로 돌아와서는 왕평을 꾸짖는다.

"그대는 아군의 형세가 위기에 처했는데도 어찌하여 구원하러 오지 않았느냐!"

왕평이 말한다.

"내가 장군을 도우러 나섰다면 이 영채도 보전할 수 없었을 게요. 내 그렇게 간했는데도 공은 듣지 않고 출전하더니 이렇게 참패를 당하셨소그려."

서황은 크게 화가 나서 왕평을 죽이려 했다. 그날밤 왕평은 영채에 불을 놓고 본부 군사를 이끌고 빠져나왔다. 때아닌 불길 속에 조조군은 우왕좌왕 혼란에 빠졌고 서황은 당황하여 영채를 버리고 달아났다. 왕평은 그길로 한수를 건너 조자룡에게 항복했다. 조자룡이 왕평을 데리고 현덕에게로 가니, 왕평은 현덕을 뵙고 그 자리에서 한수의 지리를 그림 그리듯 상세히 이야기했다. 현덕이 크게 기뻐한다.

"내가 오늘 자균(子均, 왕평의 자)을 얻었으니 한중을 취한 것이나 다름없도다!"

현덕은 왕평을 편장군(偏將軍)으로 삼고 향도사(嚮導使)의 임무를 맡겼다.

한편, 서황은 도망쳐 돌아가서 조조에게 보고한다.

"왕평이 배반하여 유비에게 투항했습니다."

조조는 크게 노하여 친히 대군을 거느리고 한수의 영채를 탈환하려 했다. 조자룡은 적은 군사로 대군을 상대하기 어렵겠다고 생각하고 한수 서쪽으로 물러났다. 마침내 양군은 물을 사이에 두고 대치하게 되었다. 현덕은 공명과 함께 한수 부근의 형세를 살폈다. 지형을 살피던 공명은 한수 상류에 1천여 군사를 매복시킬 만한 토산(土山)이 있는 것을 발견했다. 공명은 이내 영채로 돌아와 조자룡을 불러 분부한다.

"그대는 군사 5백명에게 모두 북과 피리를 지니게 하여 토산 아래 가서 매복해 있으시오. 해질 무렵이나 한밤중에 우리 영내에서 포성이 한번 울리거든 한바탕 북과 피리를 요란하게 울리되 절대 나가서 싸우지는 마시오."

조자룡은 공명의 계책을 듣고 떠났다. 공명은 높은 산 위에 올라 적의 동태를 살폈다. 이튿날 조조군이 몰려와 싸움을 걸었으나 촉군 진영에서는 한 사람도 나서지 않고, 궁노수마저 꼼짝하지 않았다. 조조군은 할 수 없이 군사를 거두었다.

그날 밤이 깊었을 때 공명은 조조의 영채를 살폈다. 불빛이 하나둘씩 꺼지고 군사들이 모두 깊은 잠에 빠질 때를 기다렸다가 크게 포성을 울리게 했다. 포소리를 듣고 토산에 매복해 있던 조자룡이 군사들에게 일제히 북과 피리를 울리게 하니, 조조군은 촉군이 영채를 습격한 줄 알고 놀라고 당황하여 일제히 밖으로 뛰쳐나왔다. 그러나 적군이라고는 한 사람도 보이지 않았다. 조조의 군사들이 다시 영채로 들어가 쉬려고 하니, 또다시 포성이 울렸다. 잇달아 북소리와 뿔피릿소리가 요란하고 함성이 천지를 진동하여 산골짜기에 메아리쳤다. 조조군은 불안에 떨며 뜬눈으로 밤을 새웠다. 이러기를 사흘 밤이나 계속하고 보니 놀라는 한편 겁이 나지 않을 수 없었다. 조조는 영채를 버리고 30리를 물러나 개활지에 영채를 마련하고 겨우 쉬었다.

공명이 웃으며 말한다.

"조조가 비록 병법을 아는 듯하지만 계략은 모르는구나!"

공명은 현덕에게 몸소 한수를 건너 배수진을 치고 영채를 세우라고 청했다. 현덕이 계책을 물으니 공명이 귓속말로 설명해주었다.

조조는 유현덕이 배수진을 친 것을 보고 부쩍 의심스러워 사자를 보내 싸우자는 뜻을 서신으로 전했다. 이에 공명은 내일 싸워 결판을 내자는 답서를 보냈다. 이튿날 양군은 중간에서 만나 오계

산(五界山) 앞에 각각 진을 쳤다. 조조가 말을 타고 문기 아래 나타나더니 용봉정기(龍鳳旌旗)를 두 줄로 벌여세우고 우렁차게 세 번 북을 친 다음, 현덕과 대화하기를 청했다. 현덕은 유봉과 맹달을 비롯해 서천의 여러 장수들을 거느리고 진두에 나섰다. 조조가 채찍을 들어 유현덕을 가리키며 큰소리로 꾸짖는다.

"유비 너는 은혜를 잊고 의리를 저버리는 자, 조정을 배반한 역적이로다!"

유현덕이 마주 꾸짖는다.

"나는 한실의 종친으로서 황제의 조서를 받들어 역적을 토벌하려 한다. 네가 모후(母后)를 시해하고 스스로 왕이 되어 황제의 의장(儀仗)을 함부로 쓰니, 너야말로 역적이 아니고 무엇이냐!"

조조는 화가 치밀어 서황에게 나가 싸우도록 명했다. 서황이 말을 몰고 달려나가니 유봉이 맞아 싸우러 나왔다. 두 장수가 어울려 싸우는 중에 현덕은 먼저 진으로 들어가버렸다. 유봉도 싸우다가 서황의 적수가 되지 못하자 말머리를 돌려 달아난다. 조조가 영을 내린다.

"유비를 사로잡는 자를 서천의 주인으로 삼으리라!"

조조의 대군이 일제히 함성을 지르며 촉군 진지로 쳐들어갔다. 촉군은 마필이며 병기를 모조리 길에 내버린 채 한수를 향해 달아난다. 그런데 이게 웬일인가. 조조의 군사들은 촉군이 버리고 간 물건을 줍느라 싸움은 아예 뒷전이었다. 조조가 급히 징을 울려 군사를 거두었다. 여러 장수들이 돌아와 조조에게 묻는다.

"저희들이 이제 유비를 거의 사로잡을 판인데 대왕께서는 어찌하여 군사를 거두십니까?"

조조가 대답한다.

"내가 보니, 첫째, 촉병이 한수를 등지고 영채를 세운 것이 의심스럽고 마필과 병기를 모두 버리고 달아난 것이 두번째로 의심스럽다. 급히 군사를 물리되 적이 버린 물건을 취하지 못하게 하라!"

조조는 전군에 추상같은 영을 내렸다.

"적의 물건을 한가지라도 줍는 자는 그 자리에서 목을 베겠다. 모두들 신속하게 퇴군하라!"

조조군이 말머리를 돌리려 할 때였다. 공명이 깃발을 올려 신호하니, 현덕이 거느린 중군이 몰려나왔다. 왼쪽에서는 황충이, 오른쪽에서는 조자룡이 군사를 이끌고 쳐들어왔다. 조조군은 일시에 무너지며 각자 달아나기에 바빴다. 공명이 밤새도록 추격을 계속하니, 조조는 달아나면서 전령을 내려 모든 군사들에게 남정으로 모이라고 명했다. 그런데 명령을 내리고 보니 남정으로 가는 다섯 갈래 길에서 불길이 오르고 있는 게 아닌가. 위연과 장비가 교체하러 온 엄안에게 낭중(閬中)을 맡기고 군사를 둘로 나누어 쳐들어가서 먼저 남정을 점령해버린 것이다. 크게 겁을 먹고 조조는 양평관(陽平關)을 바라고 달아났다. 현덕은 대군을 거느리고 적을 남정의 포주(褒州)까지 추격했다. 백성들을 위무하고 나자 현덕이 공명에게 묻는다.

"조조가 이번 싸움에서는 어찌 그리도 속히 패한 것이오?"

공명이 답한다.

"조조는 평소 의심이 많은 위인입니다. 비록 용병(用兵)은 잘하나 의심 때문에 패하는 일이 많지요. 제가 이번 싸움에 의병(疑兵)을 써서 이긴 것입니다."

현덕이 다시 묻는다.

"조조가 이제 양평관으로 물러가 틀어박혀 있으니 그 형세가 자못 고단한 처지인데, 군사는 어떤 계책으로 물리칠 작정이오?"

"이미 계교를 정해두었습니다."

공명은 곧 장비와 위연을 불러들였다.

"그대들은 군사를 나누어 거느리고 가서 조조의 군량미를 운반하는 길목을 끊도록 하오."

그러고는 다시 황충과 조자룡을 불러 명한다.

"군사를 나누어 두 길로 가서 산에 불을 놓도록 하시오!"

네 장수는 각기 향도관과 군사를 거느리고 네 방면의 길로 떠났다.

한편 조조는 물러나서 양평관을 지키며 정탐꾼을 내보냈다. 정탐꾼이 돌아와서 조조에게 보고한다.

"지금 촉군이 멀고 가까운 길목을 모두 차단하고 우리가 돌아갈 길에 불을 놓고 있는데, 도무지 군사가 어디 있는지 알 수가 없습니다."

조조가 한참 의심에 빠져 있는데 또다른 보고가 들어왔다.

"장비와 위연이 군사를 나누어 보급로를 끊고 양곡을 약탈하고 있습니다!"

조조가 묻는다.

"누가 가서 장비를 대적하겠느냐?"

허저가 선뜻 나선다.

"제가 가겠습니다!"

조조는 허저에게 정예병 1천 명을 내주어 양평관으로 오는 양초를 호송하도록 했다. 허저가 보급로를 지키기 위해 도착하니 양초를 운반하는 일을 맡은 관원이 반겨 영접한다.

"만약에 장군이 오지 않으셨으면 이 군량은 양평관에 도착하지 못할 뻔했습니다."

관원은 수레 위에 실었던 술과 고기를 허저에게 바쳤다. 허저가 계속 술잔을 기울여 맘껏 마시더니 스스로 대취한 것을 깨닫지 못하고 취흥이 오른 김에 수레를 몰아 어서 가자고 재촉했다. 관원이 손을 내저으며 말린다.

"날이 이미 저문데다 앞의 포주까지는 산세가 험해 쉽게 지나갈 수 없습니다."

허저는 큰소리를 친다.

"나는 만 명의 장부도 대적할 만한 용맹이 있는데 무엇을 두려워하겠소? 오늘밤은 달빛도 좋으니 수레가 가기에 아주 편하겠소."

허저는 칼을 비껴들고 위풍당당하게 앞장서서 말을 몰면서 군사를 이끌고 나아갔다. 허저의 군사들이 포주로 가는 길목에 들어선

것은 2경이 조금 넘어서였다. 길을 절반쯤 갔을 때 갑자기 깊은 골짜기에서 북소리 피릿소리가 일제히 울리며 천지를 진동했다. 그와 함께 한떼의 군사들이 들이닥쳐 길을 가로막는데, 앞장선 장수는 다름 아닌 장비였다. 장비가 장팔사모 비껴들고 말을 달려 바로 허저에게 달려드니 허저도 칼을 춤추듯 휘두르며 장비를 맞았다. 그러나 가뜩이나 술에 취한 터라 도저히 장비의 적수가 되지 못한다. 불과 몇합 만에 장비의 창에 어깨를 찔려 말 위에서 떨어지고 말았다. 군사들은 황망히 허저를 일으켜 달아났다. 장비는 양초와 수레를 빼앗아가지고 돌아왔다.

한편 여러 장수들이 허저를 보호하고 돌아가 조조에게 알렸다. 조조는 의사에게 허저의 상처를 치료하게 하고, 친히 군사를 거느리고 촉군과 결전을 벌이러 나갔다. 현덕 역시 군사를 거느리고 나왔다. 양쪽 군사가 둥글게 진을 치고 대치한 가운데, 현덕은 먼저 유봉에게 나가 싸우게 했다. 조조가 욕설을 퍼붓는다.

"신이나 삼아 팔던 촌놈아! 항상 양자를 내보내 싸우게 하니, 내 아들 황수아(黃鬚兒, 노란 수염쟁이. 조조의 둘째아들 조창曹彰의 별명)만 있었다면 네 가짜 아들놈은 어육이 되었을 것이다!"

유봉이 대로하여 창을 비껴들고 곧바로 조조를 향해 달려들었다. 조조는 즉시 서황에게 맞서 싸우라고 명했다. 유봉이 서황과 싸운 지 불과 몇합 되지 않아 짐짓 패한 체 달아나니, 조조가 군사를 휘몰고 추격해왔다. 바로 그때 촉군 영채 안에서 포성이 터지고 북소리, 피릿소리가 일제히 울려퍼졌다. 조조가 적의 복병이라도 있을까 두려워 급히 군사를 후퇴시키는 바람에 조조군은 저희들끼리 서로 짓밟혀 죽는 자가 수없이 많았다. 조조가 양평관으로 도망쳐들어와 겨우 한숨 돌리는 참이었다. 촉군이 성 아래까지 쫓아와 동문에 불을 놓고, 서문에서는 함성을 질러대며, 남문에 불을 놓고, 북문에서는 북을 쳐댔다. 조조가 겁이 나서 다시 양평관을 버리고 달아나는데, 촉군은 추격을 늦추지 않았다. 한참 달아나던 조조는 장비가 거느린 군사들과 정면으로 맞닥뜨렸다. 뒤에서는 조자룡이 또 군사들을 거느리고 쫓아온다. 그뿐인가, 포주 쪽에서는 황충이 쳐들어온다. 크게 패한 조조는 장수들의 호위를 받아 겨우 활로를 뚫고 야곡(斜谷) 경계로 접어들었다. 그때 갑자기 앞쪽에 먼지가 일면서 또 한떼의 군사가 나타났다. 조조가 탄식한다.

"만일 저들마저 적의 복병이면 나는 끝장이구나!"

그런데 가까이 오고 있는 군사를 보니 앞장선 장수는 바로 둘째 아들 조창이었다.

조창의 자는 자문(子文)으로, 어려서부터 말타기와 활쏘기에 능했으며, 팔힘이 세어서 맨주먹으로 맹수를 때려잡았다. 조조는 항상 그런 아들을 경계하여 이야기하곤 했다.

"너는 책은 읽지 않고 활쏘기와 말타기만 좋아하니 이는 그저 필부의 용맹일 뿐이라, 귀할 게 뭐가 있겠느냐?"

조조의 나무람에 창은 언제나 당당했다.

"대장부라면 마땅히 위청(衛靑, 한무제 때의 유명한 장수)과 곽거병(霍去病, 한무제 때 수차례 흉노와 싸워 공을 세운 장수)을 본받아 사막에서 공을 세우고 수십만 대군을 이끌고 천하를 종횡하며 달릴 일이지, 박식한 선비가 되어 무엇하겠습니까?"

조조가 여러 아들들에게 각자 뜻하는 바를 물은 적이 있었는데, 그때 창은 말했다.

"저는 장수가 되겠습니다."

조조가 거듭 물었다.

"장수가 되면 어떻게 하겠느냐?"

"갑옷을 입고 날선 무기를 들고, 위험 앞에서도 몸을 사리지 않으며, 군사들보다 먼저 나서고, 상 주고 벌 내리는 데 반드시 신의를 지키겠습니다."

조창의 말을 듣고 조조가 크게 웃었다.

건안 23년, 대군(代郡)의 오환(烏桓)이 반란을 일으켰을 때였다. 조조가 조창에게 군사 5만명을 주어 토벌하게 하면서 떠나는 조창에게 훈계했다.

"집에서는 비록 부자지간이나 일단 일을 맡은 뒤에는 임금과 신하 사이가 되느니라. 내 법을 행함에 있어 추호도 인정에 구애받지 않을 것이니, 너는 마땅히 깊이 경계하라."

조창은 대군 북쪽에 도착해 진두에서 싸움을 지휘하고 한달음에 상간(桑干)에까지 이르러 북방을 모두 평정했다. 그럴 즈음에 조조가 양평관에 있다는 소식을 듣고 싸움을 도우러 오는 길이었다. 조조가 조창을 보고 매우 기뻐하며 말한다.

"내 아들 노란 수염쟁이(黃鬚兒)가 왔으니 반드시 유비를 격파할 것이로다."

조조는 군사를 되돌려 야곡 경계에 영채를 세웠다. 정탐꾼이 현덕에게 조창이 왔다고 보고하자 현덕이 묻는다.

"누가 나가서 조창과 싸우겠느냐?"

유봉이 나선다.

"제가 가겠습니다."

맹달이 또한 나서며 말한다.

"저도 가겠습니다."

유현덕이 말한다.

"너희 둘이 함께 가거라. 내 누가 공을 세우는지 보리라!"

각각 5천명의 군사를 거느리고, 유봉이 앞서고 맹달이 뒤따라갔다. 조창이 말 타고 나와 싸운 지 겨우 3합에 유봉은 크게 패하여 돌아왔다. 뒤이어 맹달이 막 달려나가 싸우려는 참인데, 갑자기 조조 진영이 갈팡질팡하며 어지러워졌다. 마초와 오란이 군사를 거느리고 두갈래 길로 쳐들어와 조조군이 놀라 큰 혼란을 일으킨 때문이다. 맹달이 군사를 이끌고 협공하기 시작했다. 마초의 군사들은 오랫동안 예기를 길러온 터에, 더구나 무예를 빛내고 용맹을 드날릴 자리에 왔으니 조조군은 그 위세를 당할 수 없었다. 이윽고 조조군이 패하여 달아나는 중에 조창은 오란과 정면으로 맞부딪쳤다. 두 장수가 어울려 싸운 지 몇합이 못 되어 조창은 오란을 찔러 말에서 떨어뜨렸다. 삼군은 그뒤로도 한참 동안 혼전을 거듭했다. 조조는 군사를 거두어 야곡 경계에 주둔시켰다.

조조가 그곳에 주둔한 지도 며칠이 지났다. 앞으로 전진하고 싶어도 마초가 버티고 있으니 나아갈 수가 없고, 군사를 거두어 돌아가자니 촉군의 비웃음을 면치 못할 것이라 조조는 쉽게 결정을 내리지 못하고 있었다. 어느날 요리를 맡은 관원이 계탕(鷄湯)을 올렸다. 조조가 그릇 속의 계륵(鷄肋, 닭갈비)을 보고 느끼는 바가 있어 곰곰이 생각 중인데 하후돈이 장막 안으로 들어와서 묻는다.

"오늘밤 암호를 무엇으로 하시렵니까?"

조조는 입에서 나오는 대로 중얼거렸다.

"계륵, 계륵이라고 해라."

하후돈은 모든 관원에게 전령을 내려 그날밤 암호를 계륵으로 정했다. 행군주부(行軍主簿) 양수(楊修)는 계륵이라는 암호를 전해 듣고 즉시 수행하는 군사들에게 각기 행장을 수습하고 돌아갈 준비를 하라고 명했다. 하후돈이 이 말을 전해듣고 깜짝 놀라 양수를 자기 영채 안으로 불러들였다.

"공은 어찌하여 군사들에게 행장을 수습하라 했소?"

양수가 말한다.

"오늘밤 암호로 보아 위왕께서 곧 퇴군하실 의향이 있음을 짐작한 것이오. 계륵은 닭의 갈비라, 먹자니 먹을 게 없고 버리자니 아까운 것이지요. 지금 우리 군사는 앞으로 나아가자니 이기지 못할 것이고 뒤로 물러서자니 남의 웃음거리가 될 터라, 그러나 더 있어봤자 이익이 없으니 차라리 일찍 돌아가는 것만 못하오. 내일 위왕께서는 반드시 군사를 물릴 것입니다. 그래서 나는 행장을 수습해 갑자기 당황하지 않도록 한 것이오."

하후돈이 말한다.

"공은 참으로 위왕의 폐부를 꿰뚫어 아는구려!"

그러고는 자기 역시 수하에게 행장을 수습하도록 일렀다. 이에 영채 안의 모든 장수들이 저마다 행장을 수습해 돌아갈 준비를 했다. 그날밤 조조는 마음이 산란해 잠을 이루지 못한 채 손에 강부(鋼斧, 강철로 만든 손도끼)를 들고 영채마다 돌아보고 있었다. 하후돈의 영채에 이르러 군사들이 하나같이 행장을 수습하며 떠날 준비를 하고 있는 것을 본 조조는 깜짝 놀라 급히 장막으로 가서 하후돈에게 그 까닭을 물었다. 하후돈이 말한다.

"행군주부 양수가 대왕께 돌아가실 뜻이 있음을 먼저 알고 있었습니다."

조조가 양수를 불러들여 물으니 양수가 계륵의 뜻을 풀어 대답한다. 조조는 크게 노했다.

"네 어찌 감히 없는 말을 지어내서 군심을 어지럽히느냐!"

조조는 즉시 도부수를 불러 양수의 목을 베고 그 수급을 원문 밖에 내다걸게 했다.

원래 양수는 사람됨이 제 재주만 믿고 행동이 경박하여 여러번 조조의 심기를 거스른 적이 있었다. 일찍이 조조가 한곳에 꽃동산을 꾸미게 한 적이 있었다. 꽃동산이 완성된 뒤에 조조가 와서 둘러보더니 좋다 나쁘다 말이 없이 문 위에 살 활(活) 자 한 글자만 써놓고 가버렸다. 아무도 그 뜻을 짐작 못하고 있는데, 양수가 오더

조조는 계륵의 뜻을 풀어낸 양수의 목을 베다

니 웃으며 말했다.

"문(門) 안에다 활(活) 자를 넣으면 바로 넓을 활(闊) 자가 되니, 이것은 승상께서 화원의 문이 너무 넓어 못마땅하시다는 뜻이오."

양수의 말에 꽃동산의 공사를 맡은 사람이 담을 다시 쌓고 문을 조금 좁힌 다음 조조를 청해다가 보도록 했다. 조조가 크게 기뻐하며 묻는다.

"누가 내 뜻을 알아차렸느냐?"

좌우 사람이 대답하였다.

"양수입니다."

조조는 겉으로는 양수를 칭찬했으나 마음속으로는 몹시 꺼려했다. 또 하루는 북쪽 변방에서 양젖으로 만든 수(酥, 우유) 한 합(盒)을 보내왔다. 조조는 손수 합 위에 일합수(一合酥)라는 석 자를 써서 상 위에 두었는데, 양수가 들어와 보더니 숟가락을 가져다가 여러 사람과 나누어서 다 먹어버렸다. 조조가 양수에게 왜 그랬는지 묻자 양수가 대답했다.

"합 위에 '一人一口酥'(合이라는 글자는 사람 人과 한 一, 입 口로 이루어짐)라 써두셨으니 이는 한 사람이 한 입씩 먹으라는 뜻이라, 어찌 승상의 뜻을 어기겠습니까?"

조조가 겉으로는 웃어넘겼으나 마음속으로는 양수를 미워했다. 한편 조조는 항상 누군가 자기를 암살하려는 자가 있지 않을까 걱정하여 좌우에 분부하곤 했다.

"나는 꿈꾸다가 곧잘 사람을 죽이는 버릇이 있으니, 내가 잠든 뒤에는 너희들은 절대로 내 곁에 오지 마라."

어느날 조조가 장막 안에서 낮잠을 자는데 덮고 있던 이불이 땅에 떨어졌다. 가까이 모시는 신하 한 사람이 황망히 다가와 이불을 덮어 주려 했는데, 조조가 벌떡 일어나더니 칼을 빼어 그 신하를 베고는 다시 침상에 올라가 잠이 들었다. 얼마동안 잠을 자고 깨어난 조조는 침상 밑에 죽어 있는 시종을 보고 놀란 척하며 큰소리로 묻는다.

"누가 내 근시(近侍)를 죽였는가!"

여러 사람들이 사실을 아뢰니 조조는 대성통곡을 하며 후하게 장례를 치러주라고 명했다. 그후 사람들은 모두 조조가 정말로 꿈속에서 사람을 죽이는 버릇이 있다고 믿었지만, 양수만은 다른 뜻이 있음을 알았다. 죽은 신하를 묻는 날 양수는 그 관을 가리키며 탄식했다.

"승상이 꿈을 꾸었던 게 아니라 가엾게도 자네가 꿈을 꾸고 있었네그려!"

조조는 이 말을 전해듣고 양수를 미워하는 마음이 더욱 커졌다. 조조의 셋째아들 조식(曹植)은 양수의 재주를 사랑하여 항상 불러다가 밤이 새도록 담론 나누기를 좋아했다. 조조가 셋째아들 조식을 세자로 삼을 작정으로 모든 관원들을 불러모아 의논한 적이 있었다. 맏아들 조비(曹丕)는 이를 알고 비밀리에 조가현(朝歌縣) 현령 오질(吳質)을 청해 의논하려 했는데, 남의 이목이 두려운 나머지 오질을 큰 채롱 속에 넣고 비단이라 속여 부중으로 들어오게 했다. 이 일을 양수가 미리 알고 조조에게 고하니, 조조는 조비가 부중으로 들어갈 때 엄중히 조사하라고 분부했다. 조비가 당황하여 오질에게 이 사실을 전하니 오질이 말한다.

"염려 마시오. 내일 채롱에 정말 비단을 넣어 들여오십시오."

다음 날 조비는 큰 채롱 속에 비단을 가득 담아 사람을 시켜 지고 들어오게 했다. 조조의 명을 받은 문지기가 채롱을 일일이 뒤져보는데, 채롱 속에는 비단만 가득할 뿐 다른 것은 아무것도 없었다. 이 말을 전해들은 조조는 양수가 조비를 모해하려던 것이 아닌가 의심하며 더욱 미워하게 되었다. 하루는 조조가 조비와 조식의 재주를 시험해보기 위해 멀리 업군 성밖으로 심부름을 시킨 다음, 업군성을 지키는 문지기에게 두 아들을 절대로 성문 밖으로 내보내지 말라고 은밀히 영을 내렸다. 먼저 조비가 성문을 나서려 했으나 문지기가 막는 바람에 되돌아올 수밖에 없었다. 이 소식을 들은 조식이 양수에게 어찌하면 좋겠느냐고 묻자 양수가 일러주었다.

"왕명을 받고 나가는 것이니, 만일 앞을 막는 자가 있거든 그 자리에서 참하십시오."

조식은 양수의 말을 그럴듯하게 여겼다. 조식이 업군 성문에 이르니 역시 문지기가 막고 나섰다. 조식은 즉시 문지기를 꾸짖었다.

"내가 왕명을 받들고 나가려는데 누가 감히 막는단 말이냐!"

그러고는 그 자리에서 문지기를 참해버렸다. 이 일로 조조는 조식을 유능한 자식이라고 생각했는데, 뒷날 한 사람이 와서 고했다.

"그렇게 하라고 양수가 가르쳐준 것입니다."

조조는 크게 노하여 그로부터 총애하던 셋째아들 조식까지도 좋아하지 않게 되었다. 양수는 또한 조식을 위해 조조의 물음에 대답할 말 10여 조목을 만들어주며, 조조가 묻거든 그 조목에 맞추어 대답하라고 했다. 조조가 군사나 나라의 일을 물을 때마다 조식이 청산유수처럼 대답하니 조조는 마음속으로 매우 의심했다. 나중에 조비가 조식의 좌우 사람들을 매수해 양수가 적어준 10가지 조목의 문답이 적힌 글을 훔쳐다가 조조에게 고하자 조조는 진노했다.

"양수 이 하찮은 놈이 어찌 감히 나를 속인단 말인가!"

이때부터 양수를 죽이기로 작심하고 있었는데, 드디어 이제 군심을 어지럽혔다는 죄목으로 양수를 죽인 것이다. 이때 양수의 나이 서른넷이었다.

후세 사람이 탄식한 시가 있다.

총명하여라 양덕조여	聰明楊德祖
대대로 명문 자손으로	世代繼簪纓
붓을 들면 용이 나는 듯하고	筆下龍蛇走
가슴속의 재주 비단처럼 화려했네	胸中錦繡成
말을 하면 온 좌중이 놀라고	開談驚四座
응구첩대 뭇 영재 중에 으뜸일세	捷對冠群英
제 몸 죽은 것 재주 잘못 부린 까닭	身死因才誤
퇴병하려던 것과는 무관했다네	非關欲退兵

조조는 양수를 죽이고 나서 짐짓 더욱 노한 체하며 하후돈마저 목을 베려 했다. 모든 관원들이 만류하니, 조조가 못 이긴 체하며 하후돈을 꾸짖어 물러가게 하고 나서 영을 내렸다.

"내일 진군하기로 한다!"

이튿날 조조군이 야곡 경계로 나서자 전면에 한무리의 군사들이 나와 맞서는데 앞장선 장수는 위연이었다. 조조가 위연에게 항복할 것을 권했다. 위연이 오히려 욕설을 퍼부어대니 조조는 방덕에게 나가 싸우라고 명했다. 두 장수가 어우러져 한창 싸우는 중에 갑자기 조조의 영채에서 불길이 치솟아오르더니 군사 하나가 급히 달려와 보고한다.

"마초가 후방의 두 영채를 습격해 탈취했습니다."

조조는 칼을 뽑아들고 외친다.

"누구든 물러서는 자는 참하리라!"

그 기세에 여러 장수들이 힘을 다해 전진했다. 위연이 거짓으로 패한 체하며 달아나니, 조조는 군사를 돌려 마초와 싸우도록 하고 높은 언덕에 올라 말 위에서 양군이 싸우는 광경을 내려다보고 있었다. 갑자기 한떼의 군사가 정면으로 돌진해오며 앞장선 장수가 크게 부르짖는다.

"위연이 여기 있다!"

위연은 활을 당겨 조조를 쏘아 맞혔다. 조조는 그대로 말 아래로 굴러떨어졌다. 위연이 활을 버리고 칼을 뽑아들더니 곧장 말을 몰아 산 위로 치달려올라가 조조를 죽이려는데, 한 장수가 번개같이 뛰어들며 소리쳤다.

"우리 주공을 해치지 말라!"

그 장수는 방덕이었다. 방덕이 기세를 올려 달려들어 위연을 물리치고 조조를 호위해 앞으로 나아가니, 마초의 군사도 이미 물러가고 없었다. 조조는 상처를 입은 채 영채로 돌아갔다. 위연의 화살에 인중을 맞아 앞니가 두개나 부러졌던 것이다. 의원을 불러 치료를 받던 조조는 그제야 양수의 말이 생각났다.

"양수의 시체를 거두어 후하게 장사 지내주어라."

그러고는 퇴군명령을 내렸다. 방덕에게는 후군이 되어 추격하는 적을 끊으라 지시하고, 자신은 수레에 누워 좌우로 호분군(虎賁軍)의 호위를 받으며 허도로 향했다. 그런데 갑자기 야곡산 위 양쪽에서 불길이 일어나며 복병이 내달아오고 있다는 보고가 들어왔다. 조조의 군사들은 저마다 놀라 어찌할 바를 몰랐다.

어렴풋이 생각난다 지난날 동관의 액운 依稀昔日潼關厄
그 당시 적벽에서 당한 위기와 비슷하네 仿佛當年赤壁危

조조의 목숨은 이제 어찌 될 것인가?

73

한중왕 현덕

현덕은 한중왕의 자리에 오르고
관운장은 양양군을 공격하여 빼앗다

조조는 군사를 물려서 야곡(斜谷)에 이르렀다. 공명은 조조가 필시 한중을 버리고 달아나리라 짐작하고 마초를 비롯해 여러 장수들을 10여길로 나누어 불시에 공격하도록 했다. 이 때문에 조조는 한곳에 오래 머무를 수 없었고 위연의 화살까지 맞은 터라 서둘러 회군할 수밖에 없었다. 조조군의 사기는 완전히 땅에 떨어졌다. 이러한 때 전대(前隊)가 겨우 움직이자마자 양쪽에서 불길이 일어나며 마초의 복병이 추격해오니 조조의 군사들은 모두 겁을 집어먹고 잔뜩 움츠러들었다. 조조는 군사들에게 급히 행군할 것을 명하여 밤낮없이 길을 재촉해 경조(京兆, 허도)에 이르러서야 겨우 마음을 놓았다.

한편 유현덕은 유봉·맹달·왕평 등의 장수들에게 상용(上庸) 일
대의 고을들을 점령하라고 명했다. 상용에 있던 신탐(申耽) 등은
조조가 이미 한중을 버리고 달아났다는 말을 듣고 앞다투어 항복
해왔다. 현덕은 먼저 백성들을 위로하여 민심을 안정시키고 군사
들에게 크게 상을 내렸다. 사람들은 모두 기뻐했다. 여러 장수들은
한결같이 유현덕을 추존(推尊)하여 황제의 자리에 올리고 싶은 마
음이었다. 그러나 감히 현덕에게 바로 아뢰지 못하고 군사 제갈공
명을 찾아가 고했다. 공명이 여러 장수들에게 말한다.

"나도 이미 생각해둔 바가 있소."

공명은 법정 등을 데리고 들어가 현덕에게 간한다.

"지금 조조가 권력을 마음대로 쥐고 흔들어 백성들에게 주인이
없는 처지입니다. 주공께서는 인의가 천하에 뚜렷하고, 이미 양천
(兩川, 서천과 동천)땅을 안정시키셨으니, 이제 하늘의 뜻에 따르고
민심에 순응하여 황제의 위에 오르시고, 옳은 말과 바른 명분으로
나라의 역적을 치도록 하소서. 일을 미루었다가 때를 놓쳐서는 안
되니 하루바삐 길일을 택하여 제위에 오르시기를 청하나이다."

공명의 말을 듣고 현덕이 크게 놀란다.

"군사의 말이 옳지 않소이다. 내 비록 한실의 종친이나 신하의
몸이오. 그런데 그런 일을 저지르다니, 그건 바로 한나라에 반역하
는 짓이외다."

"그렇지 않습니다. 지금 천하는 갈라져 영웅들이 저마다 한 지방
씩 차지하고 패권을 다투고 있습니다. 재주와 덕을 갖춘 천하의 유

능한 선비들이 목숨을 돌보지 않고 주인을 섬기는 것은 모두 참주인을 도와 천하를 바로잡고 공명을 세우고자 함입니다. 지금 주공께서 사양하시고 작은 의리만 지키려 하신다면 이는 세상 사람들의 기대를 저버리는 일입니다. 원컨대 주공께서는 깊이 생각하십시오."

"내가 참람되이 높은 자리에 오르는 짓은 결코 하지 않을 것이니, 다시 좋은 방책을 상의하도록 하시오."

여러 장수들이 일제히 고한다.

"주공께서 끝내 저희들의 소청을 물리치시면 모든 사람들의 마음이 흩어질 것입니다."

공명이 다시 말한다.

"주공께서는 평생 의리를 근본으로 삼아오신 터라 이렇듯 황제의 존호를 마다하시는데, 정 그러하시면 이제 형주와 양양, 양천(兩川)을 거두셨으니 한중왕(漢中王)에라도 오르시지요."

그래도 현덕은 듣지 않는다.

"그대들이 비록 나를 왕으로 높이려 해도 황제의 조서를 얻지 못했으니 이 또한 참람된 일이오."

공명이 말한다.

"지금은 모름지기 현실에 맞는 권도(權道)를 따라야 할 때이며, 평소의 이치에만 사로잡힐 수는 없습니다!"

공명의 말에 이어, 뒤에 있던 장비가 큰소리로 외친다.

"성이 다른 놈들도 모두 임금이 되겠다고 날뛰는 판에, 하물며 형님은 한실의 종친인데 한중왕은 물론이고 황제가 못 될 건 또 뭐유?"

현덕이 장비를 꾸짖는다.

"너는 여러 소리 말아라!"

공명이 다시 간곡하게 권한다.

"주공께서 형편에 따라 먼저 한중왕에 오르신 후에 황제께 표문을 올려도 늦지 않습니다."

유현덕은 여러차례 사양했으나 여러 장수들의 간청에 못이겨 마침내 승낙하고 말았다. 건안 24년(219) 7월의 일이었다. 면양(沔陽) 땅에 단을 쌓으니 그 둘레가 9리였고, 단을 중심으로 다섯 방위에 정기와 의장(儀仗)을 세우고, 모든 신하들이 각각 그 직위에 따라 늘어섰다. 허정(許靖)과 법정이 유현덕을 모시고 단에 오르게 하여 면류관과 옥새를 바쳤다. 유현덕이 남쪽을 향해(南面, 임금이 앉는 방향) 자리에 앉으니, 문무관원들은 하례를 올렸다.

마침내 한중왕이 된 현덕은 아들 유선(劉禪)을 왕세자로 삼았다. 이어 허정을 봉하여 태부(太傅)로, 법정을 상서령(尙書令)으로 삼았으며, 제갈량을 군사(軍師)로 삼아 군사(軍事)와 나라의 큰일을 맡도록 했다. 관우·장비·조운·마초·황충을 오호대장(五虎大將)으로 삼고, 위연을 한중 태수에 봉했다. 나머지 사람들에게는 각각 그 공훈에 따라 작위를 내렸다.

유현덕은 한중왕에 오른 즉시 사람을 시켜 허도에 표문을 보냈다. 표문의 내용은 다음과 같다.

유현덕은 마침내 한중왕의 자리에 오르다

비(備)는 구신지재(具臣之才, 능력없는 신하의 부족한 재주)로 상장(上將)의 책임을 맡아 삼군을 총독하고 사령을 받아 외방(外方)에 나왔습니다. 하오나 도적들을 무찔러 왕실을 안정시키지 못하여 아직 폐하의 성교(聖敎)가 이루어지지 못하고, 천하가 태평하지 못하니 그 근심으로 잠을 이룰 수 없고 신열이 올라 열병을 떨치지 못하옵니다.

지난날 동탁이 대역무도한 난을 일으킨 뒤로 흉한 도적들이 제멋대로 날뛰어 나라를 좀먹었습니다. 하오나 다행히 폐하의 성덕에 기대어 모두 충의로 뭉쳐 역적을 토벌했고, 또한 하늘이 벌을 내려 포악한 역적들을 하나씩 쓰러뜨려 얼음 녹듯 사라졌습니다. 오직 조조를 오랫동안 없애지 못하니, 국권을 침탈하고 방자하게 권력을 휘두르매 세상의 어지러움이 극에 달했습니다. 신은 지난날 거기장군 동승과 함께 조조를 치려고 일을 꾸몄으나 일이 무르익기 전에 그만 계획이 누설되어 동승은 목숨을 빼앗기고, 신은 의지할 곳 없이 떠돌게 되어 충의를 다하지 못하였습니다. 마침내 조조는 극악무도하게 황후를 참살하고 황자(皇子)를 독살하기에 이르렀으니, 신이 동지들을 모아 조조를 치려하면서도 힘이 없고 용맹스럽지 못하여 여러해가 지나도록 그 뜻을 이루지 못하였습니다. 신은 조적(操賊)을 없애지 못하고 이대로 죽어 혹여 나라의 은혜를 저버리게 되지 않을까 두려워 자나깨나 깊이 탄식하며 밤낮으로 통탄하고 있사옵니다.

이제 신의 수하 문무 장수들은, 『우서(虞書)』에 전하듯이 '구족(九族, 황실 친척들)의 위계를 바로하니 현인들이 힘써 임금을 도왔다(敦敍九族 庶明勵翼)'는 옛일을 제왕(帝王)들이 서로 전하여 이 도리를 폐하지 않았음과, 주(周)가 2대(은·하殷夏)에 걸쳐 제희(諸姬, 주나라 왕족들)를 나란히 세움은 실로 진(晉)과 정(鄭)의 도움에 힘입었음과, 고조(高祖)가 일어나시어 자제(子弟)들을 왕으로 세워 아홉 나라(九國, 한의 군국제郡國制)를 열고 여씨(呂氏)들을 죽여 황실을 편안케 한 일이 있었음을 생각합니다. 지금 조조는 정직을 미워하고 바른 것을 싫어하는데 그 무리가 많사오며, 나쁜 마음을 품고 왕위를 찬역하려는 뜻이 이미 드러났음에도 종실이 미약하고 황족들은 모두 직위가 없는지라, 옛 법도를 참작하여 형편상 신을 높여 대사마(大司馬) 한중왕(漢中王)을 세웠사옵니다.

신이 엎드려 거듭 생각하니 나라의 두터운 은혜를 입고 한곳의 책임을 맡았으나 아직 뚜렷한 성과를 얻지 못하여 죄가 많사온데, 다시 높은 자리에 올라 거듭 죄를 짓게 되어 몸 둘 바를 모르겠습니다. 하오나 수하 사람들이 한결같이 의리를 내세워 간청하매 신이 물러서서 다시 생각해보았습니다. 지금 역적을 거세하지 못하고 국난을 바로잡지 못하여 종묘(宗廟)가 위태롭고 장차 사직(社稷)이 무너지게 되어 신은 근심으로 머리가 깨어질 지경이옵니다. 권도에 맞추어 방편을 써서라도 성조(聖朝)를 편안히 할 수만 있다면 물불이라도 사양하지 않을 마음으로 여러 사람의 뜻에 따라 인새(印璽)를 받고 나라의 위엄을 높이고자 하옵니다.

하오나 우러러 작호(爵號)를 생각하면 지위는 높고 은총은 두터우며, 굽어 폐하의 크신 은혜에 보답할 일을 생각하면 책임이 막중하여 마치 벼랑 끝에 서 있는 것과 같사옵니다. 그러니 어찌 감히 힘을 다하여 육사(六師, 황제의 군사)를 지휘하지 않으리이까. 여러 의로운 사람들을 모아 하늘의 뜻에 응하고 시국에 따라 반드시 사직을 편안케 하고자 하옵니다. 삼가 절하여 표문을 올리나이다.

표문이 허도에 도착했다. 조조는 업군에 있다가 현덕이 한중왕이 되었다는 소식을 듣고 노발대발했다.

"돗자리나 짜던 촌놈이 감히 이럴 수가 있나. 내 맹세코 그놈을 쳐 없애고 말리라!"

그러고는 즉시 전령을 내린다.

"온 나라의 군사를 모두 일으켜라. 서천과 동천으로 쳐들어가서 내 반드시 한중왕과 자웅을 결(決)하리라!"

이때 한 사람이 나서서 말한다.

"대왕께서 한때의 노여움 때문에 친히 원정을 떠나셔서는 안됩니다. 신에게 계책이 하나 있으니, 화살 한대 쏘지 않고도 유비가 촉땅에 앉아서 스스로 화를 당하도록 할 수 있습니다. 촉군의 병력이 쇠할 때를 기다리십시오. 그때는 한 장수만 보내도 능히 성공할 것입니다."

조조가 그 사람을 보니 사마의(司馬懿)였다. 조조가 기뻐하며 묻는다.

"그래 중달(仲達, 사마의 자)에게 무슨 좋은 생각이 있는가?"

사마의가 답한다.

"강동의 손권은 누이를 유비에게 시집보냈다가 그가 없는 틈에 되찾아왔고, 유비는 형주를 점령하고 돌려주지 않아 서로 한을 품고 있습니다. 이제 언변이 좋은 사람에게 서신을 주어 손권으로 하여금 군사를 일으켜 형주를 치게 한다면 유비는 반드시 양천의 군사를 일으켜 형주를 도울 것입니다. 그때 대왕께서 군사를 일으켜 한천(漢川)을 공격하시면 유비는 머리와 꼬리가 서로 도울 수 없게 되어 그 형세가 반드시 위태로워질 것입니다."

조조는 사마의의 계책을 듣고 매우 기뻐했다. 지체하지 않고 서신을 써서 만총(滿寵)을 사신으로 삼아 강동의 손권에게 보냈다. 만총은 밤낮없이 달려 강동에 이르렀다. 손권은 만총이 조조의 사신으로 왔다는 보고에 대책을 상의하기 위해 모사들을 불렀다. 장소(張昭)가 말한다.

"위(魏)와 우리 오(吳)는 본래 원수진 일이 없었는데도 지난날 제갈량의 사설로 말미암아 두 집안이 전쟁을 하게 되어 몇년째 백성들이 도탄에 빠져 있습니다. 이번에 만백녕(滿伯寧, 만총의 자)이 온 데는 필시 강화의 뜻이 있을 테니, 예를 갖추어 대접해야 합니다."

손권은 장소의 말을 옳게 여겨 여러 모사들로 하여금 만총을 성으로 맞아들이게 하고 빈례(賓禮)로써 극진히 대접했다. 만총이 조조의 서신을 올리며 말한다.

"오와 위가 본래 원수지간이 아닌데도 유비가 끼어들어 이렇게 틈이 생겼습니다. 이번에 위왕께서 저를 보내신 것은, 장군께서 형주를 공격하시면 위왕께서는 한천으로 진군해 유비를 협공하여 쳐부순 다음, 점령한 땅을 반씩 나누어 차지하고 앞으로 다시는 서로 침공하지 말자는 뜻을 전하기 위해서입니다."

조조의 서신을 읽고 나서 손권은 성대하게 잔치를 베풀어 만총을 환대하고는 관사에서 쉬게 했다. 그러고 나서 손권은 다시 모사들과 더불어 상의했다. 고옹(顧雍)이 나서서 말한다.

"저들의 말이 비록 우리를 설득하려는 것이긴 해도 일리가 있습니다. 그러니 만총을 돌려보내며 조조와 협공하겠노라 약속하고, 한편으로는 강 건너로 사람을 보내 관운장의 동태를 탐지한 뒤 일을 정해야 할 것입니다."

고옹의 말이 끝나자 제갈근이 말한다.

"들자니 관운장은 형주로 온 뒤 유비의 권고로 아내를 얻어 슬하에 일남일녀를 두었다고 합니다. 딸이 아직 어려 정혼하지 않았다고 하니, 제가 가서 주공의 세자와 혼인하기를 청해보겠습니다. 만일 운장이 우리 뜻을 받아들인다면 상의하여 즉시 조조를 치도록 하고, 받아들이지 않는다면 조조를 도와 형주를 치는 게 어떻겠습니까?"

손권은 제갈근의 계책을 받아들였다. 먼저 만총을 허도로 돌려보내고 따로 제갈근을 형주로 보냈다. 제갈근은 형주에 도착해 곧 성으로 들어가 관운장을 만났다. 서로 예를 갖추어 인사한 후 운장이 묻는다.

"자유(子瑜, 제갈근의 자)는 무슨 일로 오셨는지요?"

제갈근이 말한다.

"이번에는 특히 두 집안의 우호를 맺기 위해 왔소이다. 우리 주공 오후(吳侯)께 아드님이 한분 있는데 매우 총명하신 터라, 장군께 따님이 있으시다는 말을 듣고 혼인을 청하러 왔습니다. 두 집안이 좋은 인연을 맺고 힘을 모아 조조를 친다면 이는 참으로 아름다운 일이니, 군후(君侯)께서는 깊이 생각해보시지요."

관운장이 발끈하여 호통을 친다.

"내 어찌 호랑이의 딸을 개의 자식에게 시집보내겠소? 그대 아우의 체면을 생각지 않는다면 당장 목을 베었을 터이니, 다시는 여러 말 마오!"

즉시 좌우를 불러 몰아내니, 제갈근은 머리를 싸쥐고 도망치듯 나와서 동오로 돌아왔다. 제갈근이 감출 수가 없어 손권에게 사실그대로 고하니 손권은 듣고 대로하여 소리친다.

"그놈이 어찌 그리 무례하단 말이냐!"

손권은 즉시 장소 등 문무 관원을 불러들여 형주를 칠 방책을 상의했다. 보즐(步騭)이 말한다.

"조조가 오래전부터 한나라에 찬역(篡逆)할 마음이 있으면서도 두려워 감히 꾀하지 못한 것은 유비 때문이었습니다. 이번에 사람을 보내 우리더러 군사를 일으키게 하고 촉을 병탄하려 하는 것은 모든 재앙을 오나라에 떠넘기려는 속셈입니다."

손권이 말한다.

"나 역시 형주를 치려고 벼른 지 오래요."

보즐이 다시 말한다.

"지금 조인(曹仁)이 양양과 번성에 주둔해 있는데, 거기서는 장강의 험지가 없어서 바로 육로로 나가 형주를 칠 수 있습니다. 그런데 어찌하여 저희는 치지 않고 도리어 주공께 군사를 일으키라 했겠습니까? 이것만 보아도 그들의 속내를 알 수 있으니, 주공께서는 먼저 허도로 사람을 보내 조조에게 조인을 시켜 육로로 형주를 공격하라고 권유하십시오. 그러면 관운장은 형주를 막기 위해 번성을 칠 것입니다. 운장이 움직이거든 그때 주공께서 한 장수를 보내 공격한다면 형주를 일거에 되찾을 수 있습니다."

손권은 그 말에 따라 즉시 사자를 강 건너로 보내 조조에게 서신을 전하고 이 일을 설명하도록 했다. 이를 들은 조조는 크게 기뻐하며 사자를 돌려보내고, 즉시 만총을 번성으로 보내 조인의 참모관으로 임명하여 군사 동원을 상의하게 했다. 그러는 한편 동오에 격문을 보내 수로(水路)를 이용하여 형주를 쳐서 조인의 군사와 접응하도록 했다.

이때 한중왕 유현덕은 위연에게 군마를 총지휘하여 동천(東川)을 지키게 하고, 문무백관을 거느리고 성도(成都)로 돌아갔다. 그리고 관원을 파견하여 궁정을 짓고 성도에서 백수(白水)에 이르기까지 4백여군데에 관사(館舍)와 정우(亭郵, 역참)를 세우는 한편, 군량미와 마초를 저장하고 병장기를 만들어 장차의 중원 공략을 준비했다. 조조가 동오와 결탁해 형주를 치려고 한다는 사실을 정탐꾼이 탐지하여 나는 듯이 촉에 보고했다. 크게 놀란 한중왕이 황망히 공명을 청해 상의하자 공명이 말한다.

"저는 이미 조조가 반드시 이런 꾀를 쓸 줄 알고 있었습니다. 동오에는 모사가 많으니 필시 조조로 하여금 먼저 조인을 시켜 군사를 움직이도록 할 것입니다."

"그렇다면 이 일을 어찌해야 좋겠소?"

"빨리 관운장에게 사람을 보내 먼저 군사를 일으켜 번성을 취하게 하십시오. 적군을 두렵게 하면 자연히 일이 해결될 것입니다."

한중왕은 기뻐하며 즉시 전부사마(前部司馬) 비시(費詩)를 사신으로 삼았다. 비시는 한중왕의 고명(誥命, 관리를 임명하는 칙명)을 받들어 형주로 달려갔다. 성도에서 고명을 받은 사신이 당도했다는 말에 운장은 성밖까지 나가 영접했다. 공청에서 사신을 맞아 예를 올린 다음 관운장이 묻는다.

"한중왕께서 내게 무슨 벼슬을 내리셨소?"

비시가 말한다.

"오호대장의 우두머리로 삼으셨습니다."

"오호대장은 누구누구요?"

"관장군과 장비·조운·마초·황충 다섯 장수입니다."

비시의 대답을 듣고 관운장이 버럭 화를 낸다.

"익덕은 내 아우이고 맹기(孟起, 마초의 자)는 대대로 명문의 집안이며 자룡은 오랫동안 우리 형님을 따랐으니 곧 내 아우나 같은지라, 나와 같은 지위에 있어도 괜찮소. 하지만 황충은 대체 어떤 사람이기에 감히 나와 같은 열에 선단 말인가. 대장부가 그런 노졸(老卒)과 자리를 같이할 수는 없소!"

관운장은 인수를 받으려 하지 않았다. 비시가 웃으면서 말한다.

"장군의 말씀은 잘못입니다. 옛날에 소하(蕭何)와 조참(曹參)은 고조와 더불어 큰일을 이룬 가장 친근한 사이였소. 이에 비해 한신(韓信)은 초나라에서 도망해온 장수인데도 그 지위가 왕에 이르러 소하와 조참 위에 있었으나, 두 사람은 결코 이를 원망한 일이 없었다고 들었습니다. 지금 한중왕께서 장군을 비록 오호대장에 봉했다고는 하지만 장군과는 형제의 의가 있어 한몸이나 마찬가지니, 장군이 곧 한중왕이요 한중왕이 곧 장군인데 어찌 다른 사람과 같이 생각하십니까? 장군께서는 한중왕의 두터운 은혜를 입고 있으니 마땅히 좋은 일과 궂은 일, 화와 복을 함께 누리실 것이요, 관직의 고하를 따질 일이 아닙니다. 원컨대 장군께서는 깊이 생각하십시오."

관운장이 크게 깨닫고 비시에게 두번 절하고 말한다.

"내 어리석은지라, 그대의 가르침이 아니었다면 자칫 대사를 그르칠 뻔하였소."

즉시 엎드려 인수를 받았다. 비시는 그제야 한중왕의 뜻을 전하고, 군사를 일으켜 번성을 치도록 했다. 관운장은 즉시 군사를 일으킬 채비를 했다. 부사인(傅士仁)과 미방(糜芳) 두 사람을 선봉으로 삼아 형주성 밖에 주둔시키는 한편, 성안에 잔치를 베풀어 비시를 대접했다. 술자리가 무르익어가던 2경(밤 10시) 무렵이었다. 갑자기 수하 사람이 들어와 보고한다.

"성밖 영채 안에서 불이 났습니다!"

관운장은 급히 갑옷을 입고 말에 올라 성밖으로 나갔다. 부사인과 미방이 장막 뒤에서 술을 마시다가 실수로 불을 냈는데, 불길이 화포에 옮겨붙었던 것이다. 화포가 터지면서 온 영채가 진동하고 무기며 군량, 마초 등이 불에 타고 있었다. 관운장이 군사를 거느리고 급히 불을 끄기 시작해 4경(새벽 2시)이 지나서야 겨우 불길이 잡혔다. 관운장은 성안으로 들어와 부사인과 미방을 불러 질책한다.

"내 지금 너희 두 사람을 선봉으로 삼았는데 출군도 하기 전에 많은 무기와 군량을 태우고 화포가 터져 숱한 인마가 죽었으니, 이렇게 대사를 그르치는 너희들을 대체 어디에 쓴단 말이냐!"

호되게 꾸짖으며 두 사람을 끌어내 목을 베라 명했다. 비시가 아뢴다.

"출병도 하기 전에 대장부터 참하는 일은 군사에 이롭지 못하니 목을 베는 것은 면해주시지요."

관운장은 노기를 삭이지 못하고 부사인과 미방에게 호통을 친다.

"내가 비사마(費司馬, 비시)의 낯을 보지 않았으면 반드시 너희 두놈의 머리를 베었을 것이다!"

마침내는 무사를 불러 두 사람에게 각기 40대씩 매를 때리게 하고 선봉장의 인수를 거두었다. 미방에게는 벌로 남군을 지키게 하고, 부사인은 공안을 지키도록 했다. 이어서 관운장은 말한다.

"내가 이기고 돌아오는 날까지 너희들이 조금이라도 실수를 한다면 두가지 죄를 한꺼번에 물을 테니, 그리 알라!"

미방과 부사인 두 사람은 얼굴 가득히 부끄러운 빛을 띠고 예, 예 하며 그 자리를 물러났다. 관운장은 새로 요화(廖化)를 선봉장으로 삼고 관평(關平)을 부장으로 삼았다. 스스로는 중군을 통솔하고 마량(馬良)과 이적(伊籍)을 참모로 삼아 일제히 출정길에 올랐다. 이보다 앞서 호화(胡華)의 아들 호반(胡班)이 형주로 와서 관운장에게 투항했는데, 관운장은 지난날 호화와 서로 돕던 정리를 생각해 호반을 매우 아꼈다. 마침 비시가 온 김에 호반에게 서천으로 가서 한중왕을 뵙고 벼슬을 받도록 일렀다. 비시는 관운장과 작별하고 호반을 데리고 촉으로 돌아갔다.

출정하는 날 관운장은 수(帥) 자 큰 깃발에 제사를 지낸 다음 장막 안에서 잠시 졸고 있었다. 갑자기 크기는 소만하고 온몸이 시커먼 멧돼지 한마리가 장막 안으로 뛰어들어 관운장의 발을 덥석 문다. 관운장이 대로하여 급히 칼을 뽑아 멧돼지를 베니 비단 찢는 소리를 내며 죽었다. 관운장이 그 소리에 놀라 깨어보니 모두 꿈이었는데, 참으로 괴이하게도 왼쪽 발이 까닭 없이 쑤시고 아팠다. 관운장은 몹시 의아해 즉시 관평을 불러 꿈이야기를 해주었다. 듣고 나서 관평이 말한다.

"멧돼지는 용상(龍象)입니다. 용이 발을 물고 하늘 높이 오른다는 뜻이니 언짢게 생각하실 것 없습니다."

관운장이 여러 관리들을 장막 아래로 불러 꿈이야기를 하니, 누구는 상서로운 조짐이라 하고 또 누구는 상서롭지 못한 징조라고 하여 의논들이 구구하다. 관운장이 말한다.

"내가 대장부로 태어나 이제 육순이 가까웠는데 지금 죽은들 무엇이 서운하랴!"

이렇게 말을 나누고 있는데, 문득 촉에서 보낸 사신이 도착해 한중왕의 교지를 전한다.

"관운장을 전장군(前將軍)에 봉하여 이에 절월(節鉞)을 내리니 형양(荊襄) 아홉 고을을 맡아 다스리도록 하라."

관운장이 절하여 왕명을 받드는데 모든 관원들이 치하한다.

"저룡(猪龍)이 발을 문 것은 상서로운 꿈이었습니다."

마침내 관운장은 모든 의심을 버리고 군사를 일으켜 양양(襄陽)대로를 향해 나아갔다.

조인은 이때 성안에 있다가 급보를 받았다.

"관운장이 몸소 군사를 거느리고 쳐들어오고 있습니다."

조인은 크게 놀라 굳게 지킬 뿐 나가 싸우려 하지 않았다. 부장 적원(翟元)이 말한다.

"위왕께서 장군에게 동오와 합세하여 형주를 치라고 명하셨는데, 이제 저들이 스스로 죽으러 오거늘 무슨 까닭에 피하십니까?"

그 말에 참모 만총이 간한다.

"제가 알기로 운장은 용맹할 뿐만 아니라 지모가 뛰어나 가벼이 대적할 수 없는 장수입니다. 굳게 지키는 것이 상책입니다."

효장(驍將, 사납고 날랜 장수) 하후존(夏侯存)이 말한다.

"그것은 한낱 서생의 말이오. '물이 오면 흙으로 막고 장수가 오면 군사를 보내 막으라(水來土掩 將至兵迎)'는 말도 못 들었소? 이제 우리 군사는 편안하게 앉아 먼 길을 와 피로한 적을 기다리게 되었으니 저절로 이길 수 있소이다."

하후존의 말에 따라 조인은 만총에게 번성을 지키게 한 다음 몸소 관운장을 맞으러 군사를 거느리고 나아갔다. 관운장은 조조군이 싸우러 나온다는 말을 듣고, 관평과 요화 두 장수를 불러 계책을 일러주고 먼저 보냈다. 관평과 요화의 군사들이 조조군과 마주하여 둥글게 진을 벌여세웠다. 요화가 말을 달려나가 싸움을 돋우니 조조군 진영에서는 적원이 마주 달려나왔다. 두 장수가 어울려 싸운 지 얼마 안되어 요화가 거짓으로 패하여 말머리를 돌려 달아났다. 적원이 뒤를 쫓으니 형주 군사들은 20리쯤 후퇴했다. 다음 날도 형주 군사들이 먼저 싸움을 걸었다. 이번에는 조조군 진영의 하후존과 적원이 한꺼번에 나와 싸웠다. 형주 군사가 또다시 패하여 20리쯤 쫓겨가는데 바로 그때 배후에서 함성이 크게 진동하며 북소리, 피릿소리가 일제히 울린다. 조인이 급히 전군(前軍)에 퇴군을 명하는데 배후에서 관평과 요화가 짓쳐나와 덮치니 조조군은 순식간에 대오가 무너지며 큰 혼란에 빠진다. 그제야 조인은 계략에 빠진 것을 알고 먼저 한무리의 군사를 거느리고 양양을 향해 달아났다. 성에서 몇리 떨어진 곳에 이르렀을 때다. 전면에 수놓은 깃발이 나부끼더니 관운장이 말에 앉아 청룡도를 비껴들고 가는 길을 막아섰다. 조인은 마음이 떨리고 간담이 서늘하여 감히 싸울 생각도 못하고 양양 쪽 지름길로 달아난다. 관운장은 군이 그 뒤를 쫓지 않았다. 얼마 안 가서 하후존이 군사를 이끌고 오다가 관운장을 보고는 크게 노하여 칼을 빼들고 덤벼든다. 그러나 그가 어찌 관운장의 적수가 되겠는가. 단 1합에 관운장의 칼에 맞아 말에서 떨어져버렸다. 적원은 그 광경에 놀라 그대로 달아나다가 관평을 만나 역시 한칼에 참사당했다. 관평이 승세를 몰아 뒤를 쫓으며 공격하니, 조조군의 태반이 양강(襄江)에 빠져 죽었다. 조인은 번성으로 후퇴해 꼼짝하지 않고 성을 지키고만 있었다.

양양을 점령한 관운장은 전군에 상을 내리고 백성들을 위무했다. 수군사마(隨軍司馬) 왕보(王甫)가 말한다.

"장군께서 북소리 한번에 능히 양양을 얻으셨으니 당연히 조조군의 사기는 땅에 떨어졌을 것입니다. 그렇지만 제 어리석은 소견으로는 지금 동오의 여몽이 육구(陸口)에 주둔하고서 항상 형주를 삼킬 뜻을 가지고 있으니, 만일 그들이 군사를 일으켜 형주를 치려 하면 어찌시렵니까?"

관운장이 답한다.

"나 역시 그 생각을 하고 있었소. 그대가 이 일을 맡아보도록 하되 강기슭을 연이어 20리 혹은 30리마다 높은 언덕을 골라 봉화대를 세우고, 봉화대마다 군사 50명씩을 두어 지키도록 하시오. 동오군이 강을 건너오거든 밤에는 불을 밝혀 알리고 낮에는 연기를 피워올려 신호하시오. 내가 그 신호를 보고 나가 적을 무찌르겠소."

왕보가 말한다.

"미방과 부사인이 중요한 두 길목을 지키고 있습니다만 혹 그들이 힘을 다하지 않을까 두려우니, 한 사람을 더 보내 형주를 돌보게 하는 게 좋을 듯합니다."

"내 이미 치중(治中) 반준(潘濬)을 보내 지키게 했는데 무엇을 염려하겠소?"

관운장의 말에 왕보가 다시 말한다.

"반준은 워낙 시기심이 많고 이익을 좋아해 큰일을 맡길 수 없습니다. 군전도독양료관(軍前都督糧料官) 조루(趙累)를 대신 보내십시오. 조루는 충성스럽고 청렴하니, 이 사람을 쓴다면 만에 하나라도 실수가 없을 것입니다."

관운장이 말한다.

"나도 평소부터 반준의 됨됨이를 알고 있었소만 이미 보냈으니 바꿀 것까지는 없을 게요. 조루는 지금 군량과 양초를 담당하고 있는데 그 일 또한 중요하니, 그대는 더 근심하지 말고 어서 봉화대를 쌓으러 가도록 하오."

왕보는 마음이 놓이지 않은 채로 절을 올리고 그 자리를 떠났다. 관운장은 관평에게 배를 마련하도록 하고 양강을 건너 번성을 칠 일을 서둘렀다.

한편 조인은 하후존과 적원 두 장수를 잃고 번성으로 물러나 만총에게 말한다.

"공의 말을 듣지 않았다가 군사는 패하고 장수도 죽고 양양마저 잃었으니, 장차 이 일을 어찌하면 좋겠소?"

만총이 답한다.

"운장은 호랑이 같은 장수로 지모와 전술이 뛰어나니 섣불리 싸울 일이 아닙니다. 반드시 굳게 지키셔야 합니다."

이렇게 말이 오가는데 수하 사람이 와서 보고한다.

"관운장이 양강을 건너 번성으로 쳐들어오고 있습니다."

조인이 크게 놀라는데 만총은 거듭 간한다.

"그저 굳게 지키셔야 합니다."

부장 여상(呂常)이 분연히 나서며 말한다.

"바라건대 제게 몇천명의 군사를 내주시면 당장 양강 안에서 적을 막아내겠습니다."

만총이 다시 말한다.

"절대 나가서는 안되오!"

여상이 화를 내며 말한다.

"그대 문관들의 말대로 줄곧 지키고만 있으면 어떻게 적을 물리치겠소? 병법에 '군사가 강을 반쯤 건널 때 공격하라〔軍半渡可擊〕'는 말도 못 들어보았소? 이제 관운장의 군사들이 양강을 반쯤 건너오고 있는데 어찌 공격하지 않겠소이까? 만일 적군이 성밑 해자가에 이르면 그때는 급히 막으려 해도 어려울 것이오."

조인은 즉시 여상에게 군사 2천명을 내주며 번성을 나가 적과 맞서 싸우게 했다. 여상이 강기슭에 당도해보니 전면에 수놓은 기가 펄럭이는 가운데 관운장이 칼을 비껴들고 말을 달려나왔다.

여상은 즉시 관운장을 맞아 싸우려 했다. 그런데 그를 따르던 군사들은 관운장의 신 같은 위엄과 늠름한 자태에 기가 죽어 싸우기는커녕 앞다투어 달아나기에 바빴다. 여상이 꾸짖고 제지해도 말을 듣지 않았다. 이 틈을 타 관운장이 비호같이 달려나와 무찌르니 조조군은 대패하여 기병과 보병의 태반을 잃었다. 패잔군은 번성으로 쫓겨왔다. 조인은 급히 장안에 있는 조조에게 사람을 보내 구원을 요청했다. 사자는 밤을 새워 말을 달려 장안에 이르러 조조에게 서신을 올리고 고했다.

"관운장이 이미 양양을 손에 넣고 이제 번성을 포위해 형세가 자못 위급합니다. 당장 장수와 군사를 보내 도와주십시오."

조조가 반열 안의 한 사람을 가리키며 명했다.

"그대가 가서 번성의 포위를 풀어주도록 하라."

그 장수가 크게 대답하고 나오는데 모두 보니 바로 우금이었다. 우금이 말한다.

"제게 한 장수를 허락해주시면 그를 선봉으로 삼아 함께 군사를 거느리고 가겠습니다."

조조가 다시 여러 사람들에게 묻는다.

"누가 감히 선봉이 되겠는가?"

한 사람이 분연히 나선다.

"바라건대 감히 견마지로(犬馬之勞)를 다하여 관운장을 산 채로

잡아다 휘하에 바치겠습니다."

조조가 그를 보고 크게 기뻐했다.

아직 동오가 와서 틈을 엿보기 전에 　　　　未見東吳來伺隙

먼저 북의 위가 군사를 더해 공격하누나 　　先看北魏又添兵

과연 그 사람은 누구일까?

74

칠군을 물속에 장사 지내다

방덕은 관을 짊어지고 가 결사전을 벌이고
관운장은 강물을 터뜨려 칠군을 수장시키다

조조는 번성을 구원하기 위해 우금을 보내기로 하고 여러 장수에게 묻는다.

"누가 선봉에 나서겠느냐?"

한 사람이 대답하며 선뜻 앞으로 나서는데, 조조가 보니 바로 방덕(龐德)이었다. 조조가 크게 기뻐하며 말한다.

"관운장이 천하에 위엄을 떨치며 아직까지 적수를 만나지 못했더니, 이제야 영명(令明, 방덕의 자)을 만나게 되었구나!"

조조는 우금을 정남장군(征南將軍)으로 삼고 방덕을 정서도선봉(征西都先鋒)으로 삼고는 크게 칠군을 일으켜서 번성으로 떠나도록 했다. 이 칠군으로 말하자면 모두 북방의 용감한 군사들로 영군장교(領軍將校) 두 사람이 지휘하고 있었는데, 동형(董衡)과 동초(董

超)가 그들이었다. 출정이 정해진 날 동형이 여러 장교들을 데리고 우금에게 들어가 말한다.

"지금 장군께서 칠군의 많은 군사를 거느리고 번성의 위기를 풀어주러 가시는 것은 반드시 이기기 위함인데, 어찌하여 방덕을 선봉장으로 삼아 대사를 그르치려 하십니까?"

우금이 놀라 그 까닭을 물으니 동형이 말한다.

"방덕은 본래 마초 수하에 있던 부장으로 어쩔 수 없이 우리 위나라에 투항한 사람입니다. 지금 그의 옛주인이 촉나라에서 오호장군에 올라 있을 뿐만 아니라 친형 방유(龐柔) 역시 서천에서 관직에 올라 있는 터에, 이제 그를 선봉장으로 삼는다면 이는 그야말로 기름을 끼얹어 불을 끄려는 것과 같습니다. 장군께서는 어찌하여 위왕께 아뢰어 다른 사람을 보내도록 하지 않으십니까?"

우금은 그날밤으로 부중에 들어가 조조에게 동형의 말을 그대로 아뢰었다. 조조도 그 말에 깨닫는 바가 있어 즉시 뜰아래 방덕을 불러들여 선봉의 인수를 반납하라고 명했다. 크게 놀란 방덕이 조조에게 묻는다.

"제가 이제야 대왕을 위해 힘을 다하려는데, 어찌하여 저를 쓰지 않으려 하십니까?"

조조가 말한다.

"나는 본래 아무것도 꺼리는 마음이 없느니라. 하나 지금 마초가 서천에 있고 네 친형인 방유 역시 서천에서 유비를 돕고 있는데, 내 비록 아무런 의심도 하지 않는다지만 여러 사람이 말이 많으니 어찌하겠는가?"

듣고 나서 방덕은 관(冠)을 벗어놓더니 머리를 땅에 짓찧어 온 얼굴에 피를 흘리며 고한다.

"제가 한중에서 대왕께 투항한 이래 참으로 두터운 은혜를 입어 비록 간과 뇌를 땅바닥에 뿌릴지라도 갚을 길이 없다고 생각해온 터인데, 대왕께서는 어찌 이 방덕을 의심하십니까? 제가 고향에서 형님과 함께 살 때 형수가 워낙 어질지 못하여 어느날 술에 취한 김에 그만 죽여버렸습니다. 형님이 그 일로 저에 대한 한이 골수에 맺혀 다시는 만나지 않겠다고 맹세했으니 형제간의 정리는 이미 끊겼습니다. 또한 옛주인 마초로 말할 것 같으면, 용기만 있고 무모하여 싸움에 패하고 땅을 잃은 다음 홀로 서천으로 달아나 지금은 서로 섬기는 주인이 다르니 이미 옛 의리도 끊어졌습니다. 저는 대왕의 은혜와 베푸심에 감동해 죽기로 보답하고자 하니, 어찌 감히 다른 뜻을 품을 수 있겠습니까. 대왕께서는 부디 살피시옵소서."

조조가 방덕을 부축해 일으키더니 위로하여 말한다.

"내 본래부터 그대의 충의를 알고 있었다. 앞서 한 말은 특히 여러 사람들을 안심시키려 한 것이니 그대는 더욱 노력하여 공을 세우라. 그대가 나를 저버리지 않는 한 나 또한 반드시 그대를 저버리지 않을 것이니라."

방덕은 조조에게 감사의 절을 올리고 집으로 돌아와 그길로 목수를 시켜 관(棺)을 짜도록 했다. 이튿날 방덕이 여러 친구들을 초청해 자리를 마련했는데, 대청 위에 관을 내놓으니 모두 놀라서 묻는다.

"장군이 싸우러 나가는 마당에 이런 상서롭지 못한 물건을 무엇에 쓰려 하오?"

방덕이 술잔을 들며 친구들에게 말한다.

"나는 위왕의 두터운 은혜를 죽음으로써 갚고자 맹세했소. 이번에 번성에 가서 관우와 싸워 내가 그를 죽이지 못하면 반드시 내가 죽을 것이오. 그에게 죽임을 당하지 않더라도 그를 잡지 못한다면 내 마땅히 스스로 목숨을 끊을 터라 이 관을 준비했소. 이는 헛되이 돌아오지 않으려는 내 마음이외다."

여러 친구들이 듣고 모두 놀라며 탄식했다. 방덕은 아내 이씨(李氏)와 아들 방회(龐會)를 나오라고 하여 아내에게 말한다.

"내 이제 선봉이 되어 떠나면 마땅히 싸움터에서 죽어야 할 것이니, 내가 죽거든 그대는 이 아이를 잘 길러주오. 아이의 관상에 남다른 점이 있으니 자라면 반드시 아비의 원수를 갚아줄 것이오!"

아내와 아들은 통곡하며 방덕과 작별했다. 방덕이 관을 가지고 출발하기에 앞서 부하장수들에게 말한다.

"이번에 관우와 죽기로 싸우다가 만일 내가 죽거든 너희들은 내 시체를 이 관에 수습하여라. 내가 관우를 죽이면 나 또한 그 수급을 베어 관 속에 넣어다가 위왕께 바칠 것이다."

부하장수 5백명이 모두 말한다.

"장군께서 이렇듯 충성스럽고 용감하신 터에 우리가 어찌 감히 힘을 다하지 않겠습니까?"

마침내 방덕은 군사를 이끌고 출발했다. 사람들이 방덕의 이러한 일을 보고하니 조조가 기뻐하며 말한다.

"방덕의 충성과 용기가 그만한데 내가 무엇을 근심하랴."

가후가 옆에서 말한다.

"방덕이 혈기와 용맹만 믿고 관우와 죽기로 결판을 내려 한다니, 신은 그것이 오히려 염려스럽습니다."

조조는 가후의 말을 그럴듯하게 여기고 급히 사람을 보내 방덕에게 경계의 말을 전하게 했다.

"관우는 지혜와 용맹을 함께 갖추었으니 절대 가벼이 대적하지 말라. 싸울 만하면 즉시 나가 싸우고, 싸울 수 없을 때는 신중하게 지키도록 하라."

방덕이 명령을 전해받고 주위 장수들에게 말한다.

"대왕께서는 어찌하여 관우를 그렇게 어렵게 보시는가. 내가 이번에 가서 관우의 30년 명성을 대번에 꺾고야 말겠다."

우금이 옆에서 한마디 한다.

"위왕의 말씀에 따라야 하오."

방덕이 분연히 군사를 휘몰아 번성으로 나아가는데 무기를 번쩍이며 징을 치고 북을 울려 위엄을 드높였다.

한편, 관운장이 진영의 장막 가운데 앉아 있는데 갑자기 정탐꾼이 와서 급보를 전한다.

"조조가 우금을 장수로 삼아 칠군의 정예병을 보냈습니다. 선봉장 방덕이 행군 대열 맨 앞에 관을 하나 놓고, 불손하게도 장군과 목숨을 걸고 싸우리라 하면서 성에서 30리 떨어진 곳까지 진격해 왔습니다."

그 말을 듣고 관운장은 얼굴빛이 변했다. 아름다운 수염이 떨릴 만큼 크게 성을 내며 말한다.

"천하 영웅들이 내 이름만 듣고도 모두 두려워 복종하거늘, 방덕 따위 더벅머리 어린놈이 어찌 감히 나를 얕본단 말이냐!"

이어 옆에 있던 관평에게 명한다.

"너는 나가서 번성을 공격하라. 내 가서 그 하찮은 놈의 목을 베어 이 분을 풀리라!"

관평이 말한다.

"아버님은 태산같이 중하신 몸으로 어찌 하찮은 돌멩이와 고하(高下)를 다투려 하십니까? 이 못난 자식이 원컨대 아버님을 대신하여 방덕과 싸우겠습니다."

관운장이 말한다.

"어디 네가 시험 삼아 한번 나가보아라. 내 곧 뒤따라가서 지원하겠다."

관평이 곧 장막을 나가 칼을 들고 말에 올라서 군사를 거느리고 전진하여 방덕을 맞아 둥글게 진을 벌여세웠다. 위군(魏軍) 영채 앞에는 검은 깃발이 나부끼는데, 흰 글씨로 '남안 방덕(南安 龐德)'이라는 네 글자가 씌어 있다. 방덕은 푸른 전포에 은빛 갑옷을 입고 칼을 치켜든 채 백마를 타고 진 앞에 나와 서 있었다. 그뒤로는 5백 군사가 바싹 따르고, 보졸 몇명이 목관을 어깨에 메고 뒤따라 나왔다. 관평이 방덕에게 큰소리로 욕을 한다.

"이 주인을 배반한 역적놈아!"

방덕은 관평을 알아보지 못하고 부하군사에게 묻는다.

"저자가 누구냐?"

곁에 있던 군사가 대답한다.

"관공의 양아들 관평입니다."

방덕이 크게 부르짖는다.

"나는 위왕의 뜻을 받들어 네 아비의 목을 끊으러 왔다. 너 같은 부스럼쟁이 애송이는 죽이지 않을 터이니, 냉큼 네 아비를 내보내라!"

관평이 격분해서 춤추듯 칼을 휘두르며 방덕에게 달려들었다. 방덕도 칼을 비껴들고 마주 달려나왔다. 두 장수가 어우러져 30여 합을 싸웠으나 도무지 승부가 나질 않았다. 양쪽 진영에서는 징을 울려 싸움을 중단하고 잠시 휴식을 취했다. 그동안에 한 군사가 이를 관운장에게 보고했다. 관운장은 불같이 화가 나서 요화에게 번성을 치도록 명하고, 몸소 방덕을 대적하기 위해 나섰다. 관평이 관운장을 맞아 방덕과 싸워 승부가 나지 않았다고 고하니 관운장은 칼을 비껴들고 즉시 말을 몰고 달려나가 호통을 친다.

"관운장이 여기 와 있다. 방덕은 어찌하여 빨리 나와 목숨을 바치지 않느냐!"

마침내 북소리가 요란하게 울리며 방덕이 말을 몰고 나타났다.

"나는 위왕의 명을 받들어 특별히 네 머리를 취하러 왔다. 네가 믿지 못할까 염려해 관을 준비해왔으니, 만약 죽는 게 두렵거든 속히 말에서 내려 항복하라."

관운장이 크게 꾸짖는다.

"네까짓 필부 따위가 무엇을 하겠느냐. 쥐새끼 같은 도적놈을 베기에는 내 청룡도가 아깝다!"

관운장이 청룡도를 춤추듯 휘두르며 말을 달려나오니, 방덕 역시 칼을 치켜들고 달려나와 맞선다. 관운장과 방덕은 1백여합이 넘도록 격렬하게 싸웠다. 두 장수의 투지는 싸울수록 더욱 새로워질 뿐 도무지 지칠 줄을 몰랐다. 양쪽 군사들은 모두 넋을 잃고 얼빠진 듯이 바라보고 있었다. 위군 진영에서 방덕이 실수라도 할까 두려웠는지 징을 울려 군사를 거두었다. 관평 역시 늙은 부친이 염려스러워 징을 울리니 두 장수는 그제야 싸움을 거두고 각자의 영채로 돌아갔다. 방덕이 영채로 돌아와 여러 사람에게 말한다.

"사람들이 관공을 영웅이라 하더니 오늘 비로소 그 말을 믿겠네."

이런 말을 하고 있을 때 우금이 왔다. 서로 군례를 드린 후에 우금이 방덕에게 묻는다.

"장군이 관공과 1백여합을 싸웠지만 얻은 게 없다고 들었는데, 군사를 물려 피하는 게 어떻겠소?"

방덕은 분연히 대답한다.

"위왕께서 장군을 대장으로 삼으셨는데, 어찌 그다지도 약한 말씀을 하시오? 내 내일은 관아무개와 사생결단을 하겠소. 결코 이대로 물러나지는 않을 테요."

우금은 감히 더 말리지 못한다.

한편 관운장은 영채로 돌아와 관평에게 말한다.

"방덕의 칼쓰는 법이 능숙하여 참으로 내 적수가 될 만하더구나."

관평이 말한다.

"속담에 '하룻강아지 범 무서운 줄 모른다'고 했습니다. 아버님께서 그자를 벤다 해도 그자는 한낱 서쪽 오랑캐의 작은 졸개에 지나지 않습니다. 만일 작은 실수라도 하여 큰아버님의 당부를 저버리시게 되지나 않을까 걱정입니다."

"내가 이 사람을 죽이지 못하고 어찌 분을 풀겠느냐. 내 뜻은 이미 정해졌으니 다시 여러 말 하지 마라."

이튿날, 관운장이 말에 올라 군사를 이끌고 진을 나서니 방덕 역시 군사를 이끌고 나와 맞선다. 양군이 둥글게 진을 벌여세움과 동시에 두 장수는 말 한마디 하지 않고 달려나가 다짜고짜 맞붙어 싸움을 시작한다. 두 장수가 어울려 싸운 지 50여합에 이르렀을 때다. 방덕이 갑자기 말머리를 돌려 달아나기 시작한다. 관운장이 방덕의 뒤를 바싹 추격하니 관평은 혹시 실수라도 있을까 두려워 급히 그 뒤를 따른다. 관운장이 방덕을 뒤쫓으며 큰소리로 꾸짖는다.

"역적 방덕아! 네놈이 타도계(拖刀計)를 쓴다고 내 어찌 두려워할까보냐."

방덕은 짐짓 타도계를 쓰는 척하다가 갑자기 칼을 말안장 고리에 꽂고 잽싸게 몸을 돌려 활시위를 당겼다. 눈이 밝은 관평은 방덕이 활 당기는 것을 보고 큰소리로 외친다.

"역적놈아, 그 간특한 활을 멈추어라!"

관운장이 급히 눈을 부릅뜨는데, 이미 시윗소리가 울리며 화살이 날아왔다. 미처 몸을 피하지 못한 관운장은 그만 왼쪽 어깨에 화살을 맞고 말았다. 관평이 급히 부친을 구해 영채로 돌아가려 하는데 방덕이 말머리를 돌려 칼을 휘두르며 쫓아왔다. 그때 갑자기 위군 본영에서 징소리가 크게 울렸다. 방덕은 혹시 후군이 급습당하지 않았나 염려되어 급히 말머리를 돌렸다. 그러나 이는 원래 우금의 시기 때문이었다. 우금은 방덕이 관운장을 쏘아 맞히는 순간 재빨리 생각했다.

'방덕이 큰공을 세우면 내 체면은 뭐가 되겠는가.'

그래서 일부러 징을 쳐 군사를 거두었던 것이다. 방덕이 돌아와서 우금에게 묻는다.

"무슨 일로 징을 울렸소?"

우금이 말한다.

"위왕께서 훈계하시기를, 관아무개는 지혜롭고 용맹스러운 장수라 하였소. 제 비록 화살을 맞았으나 다른 속임수가 있을까 두려워 징을 울려 군사를 거둔 것이오."

방덕이 안타까워하며 말한다.

"회군하지만 않았으면 내 이미 관아무개를 베었을 거요!"

우금이 방덕을 위로하는 체하며 말한다.

"무엇이든 서둘러서 좋을 게 없소. 천천히 도모합시다."

방덕은 우금의 속셈을 알아차리지 못하고 기회 놓친 것만 안타까워할 뿐이다.

한편, 관운장은 영채로 돌아와 먼저 어깨에 꽂힌 화살촉을 뽑았다. 다행히 깊이 박히지 않아 금창약을 발라 치료했다. 관운장이 방덕에게 한을 품고 여러 장수들에게 말한다.

"내 맹세코 이 화살 한대의 원수를 갚으리라!"

여러 장수들이 말한다.

"장군께서는 며칠만이라도 편히 쉬소서. 그다음에 싸우셔도 늦지 않습니다."

다음 날, 방덕이 다시 군사를 이끌고 와서 싸움을 돋우었다. 군사에게서 이 사실을 보고받은 관운장은 당장 출정하려고 했으나 여러 장수들이 권하여 나가지 못하게 했다. 방덕은 군사들을 시켜 욕설을 퍼부으며 계속 싸움을 청했으나 관평은 요처를 굳게 지킬 뿐, 장수들에게 지시해 관운장에게 이를 보고하지 못하게 했다. 방덕이 싸움을 돋운 지 열흘이 지났건만 관운장의 영채에서는 사람 하나 나오지 않았다. 방덕은 우금과 더불어 상의한다.

"화살 맞은 상처가 덧나서 관우가 움직이지 못하는 것 같소이다. 이런 좋은 기회를 틈타 한꺼번에 칠군을 일으켜 영채로 짓쳐들어가면 번성의 포위를 구할 수 있겠소."

우금은 자칫 방덕이 큰공을 세울까 두려워하여 위왕의 경계를 핑계 삼아 군사를 움직이려 하지 않았다. 방덕이 여러차례 군사를 움직이고자 해도 우금은 허락하지 않고 마침내 칠군을 옮겨서 번성에서 북쪽으로 10리가량 떨어진 산기슭에 영채를 세웠다. 우금은 스스로 군사를 거느리고 큰길을 끊고서 방덕에게는 골짜기에 주둔하라고 명했다. 방덕이 마음대로 진군해 공을 세우지 못하게 하기 위해서였다.

한편 관평은 관운장의 상처가 아물어 매우 기뻐하고 있었는데 그때 우금이 칠군을 번성 북쪽으로 옮겨 영채를 세웠다는 급보가 들어왔다. 아무리 생각해보아도 저들의 모책을 알 수가 없어 즉시 관운장에게 보고했다. 관운장은 말에 올라 기병 몇명만 거느리고 높은 언덕 위로 올라가 보았다. 번성 위에 세워진 깃발은 정연하지 못하고 군사들의 움직임도 어지러워 보이는데, 성 북쪽으로 10리 남짓 떨어진 산골짜기에 군마가 주둔해 있었다. 또 한편을 보니 양강의 물살이 매우 급했다. 한참 동안 살펴보고 나서 관운장은 향도관(鄕導官)을 불러 묻는다.

"번성 북쪽 10리에 있는 저 산골짜기 이름이 무엇인가?"

"증구천(罾口川)이라 합니다."

관공이 매우 기뻐하며 말한다.

"우금은 이제 내 손에 잡힌 거나 마찬가지로구나."

좌우에서 묻는다.

"장군께서는 그걸 어찌 아십니까?"

관운장이 말한다.

"고기(고기 '魚', 우금의 '于'는 중국어로 음이 yú로 같음)가 증구(罾口, 그

물아가리)에 들어갔는데 우금이 어찌 오래 버틸 수 있겠느냐?"

그러나 여러 장수들은 그 말을 믿지 않았다. 관운장은 본채로 돌아왔다.

때는 8월 가을철인데 며칠 동안 소나기가 쏟아졌다. 관운장은 사람을 시켜 배와 뗏목을 준비하도록 하는 한편 물에서 필요한 기구들을 수습하게 했다. 관평이 묻는다.

"육지에서 싸우는데 물에서 쓰는 기구는 무엇에 쓰시렵니까?"

관운장이 말한다.

"너는 모르는구나. 우금의 칠군이 넓은 땅에 진을 치지 않고 좁고 험한 증구천에 모여 있지 않더냐. 요사이 가을비가 연이어 내렸으니 필시 양강의 물이 범람할 것이다. 내 이미 사람들을 보내 제방 곳곳의 물구멍을 막아두었으니 물이 넘칠 때를 기다려 우리가 높은 데로 올라 배를 타고 물을 한꺼번에 터버리면 번성과 증구천의 군사들은 모두 물고기와 자라 밥이 될 것이니라."

관평은 그제야 깨닫고 절하며 감복했다.

한편 위군은 증구천에 주둔해 있는데 날마다 큰비가 그치지 않으니 독장(督將) 성하(成何)가 우금에게 찾아와 말한다.

"우리 대군이 증구천 어귀에 주둔해 있는데 지세가 낮은데다 비록 토산이 있긴 해도 영채와는 떨어져 있고 더구나 요즈음 비가 며칠째 내려 군사들의 고생과 어려움이 큽니다. 근래에 촉군이 높은 언덕으로 옮겨가고 있다고 하고, 한수 어귀에 배와 뗏목을 준비하고 있다고도 합니다. 강물이라도 범람하는 날에는 아군이 위태로

우니 한시바삐 계책을 세우소서."

우금은 오히려 꾸짖는다.

"네까짓 놈이 어찌 군심을 어지럽히려 드느냐. 두번 다시 그따위 소리를 했다가는 목을 벨 것이다!"

성하는 수모를 당하고 우금 앞에서 물러나왔다. 그길로 방덕을 찾아가 이 일을 고하니, 방덕이 말한다.

"그대의 생각이 무척 옳소만 우장군이 대군을 움직이려 하지 않으니 어쩔 도리가 없구려. 내일은 나 혼자서라도 군사를 다른 곳으로 옮기겠소."

이렇게 두 사람은 상의하여 계책을 정했다. 그날밤 비바람이 거세게 몰아쳤다. 방덕이 장막 안에 앉아 있는데 갑자기 천군만마가 내닫는 듯한 소리가 들리며 북소리가 천지를 진동한다. 방덕이 크게 놀라 장막을 뛰쳐나온 즉시 말위에 올라 바라보니, 사면팔방에서 큰물이 밀려온다. 칠군은 어지러이 달아나기 시작했다. 일대 소란 속에 물살에 그대로 떠내려가는 자가 이루 헤아릴 수 없었다. 평지에도 물은 한길이 넘었다. 우금과 방덕은 다른 장수들과 더불어 자그마한 산 위에 올라 겨우 물을 피했다.

마침내 날이 밝아왔다. 관운장과 여러 촉장들이 기를 흔들고 북을 치며 큰 배를 타고 함성을 지르며 몰려왔다. 우금이 사방을 둘러보아도 길은 없고 좌우에는 다만 군졸 50~60명뿐이었다. 이미 달아날 수 없음을 안 우금은 제 입으로 항복하겠다고 소리쳤다. 관운장은 군사들에게 명하여 우금과 그 군사들의 갑옷과 병기를 거두고 나서 결박지어 배에 태웠다. 그리고 방덕을 사로잡기 위해 뱃머리를 돌렸다.

이때 방덕은 동형·동초·성하 등의 장수와 보병 5백명과 함께 갑옷도 입지 못하고 둑 위에 서 있었다. 관운장이 배를 몰아 다가오는 것을 보고도 방덕은 전혀 두려워하는 기색 없이 분연히 앞으로 나서 싸우려 했다. 관운장은 사면을 배로 포위하더니 군사들로 하여금 일제히 활을 쏘게 했다. 이때 위군은 거의 태반이 형주군의 화살에 맞아 죽었다. 동형과 동초는 위급한 형세를 보다 못해 방덕에게 고한다.

"군사들 태반이 죽고 다쳤으며 달아날 길도 없습니다. 차라리 항복하는 것이 낫겠습니다."

방덕은 분노했다.

"내가 위왕의 두터운 은혜를 입고서 어찌 절개를 굽혀 적에게 항복하겠는가!"

말을 끝내기가 무섭게 친히 동형과 동초를 베어버리고 큰소리로 외친다.

"다시 항복하자는 말을 하는 자가 있으면 즉시 이 두 사람처럼 될 것이다!"

이에 모두들 분발하여 적을 막았다. 새벽부터 한낮이 되도록 싸웠는데도 그들의 사기는 더욱 충천했다. 관운장이 군사들을 독려하며 사면에서 급히 공격하니 화살과 돌이 빗발치듯 위군에게 쏟아졌다. 방덕은 군사들에게 단병접전(短兵接戰, 길이가 짧은 무기로 가까이 다가가 싸움)을 하도록 명하면서 성하를 돌아보고 말한다.

"내 들으니 용맹한 장수는 죽음을 겁내 구차하게 살지 않으며, 장사는 절개를 굽혀 삶을 구걸하지 않는다고 하였다. 오늘은 바로 내가 죽는 날이니 그대도 힘을 다해 죽기로써 싸우라!"

성하는 명에 따라 앞으로 나가다가 관운장의 화살에 맞아 물속으로 떨어졌다. 결국 남은 군사들도 모두 항복했는데 방덕 혼자 끝까지 굽히지 않고 싸우고 있었다. 이때 형주군 수십명이 작은 배를 타고 방덕이 있는 둑 가까이 다가왔다. 방덕은 칼을 쥐고 몸을 날려 배로 뛰어오르더니 대번에 형주군 10여명을 베어 죽였다. 나머지 군사들은 배를 버리고 물속으로 뛰어들어 달아났다. 방덕은 한 손에 칼을 들고 다른 손으로는 노를 저으며 번성으로 달아나려 했다. 이때 상류쪽에서 한 장수가 뗏목을 타고 내려와 부딪치면서 그만 배를 뒤집어엎었다. 뒤집힌 배와 함께 방덕이 물속에 빠지는 순간, 장수는 그대로 물속으로 뛰어들어 방덕을 사로잡아 배에 올랐다. 여러 사람들이 보니 방덕을 사로잡은 사람은 바로 주창(周倉)이었다. 주창은 본래 물에 익숙하고 또 형주에 있는 몇해 동안 수련을 쌓은데다 힘이 세어서 쉽게 방덕을 사로잡은 것이다. 우금이 거느렸던 칠군은 거의 물에 빠져 죽었으며 물에 익숙한 자들도 달아날 길이 없어 모두 항복했다.

후세 사람이 읊은 시가 있다.

한밤의 북소리 하늘을 진동하더니　　　　夜半征鼙響震天

관우는 위의 칠군을 수장시키고 방덕은 주창에게 사로잡히다

양양과 번성의 땅 바다로 변했구나　　　　襄樊平地作深淵

관공의 신기묘산 따를 자 누구랴　　　　關公神算誰能及

당시 천하에 떨친 그 이름 만고에 전하도다　　華夏威名萬古傳

　관운장은 높은 언덕으로 돌아와 장막 안에 좌정했다. 도부수들이 우금을 끌어내자 우금은 땅에 엎드려 절하며 목숨만 살려달라고 애걸한다. 관운장이 큰소리로 꾸짖는다.

　"네 어찌 감히 내게 항거했느냐!"

　우금이 말한다.

　"위의 명에 따라 온 것이라 어찌할 수 없었습니다. 바라건대 군후께서는 불쌍히 여기소서. 살려만 주신다면 맹세코 목숨을 바쳐 보답하겠습니다."

　관운장이 수염을 쓰다듬으며 웃고 말한다.

　"내 너를 죽이는 것이 개돼지를 죽이는 것과 무엇이 다르랴. 헛되이 내 칼만 더럽힐 뿐이로다!"

　관운장은 곁에 있는 무사에게 우금을 결박해 형주로 보내 감옥에 가두어두라고 명한다.

　"내 돌아가서 따로 처리할 것이다."

　우금이 끌려나간 다음 관운장은 영을 내려 방덕을 끌어오게 했다. 방덕은 눈썹을 치켜올리고 눈을 부릅뜬 채 버티고 서서 무릎조차 꿇지 않았다. 관운장이 말한다.

　"네 형이 한중에 있고 너의 옛주인 마초 역시 촉땅에 대장으로 있는데 어찌 일찍이 항복하지 않았느냐?"

방덕이 격노하여 말한다.

"내 차라리 칼에 맞아 죽을지언정 어찌 네게 항복하겠느냐!"

그러고는 큰소리로 욕설 퍼붓기를 그치지 않았다. 관운장이 크게 노하여 꾸짖으며 도부수들에게 명해 끌어내 목을 베게 했다. 방덕은 목을 늘여 도부수들의 칼을 받았다.

관운장은 방덕의 죽음을 가엾게 여겨 후하게 장사 지내주라고 명하고 다시 전선에 올라 대소 장졸들을 이끌고 아직 빠지지 않은 물길을 타고서 일제히 번성으로 쳐들어갔다.

한편 번성 주위에는 흰 물결이 도도히 밀려와 하늘에 닿을 듯했다. 물은 점점 더 불어나 성벽을 허물어뜨리고 성안까지 밀려들 기세였다. 남녀노소가 모두 동원되어 흙을 나르고 돌을 옮겨 무너진 곳을 메웠지만 무서운 물의 기세를 미처 감당할 수가 없었다. 조조군의 여러 장수들은 낙담하여 황망히 조인에게 고한다.

"오늘의 이 위기는 도무지 사람의 힘으로 구할 길이 없으니 적이 오기 전에 배를 타고 밤새 달아나도록 하시지요. 비록 성은 빼앗기더라도 몸은 온전히 지킬 수 있겠습니다."

조인은 그 말을 좇아 바야흐로 배를 준비해 도망치려 했다. 그때 만총이 간한다.

"성을 버리면 안됩니다. 산골의 물이 밀려들어봤자 얼마나 오래 계속되겠습니까. 열흘도 못 가서 물은 자연히 빠질 것입니다. 관운장이 직접 성을 치지 않고 성 아래 겹하(郟下) 고을에 별장(別將)을 파견하고 쉽게 쳐들어오지 못하는 것은 우리 군사가 뒤를 습격할까 염려해서입니다. 지금 성을 버리면 황하 이남은 적의 손에 떨어질 터이니, 원컨대 장군께서는 번성을 굳게 지키소서."

조인이 두 손을 모으고 머리 숙여 감사한다.

"귀공의 가르침이 아니었다면 나라의 큰일을 그르칠 뻔했소이다."

조인은 백마를 타고 성 위에 올라 여러 장수들을 모아놓고 맹세한다.

"나는 위왕의 명을 받아 이 성을 지킬 것이다. 누구든 성을 버리자고 하는 자가 있으면 목을 베겠다!"

여러 장수들이 한결같이 말한다.

"저희들도 죽기로 성을 지키겠습니다."

조인은 크게 기뻐했다. 곧 성 위에 궁노수 5백명을 배치하고 군사들로 하여금 밤낮없이 철통같이 지키도록 했다. 그리고 남녀노소 가리지 않고 모든 백성들을 동원해 흙과 돌을 날라 요새와 성벽을 수리하게 했다. 만총의 말대로 열흘이 못 되어 물은 차차 빠지기 시작했다.

한편 관운장이 우금을 비롯한 위나라 장수들을 사로잡으니 그 위엄이 천하에 드높아 놀라지 않는 사람이 없었다. 이때 갑자기 관운장의 둘째아들 관흥(關興)이 부친을 뵈러 영채에 들렀다. 관운장은 여러 장수들의 공적을 기록한 문서를 관흥에게 내주며 말한다.

"너는 이것을 들고 성도로 돌아가 한중왕께 올리고, 이 사람들의 관직을 올려주십사 청하여라."

관흥은 아버지에게 절을 하고 성도를 향해 떠났다. 관흥을 보낸 후 관운장은 군사를 둘로 나누어 절반은 겹하로 보내고, 나머지 절반의 군사를 몸소 거느리고 번성의 사면을 에워싼 채 공격하기 시작했다. 북문에 다다른 관운장은 채찍으로 성루를 가리키며 큰소리로 외친다.

"이 쥐새끼 같은 놈들아, 속히 항복하지 않고 언제까지 버틸 셈이냐!"

바로 이때, 조인은 성루에서 관운장이 엄심갑에 녹색 전포만 걸친 것을 보고는 부리나케 5백 궁노수들을 시켜 일제히 활을 쏘게 했다. 관운장이 급히 말머리를 돌렸으나 화살 한대가 날아와 오른팔에 꽂혔다. 관운장은 그만 몸을 뒤집으며 말에서 떨어지고 말았다.

물속에 칠군을 빠뜨려 넋을 다 빼놓더니　　　　水裡七軍方喪膽
성에서 날아온 화살 한대에 몸이 상하네　　　　城中一箭忽傷身

과연 관운장은 어찌 되었을까?

75

형주 함락

관운장은 뼈를 긁어 독기를 치료하고
여몽은 흰옷의 장사꾼으로 변장하고 강을 건너다

한편 조인은 관운장이 말에서 떨어지는 것을 보고 즉시 군사를 이끌고 성에서 나가 형주군을 쳐부수려 했다. 그러나 관평이 쫓아 나와 한바탕 위군을 무찌르는 바람에 다시 쫓겨들어갔다. 관평은 관운장을 구하여 영채로 돌아왔다. 곧 오른팔에서 화살을 뽑아냈는데, 원래 화살촉에 독약을 묻혀놓았기 때문에 이미 독이 뼛속까지 스며들어 있었다. 상처가 퍼렇게 부어오른 관운장은 오른팔을 조금도 움직이지 못했다. 관평이 황망히 여러 장수들을 불러 상의한다.

"부친께서 팔을 못 쓰게 되신다면 앞으로 어떻게 적과 싸우시겠소? 잠시 형주로 회군하여 조리하시느니만 못할 것이오."

관평이 여러 장수들과 함께 장막으로 들어가자 관운장이 묻는다.

"너희는 무슨 일로 왔느냐?"

"군후께서 오른팔을 다치신 까닭에 적을 대하면 노기로 인해 상처에 좋지 못하고 적과 싸우시기에도 불편할까 두려워 저희가 의논했습니다. 잠시 형주로 돌아가 몸을 돌보시는 것이 좋겠습니다."

관운장은 화를 낸다.

"번성을 취할 일이 바로 눈앞에 있지 않느냐. 번성을 점령하면 즉시 군사를 몰고 허도로 진격해 역적 조조를 섬멸하고 한나라 황실을 편안케 할 것이다. 어찌 조그만 상처 때문에 대사를 그르치겠느냐. 너희가 감히 우리 군사의 사기를 꺾을 셈이냐!"

관평을 비롯한 여러 장수들은 아무 말도 못하고 물러났다. 장수들은 관운장이 회군하려 하지 않고 상처는 차도가 없어 각처로 사람을 보내 명의를 수소문했다. 그러던 어느날이었다. 한 사람이 강동에서 작은 배를 타고 와서는 곧바로 영채 앞에 당도했다. 군졸이 그 사람을 관평에게 데리고 갔다. 관평이 보니, 그는 머리에 방갓을 쓰고 소매 넓은 활옷을 입었으며 팔에는 푸른 자루를 걸고 있었다. 그 사람이 스스로 자기소개를 한다.

"저는 패국(沛國) 초군(譙郡) 사람으로 성은 화(華)요 이름은 타(佗), 자는 원화(元化)라는 사람입니다. 천하의 영웅이신 관장군께서 이번에 독화살을 맞았다는 말을 듣고 특별히 치료해드리러 이렇게 왔습니다."

관평이 말한다.

"그렇다면 지난날 동오의 주태를 고쳤던 그분 아니십니까?"

"그렇소이다."

관평은 크게 기뻐하며 즉시 여러 장수들과 화타를 데리고 장중에 들어가 관운장을 뵈었다. 이때 관운장은 팔의 통증이 심하면서도 내색하면 군심이 흔들릴까 염려하여 파적 삼아 마량과 바둑을 두고 있다가 의원이 당도했다는 보고를 받았다. 관운장은 곧 화타와 인사를 나눈 다음 차를 대접했다. 화타가 차를 마시고 나서 말한다.

"상처를 좀 보여주십시오."

관운장은 웃옷을 벗고 팔을 내밀어 화타에게 상처를 내보였다. 화타가 살피고 나서 말한다.

"화살촉에 묻어 있던 독약 오두(烏頭, 줄기·잎·뿌리에 독이 있는 약용 식물)가 그대로 뼛속에 스며들었습니다. 속히 치료하지 않으면 이 팔은 못 쓰게 될 것입니다."

관운장이 묻는다.

"어떻게 치료하면 되겠소?"

"제게 치료법이 있긴 한데, 군후께서 두려워하실까 그것이 걱정입니다."

관운장이 웃으며 말한다.

"내가 죽는 것을 집으로 돌아가듯 여기는 터에 무엇을 두려워하겠소?"

화타가 말한다.

"먼저 조용한 곳에 기둥을 하나 세워 큰 고리를 박은 다음 군후의 팔뚝을 고리 속에 끼워 굵은 밧줄로 단단히 매놓고 얼굴을 가려야 합니다. 그러고 나서 제가 뾰족한 칼로 살을 째고 뼈를 드러내 뼛속에 스며든 독을 긁어내고, 약을 바르고 바늘과 실로 살을 꿰매야만 비로소 무사할 것이옵니다. 일이 이러하니 군후께서 두려워하실까 그것이 걱정입니다."

관운장이 또다시 웃으며 말한다.

"그렇게 쉬운 일에 기둥이니 고리가 무슨 필요가 있겠소?"

운장은 술상을 들여오게 하여 화타를 대접했다. 술을 몇잔 마시더니 마량과 다시 바둑을 두면서 팔을 뻗어 화타에게 맡겼다. 화타가 뾰족한 칼을 손에 쥐고, 군졸 한 사람에게 큰 항아리를 팔 밑에 대고 흘러내리는 피를 받도록 하고는 다시 말한다.

"이제 제가 손을 쓸 터이니 군후는 놀라지 마십시오."

관운장은 바둑을 두면서 말한다.

"그대에게 맡겼으니 마음대로 치료하시오. 내 어찌 세간의 속인들이 아파하고 두려워하는 것처럼 하겠소."

화타가 드디어 칼을 잡고 관운장의 살을 쨌다. 보니 이미 뼈까지 푸르게 독이 퍼져 있었다. 화타가 칼로 뼈를 긁어내기 시작했다. 사각사각 뼈를 긁는 소리에 장막 안에 있던 사람들은 차마 쳐다보지 못하고 겁에 질려 얼굴을 가리고 있었다. 관운장은 계속 술을 마시면서 웃고 이야기 나누며 마량과 바둑을 두었다. 그 얼굴에 전혀 고통스러워하는 기색이 보이지 않았다. 잠깐 사이에 흘러내린 피가 항아리에 그득했다. 마침내 화타는 뼛속의 독을 다 긁어내고 그 위에 약을 바르더니 실로 꿰맸다. 관운장이 크게 웃고 일어나 여러 장수들을 돌아보며 말한다.

"이 팔을 움직이기가 전과 같고 통증도 사라졌소이다. 선생은 참으로 신의(神醫)올시다."

화타가 말한다.

"제가 일생 의원 노릇을 했지만 아직까지 이런 일은 겪은 적이 없습니다. 군후께서는 참으로 천신(天神)이십니다."

후세 사람이 지은 시가 있다.

병을 치료함엔 내과 외과로 나뉘지만　　　　治病須分內外科
세상에 신묘한 의술 만나기 어디 쉬우랴　　世間妙藝苦無多
신위의 명장으로 관운장 하나 손꼽는데　　神威罕及惟關將
신통한 의술로는 오직 화타를 이야기하네　　聖手能醫說華佗

관운장은 화살 맞은 상처가 다 낫자 잔치를 베풀어 화타를 대접하며 사례했다. 화타가 말한다.

"군후의 상처는 비록 나았으나 모름지기 몸을 아끼시고 절대로 노기(怒氣)를 내지 마십시오. 그렇게 백일을 지내고 나서야 예전처럼 회복되실 것입니다."

관운장은 황금 1백냥을 내어 화타에게 사례하려 했다. 화타가 거절하며 말한다.

"저는 군후의 높으신 의기를 듣고 특별히 와서 고쳐드린 것이온

화타는 뼈를 긁어 관운장의 상처를 치료하다

데 어찌 보수를 받겠습니까?"

화타는 끝내 사양하고 약 한 봉지를 내놓았다.

"이것을 상처에 바르십시오."

그러고는 작별하고 떠나갔다.

이 무렵 관운장이 우금을 사로잡고 방덕을 참하니, 그 위엄과 명성이 크게 떨쳐 세상 사람들이 모두 놀란 중에 정탐꾼이 이런 사실을 즉시 허도에 보고했다. 조조는 크게 놀라 문무관원들을 불러모아 상의했다.

"내 평소부터 관운장의 지혜와 용맹이 천하를 뒤덮은 줄은 알고 있었으나, 이제 형주와 양양을 모두 손에 넣었으니 마치 호랑이가 날개를 얻은 격이로구나. 우금이 사로잡히고 방덕은 죽임을 당하여 위군의 사기가 꺾일 대로 꺾였으니 만일 군사를 이끌고 곧바로 허도로 쳐들어온다면 어찌하겠느냐. 내 도읍을 옮겨 피하려 하노라."

사마의가 간한다.

"그건 안됩니다. 우금 등은 물에 빠졌을 뿐 싸움에 패한 것이 아니니 국가대계(國家大計)에 손상될 것이 없습니다. 지금 손권과 유비의 사이가 좋지 못하니 이번에 운장이 얻은 성과를 손권은 기뻐하지 않을 것입니다. 대왕께서는 사신을 동오로 보내 이해(利害)를 따져 말하여 손권으로 하여금 암암리에 군사를 일으켜 관운장을 뒤에서 치도록 하고, 평정되는 날에는 강남땅을 떼어주겠다고 하면 번성의 위기는 저절로 풀릴 것입니다."

주부 장제(蔣濟)도 말한다.

"중달의 말이 옳습니다. 지금이라도 즉시 동오로 사람을 보낸다면 도읍을 옮기는 일로 백성을 동요시킬 필요가 전혀 없습니다."

조조는 그 말을 옳게 여겨 천도하지 않기로 하고, 여러 장수들을 돌아보며 탄식하여 말한다.

"우금이 나를 따른 지 30년인데, 어찌 위기를 당하여 오히려 방덕만도 못하단 말인가. 이제 사자에게 서신을 주어 동오에 보내는 한편 반드시 대장 한 사람을 뽑아야만 관운장의 예기를 감당할 것이로다."

조조의 말이 미처 끝나기도 전에 계단 아래에서 한 장수가 나서며 소리친다.

"제가 가기를 원합니다!"

조조가 보니 바로 서황이다. 조조는 크게 기뻐하고 즉시 정예병 5만을 내주어 서황을 대장으로 삼고, 여건(呂建)을 부장으로 삼았다. 그리고 날을 정해 기병하여 먼저 양릉파(陽陵坡)에 주둔했다가 동남쪽의 동정을 보아 진군하도록 했다.

한편 손권은 조조의 서신을 받아보고 흔쾌히 응낙했다. 즉시 회신을 써서 사자에게 주어 돌려보내고 문무관원을 모아 상의했다. 장소가 말한다.

"요새 듣자하니 운장이 우금을 사로잡고 방덕을 참하여 그 위엄이 세상을 진동시킨다 합니다. 조조가 도읍을 옮겨 그 예봉을 피하려다가 당장 번성이 위급하므로 사자를 보내 우리에게 구원을 요청하는 것이니, 일을 평정한 뒤에 번복할까 그것이 걱정입니다."

손권이 미처 대답도 하기 전에 갑자기 급한 보고가 들어온다.

"여몽이 육구에서 작은 배를 타고 당도했는데, 주공께 아뢸 말씀이 있다 합니다."

손권이 불러들여 물으니 여몽이 말한다.

"지금 운장이 군사를 거느리고 번성을 포위하고 있으니 그가 멀리 나간 틈을 타서 형주를 급습해야 합니다."

손권이 말한다.

"나는 북쪽 서주를 취하고 싶은데 그대 생각은 어떠한가?"

여몽이 답한다.

"지금 조조가 멀리 하북에 있어 미처 동쪽을 돌볼 겨를이 없고 서주를 지키는 군사가 많지 않아 쳐들어가면 이기기는 할 것입니다. 그러나 지세가 육전(陸戰)에 이롭고 수전(水戰)에 불리하여 비록 얻는다 해도 지키기는 어려울 것입니다. 먼저 형주를 쳐서 장강을 손에 넣은 뒤에 달리 좋은 계책을 세워 도모하는 것이 어떻겠습니까."

"나도 형주를 취하고 싶소. 먼저 한 말은 경을 시험해보려 한 말이니, 경은 속히 나를 위해 일을 도모하도록 하오. 나도 곧 뒤따라 군사를 일으켜 나가겠소."

여몽은 손권에게 하직하고 곧장 육구로 돌아왔다. 이때 정탐꾼이 와서 고한다.

"강기슭을 따라 20리 혹은 30리마다 높은 언덕 위에 봉화대가 세워졌고, 또한 듣자하니 형주 군마가 정연하게 정비되어 만반의 준비를 갖추고 있다 합니다."

여몽이 크게 놀란다.

"그렇다면 급하게 일을 도모하기는 어렵겠구나. 내 오후의 면전에서 형주를 취하시라 권했는데, 이제 이 일을 어찌한단 말인가?"

여몽은 아무리 생각해도 좋은 계책이 떠오르지 않았다. 마침내 병을 핑계 삼아 일절 나가지 않고 사람을 시켜 손권에게 이 일을 전했다. 손권은 여몽이 병이 났다는 소식에 마음이 매우 편치 않았다. 육손(陸遜)이 들어와 말한다.

"자명(子明, 여몽의 자)의 병은 꾀병이지 정말 병이 난 것이 아닙니다."

"거짓이라 생각한다면 백언(伯言, 육손의 자)이 직접 육구에 가서 살펴보도록 하오."

육손은 명령을 받은 즉시 떠나 밤을 새워 육구 영채에 이르렀다. 여몽을 만나보니 과연 얼굴에 병색은 없었다. 육손이 말한다.

"내가 오후의 명을 받고 자명의 문병을 왔소이다."

"천한 몸이 우연히 병을 얻었기로 어찌 수고로이 병문안이시오?"

"오후께서 귀공에게 중임을 맡기셨는데 이 기회에 움직이지 않고 울적해하면서 헛되이 나날을 보내서야 되겠소?"

여몽은 그저 육손을 물끄러미 바라볼 뿐 아무런 대답도 하지 못했다. 육손이 다시 말한다.

"어리석은 내게 작은 처방이 있어 장군의 병을 고쳐드릴까 하는데, 한번 써보시겠소?"

여몽은 그제야 좌우 사람을 물리치고 묻는다.

"백언의 좋은 처방을 제발 어서 가르쳐주오."

육손이 웃으며 나직하게 말한다.

"자명의 병은 형주의 정돈된 군마와 강기슭에 마련된 봉화대로 인해 생긴 병이오. 내게 한가지 계책이 있으니, 강기슭을 지키는 적들이 봉화를 올리지 못하게 하고 형주 군사들로 하여금 꼼짝없이 항복하게 만들면 되지 않겠소?"

여몽이 깜짝 놀라며 사례하여 말한다.

"백언의 말이 내 가슴속을 꿰뚫어본 것 같구려. 원컨대 그 좋은 계책을 들려주시오."

"운장이 스스로 영웅이라 믿고 자신을 대적할 자가 없다고 생각하지만, 오직 염려하는 사람은 장군뿐이오. 장군은 이 기회에 병을 핑계로 사직하고, 육구를 관장하는 소임을 다른 사람에게 넘기시오. 그러고는 그 사람으로 하여금 비굴한 말로 관운장을 칭송하게 하면 교만한 마음이 생긴 관운장은 필시 형주 군사를 모두 거두어 번성을 칠 것이오. 이렇게 하여 아무 방비가 없을 때 기묘한 계책을 써서 습격한다면 일려(一旅, 5백명의 군사)의 병력만으로도 형주는 손쉽게 장악할 수 있소이다."

여몽이 크게 기뻐하며 말한다.

"참으로 좋은 계책이오!"

육손의 계책대로 여몽은 병을 핑계대고 일어나지 않더니 이윽고 손권에게 사직서를 올렸다. 육손이 돌아가서 손권에게 모든 사실을 고하니 손권은 즉시 여몽을 불러 건업(建業)으로 돌아와 병을 요양하라 일렀다. 여몽이 들어가 뵈니 손권이 묻는다.

"육구는 중요한 곳이오. 지난날 주유는 노숙을 천거하여 자기를 대신하게 했고, 그후 노숙은 다시 경을 천거하여 대신하게 했소. 이제 경도 역시 재주있고 인망이 높은 사람을 천거하여 경을 대신하게 하오."

여몽이 말한다.

"만일 인망이 두터운 사람을 쓴다면 운장은 반드시 방비를 게을리하지 않을 것입니다. 육손은 생각이 깊은 인물이나 아직 이름이 널리 알려지지 않아 운장이 꺼려하지 않을 터인즉, 신을 대신해 육손을 보낸다면 반드시 이번 일이 잘될 것입니다."

손권은 크게 기뻐하고 그날로 육손을 편장군(偏將軍) 우도독(右都督)으로 삼아 여몽 대신 육구를 지키도록 명했다. 육손이 사양하여 말한다.

"저는 아직 어리고 배운 것이 없어 막중한 임무를 감당하지 못할까 두렵습니다."

손권이 말한다.

"여몽이 그대를 천거했으니 잘못됨이 없을 것이다. 경은 너무 사양하지 말라."

육손은 곧 인수를 받들고 밤새 육구로 가서 마군·보군·수군 삼군을 각각 인계받았다. 그리고 즉시 서신을 쓰고 빼어난 말과 기이한 비단, 좋은 술 등의 예물을 갖추더니 사신에게 주어 번성의 관운장에게 바치도록 했다. 이때 관운장은 화살 맞은 상처가 겨우 아물어가는 중이라 움직이지 않고 있는데, 급보가 들어왔다.

"강동의 육구를 지키던 장수 여몽의 병세가 위중하여 손권이 불러들여 조리하도록 하고, 육손을 장수로 삼아 여몽을 대신해 육구를 지키게 했답니다. 지금 육손이 보낸 사람이 서신과 예물을 가지고 와서 특별히 군후를 뵙고자 청합니다."

관운장이 들여보내라 하더니 사자를 가리키며 말한다.

"중모(仲謀, 손권의 자)가 식견이 모자라서 어린아이 같은 육손을 장수로 삼았구나!"

사자가 땅에 엎드려 고한다.

"육장군이 예를 갖추어 서신을 올린 것은 첫째 군후께 하례드리기 위함이요, 둘째 두 집안의 화평과 우호를 위해서입니다. 부디 웃고 받아주시옵소서."

관운장이 서신을 보니 글의 내용이 매우 겸손했다. 서신을 다 보고 나서 관운장은 얼굴을 쳐들고 크게 웃더니 좌우 사람에게 예물을 받아두라 명하고, 사자를 돌려보냈다. 사자가 돌아와 육손에게 말한다.

"관공이 몹시 기뻐하며 우리 강동에 대해서는 걱정을 않는 듯한 눈치였습니다."

육손은 크게 기뻐하며 은밀히 사람을 보내어 정탐하게 했다. 과연 관운장은 형주의 군사 태반을 거두어 번성으로 옮기고 상처가 완전히 낫기를 기다렸다가 진군한다는 것이었다. 육손은 급히 사람을 보내 이 사실을 손권에게 보고했다. 손권이 여몽을 불러들여 상의한다.

"지금 운장이 과연 형주의 군사를 거두어 번성을 취하러 떠났으니, 우리도 곧 형주를 급습하여 취할 계책을 세워야겠소. 경은 내아우 손교(孫晈)와 함께 대군을 이끌고 가는 것이 어떻겠소?"

손교의 자는 숙명(叔明)이니 손권의 숙부 손정(孫靜)의 둘째아들이다. 여몽이 말한다.

"주공께서 이 여몽을 쓰시려거든 여몽 하나만 쓰시고, 숙명을 쓰시려거든 숙명 하나만 쓰십시오. 지난날 주유와 정보가 좌우 도독이 되었을 때 모든 일을 주유가 결정했으나, 정보는 항상 동오의 옛 신하로서 주유 아래 있다고 하여 서로 화목하지 못하다가 나중에 주유의 재주를 보고서야 비로소 경복했던 일을 듣지 못하셨습니까? 지금 저의 재주는 주유만 못하고, 숙명은 정보보다도 주공과 가까운 사이이니 반드시 일을 이루지 못할까 두렵습니다."

손권은 크게 깨닫고 여몽을 대도독으로 삼아 강동의 모든 군마를 총괄하게 했다. 손교는 뒤에서 군량과 양초를 관리하며 여몽을 후원하게 했다. 여몽은 손권에게 절을 올려 사례하고 물러나온 즉시 군사 3만명과 쾌선 80여척을 점검했다. 특별히 물에 익숙한 자를 모두 흰옷을 입혀 장사꾼으로 가장시켜서 배위에서 노를 젓게 하고, 정예군사들은 배 안에 숨겨두었다. 그리고 한당(韓當)·장흠(蔣欽)·주연(朱然)·반장(潘璋)·주태(周泰)·서성(徐盛)·정봉(丁奉) 등 일곱 대장으로 하여금 잇따라 출병하게 하고, 그 나머지는 모두 오후를 따라 뒤에서 후원하게 했다. 또 한편으로 편지를 주어 사자를 조조에게 보내 관운장의 후방을 엄습하게 하고, 또한 육손에게도 사람을 보내 이 사실을 알렸다. 이렇게 조처한 뒤 흰옷으로 변복한 군사들을 태운 쾌속선을 밤낮없이 몰아 심양강을 거슬러올라 마침내 강기슭 북쪽에 닿았다. 강기슭의 봉화대를 지키던 형주 군사들이 검문한다.

"어디로 가는 배냐?"

동오 사람이 답한다.

"우리는 모두 객상(客商)들인데 강에서 풍랑을 만나 잠시 이곳으로 피해왔습니다."

동오 사람들은 재물을 꺼내 봉화대를 지키는 군사들에게 내주었다. 군사들은 그 말을 믿고 강기슭에 정박하도록 내버려두었다. 그날밤 2경 무렵이었다. 배 안에 숨어 있던 정예병들이 일제히 쏟아져나와 봉화대를 급습하더니 군사들을 결박해놓고 암호를 외쳤다. 그 암호 한마디에 80여척의 배 안에 있던 정예병들이 모두 쏟아져나와 곳곳의 요충지를 지키는 형주군을 모조리 잡아가두고 한 사람도 달아나지 못하게 했다.

그러고 나서 여몽은 유유히 군사를 이끌고 형주를 취하려 나아가는데, 아무도 알아채는 자가 없었다.

마침내 동오군은 형주땅에 이르렀다. 여몽은 봉화대에서 잡아온 형주 군사들에게 많은 상을 주면서 좋은 말로 위로한 다음 성안의 군사를 속여 성문을 열게 하고 불을 질러 신호하도록 했다. 사로잡힌 형주 군사들은 여몽의 세안을 받아들였다. 한밤중에 성밑에 다다른 여몽은 사로잡은 형주 군사들에게 성문을 열라고 외치게 했다. 문 지키는 군사들은 형주 군사임을 확인하고 성문을 활짝 열었다. 순간 문을 열라고 외치던 군사들이 함성을 내지르며 성문 안으로 몰려들어가 불을 질렀다. 이때를 기다리던 동오 군사들이 일제히 급습하여 마침내 형주를 점령했다. 여몽이 군중에 영을 내린다.

"함부로 백성을 해치거나 백성의 물건을 한가지라도 취하는 자가 있으면 군법으로 다스리겠다!"

형주 관리들에게는 전처럼 일을 맡아보게 하고, 관운장의 식솔들은 따로 저택에 모셔두고 아무도 마음대로 출입하지 못하게 했다. 그리고 손권에게 사람을 보내 이 소식을 보고했다.

하루는 큰비가 세차게 내렸다. 여몽이 기병 몇명만 거느리고 사방의 성문을 순시하는데, 한 군사가 백성들이 쓰는 삿갓을 투구와 갑옷 위에 쓰고 있었다. 여몽이 좌우를 꾸짖어 잡아다가 문초하며 보니, 그 군사는 여몽과 한 고향 사람이었다. 여몽이 말한다.

"네 비록 나와 한 고향 사람이나 내 이미 명을 내렸는데 어겼으니 마땅히 군법으로 다스릴 것이다!"

군사가 울며 고한다.

"저는 관에서 내린 갑옷이 비에 젖을까 염려되어 삿갓을 빌려 가렸을 뿐 절대로 사사로이 쓰려던 것이 아닙니다. 장군께서는 제발 동향 사람의 정리로 이번만 용서해주십시오."

"나도 네가 관에서 내린 갑옷이 젖을 것을 염려하여 한 일임을 잘 안다. 그러나 백성의 물건을 빼앗지 말라는 군령을 어긴 것 또한 사실이니 어쩔 도리가 없구나!"

여몽은 좌우에게 호령하여 그 군사를 끌어내 목을 베었다. 그 목을 저잣거리에 높이 매달아 사람들에게 보이고 나서 여몽은 그 시체를 수습해 울면서 장사를 지내주었다. 이로부터 삼군이 정연하고 엄숙해졌다.

그뒤 하루가 지나지 않아 손권이 여러 사람들을 거느리고 형주에 당도했다. 여몽은 성밖으로 나가 손권을 영접하여 관아로 모셔들였다. 손권은 여러 장수들을 위로한 다음 반준(潘濬)을 치중(治中)으로 삼아 형주를 다스리게 하고, 옥에 갇혀 있던 우금을 석방해 조조에게 돌려보냈다. 그런 다음 백성들을 안정시키고 군사들에게 상을 내리며 잔치를 베풀어 경하했다. 손권이 여몽에게 말한다.

"이제 형주를 되찾았으나 공안땅의 부사인과 남군의 미방이 남아 있소. 이들 두곳을 어떻게 수복해야 되겠소?"

손권의 말이 끝나기도 전에 한 사람이 나서며 말한다.

"활을 당겨 화살 한대 쏘지 않고도 저의 세치 혀로 공안땅의 부사인을 설득해 항복하도록 만들겠습니다."

모든 사람들이 보니 그는 바로 우번(虞翻)이었다. 손권이 묻는다.

"그대는 무슨 좋은 계책이 있어 부사인을 항복시키겠다 하는가?"

우번이 말한다.

"저는 어려서부터 부사인과 친하게 지냈습니다. 지금 제가 가서 이해로써 설득한다면 부사인은 반드시 항복해올 것입니다."

손권은 그 말을 듣고 매우 기뻐했다. 즉시 우번에게 군사 5백명을 내주어 공안으로 가게 했다.

한편 형주가 함락되었다는 소식을 전해들은 부사인은 급히 영을 내려 성문을 닫아걸고 굳게 지키고 있었다. 우번이 이르러 보니 성문이 굳게 닫혀 있는 터라 생각 끝에 글을 써서 화살에 매달아 성중으로 쏘아보냈다. 성안에 있던 군사가 그 화살을 주워 즉시 부사인에게 바쳤다. 부사인이 종이쪽지를 살펴보니 우번이 항복을 권유하는 내용이었다. 문득 지난번에 관운장이 떠나면서 자기를 심하게 꾸짖던 일을 떠올린 부사인은 이번 기회에 차라리 동오에 항복하는 게 낫겠다고 생각하고, 즉시 영을 내려 성문을 활짝 열게 하고 우번을 성안으로 맞아들였다. 부사인과 우번은 서로 인사를 나눈 다음 옛 우정을 이야기했다. 우번이 오후가 도량이 크고 관대하며 어진 선비를 예로 대접한다고 말하니, 부사인은 크게 기뻐했다. 마침내 부사인은 우번과 더불어 인수를 가지고 형주로 가서 투항했다. 손권은 매우 즐거워하며 부사인에게 돌아가서 종전처럼 계속 공안을 지키라고 명했다. 이때 여몽이 손권에게 넌지시 말한다.

"지금 관운장을 사로잡지 못한 터에 다시 부사인을 공안에 그대

366

로 있게 한다면 머지않아 반드시 변고가 일어날 것입니다. 부사인을 남군으로 보내 미방을 귀순시켜서 데려오도록 하십시오."

손권은 다시 부사인을 불러들여 말한다.

"미방은 그대와 친밀한 사이라 하니, 그대가 가서 달래어 투항시켜 함께 돌아온다면 내 마땅히 후한 상을 내리리라."

부사인은 흔쾌히 응낙하고 즉시 기병 10여명을 이끌고 미방을 귀순시키러 남군을 향해 떠났다.

오늘날 공안을 지킬 뜻이 없는 걸 보니　　今日公安無守志
지난날 왕보가 하던 말이 과연 옳았네　　從前王甫是良言

과연 부사인은 어찌할 것인가?

76
맥성으로 달아나는 관운장

서황은 면수에서 크게 싸우고
관운장은 패하여 맥성으로 달아나다

한편 미방은 형주가 이미 함락되었다는 소식을 듣고도 어찌해야 좋을지 막연할 뿐이었다. 이때 수하 사람이 들어와 아뢴다.

"공안을 지키는 장수 부사인께서 오셨습니다."

미방은 황급히 나가 부사인을 맞아들이고 그간의 일에 대해 물었다. 부사인이 말을 꺼낸다.

"내게 충성심이 없었던 것은 아니외다. 형세가 위급하고 힘이 다하여 더는 버틸 수 없어서 내 동오에 항복한 것이니 장군도 어서 항복하는 게 낫겠소이다."

미방이 말한다.

"우리가 한중왕의 두터운 은혜를 입었는데 어찌 차마 배반할 수가 있겠소!"

368

"관공이 형주를 떠나던 날 우리 두 사람을 얼마나 책망하며 별렀는지 생각해보시오. 이기고 돌아오는 날이면 관공은 우리 두 사람을 가벼이 용서하지 않을 터이니 공은 깊이 살피시오."

"우리 형제(미방은 미축의 아우)는 오랫동안 한중왕을 섬겨왔는데 어찌 내가 하루아침에 배반한단 말이오?"

미방은 마음을 정하지 못하고 망설였다. 이때 갑자기 관운장이 보낸 사자가 도착했다는 보고가 들어왔다. 미방은 곧 사자를 청사로 맞아들였다. 사자가 말한다.

"관공께서는 군량미가 부족하니 남군과 공안 두곳에서 백미 10만석을 거두라 하셨소. 두 장군께서는 밤낮없이 서두르셔야 합니다. 만일 지체되면 당장 참하겠다 하셨소."

미방이 크게 놀라 부사인을 돌아보며 말한다.

"지금 형주가 이미 동오의 손에 들어갔는데 대체 어디서 군량미를 마련해서 보낸단 말이오?"

부사인이 갑자기 버럭 소리를 질렀다.

"걱정할 필요 없소!"

번개처럼 칼을 뽑아들더니 당상에서 관운장의 사자를 베어버렸다. 미방이 놀라서 말한다.

"공은 이게 무슨 짓이오!"

부사인이 말한다.

"관공의 속셈은 바로 우리 두 사람을 죽이자는 것이오. 우리라고 어찌 속수무책으로 죽음을 받아들이겠소? 귀공도 이제 동오에 투항하지 않으면 반드시 관공에게 죽임을 당할 것이오."

말하는데 한 군사가 다급히 뛰어들어와 보고한다.

"여몽이 군사를 이끌고 성 아래까지 쳐들어왔습니다!"

미방이 크게 놀라 마침내 부사인과 함께 성밖으로 나가 항복했다. 여몽은 몹시 기뻐하며 그들을 손권에게로 데려갔다. 손권은 미방과 부사인에게 후하게 상을 내리고 백성을 안정시키고 큰 잔치를 열어 삼군의 노고를 치하했다.

이 무렵 조조는 허도에서 모사들과 형주의 일을 의논하고 있었다.

"동오에서 사자가 서신을 가지고 왔습니다!"

문득 보고가 들어와 조조는 사자를 불러들이게 했다. 조조가 서신을 읽어보니 동오군이 장차 형주를 습격할 터이니 조조군은 협공하되, 절대로 이 말이 밖으로 새나가지 않도록 해야 관운장이 아무런 방비도 하지 못하리라는 내용이었다. 조조는 서신을 두고 모사들과 상의했다. 주부 동소가 말한다.

"지금 번성은 위기에 처하여 구해주기를 목이 빠져라 기다리고 있습니다. 그러니 먼저 화살에 쪽지를 매어 번성 안으로 쏘아보내 군심(軍心)을 안정시키고, 관운장으로 하여금 동오가 형주를 습격하려 한다는 사실을 알게 하십시오. 그러면 운장은 형주를 잃을까 두려워 즉시 퇴군할 터이니, 이때를 기다려 서황이 뒤를 무찌르면 공을 이룰 수 있을 것입니다."

조조는 동소의 계책에 따랐다. 서황에게 사람을 보내 급히 싸우라고 재촉하는 한편 몸소 대군을 통솔하여 낙양의 남쪽인 양릉파로 가서 진을 치고 조인을 구원하기로 했다.

한편 서황은 장중에 앉아 있다가 위왕의 사자가 왔다는 보고를 들었다. 서황이 불러들여 물으니 사자가 말한다.

"지금 위왕께서는 군사를 이끌고 이미 낙양을 지나셨습니다. 장군께서 급히 관운장과 싸워 번성의 포위를 풀어주라는 명령을 전하러 왔습니다."

한참 사자의 전령을 듣고 있는데, 정탐꾼이 와서 보고한다.

"관평은 언성(偃城)에 주둔하고 요화는 사총(四冢)에 주둔해 있는데, 앞뒤로 열두군데나 영채를 세워놓고 서로 끊임없이 연락하고 있습니다."

서황은 즉시 부장 서상(徐商)과 여건(呂建)에게 명하여 속임수로 '서황'이라고 쓴 자신의 깃발을 앞세우고 언성으로 가서 관평과 교전하도록 하고, 정작 서황 자신은 정예병 5백기를 거느리고 면수(沔水)를 돌아 뒤쪽에서 언성을 공격하러 떠났다.

한편 정탐꾼이 급히 관평에게 보고한다.

"서황이 군사를 이끌고 진격해오고 있습니다!"

관평은 즉시 본부 군사를 거느리고 적을 맞이하러 나갔다. 양군은 서로 마주 보며 둥그렇게 진을 벌였다. 먼저 관평이 말을 몰고 나가니 저쪽에서는 서상이 맞서 달려나온다. 관평과 서상이 맞붙어 싸운 지 겨우 3합에 서상이 패한 체 달아난다. 관평이 서상을 뒤쫓는데 이번에는 여건이 달려나와 관평과 맞서더니 역시 5~6합

만에 패하여 달아난다. 관평이 승세를 타고 적을 추격하여 어느덧 20여리 달려갔을 때였다. 갑자기 성안에서 불길이 치솟는다는 보고가 들어왔다. 그제야 속임수에 빠진 것을 깨달은 관평은 언성을 구하기 위해 급히 말머리를 돌린다. 한창 말을 재촉해 달려가는 관평 앞에 한무리의 군사들이 나타나 길을 가로막는다. 서황이 문기 아래 말을 세우고 큰소리로 외친다.

"관평아, 네 곧 죽게 된 것도 모르느냐. 너희 형주땅은 이미 동오에 빼앗겼는데 아직도 여기서 이렇게 날뛰고 있느냐!"

관평이 크게 노하여 칼을 휘두르며 말을 몰아 곧바로 서황에게 달려든다. 겨우 3~4합을 싸웠을 때 삼군이 일제히 외치는 소리가 천지를 뒤흔들었다.

"언성 안에서 불길이 치솟고 있다!"

더이상 싸울 뜻을 잃은 관평은 큰길로 나가 사총으로 향했다. 사총 영채에 이르니 요화가 마중 나와 묻는다.

"사람들이 형주가 여몽에게 습격당해 이미 동오의 수중에 들어갔다고 합디다. 군심이 어지러워졌으니 어쩌면 좋겠소?"

관평이 말한다.

"그건 분명 누군가 지어낸 헛소문이오. 군사들 중에 다시 그런 말을 하는 자가 있으면 목을 베어버리시오."

그때 파발꾼이 달려와 급보를 전한다.

"서황이 군사를 거느리고 와서 북쪽 첫번째 영채를 공격하고 있습니다!"

관평이 요화에게 말한다.

"만약 첫번째 영채를 잃는다면 다른 영채들이 어찌 무사하겠소? 이곳은 다행히 뒤에 면수가 있어서 감히 적군이 범하지 못할 터이니 그대는 나와 함께 첫번째 영채를 구하러 갑시다!"

요화는 부장을 불러 분부한다.

"너희들은 이 영채를 굳게 지키고, 적군이 쳐들어오거든 즉시 불을 올려 신호하도록 하라."

부장이 말한다.

"사총의 영채는 녹각(鹿角, 방어용 울타리)이 열 겹으로 둘러쳐져 있으니 날아다니는 새라도 들어오지 못할 것입니다. 어찌 적군을 염려하겠습니까."

당부를 마친 관평과 요화는 급히 사총 영채의 정예병을 거느리고 첫번째 영채로 달려갔다. 관평이 첫번째 영채에 이르러 주위를 살펴보니 위군은 낮은 산 위에 주둔하고 있었다. 관평이 요화에게 말한다.

"서황이 지형상 이롭지 못한 곳에 주둔하고 있으니 오늘밤에 군사를 몰고 가서 적의 영채를 급습합시다."

요화가 말한다.

"장군은 군사를 나누어 반만 거느리고 가시오. 나는 여기 남아서 본채를 지키겠소."

그날밤 관평은 한무리의 군사를 거느리고 위군의 영채로 짓쳐들어갔다. 그러나 영채는 텅 비어 한 사람도 보이지 않았다. 관평이 적의 계책에 빠졌음을 깨닫고 황급히 군사를 물리려 하는 순간 왼쪽에서는 서상이, 오른쪽에서는 여건이 협공해왔다. 관평은 크게 패하여 첫번째 영채로 달아났다. 위군은 승세를 몰아 추격해와서는 사방을 포위해버렸다. 더이상 버틸 수가 없어진 관평과 요화는 첫번째 영채를 버리고 사총 영채를 향해 달린다. 멀리서 바라보니 사총 영채 안에서 불길이 솟고 있다. 황급히 달려가 영채 앞에 이르렀으나, 보이는 것은 모두 위군의 깃발뿐이다. 관평과 요화는 다시 군사를 물려 번성으로 가는 큰길로 달아났다. 돌연 한떼의 군사가 나타나 길을 가로막는데, 앞장선 대장은 바로 서황이다. 관평과 요화 두 사람은 죽기를 각오하고 힘껏 싸워 가까스로 퇴로를 뚫었다. 허겁지겁 대채로 돌아온 두 사람은 관운장에게 아뢴다.

"지금 서황이 언성 등을 빼앗고, 조조는 직접 대군을 이끌고 세 길로 나뉘어 번성을 구하러 오는 중입니다. 또한 형주가 이미 여몽의 습격을 받아 함락되었다는 소문이 사람들 사이에 파다합니다."

관운장이 꾸짖는다.

"이는 적군이 거짓말을 퍼뜨려 우리의 군심을 어지럽히려는 짓이다. 동오의 여몽은 병이 나서 위독하고 풋내기 육손이 그 대신 와 있으니 염려할 것 없느니라."

말을 마치기도 전에 수하 사람이 들어와 보고한다.

"서황의 군사가 옵니다!"

관운장은 즉시 말을 준비하라 호령했다. 관평이 간한다.

"아버님, 아직 완쾌되지 않으셨으니 나가 싸우시면 안됩니다."

관운장이 말한다.

"서황은 오래전부터 나와 친교가 있어 그 능력을 내가 잘 아느니라. 만약 서황이 물러나지 않는다면 내가 먼저 그 목을 베어 위군 장수들을 경계할 것이다!"

마침내 관운장이 칼을 들고 말에 올라 분연히 나아가니 위군이 보고 두려워하지 않는 자가 없었다. 관운장이 말을 멈추고 묻는다.

"공명(公明, 서황의 자)은 어디 있는가!"

그때 위군 진영의 문기가 열리더니 서황이 말을 타고 나와 몸을 숙여 인사한다.

"군후와 작별하고 세월이 유수 같아 어느덧 여러해가 바뀌었소이다. 그동안 군후를 뵙지 못했더니 벌써 수염과 머리카락이 반백이 되셨구려. 예전 젊은 시절에 군후를 가까이 따르며 많은 가르침을 받은 일을 떠올리니 아직도 감사하는 마음 잊을 수가 없습니다. 이제 군후의 위풍이 천하를 진동하니, 이를 듣고 찬탄과 부러움을 이기지 못하던 중에 다행히 이렇게 뵙게 되어 마음에 큰 위로가 되겠소이다."

관운장이 말한다.

"나와 서공명은 다른 누구보다 친분이 두터웠는데, 그대는 어찌하여 내 아들을 여러차례 괴롭혔소?"

서황은 그에는 대꾸하지 않고 갑자기 여러 장수들을 돌아보며 크게 소리친다.

"누구든지 관운장의 목을 베는 자에게는 천금을 내리겠노라!"

관운장은 깜짝 놀랐다.

"공명은 어찌 그리 함부로 말하는가!"

서황이 말한다.

"오늘은 나라의 일이니 어찌 사사로운 정으로 공사를 저버리겠소!"

말을 끝내기가 무섭게 큰도끼를 휘두르며 관운장에게 달려들었다. 관운장도 크게 노하여 칼을 휘두르며 서황을 맞아 싸운다. 두 장수가 싸우기를 80여합에 이르렀으나 승패가 나지 않는다. 관운장의 무예가 아무리 빼어나다 해도 다친 오른쪽 팔 때문에 마음껏 힘을 쓸 수 없으니 어찌하랴. 관평은 혹시 관운장이 실수라도 할까 두려워 급히 징을 울려 싸움을 중단시켰다. 관운장이 말을 돌려 대채로 돌아오는데 갑자기 사방에서 천지를 뒤흔드는 함성이 터져오른다. 번성에 갇혀 있던 조인이 조조의 구원병이 당도했다는 소식에 즉시 군사를 이끌고 성밖으로 달려나와 서황군과 합세하여 협공하는 소리였다. 형주 군사들은 일대 혼란에 빠졌다. 관운장은 여러 장수들을 이끌고 급히 양강 상류를 향해 말을 달렸다. 뒤에서는 위군이 추격해오고 있다. 그대로 양강을 건너 양양 쪽을 바라고 달리는데, 앞에서 파발꾼이 급히 달려와 고한다.

"형주는 이미 여몽의 손에 함락되었고, 장군의 가족들도 적군에 사로잡혀 있다 합니다."

관운장이 깜짝 놀라 감히 양양으로 가지 못하고 군사를 돌려 공안으로 향했다. 이때 앞서 보냈던 정탐꾼이 돌아와 보고한다.

"공안을 지키던 부사인이 동오에 항복했습니다."

관운장이 분노를 참지 못하고 있는데, 이때 또한 군량을 재촉하러 갔던 사람이 돌아와 고한다.

"공안을 지키던 부사인이 장군의 명을 받고 남군에 갔던 사자를 그 자리에서 참하고, 미방에게 권유해 두 사람 모두 동오에 항복했습니다."

그 말을 듣고 노기가 치받친 관운장은 거의 나아가던 상처가 터지면서 쓰러져버렸다. 여러 장수들이 황급히 구완해 겨우 깨어난 관운장은 사마 왕보를 돌아보며 한탄한다.

"내 그대의 말을 듣지 않은 것이 후회막급이네. 오늘날 과연 일이 이렇게 되었으니!"

관운장이 깊이 탄식하고는 묻는다.

"강기슭에서는 어찌하여 봉화를 올리지 않았다더냐?"

정탐꾼이 대답한다.

"여몽이 노젓는 군사들 모두에게 흰옷을 입혀 객상처럼 꾸며 강을 건넌 다음, 배 안 깊이 매복시켜둔 정예병들로 하여금 먼저 봉화대를 지키는 군사들부터 사로잡게 했기 때문에 봉화를 올릴 수 없었다고 합니다."

이 말을 들은 관운장은 발을 구르며 한탄한다.

"내가 간특한 적들의 꾀에 빠지고 말았구나. 이제 무슨 면목으로 우리 형님을 뵙겠느냐!"

관량도독(管糧都督) 조루(趙累)가 말한다.

"지금 사태가 급하니 한편으로는 성도로 사람을 보내 구원을 청하고 또 한편으로는 육로를 따라내려가 형주를 공격하는 게 좋겠습니다."

관운장은 그 말에 따라 마량과 이적에게 세통의 서신을 써주며 당부했다.

"밤낮을 가리지 말고 성도로 달려가서 구원병을 청하라."

마량과 이적이 떠난 뒤 관운장은 즉시 군사를 이끌고 형주로 향했다. 관운장이 몸소 선발대를 이끌고 앞장섰으며, 요화와 관평에게는 추격해오는 동오군을 맡게 했다.

한편 조인은 번성의 포위가 풀린 뒤 여러 장수들을 거느리고 나와 조조를 뵙고 엎드려 울면서 죄를 청했다. 조조가 말한다.

"이번 일은 모두 하늘의 운수이지 그대들의 죄가 아니다."

조조는 오히려 큰상을 내려 삼군을 위로하고, 친히 사총 영채에 이르러 주위를 둘러보았다. 조조가 여러 장수들을 돌아보며 말한다.

"형주 군사들이 영채 주위에 녹각을 여러 겹이나 둘렀는데도 서공명은 적진을 뚫고 들어가 드디어 공훈을 세웠구나. 내 용병한 지 30여년에 아직 이렇게 적진 속을 깊이 뚫고 들어간 일이 없었으니, 공명은 참으로 담대하고 식견이 뛰어난 장수로다!"

여러 장수들도 모두 탄복했다. 조조는 군사를 거느리고 마파(摩陂)로 돌아가 영채를 세우고 주둔했다. 서황이 군사를 이끌고 도착하자 조조가 몸소 영채를 나와 맞이했는데, 행군하는 서황의 군사들은 대오가 정연하여 한치의 흐트러짐도 없었다. 조조는 몹시 기뻐했다.

"서장군은 참으로 주아부(周亞夫, 엄한 군법으로 군사를 잘 다스린 서한 시대의 명장)의 풍모가 있도다."

조조는 마침내 서황을 평남장군(平南將軍)으로 봉하고 하후상과 함께 양양을 지키며 관운장의 공격에 대비하게 했다. 조조 자신은 아직 형주가 완전히 평정되지 않은 까닭에 마파에 주둔해 있으면서 다음 소식을 기다리기로 했다.

한편 관운장은 형주로 향해 가다가 더 나아갈 수도 물러설 수도 없는 상황에 처하자 조루에게 말한다.

"지금 앞에는 동오군이 막고 있고 뒤에는 위군이 추격해오는데 우리는 그 가운데 있으니, 구원병마저 오지 않으면 장차 이 일을 어찌한단 말이냐!"

조루가 대답한다.

"지난날 여몽은 육구에 있을 때 군후께 서신을 보내 두 집안이 우호를 맺고 함께 조조를 쳐 없애자고 권하더니, 이제는 오히려 조조를 도와 우리를 습격하고 있습니다. 이는 분명 맹세를 배신한 것이니, 군후께서는 잠시 군사를 멈추시고 사자를 시켜 서신을 보내 여몽을 책망하십시오. 그런 뒤 저쪽이 어떻게 나오는지 살펴보소서."

관공은 곧 서신을 써서 사자에게 주어 형주로 보냈다.

한편 여몽은 형주에 머물면서 포고령을 내려 형주 여러 군에서 관운장을 좇아 출정한 장정들의 집에 찾아가 동오군이 함부로 소란 피우는 것을 금하였다. 또한 다달이 양식을 나누어주고, 환자가 있으면 의원을 보내 치료해주도록 명했다. 이 때문에 출정한 군졸들의 집에서는 여몽의 은혜에 감복해 전혀 동요하지 않았다. 여몽은 관운장의 사자가 왔다는 보고를 받자 친히 성밖까지 나가 맞아들이고 빈례로써 극진히 대접했다. 사자가 서신을 바치니, 여몽이 읽고 나서 말한다.

　"내가 지난날 관장군께 우호를 맺자고 한 것은 사견이었고, 오늘날 관공과 맞서 싸운 것은 상부의 명에 따른 일이라 내 맘대로 할 수가 없구려. 수고스럽지만 장군께 돌아가서 부디 내 뜻을 잘 말씀드려주시오."

　여몽은 잔치를 베풀어 사자를 환대하고 역관으로 보내 편히 쉬게 했다. 관공을 따라 출정한 군졸들의 식구들이 역관을 찾아와 사자에게 소식을 묻고, 편지를 전해달라 맡기기도 했다. 말을 전해달라고 부탁하는 사람도 많았는데, 대개는 집안이 두루 무고하고 의식도 모자람이 없다는 내용이었다. 사자가 작별을 고하니 여몽은 친히 성밖까지 나와 전송했다. 사자는 돌아가 관운장을 뵙고 여몽의 말 그대로 보고하고 나서 덧붙여 자신이 본 것을 고한다.

　"형주 성안에 계신 군후의 가족과 여러 장수, 군사들의 가속들 모두 별탈 없고 의식의 공급도 모자람이 없었습니다."

　관운장은 불같이 노했다.

"이는 간특한 도적의 계책이다! 내 살아생전에 죽이지 못하면 죽어서라도 반드시 그놈을 죽여 이 원한을 갚으리라."

관운장은 사자를 꾸짖어 밖으로 내쫓았다. 사자가 영채 밖으로 나오자 기다리던 장수들이 한꺼번에 몰려들어 에워싸며 집안 소식들을 물었다. 사자는 여몽이 보살펴주어 모두 편안하며 풍족하게 지내더라고 이야기하고, 부탁받은 말이며 서신을 일일이 전해주었다. 형주에 두고 온 가족들 걱정이 태산 같았던 장수들은 그만 걱정이 사라지면서 싸울 마음마저 눈녹듯 사라졌다.

관운장은 굳은 결심을 하고 형주를 향해 진군을 명령했다. 그러나 행군이 계속되면서 점점 군사들이 줄어들었으니, 하나둘씩 기회가 날 때마다 형주로 달아나기 때문이었다. 관운장은 노기가 북받치는데다 여몽에 대한 원한이 사무쳐 더욱 행군을 재촉한다.

"속히 진군하라!"

그때 갑자기 함성이 터져오르며 한무리의 군사들이 내달려와 앞을 가로막았다. 선두에 선 대장은 장흠(蔣欽)이었다. 장흠은 말을 세우더니 창을 높이 치켜들고 큰소리로 외친다.

"관운장은 어찌하여 항복하지 않는가!"

관운장이 벼락같이 맞고함을 지른다.

"나는 천하가 다 아는 한나라 장수인데 어찌 도적에게 항복할 수 있겠느냐!"

곧 말을 박차고 달려나가 청룡도를 휘두르며 곧장 장흠을 공격했다. 장흠은 3합을 견디지 못하고 달아났다. 관운장이 청룡도를 높이 들고 20여리를 뒤쫓아가는데, 난데없이 함성이 일더니 왼쪽 산골짜기에서 한당이 군사를 이끌고 쏟아져나온다. 동시에 오른쪽 산골짜기에서는 주태가 군사를 이끌고 쳐나온다. 그때 꼬리가 빠지게 달아나던 장흠도 말머리를 돌려 관운장에게 달려든다. 세 방면에서 일제히 쏟아지는 협공이었다. 막아낼 방법이 없는 관운장은 급히 군사를 거두어 왔던 길을 되짚어 달아나기 시작했다.

그렇게 몇리쯤 달렸을 때였다. 남산 기슭에 사람들이 모여 화톳불을 피우고 있는데, 그 한켠에 큼지막한 백기가 바람에 나부끼고 있었다. 기에는 '형주토인(荊州土人, 형주 본토사람)'이란 넉자가 뚜렷하다. 화톳불 곁에 모여 있던 사람들이 일제히 고함을 지른다.

"형주 사람은 속히 투항하여 목숨을 보존하라!"

분기탱천한 관운장은 즉시 산 언덕배기를 향해 쳐올라갔다. 순간 양쪽 산기슭에서 함성이 일어나더니 매복해 있던 군사들이 쏟아져나온다. 왼쪽에서는 정봉이, 오른쪽에서는 서성이 군사를 이끌고 나오며 뒤따라오는 장흠의 군사와 합세했다. 세 방면에서 쏟아져나온 적군들로 관운장은 완전히 포위되고 말았다. 적들의 함성이 땅을 뒤흔들고 북소리 피릿소리가 일시에 터져올라 하늘을 진동한다.

형주의 장수와 군사들은 하나둘 항복하여 흩어지고, 어느새 날까지 저물어가고 있었다. 그때까지도 관운장은 동오의 군사들과 싸움을 멈추지 않았다. 한참 적군을 무찌르다가 문득 주위를 둘러보니 산 위에 형주에 남겨두었던 군사들이 늘어서 있다. 그들은 모두 관운장과 군사들을 굽어보며 형을 부르고 아우를 찾으며, 아들을 부르고 아버지를 찾으니, 애타는 부르짖음이 그치지 않는다. 그 소리에 군심이 완전히 변하니, 싸워야 할 군사들은 부르는 소리에 응해 산으로 달려갔다. 관운장이 호령해도 아랑곳하지 않았다. 이제 남은 군사들은 3백여명에 불과했다. 죽을힘을 다한 싸움은 3경(밤 12시)까지 계속되었다. 그때에야 동쪽에서 함성이 울리며 구원병이 당도했다. 후방을 맡았던 관평과 요화가 두 길로 나뉘어 겹겹이 둘러싼 적군을 뚫고 관운장을 구하러 온 것이다. 관평이 관운장에게 말한다.

"군심이 어지러워졌으니 어느 성으로든 가서서 잠시 주둔하고서 원병이 오기를 기다리소서. 맥성이 비록 작긴 하지만 우선 발붙일 만은 할 것입니다."

관운장은 관평의 말에 따라 남은 군사들을 재촉해 맥성을 향해 달려갔다. 맥성에 도착한 즉시 군사를 나누어 네곳의 성문을 굳게 지키도록 하는 한편 장수들을 불러모아 대책을 의논했다. 조루가 먼저 말한다.

"여기서는 상용(上庸)이 가깝습니다. 더구나 그곳은 지금 유봉과 맹달이 지키고 있으니 속히 사람을 보내 원군을 청하십시오. 구원병이 도착하고 서천에서 대군이 오기를 기다린다면 군심이 다시 안정될 것입니다."

한참 의논 중인데 밖에서 수하 사람이 달려와 고한다.

"동오군이 맥성을 향해 사방에서 포위해 들어오고 있습니다!"

사면초가에 빠진 관우는 맥성을 향해 달아나다

관운장이 다급히 묻는다.

"누가 이 포위를 뚫고 상용으로 가서 원군을 청해오겠느냐?"

요화가 일어나며 말한다.

"제가 가겠습니다!"

관평이 말한다.

"내가 그대를 호위해 포위를 뚫고 나갈 수 있게 돕겠소."

관운장은 즉시 서신을 써서 요화에게 주었다. 요화가 서신을 받아넣고 배불리 먹은 다음 말에 올라 성문을 열고 쏜살같이 달려나갔다. 동오의 장수 정봉이 앞을 가로막으며 달려들었다. 뒤따라온 관평이 칼을 휘두르며 닥치는 대로 적군을 무찌르니, 칼날이 한번 번뜩일 때마다 동오군이 두서너명씩 쓰러진다. 관평의 기세에 눌린 정봉은 당해내지 못하고 물러섰다. 요화는 그 기회를 놓치지 않고 포위를 뚫어 곧장 상용을 향해 달려갔다. 관평은 요화가 무사히 포위를 뚫고 나가는 것을 보고서야 성안으로 들어가 성문을 굳게 닫았다.

한편 유봉과 맹달은 지난날 상용을 공략해 점령했는데 이때 상용 태수 신탐(申耽)이 군사를 이끌고 와 항복하니, 그 공적으로 하여 한중왕은 유봉을 부장군에 봉하고 맹달과 더불어 상용을 지키게 한 것이었다. 그날 유봉과 맹달이 관운장이 대패했다는 소식을 듣고 대책을 의논하고 있는데, 수하 사람이 와서 고한다.

"요화가 왔습니다."

유봉은 요화를 청해들여 묻는다.

"정세가 어떻소? 연이어 나쁜 소식만 듣고 있었소."

요화가 대답한다.

"관공께서 대패하여 지금 맥성에 계신데 적군이 사방을 포위해 위급한 상황이오. 한중왕께 원군을 청했으나 워낙 거리가 멀어 그것만 믿고 기다릴 수가 없소. 이몸이 특명을 받들어 포위를 뚫고 이곳에 온 것은 가까이 계신 장군들께 도움을 얻으려는 것이니, 바라건대 두 장군께서는 한시바삐 상용의 군사를 일으켜 구원하시오. 조금이라도 지체한다면 관공은 끝내 위기를 벗어나지 못할 게요."

유봉이 신중한 태도로 말한다.

"장군은 우선 역관에서 쉬고 계시오. 잠시 의논해보겠소이다."

요화는 그들이 당장 서두르지 않는 것이 석연치 않았으나 그대로 역관으로 물러나와 쉬면서 출군하기만을 기다렸다. 유봉이 맹달과 상의한다.

"숙부님께서 곤경에 처하셨으니 어찌하면 좋겠소?"

맹달이 대답한다.

"동오는 군사들이 정예하고 장수들이 용맹한데다 형주 아홉 고을을 이미 수중에 넣었고, 우리 진영에 남은 곳은 손바닥만 한 맥성 하나뿐이오. 소문에 듣자니 조조가 친히 대군 40~50만을 거느리고 지금 마파에 주둔해 있다고 하더이다. 상황이 이러한데 우리 상용의 군사들이 어찌 오와 위의 강한 군사들을 당해낼 수 있겠소? 가볍게 움직일 일이 아니라고 생각하오."

"나 역시 그것을 모르는 바 아니지만 관공은 내 숙부님이신데 어떻게 위기에 처해 있는 것을 앉아서 구경만 하겠소이까."

유봉의 말을 듣고 맹달이 코웃음을 친다.

"장군은 관공을 숙부로 끔찍이 생각하는 모양이오만 관공은 그대를 조카로 생각지 않는 듯하오. 들으니, 한중왕이 일찍이 장군을 아들로 삼았을 때 관공은 기뻐하지 않았다 하오. 또한, 한중왕이 왕위에 오른 뒤 후사를 세우기 위해 공명과 상의했소. 공명이 집안일이니 장익덕과 관공에게 묻는 것이 좋다고 하여 한중왕은 형주로 사람을 보내 관공의 의견을 물었소. 그때 관공이 뭐라 대답했는지 아시오? 양자로 후사를 잇게 하는 것은 천만부당한 일이라고, 장군을 멀리 상용 산성으로 쫓아내 후환을 없애라고까지 하였다오. 이 일은 나만이 아니라 천하가 다 아는 일인데, 어째서 장군만 모르고 있소이까. 오늘 숙질간의 정리에 사로잡혀 위험을 무릅쓰고 경거망동하는 것은 군사에서 취할 바가 아닐 것이오."

청산유수 같은 맹달의 말에 유봉은 마음이 흔들렸다.

"비록 그렇다 해도 내가 무슨 말로 거절한단 말이오?"

"어려울 게 뭐가 있소? 산성을 지킨 지 얼마 되지 않아 아직 민심이 안정되지 않았으니 갑자기 군사를 일으킬 수 없으며, 섣불리 나섰다가는 지키고 있던 것조차 잃을까 두렵다고 하시오."

결국 유봉은 맹달의 말에 따르기로 마음을 정했다. 이튿날 요화를 청해들여 말한다.

"산성을 다스린 지 오래지 않아 군사를 나누어 관공을 구하러 갈

수 없겠소이다.”

유봉의 거절에 크게 놀란 요화는 머리를 땅에 조아리며 간절히 애원한다.

“그렇다면 관공은 끝장이오! 부디 위급한 처지에 몰려 있는 관공을 도우시오.”

옆에 있던 맹달이 말한다.

“지금 우리가 간들 뭐가 달라지겠소? 한잔의 물로 어떻게 한 수레의 땔나무에 붙은 불을 끌 수 있겠소? 장군은 속히 맥성으로 돌아가 촉군이 오기를 기다리는 것이 좋겠소.”

요화가 통곡하며 애걸했으나, 유봉과 맹달은 소맷부리를 떨치고 일어나더니 그대로 들어가버렸다. 일이 안될 것을 깨달은 요화는 결국 한중왕에게 고하고 구원을 청하고자 나는 듯이 산성을 나섰다. 얼마나 화가 났는지 도저히 참을 수가 없어 홀로 소리 높이 외친다.

“유봉, 맹달아! 천하에 의리를 모르는 나쁜 놈들아!”

요화는 급하게 성도를 향해 말을 몰았다.

한편 관운장은 맥성에서 밤낮없이 상용의 원군이 오기만을 기다리고 있었다. 그러나 기다리는 원군은 오지 않고 요화마저 소식이 끊어졌다. 수하에 남은 군사라고 해야 5~6백명에 지나지 않았는데 그나마 태반이 부상을 당한 형편이었다. 그들을 치료할 약도 먹일 양식도 끊어져 말로 다 할 수 없는 고초가 계속되었다. 그러던 중에 수하군사가 들어와 고한다.

"어떤 사람이 성 아래 와서 화살을 쏘지 말라고 하며 군후를 뵙고 싶다고 합니다."

관운장이 성문을 열고 안으로 들이라 해서 보니 바로 제갈근이다. 관운장과 제갈근은 서로 예를 갖추어 절하고 함께 차를 마셨다. 제갈근이 말한다.

"오후의 특명을 받고 장군께 드릴 말씀이 있어서 왔습니다. 자고로 '때를 알고 행하는 사람이 준걸이라(識時務者爲俊傑)'했소이다. 장군께서 지난날 다스리던 한수(漢水) 일대의 아홉 고을이 모두 남의 손에 넘어간 지 오래고 오로지 이 고성(孤城)만 남았는데, 안으로는 군량과 양초가 없고 밖으로는 도와줄 원병이 없으니 위기가 조석으로 급박해지고 있소. 상황이 이러한데 장군께서는 어찌하여 이 제갈근의 말을 듣지 않으시오? 우리 오후께 귀순하신다면 다시 옛날처럼 형주·양양을 다스리며 가속을 지킬 수 있을 것이오. 원컨대 군후께서는 심사숙고하십시오."

제갈근의 권유에 관운장이 잘라 말한다.

"나는 해량(解良)의 일개 무부(武夫)에 불과하오. 한중왕께서는 그런 나를 손발처럼 대해주셨거늘 어찌 사내대장부가 의리를 배반하고 적국에 귀순할 수 있겠소? 성이 함락되면 나는 더불어 죽을 것이오. 옥을 깨뜨릴 수는 있어도 그 빛을 바꿀 수는 없으며 대나무는 태워버릴 수 있어도 그 절개만은 빼앗을 수 없소. 비록 내 몸은 썩어 백골마저 없어진다 해도 이름은 죽백(竹帛, 역사의 기록, 사서)에 남을 것이오. 그대는 더이상 여러 소리 말고 속히 이 성을 나가시오. 내 손권과 더불어 죽기로 싸울 것이오!"

관운장의 말이 어찌나 장렬한지 듣는 이로 하여금 옷깃을 여미게 했다. 제갈근이 다시 말한다.

"오후께서는 군후와 진진지의(秦晉之誼, 혼인으로 두 집안이 가까운 정을 맺음)를 맺어 함께 조조를 쳐부수고 천하를 평정해 한실을 도우려는 것일 뿐 다른 뜻은 없는데 군후께서는 어이하여 이렇게 고집만 부리시오?"

제갈근의 말이 채 끝나기도 전에 관평이 칼을 뽑아들며 썩 나서는데 그 자리에서 제갈근의 목을 벨 기세다. 관운장이 관평을 타이른다.

"저 사람의 아우인 공명이 촉에서 너의 백부를 돕고 있으니 그를 죽인다면 형제의 정을 상하게 하는 일이다."

그러고는 좌우에게 명해 당장 쫓아내게 했다. 제갈근이 말을 타고 성을 나가는데 그 얼굴에는 부끄러운 기색이 역력했다. 제갈근이 돌아가 오후에게 고한다.

"관운장의 마음이 실로 철석같아서 어떤 말로도 설득할 수 없었습니다."

손권이 감탄하여 말한다.

"참으로 만고에 드문 충신이로다. 그렇다면 장차 이 일을 어찌해야 좋겠는가?"

곁에 있던 여범이 말한다.

"제가 한번 앞일을 점쳐보겠습니다."

손권은 즉시 머리를 끄덕였다. 여범이 시초(蓍草)를 헤아려 괘를 얻으니 지수사괘(地水師卦)에 현무(玄武)가 임응(臨應)한 괘라, 이는 적이 멀리 달아난다는 뜻이었다. 손권이 여몽에게 묻는다.

"적이 멀리 달아난다고 나왔는데 그대는 어떤 계책으로 그를 사로잡을 것인가?"

여몽이 웃으며 대답한다.

"여범의 괘가 제가 생각한 계책과 꼭 들어맞습니다. 이제 관공은 하늘을 나는 날개를 가졌다 해도 이 여몽의 그물을 벗어나지 못할 것입니다."

용도 구렁창에서 놀다가는 새우의 놀림을 당하고 龍游溝壑遭蝦戲

봉도 새장에 들어가면 새의 속임수에 걸린다   鳳入牢籠被鳥欺

과연 여몽의 계략은 무엇인가?

77
관운장의 넋

옥천산에 관운장의 혼령이 나타나고
낙양성의 조조는 천신 관공에 감동하다

    손권이 여몽에게 어떻게 관운장을 사로잡을 것인지 계책을 묻자 여몽이 대답한다.

    "제 생각에 관운장은 군사가 많지 않으므로 큰길을 피해 맥성 북쪽의 험한 산길로 달아날 것입니다. 주연에게 정예병 5천을 주어 맥성에서 북쪽으로 20여리 떨어진 곳에 매복해 있다가, 운장이 오거든 싸우지 말고 일단 지나가게 한 다음 뒤를 엄습하면 그들은 싸울 생각도 못하고 임저(臨沮)로 달아날 것입니다. 그때 반장으로 하여금 정예병 5백명을 거느리고 임저의 험한 산골짜기 소로에 매복하게 하면 운장을 사로잡을 수 있습니다. 지금 당장 맥성을 공격하되, 북문을 제외한 나머지 성문들을 일시에 공격하면 필시 북문을 통해 달아날 것이니, 이때를 기다려 사로잡으면 됩니다."

다 듣고 나서 손권은 여범에게 다시 점을 쳐보라고 분부했다. 여범이 점을 쳐 괘가 나오니 말한다.

"적이 서북쪽으로 달아난다는 괘인데, 오늘밤 해시(亥時, 밤 10시)에는 관공을 사로잡을 수 있을 것입니다."

손권은 크게 기뻐하고 곧 주연과 반장에게 각각 정예병을 거느리고 가서 매복하고 있으라 명했다.

한편 관운장은 맥성에서 기병과 보병을 점검해보았다. 남은 군사는 겨우 3백여명에 불과하고 양초마저 떨어진 상태였다. 그날밤 성밖에서 갑자기 커다란 소리로 동오군이 형주 군사들의 이름을 부르며 항복을 권하니, 어둠속에서 성을 넘어 달아나는 자가 많았다. 구원병은 그때까지도 오지 않았다. 관운장은 어떻게도 할 수 없어 답답한 마음으로 왕보에게 탄식한다.

"내 지난날 그대의 말을 듣지 않았다가 지금 이렇게 위급한 지경에 빠졌소그려. 이제 어찌하면 좋겠소?"

왕보가 울면서 아뢴다.

"오늘 닥친 이 일은 비록 자아(子牙, 강태공의 자)가 살아온다 해도 어쩔 도리가 없습니다."

조루가 말한다.

"상용에서 원군이 오지 않는 것은 유봉과 맹달이 군사를 움직이려 하지 않기 때문입니다. 속히 이 외딴 성을 버리고 서천으로 가서 군사를 정비한 다음 다시 와서 회복하도록 하시지요."

"나도 그렇게 하고 싶네."

관운장은 즉시 성 위에 올라 사방을 살펴보았다. 성 주위에 두루 적군이 많은데, 의외로 북문 쪽에는 그리 많지 않았다. 관운장이 맥성의 백성을 불러 묻는다.

"이곳에서 북쪽으로 나가면 지세가 어떠하냐?"

백성이 고한다.

"북쪽으로 나가면 험한 산길이 나오는데 그곳이 서천으로 통하는 길이옵니다."

관운장이 말한다.

"오늘밤에 이 길로 빠져나가면 되겠구나."

왕보가 간한다.

"좁은 산길에는 반드시 복병이 있을 것입니다. 차라리 큰길로 가도록 하십시오."

관운장이 말한다.

"적군이 매복해 있다 한들 내가 무엇을 두려워하겠는가?"

그러고는 즉시 기병과 보병을 엄히 점검하고 성을 빠져나갈 만반의 준비를 갖추도록 영을 내렸다. 왕보가 울면서 말한다.

"군후께서는 부디 험한 길 조심하셔서 보중하십시오! 저는 군졸 1백여명과 죽기로써 이 성을 지키겠습니다. 비록 성이 함락당할지라도 왕보는 절대 항복하지 않을 터이니, 바라옵건대 군후께서는 속히 돌아오셔서 구해주십시오."

관운장도 역시 울면서 작별했다. 주창을 남겨 왕보와 함께 맥성을 지키도록 하고, 관운장 자신은 관평·조루와 더불어 군사 2백여명을 이끌고 북문을 치고 나가 산길로 접어들었다. 관운장은 청룡도를 비껴들고 앞서 나갔다. 초경(밤 8시)이 넘어 성에서 20여리 떨어진 곳에 이르렀는데, 갑자기 산기슭에서 징과 북소리가 요란하게 울리며 함성이 일더니 한무리의 군사들이 내달아나온다. 앞선 대장은 주연이다. 주연이 창을 휘두르며 큰소리로 외친다.

"운장은 달아나지 마라! 속히 항복하여 죽음을 면하라!"

관운장이 크게 노하여 말을 박차고 청룡도를 휘두르며 달려들었다. 주연은 싸우지 않고 말머리를 돌려 달아난다. 관운장이 그 뒤를 쫓는데, 다시 북소리가 크게 울리며 사방에서 복병이 일제히 달려나온다. 관운장은 감히 맞서 싸울 수가 없어 임저를 바라고 좁은 산길로 내달렸다. 주연이 뒤를 추격하며 무찌르니 관운장을 따르는 군사의 수는 점점 줄어든다. 다시 4~5리쯤 갔을 때였다. 앞에서 또다시 함성이 터져나오고 불길이 크게 일더니 반장이 칼을 춤추듯 휘두르며 말을 몰고 짓쳐나온다. 관운장이 분기탱천하여 칼을 비껴들어 맞아 싸우니 반장은 3합을 버티지 못하고 패하여 달아난다. 싸움보다 탈출이 급한 관운장은 반장을 추격하지 않고 산길을 따라 달리기 시작했다. 그때 관평이 등 뒤에서 쫓아오며 고한다.

"조루가 어지러이 싸우던 중에 죽었습니다!"

관운장은 슬픔을 억누르며 관평에게 명한다.

"너는 뒤를 끊어라. 내 앞길을 열고 나아가겠다."

관운장이 다시 말을 달리며 좌우를 돌아보니 따르는 군사는 겨우 10여명에 불과했다.

어느덧 결석(決石)에 이르렀다. 길 양쪽에는 험준한 산이 버티고 있으며, 산기슭에는 갈대와 잡초가 무성하고 수목이 빽빽하여 길이 잘 보이지 않았다. 때는 이미 5경(새벽 4시)이 지나고 있었다. 관운장이 계속 말을 달려가는데 산골짜기에서 크게 함성이 일며 양쪽에서 복병이 쏟아져나온다. 그들은 긴 갈고리와 쇠사슬을 던져 관운장이 타고 있던 말다리를 휘감아 쓰러뜨렸다. 관운장은 그대로 땅바닥에 나뒹굴었다. 마침내 관운장은 반장의 부장 마충(馬忠)에게 사로잡히고 말았다. 관평은 부친이 적에게 사로잡힌 것을 알고 황급히 달려와 구하려 했으나 등 뒤에서 반장과 주연이 군사를 거느리고 달려들어 포위해버렸다. 혼자서 외롭게 싸우던 관평 역시 끝내 힘이 다해 사로잡히고 말았다.

날이 밝았다. 손권은 관운장 부자를 사로잡았다는 소식을 듣고 크게 기뻐하며 장수들을 장막으로 불러들였다. 잠시 후 마충이 관운장을 옹위해 들어왔다. 손권이 먼저 말을 건넨다.

"내 오랫동안 장군의 성덕을 사모해 진진지의를 맺고자 하였는데, 어찌하여 내 뜻을 저버리셨소? 공은 평소에 스스로 천하에 대적할 자가 없다고 하더니 오늘은 어떤 연유로 내게 잡혀오신 게요? 장군, 이제도 이 손권에게 항복하지 않으시려오?"

관운장이 벼락치듯 꾸짖는다.

"이 푸른 눈 붉은 수염에 아직 다 자라지도 못한 쥐새끼 같은 놈아! 내 일찍이 유황숙과 도원에서 결의하고 한나라 황실을 일으키기로 맹세했으니, 어찌 너 같은 역적과 더불어 한나라를 배반하겠느냐? 내 이번에 너희들의 간특한 계책에 잘못 빠졌으니 이제 죽음을 기다릴 뿐이다. 더 무슨 말이 필요한가!"

손권이 여러 관리들을 돌아보며 묻는다.

"운장은 당대의 호걸이라 내 그를 깊이 아끼고 있소. 예로써 대접해 항복을 권해보려 하는데, 그대들 생각은 어떠하오?"

주부 좌함(左咸)이 말한다.

"그건 안될 말씀입니다. 지난날 조조는 이 사람을 얻고서 후(侯)에 봉하고, 사흘에 한번은 작은 잔치를 열고 닷새에 한번은 큰 잔치를 열어 환대하며, 말에 오를 때마다 황금을 걸어주고, 말에서 내릴 때마다 은을 걸어주었으나 그만한 은혜와 예의로도 결국 그를 붙들어두지는 못했습니다. 그후 운장이 유황숙에게 돌아갈 때 다섯 관문의 장수들을 참하고 떠났음에도 그를 아껴 뒤쫓지 못하게 했으나, 오늘날 조조는 도리어 그의 칼끝을 피하기 위해 천도할 생각까지 하고 있지 않습니까? 이제 주공께서 그를 사로잡고서도 죽이지 않으시면 후환이 있을까 두렵습니다."

손권은 반나절이나 깊은 번민에 잠겨 있다가 말했다.

"그 말이 옳구나!"

마침내 끌어내 참하라 명하니, 이로써 관운장과 관평 부자는 동오의 손권에게 죽임을 당했다. 때는 건안 24년(219) 10월, 관공의 나이 58세였다.

후세 사람이 시를 지어 탄식했다.

한나라 말세에 그의 재주 당할 자 없어 　　　　漢末才無敵

관운장이 무리 중에 홀로 빼어났네 　　　　　雲長獨出群

신 같은 위엄으로 능히 무용을 떨쳤고 　　　　神威能奮武

선비다운 태도 글도 잘하였네 　　　　　　　儒雅更知文

하늘에 뜬 해 마음은 거울처럼 　　　　　　天日心如鏡

춘추의 의리는 구름에 닿았네 　　　　　　　春秋義薄雲

빛나도다 만고에 전하리니 　　　　　　　　昭然垂萬古

삼국시절의 으뜸만이 아니라네 　　　　　　不止冠三分

또 이런 시도 있다.

인걸은 오직 옛날 해량땅이라 　　　　　　人傑惟追古解良

사람들 다투어 한나라 관운장을 추모하네 　士民爭拜漢雲長

도원에서 하루아침에 형님 아우 되었더니 　桃園一日兄和弟

만세토록 황제와 왕으로 제사 받네 　　　　俎豆千秋帝與王

기개는 바람과 우레 같아 당할 자 없고 　　氣挾風雷無匹敵

곧은 뜻은 해와 달처럼 밝게 비치네 　　　志垂日月有光芒

지금도 모신 사당 천하에 가득하니 　　　　至今廟貌盈天下

고목에 앉은 까마귀 몇날 석양을 울었던가 　古木寒鴉幾夕陽

관운장이 죽은 후에 그가 타던 적토마는 마충이 끌어다가 손권
에게 바쳤다. 손권은 즉시 적토마를 마충에게 내주고 타도록 했으

나 적토마는 며칠 동안 아무것도 먹지 않더니 그대로 굶어 죽고 말았다.

한편 맥성을 지키고 있던 왕보는 갑자기 뼈마디가 쑤시고 몸이 떨려와서 주창에게 묻는다.

"어젯밤 꿈에 주공을 뵈었는데 온몸이 피투성이로 내 앞에 서 계셨소. 급히 까닭을 물으려다가 그만 놀라서 깨어났는데 이 꿈이 좋은 징조인지 나쁜 징조인지 알 수가 없구려."

이런 말을 하는 중에 갑자기 수하 사람이 들어와 보고한다.

"지금 성밖에 동오의 군사들이 관공 부자의 수급을 모셔와서 항복을 권유하고 있습니다."

소스라치게 놀란 왕보와 주창이 급히 성 위로 올라가 굽어보니, 과연 관공 부자의 수급이 틀림없었다. 왕보는 가슴이 터질 듯한 외마디소리를 지르더니 성 위에서 몸을 날려 죽었고, 주창은 목을 찔러 자결했다. 이리하여 맥성은 동오의 소속이 되었다.

이때 관공의 혼령은 흩어지지 않고 유유탕탕(悠悠蕩蕩)히 한곳에 이르렀으니 바로 형문주(荊門州) 당양현(當陽縣)에 우뚝 솟아 있는 옥천산(玉泉山)이었다. 산 위에는 한 노승이 있었는데, 법명은 보정(普淨)이었다. 보정은 원래 사수관(汜水關) 진국사(鎮國寺)의 장로였는데, 천하를 구름처럼 떠돌다 마침 이곳에 이르러 산 좋고 물이 맑은 것을 보고 터를 고르고 풀을 엮어 암자를 세웠다. 그러고는 날마다 좌선하며 도를 닦는데, 곁에는 다만 어린 행자 하나가 있어 아침저녁 공양을 받들었다.

그날밤은 달이 밝고 바람이 소슬했다. 3경이 지나서 보정이 암자에 앉아 좌선하고 있으려니 문득 공중에서 크게 부르짖는 소리가 들렸다.

"내 머리를 돌려달라!"

보정이 고개를 들어 바라보니 공중에 한 사람이 적토마를 타고 청룡도를 들고 서 있다. 그 왼쪽에는 젊은 장수가 있고, 오른쪽에는 살색이 검고 수염이 곱슬곱슬한 사람이 따르는데, 그들은 일제히 구름을 밟고 옥천산 산정으로 왔다. 보정은 그가 바로 관운장임을 알아보았다. 곧 손에 쥐고 있던 불자(拂子, 선가禪家에서 번뇌와 장애를 물리치는 표지로 쓰는 먼지떨이)로 문을 치며 소리쳤다.

"운장은 지금 어디 계신가!"

관공의 혼령은 즉시 깨닫고 말에서 내려 바람을 타더니 암자 앞에 이르러 두 손을 모으고 묻는다.

"스님은 누구십니까? 법호를 알려주십시오."

"노승은 보정이라 하는데, 지난날 사수관 진국사에서 일찍이 군후를 만난 적이 있거늘 어찌 벌써 잊으셨소?"

그제야 관공이 말한다.

"지난날 스님께서 구해주신 은혜를 어찌 잊었겠습니까. 지금 이 몸이 화를 당해 목숨을 잃었으니, 원컨대 가르침을 내려 앞길을 밝혀주시오."

보정이 말한다.

관운장의 혼령이 옥천산 노승 앞에 나타나다

"어제와 오늘의 시시비비를 일절 거론하지 마시오. 인과(因果)는 앞뒤가 서로 어긋나지 않소이다. 지금 장군이 여몽에게 해를 당하고 큰소리로 내 머리를 돌려달라 하오만, 지난날 안량과 문추와 5관의 여섯 장수들은 모두 누구에게 머리를 돌려달라 하겠소?"

이에 관공은 홀연히 깨닫고는 머리를 조아려 절하고 사라져버렸다. 이런 일이 있은 후로 옥천산에는 관공의 혼령이 나타나 백성들을 보호했다. 고을 백성들은 관운장의 높은 덕을 사모하여 산마루에 사당을 세우고 사시사철 제사를 지냈다.

후세 사람이 사당 기둥에 시 한수를 새겨놓았다.

대춧빛 붉은 얼굴에 붉은 마음으로	赤面秉赤心
적토마 높이 타고 바람 따라	騎赤兎追風
달릴 때도	馳驅時
한나라 황제 잊은 적 없네	無忘赤帝
푸른등 아래서 역사를 읽으며	青燈觀青史
청룡언월도 짚고 있으니	仗青龍偃月
마음 깊은 곳까지	隱微處
청천에 부끄럼 없네	不愧青天

한편 관운장 부자를 죽이고 형주와 양양 일대의 땅을 모두 수중에 넣은 손권은 삼군에 상을 내리는 한편 큰 잔치를 베풀고 모든 모사와 장수들을 불러모아 그 공로를 치하했다. 손권은 여몽을 상

석에 앉히고 여러 장수들을 돌아보며 말한다.

"내 오랫동안 형주를 되찾기 위해 고심하다가 오늘날 이렇게 큰 수고 없이 되찾은 것은 모두 자명(子明, 여몽의 자)의 공이로다!"

여몽이 거듭 겸양하는데, 손권이 말을 잇는다.

"지난날 주랑(周郎, 주유)은 계책이 출중해 조조의 대군을 적벽에서 격파했으나 불행히도 일찍 세상을 떠났소. 그뒤 노자경(魯子敬, 노숙)이 그 책임을 대신했는데 자경이 처음 나를 보고서 제왕의 큰 계략을 일러주었으니 이것이 첫번째 쾌사였소. 조조가 우리 동오를 치려 할 때 모든 사람이 두려워하며 항복하기를 권했으나, 오로지 자경만이 공근(公瑾, 주유의 자)을 불러들여 적군을 물리치게 했으니 그것이 두번째 쾌사였소. 그러나 내게 형주땅을 유비에게 빌려주라고 권한 것은 실책이라 하겠소. 이번에 자명이 계책을 세워 대번에 형주를 되찾았으니, 노자경이나 주랑보다 훨씬 큰 공을 세운 것이오."

손권은 손수 잔에 술을 가득 따라서 여몽에게 권했다. 여몽이 황송해하며 두 손으로 잔을 받들어 술을 마시려 하다가, 갑자기 땅바닥에 술잔을 내던지더니 손권의 멱살을 움켜쥐고 욕설을 퍼붓는다.

"이 푸른 눈 붉은 수염에 아직 다 자라지도 못한 쥐새끼 같은 놈아! 내가 누군지 알겠느냐?"

주위에 있던 장수들이 놀라 손권을 구하기 위해 달려들었다. 여몽은 성큼성큼 걸어가서 손권을 밀치고 그 자리를 차지하고 앉더니, 눈썹을 치켜세우고 두 눈을 부릅뜨며 큰소리로 꾸짖는다.

"내가 황건적을 격파한 이래 30년 동안 천하를 누비다가 이번에 네놈의 간계에 빠져 해를 입었도다. 살아서 네 고기를 씹지 못했으나 죽어서라도 역적 여몽의 넋을 쫓을 것이다. 내가 바로 한수정후(漢壽亭侯) 관운장이다!"

손권은 기절할 듯이 놀랐다. 황급히 여러 장수들과 더불어 섬돌 아래로 내려가 연신 절하며 감히 머리를 들지 못하는데 잠시 후 여몽이 땅에 넘어지더니 일곱 구멍에서 피를 쏟으며 죽고 말았다. 이 광경을 목격하고 두려움에 떨지 않는 자가 없었다. 손권은 예를 갖추어 여몽의 시체를 수습하여 후하게 장례를 치러주고 남군 태수 잔릉후(屠陵侯)에 봉해 그의 아들 여패(呂霸)로 하여금 작위를 이어받게 했다. 이 일이 있은 뒤부터 손권은 관운장의 일에 감동하며 놀라는 한편 의아함을 금치 못했다.

이 무렵 갑자기 장소(張昭)가 건업에서 손권을 찾아왔다. 손권이 장소를 불러들여 찾아온 까닭을 물으니, 장소가 대답한다.

"주공께서 이번에 관공 부자를 해치셨으니 장차 강동에 화가 닥칠 것입니다. 관공은 유비와 함께 도원결의하면서 생사를 같이하기로 맹세한 사이입니다. 지금 유비는 양천(兩川)의 군사를 모두 얻었을 뿐만 아니라 제갈량의 지혜와 장비·황충·조자룡·마초 등의 용장들까지 수하에 두고 있습니다. 유비가 관운장 부자가 살해된 것을 아는 날이면 반드시 전군을 일으켜 원수를 갚으려 할 터인데, 우리 동오가 그들을 대적하기는 어려울 듯합니다."

손권은 장소의 말을 듣고 발을 구르며 외친다.

"이는 내 실수로다! 장차 이 일을 어찌하면 좋단 말인가!"

"주공은 너무 심려 마십시오. 제게 계책이 있으니, 서촉이 동오를 침범하지 못하게 하여 형주를 반석처럼 편안케 하겠습니다."

"그 계책이 무엇이오?"

"지금 조조는 백만 대군을 거느리고 호시탐탐 천하를 손에 넣을 기회를 엿보고 있습니다. 유비가 당장 관운장의 원수를 갚으려면 조조와 손을 잡아야 할 텐데, 양쪽 군사가 연합해 쳐들어온다면 동오는 위태롭습니다. 그러니 먼저 관공의 수급을 수습해 조조에게 보내십시오. 그러면 유비는 이 모든 일이 조조의 사주로 이루어진 것이라 믿고 조조에게 원한을 품어 동오를 치지 않고 반드시 위를 공격할 것입니다. 우리 동오는 그들의 싸움을 지켜보다가 중간에서 이익을 취하는 것이 상책입니다."

손권은 장소의 말에 따랐다. 곧 관운장의 수급을 나무상자에 담아 사자에게 주고는 밤새 달려가 조조에게 전하도록 했다. 이때 조조는 마파에서 낙양으로 돌아와 있었다. 동오의 사자들이 관운장의 수급을 가지고 왔다는 보고가 들어오자 조조가 기뻐하여 말한다.

"관운장이 죽었다니 내 이제야 발 뻗고 편히 잠자리에 들 수 있게 되었구나!"

이때 댓돌 아래서 한 사람이 나서며 말한다.

"이것은 바로 동오가 우리에게 재앙을 떠넘기려는 수작입니다."

조조가 보니 그는 주부 사마의였다. 조조가 그 까닭을 물으니 사마의가 대답한다.

"옛날에 유비·관우·장비는 도원에서 결의하며 생사를 같이하기로 맹세했습니다. 이제 동오의 손권이 관운장을 살해하고서 짐짓 그 수급을 대왕께 바친 것은 장차 복수가 두렵기 때문입니다. 이는 유비의 분노를 대왕께 돌려 동오를 치는 대신 우리 위를 치게 하고, 자기들은 중간에서 이익을 취하려는 속셈입니다."

조조가 머리를 끄덕이더니 묻는다.

"중달의 말이 옳도다! 그렇다면 내 어떤 계책으로 이 일을 해결해야겠소?"

사마의가 말한다.

"이는 아주 쉬운 일입니다. 대왕께서는 관공의 수급을 받으십시오. 그리고 향나무로 관공의 몸을 조각한 다음에 그 수급을 붙여 대신(大臣)의 예로써 성대하게 장례를 치르십시오. 유비는 반드시 이 일을 알게 될 것이고, 그러면 손권에게 원한을 품어 남쪽을 정벌하는 데 힘쓸 것입니다. 우리는 그들의 싸움을 지켜보다가 촉이 이기면 동오를 치고, 동오가 이기면 촉을 치는 것입니다. 둘 중에 한곳만 얻으면 나머지 하나는 오래 버티지 못할 것입니다."

조조는 매우 기뻐하며 사마의의 계책을 따르기로 하고 드디어 동오에서 온 사자를 불러들였다. 사자가 나무상자를 바치니, 조조는 뚜껑을 열어보았다. 관운장의 얼굴은 살아 있을 때나 마찬가지였다. 조조가 웃으며 말한다.

"관공은 그간 별고 없으시오?"

조조의 말이 채 끝나기도 전이었다. 나무상자 속의 관운장의 머리가 입을 딱 벌리더니, 눈동자가 움직이고 머리털과 수염이 꼿꼿이 일어섰다. 소스라치게 놀란 조조는 외마디 비명을 지르며 그대로 혼절하고 말았다. 곁에 있던 관원들이 황급히 부축해 일으키니 조조가 겨우 깨어나 한숨을 몰아쉬며 말한다.

"관장군은 참으로 천신(天神)이로다!"

동오에서 온 사자는 관공의 혼령이 현성(顯聖)하여 여몽의 몸에 내린 일이며, 여몽의 입을 빌려 손권을 꾸짖은 일을 고했다. 이 말을 듣고 더욱 두려워하는 마음이 생긴 조조는 희생 제물을 마련하여 제사를 지냈다. 침향목(沈香木)으로 관공의 몸을 조각해 수급에 맞추고 왕후(王侯)의 예로써 낙양성 남문 밖에 장사를 지내는데, 대소 관원이 모두 참례했다. 조조가 친히 절하여 제사를 지내고 관운장을 형왕(荊王)으로 추증한 다음, 관리를 두어 묘소를 지키게 했다. 이렇듯 성대한 장례절차를 마친 후에야 동오의 사자를 강동으로 돌려보냈다.

한편 한중왕은 동천에서 성도로 돌아와 있었다. 법정이 아뢴다.

"주상의 선부인(先夫人)께서는 세상을 떠나셨고, 손부인은 강남으로 가셔서 언제 돌아오실지 기약할 수 없습니다. 인륜의 도리는 폐할 수 없으니 새 왕비를 들이셔서 내정을 보살피게 하소서."

한중왕은 그 말을 따르기로 했다.

법정이 다시 아뢴다.

"오의(吳懿)에게 누이가 한 사람 있는데 매우 아름답고 현숙하여 일찍이 관상을 보는 사람이 뒤에 반드시 크고 귀하게 되리라 했답니다. 이 여인이 일찍이 유언(劉焉)의 아들 유모(劉瑁)에게 출가했는데, 출가한 지 얼마 안되어 유모가 죽은 후로 지금까지 홀로 지내고 있습니다. 주상께서는 이 여인을 들여 왕비로 삼으시는 게 좋을 듯합니다.”

한중왕이 말한다.

“유모는 나와 같은 유씨인데, 도리상 그렇게 할 수 있겠소?”

“멀고 가까움을 따지신다면 옛날 진문공(晉文公)이 회영(懷嬴)을 아내로 맞이한 것과 뭐가 다르겠습니까?”(춘추시대 진목공의 딸 회영이 진회공과 결혼했다가 후에 남편의 백부인 진문공에게 개가한 고사)

한중왕은 마침내 허락하고 오(吳)씨를 왕비로 맞아들였다. 그후 오씨가 두 아들을 낳았으니, 맏아들은 유영(劉永)으로 자는 공수(公壽)요, 둘째아들은 유리(劉理)로 자는 봉효(奉孝)였다.

이제 동서 양천(兩川)에서는 백성은 편안하고 나라는 부유하며 해마다 풍년이 들어 근심할 일이 없었다. 그 무렵 형주에서 사람이 와서 전했다.

“동오의 손권이 혼인을 청했는데 관공이 거절하셨습니다.”

공명이 말한다.

“장차 형주가 위태롭게 되었구나. 사람을 보내 교대시키고 관운장을 돌아오도록 해야겠다.”

이렇게 의논하고 있는데, 형주에서 싸움에 이겼다는 보고가 계속 들어왔다. 또 하루가 안되어 관흥이 와서 보고했다.

"조조의 칠군(七軍)을 강물로 휩쓸어버렸습니다."

또 하루는 관운장이 강기슭 요소요소에 봉화대를 설치하고 방비를 철저히 하여 만일 동오가 쳐들어와도 두려워할 것이 없다는 보고까지 들어오니 유현덕은 크게 마음을 놓고 있었다. 그러던 어느 날이었다. 갑자기 현덕은 까닭 없이 온몸이 떨려와 진정할 수가 없고 밤이 깊도록 잠을 이룰 수가 없었다. 내실에 앉아 촛불을 밝히고 글을 읽던 현덕은 책상에 엎드린 채 깜빡 잠이 들었다. 문득 한 줄기 싸늘한 바람이 일더니 촛불이 펄럭이며 까무러지다가 다시 밝아졌다. 현덕이 고개를 들어보니 웬 사람이 눈앞에 서 있었다. 현덕이 의아하여 묻는다.

"그대는 누군데 이 밤중에 나의 내실에 들어왔는가?"

그 사람은 아무 대답이 없다. 현덕은 괴이한 생각이 들어 자리에서 일어나 자세히 살펴보았다. 그는 암만 보아도 틀림없는 관운장인데, 서성거리며 불빛이 희미한 그늘진 곳으로 몸을 피한다. 현덕이 물었다.

"아우는 그동안 별고 없었느냐? 이렇게 한밤중에 나를 찾아온 것을 보니 무슨 큰일이 난 게로구나. 내 너와의 정리가 골육과 다름없는데 어찌하여 몸을 피하느냐?"

그때 관운장이 울면서 고한다.

"원컨대 형님께서는 군사를 일으켜 부디 이 아우의 원한을 씻어 주십시오!"

그 말이 끝나면서 다시 싸늘한 바람이 일더니, 관운장의 모습은 간 곳이 없었다. 현덕이 깜짝 놀라 눈을 뜨니 한자락 꿈인데, 이때 3경을 알리는 북소리가 울렸다. 현덕이 와락 의심이 일어 급히 전(殿) 앞으로 나서 사람을 보내 공명을 청해오게 했다. 공명이 들어오자 현덕은 꿈속에서 놀란 일을 자세히 말했다. 공명이 대답한다.

"주상께서 항상 관공을 생각하시기 때문에 그런 꿈을 꾸신 것입니다. 마음에 두실 것 없습니다."

공명의 위안하는 말에도 현덕은 자꾸만 의심하고 염려했다. 공명은 거듭 좋은 말로 현덕의 마음을 풀어주고 물러나와 중문을 나서다가, 마침 들어오던 허정(許靖)을 만났다. 허정이 말한다.

"보고할 기밀이 있어 군사의 부중에 들렀다가, 입궁하셨다기에 급히 달려오는 길입니다."

"무슨 기밀인가?"

"밖의 사람이 전하는 말입니다. 동오의 여몽이 이미 형주를 점령하고, 관공은 해를 당하셨답니다. 그래서 급히 군사께 보고하러 달려오는 길입니다."

"내 밤에 천문을 보니 장성(將星) 하나가 형초(荊楚)땅에 떨어지기에 필시 운장이 화를 당했으리라 짐작하고 있었소. 주상께서 근심하실 것을 염려하여 감히 말씀드리지 못했소이다."

두 사람이 이렇게 이야기를 나누고 있을 때, 갑자기 전 안에서 한 사람이 달려나와 공명의 소매를 잡는다.

"이토록 흉한 소식을 공은 어찌하여 내게 전하지 않았소!"

바로 유현덕이었다. 공명과 허정이 아뢴다.

"방금 한 말은 모두 소문이니 믿을 것이 못 됩니다. 주상께서는 마음을 너그러이 잡수시고 심려 마십시오."

현덕이 말한다.

"나와 운장은 생사를 함께하기로 맹세했소. 만일 운장이 잘못되었다면 어찌 나 혼자 살 수 있겠는가!"

공명과 허정이 현덕을 안심시키고 있는데 문득 시중드는 신하가 들어와 고한다.

"마량과 이적이 왔습니다."

현덕이 급히 불러들여 물으니, 두 사람이 들어와 관운장의 표문을 바치고 아뢴다.

"형주는 이미 잃었고, 관공이 패하여 구원병을 청하십니다."

표문을 미처 다 읽기도 전에 또 신하가 들어와 아뢴다.

"형주에서 요화가 왔습니다."

현덕이 급히 불러들이니 요화는 통곡하며 땅에 엎드려 절하고 유봉과 맹달이 구원병을 보내지 않은 일을 자세히 고했다. 유현덕이 크게 놀라서 말한다.

"그렇다면 내 아우는 죽었구나!"

공명이 말한다.

"유봉과 맹달의 이 무례한 죄는 죽어도 용서할 수 없습니다! 주상께서는 마음을 너그러이 가지소서. 이 제갈량이 친히 군사를 거느리고 가서 형양의 위급함을 구하겠습니다."

현덕이 흐느끼면서 말한다.

"운장을 잃고 나 혼자 살 수는 없소! 내가 군사를 이끌고 가서 운장을 구해내겠소."

현덕은 사람을 낭중(閬中)에 보내 장비에게 이 사실을 알리는 한편 군사를 모으고 인마를 정비해 떠날 채비를 했다. 날이 밝기도 전에 또다른 보고가 들어왔다.

"관공께서 밤에 임저로 달아나다 동오의 장수에게 사로잡혔으나, 의리와 절개를 굽히지 않다가 부자가 모두 세상을 떠나셨습니다."

유현덕은 그만 외마디 비명을 지르며 땅바닥에 쓰러져 혼절하고 말았다.

죽음을 함께하기로 맹세한 일 생각하면　　　爲念當年同誓死

오늘 어찌 차마 홀로 살 수 있으리　　　忍敎今日獨捐生

현덕은 과연 소생할 수 있을 것인가?

78

간웅 조조의 죽음

신의 화타는 조조의 풍병을 고치려다 죽고
간웅 조조는 유언을 남기고서 명을 다하다

한중왕은 관운장 부자가 살해당했다는 소식에 통곡을 하다가 혼
절하여 땅에 쓰러졌다. 모여 있던 여러 문무관원들이 급히 손을 써
서 한참 만에야 가까스로 깨어났다. 모두들 한중왕을 부축해 내전
으로 들어가자 공명이 말한다.

"주상께서는 너무 상심하지 마십시오. 자고로 '죽고 사는 것은
명에 달렸다〔死生有命〕'했습니다. 관운장이 평소 강직하고 자긍심
이 높아서 오늘날의 화를 입었으니, 주상께서는 옥체 보중하시어
앞으로 원수 갚을 일을 천천히 도모하소서."

현덕이 말한다.

"내 일찍이 운장과 익덕 두 아우와 함께 도원에서 결의할 때 생
사를 같이하기로 맹세했거늘, 이제 관운장이 죽고 없는 마당에 어

찌 나 홀로 부귀를 누릴 수 있겠소?"

현덕이 채 말을 끝맺기도 전에 관흥이 부친의 소식을 듣고 통곡하며 들어왔다. 관흥을 보더니 현덕은 또다시 슬픔이 북받쳐올라 울부짖으며 다시 정신을 잃어버렸다. 관원들의 도움으로 깨어난 현덕은 하루 종일 울다가 까무러치기를 네댓차례나 거듭했다. 그렇게 사흘이 지나도록 물 한모금 마시지 않고 통곡을 하니 옷깃에 눈물 마를 새가 없고, 나중에는 핏물까지 떨어져 얼룩졌다. 공명과 관원들은 한시도 곁을 떠나지 않고 현덕을 위로했다. 현덕이 말한다.

"내 맹세코 동오와 한 하늘 아래 살지 않으리라!"

공명이 말한다.

"들리는 바로는, 동오에서 관공의 수급을 조조에게 바쳤더니 조조가 왕후(王侯)의 두터운 예로 장사를 치러주었다고 합니다."

"무슨 뜻으로 그리했을까?"

"동오는 장차 닥쳐올 재앙을 조조에게 돌리려는 속셈으로 그리했을 것입니다. 조조는 동오의 속마음을 알고 성대하게 관공의 장례를 치름으로써 주상의 원한을 동오에 돌리려 한 것이지요."

"내 즉시 군사를 일으켜 동오의 죄를 묻고 나의 이 맺힌 한을 풀고자 하오!"

공명이 간한다.

"그것은 안됩니다. 지금 동오는 우리로 하여금 위를 치게 하고, 위 또한 우리로 하여금 동오를 치게 하려는 간특한 계책을 품고서 각각 틈을 엿보고 있습니다. 주상께서는 마땅히 군사를 안정시키

414

고 움직이시면 안됩니다. 관공의 초상을 치르시고 오와 위가 서로 불화할 때를 기다렸다가 그 틈에 무찔러야 합니다."

모든 관원들이 거듭 간하고 권했다. 그제야 현덕은 비로소 음식을 먹고, 전지를 내려 동서 양천의 장수들에게 모두 상복을 입고 조상하도록 했다. 또한 친히 남문으로 나아가 관운장을 초혼(招魂)하고 제를 지내며 온종일 통곡을 그치지 않았다.

한편 낙양의 조조는 관운장의 장례를 치른 뒤부터 밤마다 눈을 감으면 운장의 모습이 보이는 통에 너무도 놀랍고 두려운 나머지 관원들을 불러 사실을 말하고 어찌하면 좋을지 물었다. 관원들이 대답한다.

"낙양 행궁(行宮)의 옛 전각에는 요사스러운 일이 많사오니, 새로이 전각을 지어 거처를 옮기십시오."

조조가 말한다.

"내 전각 한채를 짓고 건시전(建始殿)이라 이름하고 싶으나, 좋은 목수가 없는 것이 한이로다."

가후가 곁에서 아뢴다.

"낙양에 소월(蘇越)이라는 목수가 있는데, 그 솜씨가 뛰어납니다."

조조는 당장 소월을 데려오라 하여 장차 지을 대궐의 설계도를 그려보게 했다. 소월은 즉시 아홉칸 대전과 앞뒤 궁궐과 누각을 앉힌 설계도를 그려 바쳤다. 조조가 설계도를 들여다보고 나서 말한다.

"네 설계도가 내 마음에 꼭 든다마는, 대전에 쓸 만한 기둥과 대들보감이 있을지 걱정이구나."

소월이 엎드려 아뢴다.

"낙양성에서 30리를 가면 약룡담(躍龍潭)이라는 큰 연못이 있고 그 앞에 약룡사라는 사당이 하나 서 있습니다. 그 사당 부근에 오래된 배나무가 한그루 있는데, 높이가 10여길이 되니 족히 건시전의 대들보가 될 만합니다."

조조가 크게 기뻐하며 즉시 일꾼들을 보내 나무를 베도록 했다. 그런데 이튿날 사람들이 돌아와서 고한다.

"그 나무는 톱질을 해도 베어지지 않고 도끼로 내려찍어도 날이 들어가지를 않아 도저히 벨 수가 없습니다."

조조는 그 말을 믿을 수가 없어 몸소 수백기를 거느리고 약룡사에 이르렀다. 말에서 내려 올려다보니 그 나무는 우뚝 솟은 모습이 마치 일산을 펴놓은 것 같고, 위로는 하늘과 구름에 닿을 듯 험한 마디나 굽은 데 하나 없이 꼿꼿했다. 조조는 지켜서서 일꾼들에게 나무를 베라 명했다. 이때 고을 노인들이 와서 간한다.

"이 나무는 수백년 된 것으로 저 나무 꼭대기에는 신인(神人)이 살고 있다 합니다. 그러니 부디 베지 말아주십시오."

조조가 크게 노해 말한다.

"내 평생에 천하를 종횡으로 누빈 지 40여년이니, 위로는 황제로부터 아래로 백성에 이르기까지 나를 두려워하지 않는 사람이 없거늘, 무슨 요망한 귀신이 있어 감히 내 뜻을 거스른단 말이냐?"

조조는 차고 있던 칼을 빼어 나무를 쳤다. 쩽하는 소리와 함께 나무에서 피가 솟아 조조의 온몸에 튀었다. 조조는 대경실색하여 칼을 내던지고 즉시 말을 타고 궁으로 돌아왔다. 그날밤 2경 무렵이었다. 조조는 왠지 마음이 불안하여 앉아 있다가 책상에 기댄 채 깜박 잠이 들었다. 문득 머리를 산발하고 위아래로 검은옷을 입은 사람이 손에 칼을 짚고 나타나서는 조조를 가리키며 꾸짖는다.

"나는 배나무의 신이다. 네가 건시전을 지으려 함은 황제의 자리를 빼앗으려는 뜻이렷다! 이제 나의 신목(神木)까지 베려 했으나, 내 너의 운수가 다한 것을 알고 특히 너를 죽이러 왔다."

조조가 깜짝 놀라 큰소리로 외쳤다.

"여봐라, 무사들은 어디 있느냐?"

미처 무사들이 오기 전에 그 검은옷을 입은 사람이 칼을 높이 들어 조조를 내려쳤다. 순간 조조는 외마디 비명을 지르며 놀라 깨어났다. 꿈인 것을 알고 안도의 숨을 내쉬는데, 머리가 지끈지끈 쑤시며 아파 참을 수가 없었다. 조조는 급히 영을 내려 용하다는 의원들을 모두 불러다가 치료를 받아보았으나 아픈 증세는 조금도 차도가 없었다. 여러 관원들은 모두 근심에 잠겼다. 이때 화흠이 들어와 아뢴다.

"대왕께서는 신의(神醫) 화타를 아십니까?"

조조가 되묻는다.

"강동에서 주태를 치료한 사람 말이냐?"

"그렇습니다."

"비록 그 이름은 들었다만 의술이 어떤지는 모르겠구나."

"원래 화타의 자는 원화(元化)로 패국 초군 사람이온데, 그 의술의 신묘함은 세상에 드문 바라고 합니다. 환자의 병세에 따라 약을 쓰거나 침을 놓거나 뜸을 뜨기도 하는데, 그가 손만 썼다 하면 즉시 낫는다고 합니다. 오장육부가 상해 약을 쓸 수 없는 환자에게는 다른 방법을 쓰는데, 마폐탕(麻肺湯)을 먹여서 가사상태가 되면 날카로운 칼로 배를 가른 후 탕약으로 장부(臟腑)를 깨끗이 씻어낸다 하고, 그래도 환자는 아픈 줄 모르고 누워 있다 합니다. 치료가 다 끝나서 약실로 다시 배를 꿰매고 고약을 바르면 아무리 지독한 병이라도 20일에서 한달가량 지나면 완쾌된다고 하니, 그 의술이 얼마나 신묘합니까? 어느날 화타가 길을 가다가 길바닥에 쓰러져 신음하고 있는 사람을 보았는데, 그 신음소리만 듣고도 '음식을 먹어도 속에서 내려가지 않는 병이로구나. 그렇지 않은가' 하고 물었답니다. 환자가 과연 그렇다고 대답하니 화타가 그 사람에게 마늘즙 석되를 먹였는데, 그는 이내 두세길이나 되는 뱀을 토해내고는 씻은 듯이 병이 나았답니다. 광릉 태수 진등 또한 화타에게 치료받고 병을 고친 사람입니다. 진등은 평소 번열증이 있어 항상 얼굴빛이 붉고 속이 답답해 음식을 잘 먹지 못하는 터라 화타를 청해다가 치료를 받았습니다. 진등은 화타가 지어준 약을 먹고 석되 되는 벌레를 토해냈는데, 벌레들이 모두 머리가 새빨갛고 머리와 꼬리를 계속 꿈틀거리는 것을 보고 진등이 그 까닭을 물었습니다. 화타는 '물고기를 날것으로 먹어서 생긴 독충으로, 오늘은 비록 다 토해냈지만 3년 후에 재발할 텐데, 그때는 구할 방도가 없다'고 하더랍니다. 아니나 다를까, 진등은 3년 후 그 병이 재발해 죽고 말았답니다. 또 한 사람은 양미간에 커다란 혹이 생겨서 가려움증에 시달리다가 화타를 청했습니다. 화타가 가만 살펴보더니 '혹 속에 날짐승이 들어 있다'고 했답니다. 사람들이 웃으며 하나같이 믿으려 하지 않았는데 화타가 칼로 그 혹을 째보니 정말 노란 참새 한마리가 튀어나와 날아가고 그 사람은 씻은 듯이 나았답니다. 또 어떤 사람은 개에게 발가락을 물렸는데, 물린 자리에서 살점이 두군데 솟아올라 한쪽은 가려워서 견딜 수 없고, 다른 한쪽은 아파서 견딜 수가 없어 역시 화타에게 보였습니다. 화타가 보더니 '아픈 살 속에는 바늘이 열개 들어 있고, 가려운 살 속에는 검고 흰 두개의 바둑알이 들어 있다'고 하더랍니다. 이번에도 사람들이 믿으려 하지 않았으나 화타가 칼로 상처를 째어보니, 과연 그의 말대로였다고 합니다. 화타는 참으로 편작(扁鵲, 춘추시대의 명의)과 창공(倉公, 서한시대의 명의)에 견줄 만한 명의입니다. 화타가 지금 금성(金城)땅에 있고 여기서 그리 멀지도 않으니, 대왕께서는 그를 부르시는 게 어떠시겠습니까?"

조조는 즉시 사람을 보내 화타를 불러들였다. 화타가 누워 있는 조조를 진맥하고 병세를 살펴본 후 말한다.

"대왕의 두통은 풍(風) 때문에 생긴 것인데 이미 그 뿌리가 뇌 속에 박혀 탕약으로 다스리기는 어렵습니다. 제게 한가지 방법이 있는데, 대왕께서 마폐탕을 드신 후 제가 날선 도끼로 두개골을 열어 그 속에 괴어 있는 풍연(風涎, 풍기를 유발하는 즙)을 씻어내야만 병의 뿌리를 제거할 수 있습니다.”

이를 들은 조조는 크게 화를 낸다.

“네가 나를 죽이려 드는구나!”

화타가 말한다.

“대왕께서도 들으셨겠지만 지난날 관공이 오른팔에 독화살을 맞아 고생할 때 제가 뼈를 긁어 독을 뽑아낸 적이 있습니다. 관공은 조금도 두려워하는 기색이 없었는데, 이제 대왕께서는 이런 조그만 병으로 어찌 그리 의심이 많으십니까?”

“그까짓 팔쯤이야 아프면 뼈를 깎아낼 수도 있다지만, 어찌 두개골을 쪼갠단 말이냐? 네가 필시 관운장과의 친분 때문에 이 기회에 나를 죽여 원수를 갚을 속셈이로구나!”

격노한 조조는 주위를 둘러보며 호령한다.

“저놈을 당장 잡아다 옥에 가두고 문초하여 자백을 받아내도록 하라!”

가후가 황급히 조조에게 간한다.

“참으십시오. 이런 훌륭한 의원은 세상에 다시없습니다. 이러시면 안됩니다.”

조조는 가후를 크게 꾸짖는다.

“이자는 기회를 틈타 나를 해치려는 것이다. 지난날의 길평(吉平)과 다를 바 없는 놈이야!”

조조는 추상같이 호령하며 화타를 추궁하게 했다. 화타가 갇힌 옥에는 오(吳)씨 성을 가진 옥졸이 있어, 사람들이 모두 오압옥(吳押獄)이라고 불렀다. 오압옥은 날마다 술과 음식을 대접하며 화타를 극진히 보살폈다. 그 은혜에 감동한 화타가 오압옥에게 은근히 말한다.

"나는 이제 죽을 몸이오만 내 의술을 소상히 적어둔『청낭서(靑囊書)』를 세상에 전하지 못하는 것이 한이오. 그대의 고마운 후의에 보답할 것이 없더니, 이제 내가 편지를 써줄 테니 우리 집에 사람을 보내 그『청낭서』를 가져오도록 하시오. 내 그것을 그대에게 드릴 테니, 그대는 내 의술을 세상에 전하도록 하오."

오압옥은 크게 기뻐했다.

"제가 그 책을 얻게 된다면 이 일을 그만두고 온 세상의 병든 자들을 고쳐 선생의 큰 덕을 전하겠습니다."

화타는 즉시 오압옥에게 편지를 써주었다. 오압옥은 금성에 있는 화타의 집을 찾아가 그의 아내로부터『청낭서』를 받아와 화타에게 바쳤다. 화타가 한번 훑어본 후에 다시 오압옥에게 건네주니 오압옥은『청낭서』를 받아들고 집으로 돌아와 소중히 간직했다. 그리고 나서 열흘 후, 화타는 결국 옥중에서 세상을 떠나고 말았다. 오압옥은 즉시 관을 사서 염을 하고 정성껏 화타의 장사를 지낸 다음 옥졸직을 내놓고『청낭서』를 공부하려고 집으로 돌아왔다. 집을 들어서던 오압옥은 깜짝 놀랐다. 그의 아내가 아궁이 앞에서『청낭서』를 태워 불쏘시개로 쓰고 있었던 것이다. 오압옥이 황급히 달려들어 『청낭서』를 끄집어냈으나 때는 이미 늦었다. 모두 타버리고 겨우 한두 장만 남았을 뿐이다. 오압옥은 버럭 화를 내며 소리를 질렀다. 그러나 그의 아내는 조금도 거리낄 게 없다는 듯 말대꾸를 했다.

"화타처럼 신묘한 의술을 터득한들 결국 옥에 갇혀 죽기밖에 너 하겠어요? 그까짓 것이 무슨 소용 있어요?"

오압옥은 그저 한탄할 뿐이었다. 이리하여 『청낭서』의 비법은 세상에 전해지지 못하고, 닭과 돼지 따위를 거세하는 하잘것없는 방법만이 남아 전해온다. 이는 타다 남은 한두장에 실려 있던 내용이다.

후세 사람이 시를 지어 화타를 찬양했다.

화타의 신묘한 의술 장상*에 견줄 만하니   華佗儦術比長桑
신묘한 진찰 담안 들여다보듯 했네   神識如窺垣一方
아, 슬프다, 사람 죽고 책조차 없어지다니   惆悵人亡書亦絶
후세 사람 다시는 청낭서를 볼 수 없네   後人無復見靑囊
　　* 장상(長桑): 전국시대의 명의인 장상군

화타를 죽인 뒤로 조조의 병세는 더욱 악화되었다. 더구나 오와 촉에 대한 근심까지 겹쳐 하루도 마음 편할 날이 없는 중에 문득 측근 신하가 들어와 아뢴다.

"동오에서 사자가 서신을 가지고 왔습니다."

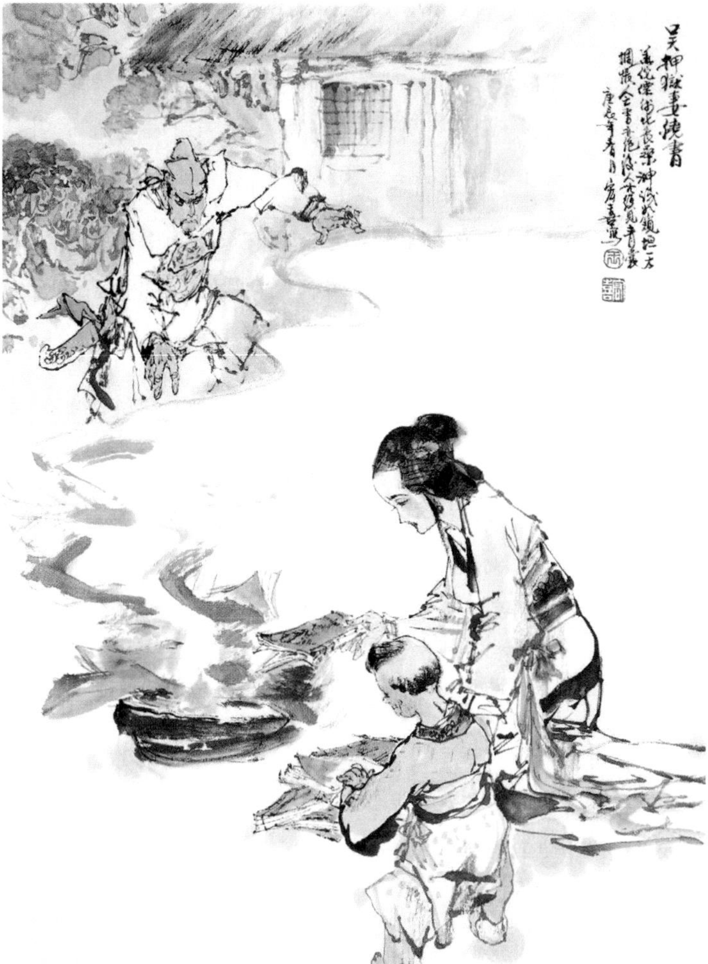

오압옥의 아내는 화타의 의술을 담은 『청낭서』를 불태우다

조조가 사신을 불러들여 서신을 받아 읽어보았다.

　신(臣) 손권은 오래전부터 천명(天命)이 이미 주상께 돌아간
줄 알고 있습니다. 엎드려 바라옵건대, 어서 대위(大位)에 오르시
고 장수를 보내 촉의 유비를 섬멸하여 양천을 평정하십시오. 신
은 즉시 아랫사람들을 거느리고 땅을 바쳐 항복하겠나이다.

　조조는 읽고 나서 크게 웃으며 그 서신을 여러 신하들에게 보
였다.

　"이 아이가 나를 화롯불 위에 앉히려 하는구나."(이는 두 가지 뜻을
지닌 말이다. 오행伍行에서 한나라는 화덕에 해당하니 불 위에 앉는 것은 한의 황
제가 됨을 뜻하며, 또한 당시 조조는 한의 신하임에도 권력을 독점해 주변의 반발
이 컸으므로 황제가 되면 자신의 신변이 위험해질 것이라는 의미이다. 결국 조조
는 이로써 위험을 무릅쓰고 황제가 될 마음은 없음을 나타낸 것이다.)

　시중 진군(陳群) 등이 아뢴다.

　"한나라 황실은 쇠미한 지 이미 오래이고 전하의 공덕이 드높아
천하의 백성들이 한결같이 우러르며 대위에 오르시기만 바라고 있
사옵니다. 이제 손권도 신하를 자처하며 항복하겠다고 하니, 이는
하늘의 뜻인 동시에 모든 사람이 한결같이 원하는 바입니다. 그러
니 전하께서는 하늘의 뜻에 응하고 백성의 마음에 따르셔서 어서
황제의 위에 오르소서."

　조조는 웃으며 말한다.

"내가 여러해 동안 한실을 섬겨 비록 그간의 공덕이 백성들에게 까지 미쳤다고 하나, 이미 지위가 왕에 이르러 명예와 벼슬이 더할 수 없이 높아졌는데 달리 무엇을 바라겠느냐? 진실로 천명이 내게 있다면 나는 주(周) 문왕(文王)처럼 될 것이다."

사마의가 말한다.

"손권이 신하를 자칭하며 대왕을 따르겠다고 하니, 주상께서는 벼슬을 내리시고 그로 하여금 유비를 치게 하십시오."

조조는 그 말에 따라 황제에게 표문을 올려 손권을 표기장군(驃騎將軍) 남창후(南昌侯)에 봉하고 형주를 다스리게 했다. 그리고 그 날로 사신에게 이러한 내용의 칙서를 주어 동오로 보냈다.

그뒤로 조조의 병세는 나날이 악화되어갔다. 어느날 밤 조조는 세마리의 말이 한 구유에서 먹이를 먹고 있는 꿈을 꾸었다. 날이 밝은 뒤 조조는 가후를 불러 묻는다.

"내 전에 언젠가 세필의 말이 한 구유에서 먹이를 먹는 꿈을 꾸었는데, 그때는 마등(馬騰) 부자가 변란을 일으키지나 않을까 하고 의심스러워했다. 지금 마등은 이미 죽었는데 어젯밤에 또 세마리 말이 한 구유에서 먹이를 먹는 꿈을 꾸었으니, 이것이 길몽이겠느냐 아니면 흉몽이겠느냐?"

가후가 대답한다.

"원래 녹마(祿馬)는 길한 징조입니다. 녹마가 조(曹, 말구유 조槽와 조조의 조曹는 음이 같음)로 돌아온 것인데 무엇을 그리 걱정하십니까?"

조조는 가후의 말을 듣고 다시 의심하지 않았다.

이 일을 두고 후세 사람이 시를 읊었다.

세 말이 한 구유에 모였으니 의심할 일이라   三馬同槽事可疑

이때 이미 진나라 터전이 시작된 줄 몰랐구나   不知已植晉根基

조조가 부질없이 간웅의 방략을 가졌으되   曹瞞空有奸雄略

제 어찌 조정 안에 있는 사마씨를 알아보랴   豈識朝中司馬師

그날밤 조조가 침실에 누워 있는데, 3경이 다 되도록 머리가 아프고 눈앞이 캄캄하며 현기증이 심하게 났다. 뒤척이다가 간신히 몸을 일으켜 책상 위에 엎드려 있는데 문득 전각 안에서 비단을 찢는 듯한 날카로운 소리가 들려왔다. 조조가 깜짝 놀라 고개를 드니, 복황후(伏皇后)와 동귀인(董貴人) 그리고 두 황자와 복완(伏完), 동승 등 20여명이 피투성이로 음산한 구름 속에 서 있는 게 아닌가. 그들은 가냘픈 목소리로 목숨을 돌려달라고 하소연하고 있었다. 조조가 급히 칼을 뽑아 휘두르는데, 갑자기 벼락치는 듯한 소리가 들리며 전각 서남쪽 모서리가 와지끈 무너져내렸다. 놀란 조조는 그만 정신을 잃고 쓰러지고 말았다. 근시들이 급히 조조를 구완해 별궁으로 옮기고 편히 쉬게 했다. 이튿날 밤에도 또다시 대궐 밖에서 남녀의 곡성이 끊이지 않고 들려왔다. 날이 밝자마자 조조는 신하들을 불러들였다.

"나는 전쟁 속에서 30여년을 살아오면서 한번도 괴이한 일을 믿지 않았다. 그런데 오늘에 와서 어찌하여 내 주변에서 이런 일이 일어난단 말이냐?"

여러 신하들이 아뢴다.

"대왕께서는 도사들에게 명하여 제를 올려 부디 화를 물리치도록 하십시오."

조조가 탄식하여 말한다.

"성인이 말하기를 '하늘에 죄를 지으면 빌 곳이 없다〔獲罪於天無所禱也〕'고 하였다. 이미 나의 천명이 다했으니 구원을 빌어본들 무슨 소용이 있겠느냐?"

그러고는 끝내 신하들의 청을 받아들이지 않았다. 다음 날 조조는 기(氣)가 점점 치밀어올라 숨이 막히고 마침내는 아무것도 볼 수 없게 되었다. 급히 상의하려고 하후돈을 불러오게 하여 하후돈이 대궐 문앞에 다다랐을 때였다. 갑자기 복황후와 동귀인, 두 황자와 복완, 동승 등이 음산한 구름 속에 서 있는 것이 보였다. 하후돈은 크게 놀라 정신을 잃고 그 자리에 쓰러져버렸다. 좌우에서 부축해 옮겼으나 하후돈 역시 그길로 병이 들어 자리에서 일어나지 못했다. 조조는 조홍·진군·가후·사마의 들을 침상 가까이 불러들여 후사를 부탁했다. 조홍 등이 머리를 조아리며 아뢴다.

"대왕께서는 부디 옥체를 보중하소서. 반드시 쾌차하실 것입니다."

그러나 조조는 말한다.

"내가 30여년 동안 천하를 종횡하면서 모든 영웅들을 멸하고 이제 남은 것은 다만 강동의 손권과 서촉의 유비뿐이다. 내 이제 병세가 위급하여 경들과 더불어 더이상 천하를 도모하지 못하겠기에, 특별히 집안일을 부탁하려 한다. 큰아들 조앙은 유씨 소생으로 불행히 일찍이 완성에서 죽었고, 변씨 소생으로 네 아들이 있으니 비(丕)와 창(彰)과 식(植)과 웅(熊)이다. 내가 평소 사랑하는 아들은 셋째 식인데, 그 사람됨이 허황하고 성실하지 못하며 술을 좋아하고 방종하여 세자로 세우기 어렵다. 둘째 창은 용맹하긴 하지만 지혜가 부족하고, 넷째 웅은 잔병치레를 많이 하여 건강을 보전하기 어려울 것이다. 오직 장자 비가 독실하고 인정이 두터우며 공손하고 조심성이 있으니, 가히 대업을 이을 만하다. 경들은 마땅히 옆에서 그를 잘 도와주기 바라노라."

조홍 등이 눈물을 흘리며 명을 받고 물러났다. 조조는 근시에게 명해 평소 간직해온 이름난 향을 가져오게 하여 시녀들에게 나누어주며 당부한다.

"내 죽은 후에 너희들은 부지런히 바느질을 익혀 비단신이라도 많이 만들어 팔면 능히 스스로 살아갈 수 있을 것이다."

조조는 이어서 여러 첩들을 불러 유언한다.

"너희들은 모두 동작대에 살면서 날마다 내게 제사를 지내되, 반드시 기녀를 시켜 음악을 연주하고 상식(上食)을 올리도록 하라."

조조의 유언은 계속되었다.

"창덕부(彰德府) 강무성(講武城) 밖에다 의총(疑塚, 가짜무덤) 72개를 만들어 내가 어느 무덤에 묻혀 있는지 모르게 하라. 혹시라도 뒷사람들이 내 무덤을 파낼까 걱정이다.”

유언을 마치자 조조는 길게 탄식하고 눈물을 비오듯 흘리다가 마침내는 숨이 끊어졌다. 그의 나이 66세로, 때는 건안 25년(220) 정월이었다.

후세 사람들이 ‘업중가(鄴中歌)’ 한편으로 조조를 탄식했다.

땅은 업성이요 물은 장수로다	鄴則鄴城水漳水
특이한 인물 하나 여기서 일어났네	定有異人從此起
영웅의 지략에다 문장이 걸출하니	雄謀韻事與文心
그 형제 부자요 또 군신이라	君臣兄弟而父子
영웅 가슴 속은 속인과 다르거늘	英雄未有俗胸中
나가고 물러감을 사람들 소견대로 따르랴	出沒豈隨人眼底
공훈의 으뜸 죄악의 수괴 다른 사람 아니요	功首罪魁非兩人
후세에 욕먹고 칭송듣는 것도 본래 한몸	遺臭流芳本一身
문장솜씨 입신의 지경 패기에 넘치거늘	文章有神霸有氣
어찌 구차하게 무리들과 섞이리	豈能苟爾化爲群
강을 질러 쌓은 동작대 태항산 마주 보니	橫流築臺距太行
그 기세와 규모 서로 다툴 만했네	氣與理勢相低昂
이 사람 어찌 역적질하지 않았으리요	安有斯人不作逆
적게는 패업, 크게는 제왕	小不爲霸大不王
패왕 노릇 할 사람이 아녀자처럼 굴었으니	霸王降作兒女鳴
어찌 마음속에 불평스러운 심사 없었으리	無可奈何中不平

제를 드리는 일 소용없는 줄 잘 알았거니	嚮帳明知非有益
향 나누어준 일 무정하다 할 수 없네	分香未可謂無情
아, 옛사람 일할 때 크고 작음 따로 없어	嗚呼古人作事無巨細
적막도 호화도 모두 뜻이 있었네	寂寞豪華皆有意
서생들 가벼이 무덤 속의 사람 시비하지만	書生輕議冢中人
무덤 속에서 너희들 서생의 기개 비웃으리	冢中笑爾書生氣

조조가 죽으니 문무백관들이 모두 통곡을 하며 장례준비를 했다. 사람을 보내 세자 조비·언릉후(鄢陵侯) 조창·임치후(臨淄侯) 조식·소회후(蕭懷侯) 조웅에게 부음을 전하는 한편, 조조의 주검을 염해 금관(金棺) 은곽(銀槨)에 모시고 밤낮을 쉬지 않고 업군으로 향했다. 조비는 부친이 죽었다는 소식을 듣고 대성통곡하며 대소 관원을 거느리고 업성 10리 밖까지 나왔다. 땅에 엎드려 영구를 맞이하고 성으로 들여 편전에 모시고는 모든 관료들과 더불어 상복을 입고 통곡했다. 이때 한 사람이 나서며 큰소리로 외친다.

"청컨대 세자께서는 슬픔을 참으십시오. 우선 대사부터 의논하셔야 합니다."

사람들이 돌아보니 중서자(中庶子) 사마부(司馬孚)였다. 사마부가 말한다.

"위왕께서 승하하시어 천하가 동요하고 있으니 속히 왕위를 계승해 백성들을 안정시켜야 하거늘, 어찌하여 통곡만 하고 계십니까?"

여러 신하들이 말한다.

"세자께서 마땅히 왕위를 계승하셔야 할 것이나 아직 황제의 명을 받지 못하였으니 어찌 함부로 행동할 수 있겠소?"

이때 병부상서(兵部尙書) 진교(陳矯)가 나선다.

"왕께서 밖에서 승하하셨으니, 그 아드님들이 저마다 왕위에 오르려고 변을 일으킨다면 사직이 위태로워질 것이오."

그러더니 칼을 뽑아 자신의 도포 소매를 베어 보이며 더욱 소리 높여 말한다.

"오늘 즉시 세자를 청해 왕위에 오르시도록 할 터이니, 만일 딴소리를 하는 자가 있으면 이 도포처럼 만들어버리겠소!"

문무백관들이 송구해서 어쩔 줄을 모르는데, 허도에 있던 화흠이 말을 달려 당도했다는 소식이 전해졌다. 관원들이 또다시 크게 놀라 술렁거리는 중에 얼마 안 있어 화흠이 급히 들어왔다. 관원들이 저마다 무슨 일로 왔는지를 묻자 화흠이 답한다.

"위왕께서 승하하시어 천하가 동요하는데, 어찌하여 세자를 청해 왕위를 계승하시도록 서두르지 않소?"

관원들이 답한다.

"아직 황제의 명을 받지 못한지라 왕후 변씨의 분부를 받들어 세자를 세우려는 중이었소."

화흠이 말한다.

"내 이미 한제(漢帝)께 품하여 여기 조서를 받아왔으니 그 점은 염려할 것 없소이다."

문무백관들이 뛸 듯이 기뻐하며 칭찬했다. 화흠은 품에서 조서를 꺼내 읽기 시작했다. 본래 화흠은 위왕에게 아첨을 일삼던 인물로, 제 스스로 조비를 위왕으로 삼고 승상이자 기주목(冀州牧)에 봉한다는 내용의 조서를 꾸미고는 헌제로 하여금 억지로 승인하게 했던 것이다. 조비는 그날로 왕위에 올라 대소 관원들의 절을 받고 한바탕 축하연이 베풀어졌다. 잔치가 한창 무르익어갈 무렵 언릉후 조창이 장안에서 10만 대군을 거느리고 왔다는 보고가 들어왔다. 조비가 크게 놀라 신하들에게 묻는다.

"노란 수염(조창의 애칭) 내 아우놈은 본래 성정이 거친데다 무예에 능통했는데 이제 군사를 이끌고 멀리서 왔으니, 이는 반드시 나와 왕위를 다투려는 것임에 틀림없소. 이 일을 어찌하면 좋겠소?"

계단 아래에서 문득 한 사람이 나서며 말한다.

"신이 가서 언릉후를 만나보고 말 한마디로 그의 그릇된 생각을 꺾어놓겠습니다."

다른 관원들도 입을 모아 말한다.

"과연 대부(大夫)가 아니면 이 일을 풀어낼 사람이 없을 것입니다."

조씨집 비와 창의 일을 지켜보아라　　　試看曹氏丕彰事
잘못하단 원씨네 담과 상이 싸운 꼴 되겠네　　幾作袁家譚尙爭

이 일을 해결하겠다고 장담하고 나선 사람은 누구일까?

79
위왕에 오른 조비

형 조비는 아우 조식을 핍박해 시를 짓게 하고
조카로서 삼촌을 해친 유봉은 처형을 당하다

조비는 조창이 군사를 거느리고 왔다는 말을 듣고 놀라 관원들에게 대책을 물었다. 이때 한 사람이 선뜻 앞으로 나섰다. 사람들이 보니 다름 아닌 간의대부(諫議大夫) 가규(賈逵)였다. 조비가 몹시 기뻐하며 가규에게 즉시 가서 만나보도록 했다. 가규가 명을 받고 성밖으로 나가 예로써 조창을 맞으니, 조창이 묻는다.

"선왕의 옥새는 어디 있소?"

가규가 정색을 하고 말한다.

"집안에는 장자가 있고 나라에는 세자가 있는 법이니, 선왕의 옥새는 군후께서 상관하실 바가 아닙니다."

가규의 말에 조창은 아무런 대꾸도 없었다. 잠자코 가규와 함께 성으로 들어서 궁문 앞에 이르자 가규가 묻는다.

"군후께서는 이번에 분상(奔喪, 먼곳에서 부모의 부음을 듣고 급히 집으로 돌아감) 오셨습니까, 아니면 왕위를 다투려고 오셨습니까?"

"나는 분상 온 것이지 다른 마음은 없소."

"다른 마음이 없다면 군후께선 무슨 까닭으로 군사를 거느리고 오셨습니까?"

조창은 즉시 좌우에 따르던 장수들을 꾸짖어 물리치고 혼자서 입궐해 조비를 만났다. 형제는 서로 끌어안고 대성통곡했다. 이윽고 조창이 거느린 군마들을 모두 바치니 조비는 조창에게 다시 언릉으로 돌아가 지킬 것을 명했다. 조창은 하직인사를 올리고 돌아갔다.

이에 조비는 비로소 안심하고 왕위를 계승하여 건안 25년(220)을 연강(延康) 원년으로 개원했다. 가후를 태위(太尉)로, 화흠을 상국(相國)으로, 왕랑(王朗)을 어사대부(御史大夫)로 삼았으며, 그밖의 대소관원들도 벼슬을 높이거나 상을 내렸다. 그리고 선왕 조조의 시호를 무왕(武王)이라 하고 업군의 고릉(高陵)에 장사 지낸 다음, 우금에게 능을 맡아보게 했다. 우금이 명을 받고 고릉으로 가서 능옥(陵屋)에 들어서니, 백분(白紛)을 발라 하얀 벽에 지난날 관운장이 위의 7군을 강물로 휩쓸어 무찌르고 우금을 사로잡은 일이 상세히 그려져 있었다. 관운장은 엄정한 모습으로 상좌에 앉아 있고, 방덕은 분노를 참지 못하며 굴하지 않는 몸짓인데, 우금은 땅에 엎드려 목숨을 구걸하는 형상이었다. 원래 조비는 우금이 싸움에 패해 적군에 사로잡혔을 때 죽음으로써 절개를 지키지 못하고 적에 투항했다가 돌아온 일을 두고 그 사람됨을 비루하게 여겼다. 그래서 미리 화공을 시켜 능옥 벽에다 그림을 그리게 한 뒤, 의도적으로 우금을 보내 제 눈으로 보고 부끄러움을 알게 하려 한 것이었다. 그림을 본 우금은 너무도 부끄럽고 괴로운 마음에 마침내는 수치심이 병이 되어 죽고 말았다.

후세 사람이 시를 지어 우금을 탄식했다.

삼십년 동안의 오랜 사귐으로 말하자면   三十年來說舊交
가련타, 어려움 당하여 조씨에 불충함이   可憐臨難不忠曹
사람을 안다 해도 그 마음 알 수 없으니   知人未嚮心中識
이제 범을 그리려면 뼛속부터 그려야 하리   畵虎今從骨裡描

화흠이 조비에게 아뢴다.

"언릉후는 군마를 내놓고 돌아갔으나 임치후 조식과 소회후 조웅은 끝내 조문하러 오지 않으니 도리상 마땅히 문죄해야 할 것입니다."

그 말에 따라 조비는 즉시 두곳에 죄를 묻는 사자를 보냈다. 소회후에 갔던 사자가 그날로 돌아와 고한다.

"소회후 조웅이 죄를 두려워한 나머지 스스로 목을 매 자결했사옵니다."

조비는 막내아우 조웅을 후하게 장사 지내도록 하고 소회왕으로 추증(追贈)했다. 다시 하루가 지나고 임치후 조식에게 갔던 사자가 돌아와 고한다.

"임치후는 정의(丁儀)·정이(丁廙) 형제와 더불어 대취하여 무례하기 이를 데 없었나이다. 신이 왕명을 받들고 문죄하러 왔다고 하는데도 임치후는 앉은 채 꼼짝도 하지 않았습니다. 정의는 '지난날 선왕께서는 우리 주인을 세자로 삼으려다 간신들의 방해로 뜻을 이루지 못했는데, 이제 선왕께서 세상을 떠나신 지 얼마 되지도 않아 골육간에 죄를 묻다니 될 법이나 한 일이냐?'고 신을 꾸짖었습니다. 또한 정이는 '우리 주공께서 총명하시기로 세상에 따를 자가 없으니 마땅히 왕위를 계승하셔야 하는데도 오늘날 그리되지 못하셨다. 너희들 묘당의 신하들은 어찌하여 인재를 알아보지 못하느냐?'고 호령했사옵니다. 임치후는 크게 노해 무사들을 시켜 신을 몽둥이질하여 내쫓았습니다."

화가 치밀어오른 조비는 즉시 허저에게 영을 내렸다.

"그대는 당장 호위군 3천명을 이끌고 임치로 가서 식과 그 일당을 모조리 붙잡아오라!"

허저가 호위군을 거느리고 임치성에 이르니, 수문장이 나와 앞을 가로막았다. 허저는 즉시 칼을 뽑아 수문장을 베고 성안으로 들어섰다. 누구도 감히 그 앞을 막아서지 못했다. 허저가 곧장 관부에 이르러 보니 방금까지도 술판을 벌인 듯 조식과 정의, 정이는 대취하여 아무렇게나 쓰러져 있다. 허저는 이들을 결박해 수레에 실은 뒤 그곳의 대소 관리들과 함께 업군으로 연행해와 조비의 처사를 기다리게 했다. 조비는 먼저 정의·정이 형제와 수하관료들을 모조리 참하라 명했다. 정의의 자는 정례(正禮)요 정이의 자는 경례(敬禮)로, 이들 형제는 본래 패군 사람이었다. 당대의 문사로서 유명했던 두 사람의 죽음에 많은 사람들이 애석해했다.

이때 조비의 어머니 변씨는 조웅이 목을 매 자결했다는 소식을 전해듣고 깊이 상심해 비탄에 잠겨 있었다. 그런데 또다시 조식이 붙들려오고 정의 등 그 일당은 이미 죽임을 당했다는 말을 듣자 소스라치게 놀라 급히 정전으로 나와 조비에게 보기를 청했다. 조비는 어머니를 맞아 황망히 일어나며 절을 올렸다. 변씨가 울면서 말한다.

"네 아우 식이 평생 술을 좋아하고 언행이 거친 것은 가슴속에 품은 제 재주를 믿고 방종한 탓이다. 네가 한핏줄로서의 정리를 생각한다면 그 아이의 목숨을 살려다오. 그래야 내 구천에 가더라도 눈을 감을 수 있겠구나."

조비가 말한다.

"저도 아우의 재주를 무척이나 아끼는데 해칠 리가 있겠습니까? 버릇이 없어 가르치려 할 뿐이니 어머님께서는 너무 심려하지 마십시오."

변씨는 눈물을 흘리며 내전으로 들어갔다. 조비가 편전으로 나가 조식을 불러들이려는데, 곁에 있던 화흠이 묻는다.

"태후께서 전하께 자건(子建, 조식의 자)의 목숨을 살려달라 청하러 오신 것이었지요?"

"그렇소."

화흠이 은근하게 말한다.

"자건은 재주가 있고 지혜가 출중해 연못 속의 이무기로 그치지는 않을 인물입니다. 지금 속히 없애버리지 않는다면 반드시 후환이 있을 것입니다."

조비는 걱정스럽게 말한다.

"그렇다고 어머님의 영을 거스를 수는 없지 않겠소?"

화흠이 목소리를 낮추어 계략을 고한다.

"사람들의 말에 따르면 자건은 입만 열면 문장이 나온다는데, 신은 아직 믿지 못하겠습니다. 대왕께서 이번에 불러들여 재주를 시험해보십시오. 만일 능히 문장을 이루지 못하거든 즉시 죽이시고, 과연 잘하거든 폄하하셔서 천하 문인들의 입을 틀어막도록 하십시오."

조비는 화흠의 말에 고개를 끄덕였다. 잠시 후 조식이 두려워 어쩔 줄 모르면서 들어오더니 조비 앞에 꿇어엎드려 죄를 청했다. 조비가 조식을 굽어보며 말한다.

"내 너와 정으로 말하면 형제지간이나 의리로 따진다면 군신간인데, 너는 어찌하여 사소한 재주만 믿고 제멋대로 구느냐? 선군께서 살아 계실 때 너는 항상 남들 앞에 문장을 자랑해왔는데, 나는 혹여 그것이 네가 지은 게 아니라 다른 사람이 써준 것이 아닌가 의심해왔다. 이제 명하니, 너는 일곱걸음을 걷는 동안 시를 한수 지어 읊어보아라. 네가 능히 해낸다면 죽음을 면하겠지만 만일 그러지 못하면 무거운 죄로 다스려 추호도 용서치 않을 것이다!"

조식이 말한다.

"바라건대, 시제(詩題)를 주십시오."

이때 정전에는 두마리 소가 토담 밑에서 싸우다가 한마리가 우물에 빠져 죽는 모습을 그린 수묵화가 한점 걸려 있었다. 조비는 그 그림을 가리켰다.

"저 그림을 시제로 삼되, 두마리 소가 담 아래서 싸운다든가 한마리가 우물에 빠져 죽었다든가 하는 문구가 들어가서는 안된다."

드디어 조식은 일곱걸음을 떼면서 시를 읊기 시작했다.

두 고깃덩이가 나란히 길을 가는데	兩肉齊道行
머리 위에는 요(凹) 자 모양이라	頭上帶凹骨
흙더미 아래서 서로 만나니	相遇塊山下
갑자기 부딪쳐 싸움 일어나네	欻起相搪突
두놈이 모두 강할 수는 없어	二敵不俱剛
한 고깃덩이는 토굴에 자빠지네	一肉臥土窟
힘이 부쳐서 그런 것이 아니라	非是力不如
성한 기운을 다 쏟지 못함이로다	盛氣不洩畢

조비를 비롯한 모든 신하들이 놀랐다. 조비는 다시 트집을 잡는다.

"네가 일곱걸음에 시를 지었으나 그리 빠른 것 같지 않다. 그러니 내 말이 떨어지기가 무섭게 시 한수를 지을 수 있겠느냐?"

조식은 거침없이 대답한다.

"어서 시제를 주시지요."

조비가 말한다.

"나와 너는 형제간이니 이를 제목으로 하되, 형제라는 글자가 들어가서는 안된다."

조식은 생각해볼 것도 없는 듯 즉시 시 한수를 읊는다.

콩을 삶는데 콩깍지로 불을 때니	煮豆燃豆萁
콩은 가마솥 속에서 우는구나	豆在釜中泣
원래는 한뿌리에서 생겨났건만	本是同根生
어찌 이다지도 심히 볶아대는가	相煎何太急

조비는 이를 들으며 자기도 모르게 눈물을 흘렸다. 이때 어머니 변씨가 내전에서 나오며 말한다.

"형으로서 어찌 이렇듯 동생을 심하게 핍박하느냐!"

조비가 황망히 일어나 자리에서 내려서며 말한다.

"그러나 국법을 폐할 수는 없습니다."

마침내 조비는 조식의 벼슬을 깎아 안향후(安鄕侯)에 봉했다. 조식은 하직하고 떠나갔다.

조비는 왕위를 계승한 뒤로 법령을 새롭게 고치고 아비 조조보다 더욱 심하게 위세를 부리며 한나라 황제를 핍박했다. 이와 같은

조식은 칠보시로 형의 마음을 움직이다

실정은 정탐꾼에 의해 낱낱이 성도에 보고되었다. 한중왕은 이 소식을 듣고 크게 놀라 문무관원들을 불러 의논한다.

"조조가 죽고 그 아들 조비가 왕위를 계승했는데, 황제를 핍박함이 조조보다 심하고, 동오의 손권은 두 손 모아 위의 신하를 자처한다 하오. 그러니 내 먼저 동오를 쳐서 운장의 원수를 갚고 나서 중원으로 쳐들어가 난적(亂賊)을 소탕하려 하오."

말이 채 끝나지도 않았는데, 요화가 앞으로 나와 땅에 엎드려 울며 고한다.

"관공 부자가 돌아가신 것은 원군을 거절한 유봉과 맹달의 잘못입니다. 먼저 그 두놈부터 잡아 죽이소서."

이에 현덕은 즉시 사람을 보내 유봉과 맹달을 잡아들이려 했다. 공명이 나서며 간한다.

"주상께서는 고정하소서. 이 일은 천천히 도모해야지 서두르다가는 변고가 생깁니다. 먼저 그 두 사람을 군수로 승진시켜 서로 떼어놓은 후에 사로잡으소서."

현덕은 그 말에 따라 사자를 보내 유봉의 벼슬을 높여 면죽(綿竹)을 지키라는 첩지를 전했다. 원래 팽양(彭羕)은 오래전부터 맹달과 친분이 두터웠다. 현덕과 공명이 하는 소리를 듣고 집으로 돌아와 급히 서신을 써서 심복부하에게 주어 이 일을 맹달에게 알리게 했다. 팽양의 심복은 성을 빠져나가다가 남문 밖을 순찰 중이던 마초의 군사들에게 붙잡혔다. 그를 심문하던 끝에 전후 사정을 알게 된 마초는 곧 시치미를 떼고 팽양의 집으로 찾아갔다. 팽양이 마초를 맞이해 술상을 차려내고 마주 앉았다. 술이 몇순배 돌고 나자 마초는 슬그머니 말을 꺼낸다.

"한중왕께서 지난날에는 그대를 후대하시더니, 요즈음 들어서는 어찌 그리 박정하게 대하시는지 모르겠소."

이미 술에 취한 팽양은 원망의 말을 늘어놓는다.

"그 노망한 늙은이, 내 반드시 보복하고야 말겠소!"

마초가 다시 팽양의 본심을 떠본다.

"나 역시 원한을 품은 지 오래였소!"

팽양은 마초의 말을 듣고 신이 나서 떠든다.

"그렇다면 그대가 군사를 일으켜 밖에서 맹달과 합세해 쳐들어오시오. 내가 서천 군사를 이끌고 안에서 접응한다면 쉽게 대사를 도모할 수 있을 것이오."

"좋은 계책이오. 이럴 게 아니라 우리 내일 다시 만나 상의하도록 합시다."

마초는 팽양의 집에서 나오는 길로 입궐해 한중왕을 뵙고 팽양의 밀서를 보이며 자세한 정황을 고했다. 크게 노한 현덕은 곧바로 명을 내려 팽양을 잡아들여 옥에 가두고 추궁하게 했다. 옥중에서 팽양은 땅을 치고 후회했으나 때는 이미 늦었다. 현덕이 공명에게 묻는다.

"팽양이 모반할 뜻을 품었으니 어떻게 다스렸으면 좋겠소?"

공명이 대답한다.

"팽양은 미치광이 선비에 불과하지만 살려두었다가는 반드시 화근이 될 것입니다."

현덕은 마침내 옥에 갇힌 팽양을 죽이도록 명했다. 누군가 팽양이 옥사한 것을 전하니 맹달은 크게 놀라 어찌할 바를 몰랐다. 그 와중에 한중왕의 사신이 도착해 유봉이 명을 받고 면죽을 지키기 위해 떠나니, 맹달은 급히 상용(上庸)과 방릉(房陵)의 도위인 신탐(申耽)·신의(申儀) 형제를 청하여 의논했다.

"나는 법정과 더불어 한중왕을 위해 많은 공을 세웠는데, 법정은 이미 죽고 한중왕은 내 공로를 잊고 나를 해치려 하니 어찌하면 좋겠소?"

신탐이 대답한다.

"내게 한가지 계책이 있으니 한중왕이 공을 해치지 못하게 하겠소이다."

맹달이 기뻐하며 급히 그 계책을 묻자 신탐이 말한다.

"우리 형제는 위에 투항하고자 결심한 지 오래요. 공이 표문을 써서 한중왕과 작별하고 위왕 조비에게 투항한다면 반드시 공을 중용할 것이오. 우리 형제도 뒤따라 투항하겠소."

신탐의 말에 맹달은 정신이 번쩍 들어 즉시 표문 한통을 써서 성도에서 온 사자에게 주어 돌려보내고, 그날 저녁으로 수하 50여기를 거느리고 위나라로 떠났다. 성도로 돌아온 사자가 한중왕에게 표문을 바치며 맹달이 이미 위나라로 투항해갔음을 아뢰자 한중왕은 노발대발했다. 급히 맹달의 표문을 읽어내려갔다.

신 맹달이 엎드려 생각건대, 전하께서 이윤(伊尹, 商商의 명재상)과 여상(呂尙, 주周 초기 정치가 강태공)의 업을 세우시고 환공(桓公)·문공(文公, 춘추시대 제齊와 진晉의 군주로 둘 다 춘추오패에 속하며 뛰어난 정치력을 바탕으로 제후들의 맹주가 됨)의 공을 본받고자 천하 대사를 일으키시어 그 형세가 오(吳)·초(楚)에 이르니, 유능한 선비들이 바람에 불려오듯 덕망을 좇아 모여들었사옵니다. 신이 전하께 몸을 의탁한 후 그 허물이 태산 같음을 스스로 알고 있거늘, 하물며 전하의 밝으신 지혜로 어찌 모르실 리 있겠습니까? 이제 왕조에는 영웅과 준재가 물고기처럼 모여 있으나 오직 신만은 안에서 전하를 보좌할 만한 인물이 못 되고, 밖으로는 대군을 거느릴 재주가 없으니, 공신들 반열에 끼여 있기가 진실로 부끄러울 따름이옵니다.

　신이 듣기로, 옛날 범려(范蠡)는 때를 알아 오호(五湖)에 배를 띄웠고, 구범(舅犯)은 스스로 허물을 사죄하고 강변에서 물러섰다 하옵니다.(춘추시대 초나라 사람 범려는 월나라 왕을 보좌해 상장군이 되었으나 월왕이 고락을 함께할 인물이 못 됨을 깨닫고 물러나 오호에 배를 띄웠으며, 춘추시대 진나라 대부 구범은 문공을 보좌해 오랜 망명생활을 했으나 돌아올 즈음 문공이 그 공로를 잊고 실책만 기억할 것이 두려워 사죄하고 황하강변에서 돌아섰다고 함. 맹달은 이 고사를 들어 자신을 변명하는 것임.) 장부들이 구름같이 모여들어 대사를 논해야 할 때 물러감을 청하는 것은 어인 까닭이겠습니까? 이는 물러설 때와 나아갈 때를 분명히 하고자 함입니다. 하물며 신은 비루한 몸으로 큰 공도 없이 시간만 보내던 처지라, 옛 어진 인물들의 고사를 흠모하며 장차 닥쳐올 부끄러움을 생각해보게 되었습니다. 옛날에 신생(申生)은 지극한 효자였는데도 부모에게 의심을 받았고, 오자서(伍子胥, 춘추시대 오나라의 공신)는 만고의 충신이었으나 임금에게 죽임을 당했으며, 몽염(蒙恬, 진秦의 대장)은 변방을 개척했으나 큰 형벌을 받았고, 악의(樂毅, 전국시대 연燕나라의 명장)는 제(齊)나라를 쳐서 승리했으나 간신들의 참소를 받았습니다. 신은 그러한 옛글을 읽으며 비분강개하여 매양 눈물을 흘렸는데, 이제 옛사람들이 겪은 것을 몸소 당하고 보니 더더욱 슬프지 않을 수 없사옵니다.

형주가 동오의 손에 함락되었을 때 대신들은 절개를 잃어 백에 하나도 돌아온 사람이 없었으나 오로지 신만은 스스로 일을 찾아 방릉과 상용을 지키고 있었으니, 이제 온전히 전하께 바치고 떠나옵니다. 엎드려 바라옵건대 전하께서는 부디 성은을 베푸시어 신을 불쌍히 여기시고 신의 떠남을 가엾게 생각해주소서. 신은 진실로 소인이라, 능히 처음과 끝을 관철하지 못하나이다. 알고서도 이렇게 행하는데, 감히 죄 아니라 하겠사옵니까. 신이 듣기로 '절교할지라도 서로 미워하는 말을 하지 않으며, 신하를 떠나보내되 원망의 말을 하지 않는다〔交絶無惡聲 去臣無怨辭〕'고 했사옵니다. 신은 옛 군자들의 가르침을 그릇되게 받들었으니, 원컨대 군왕께서는 이러한 옛말을 따르도록 힘쓰소서. 참으로 황공한 마음을 이기지 못하겠나이다.

표문을 끝까지 읽고 난 현덕이 불같이 화를 내며 말한다.

"이 하잘것없는 자가 나를 배반하고 떠나면서 어찌 감히 이런 글로 희롱하려 드는가!"

즉시 군사를 일으켜 맹달을 사로잡으려 했다. 공명이 말한다.

"유봉을 보내 두 범이 서로 싸우게 하십시오. 유봉은 이기든 지든 반드시 성도로 돌아올 터이니, 그때 없애면 두 사람을 모두 제거할 수 있습니다."

현덕은 그 말을 받아들이고 즉시 사자를 면죽으로 보내 유봉에게 맹달을 사로잡아오라는 첩지를 내렸다. 유봉은 명을 받들어 맹달을 생포하기 위해 군사를 거느리고 떠났다.

한편 조비는 문무관원들과 함께 국사를 의논하고 있었다. 근시가 들어와 아뢴다.

"촉장 맹달이 투항해왔습니다."

조비는 즉시 맹달을 불러들였다.

"네가 여기 온 것은 거짓항복하려는 게 아니냐?"

맹달이 대답한다.

"신은 지난날 관공이 맥성에서 위기에 처했을 때 구하지 않은 탓에 한중왕으로부터 목숨을 위협받아 투항하려는 것이지, 다른 뜻은 없습니다."

조비가 좀처럼 믿지 못하는데 다시 보고가 들어왔다. 유봉이 5만 대군을 이끌고 양양으로 쳐들어왔는데 다만 맹달을 죽이기 위해서라는 것이다. 조비가 말한다.

"네가 항복한 것이 진심이라면 당장 양양으로 가서 유봉의 목을 베어오너라. 그러면 네 말을 믿겠다."

맹달이 말한다.

"신이 이해득실을 따져 설득하면 구태여 군사를 움직이지 않더라도 유봉을 항복시킬 수 있습니다."

조비는 그게 기뻐하며 맹달을 산기상시(散騎常侍) 건무장군(建武將軍) 평양정후(平陽亭侯)로 삼고 신성(新城) 태수를 겸하게 하여 양양과 번성을 지키도록 했다. 원래 양양에는 하후상과 서황이 이미 주둔하고서 장차 상용의 여러 고을을 취하기 위한 교두보로 삼고 있었다. 맹달은 양양에 도착해 하후상과 서황 두 장수와 인사를 나누었다. 유봉은 성에서 50리 떨어진 곳에 영채를 세워 군사를 주둔하고 있었다. 맹달은 즉시 유봉에게 투항을 권유하는 내용의 서신을 써서 인편으로 보냈다. 서신을 받아본 유봉은 크게 화를 낸다.

"이 역적놈이 내게 숙질간의 의리를 끊게 만들더니, 또다시 부자간의 정리마저 끊게 하여 나를 불충불효한 사람으로 만들 작정이구나!"

즉시 편지를 찢고 사자의 목을 베어버렸다. 다음 날 유봉은 군사를 이끌고 나가 싸움을 걸었다. 유봉이 서신을 찢고 사자마저 참했다는 소식을 전해들은 맹달 또한 화가 치밀어 군사를 이끌고 나가 대치했다. 양쪽 군사가 둥글게 진을 벌여세우자 기다렸다는 듯 유봉이 문기 아래 말을 세우고 칼을 치켜들며 꾸짖는다.

"이 나라를 배신한 역적놈아, 어찌 감히 난잡한 글을 보냈느냐!"

맹달이 맞선다.

"죽음이 네 머리 꼭대기에 이르렀는데 아직도 깨닫지 못하는 게냐?"

유봉이 노기충천하여 말을 박차고 나가 맹달에게 달려들었다. 그러나 싸운 지 3합이 못 되어 맹달은 달아나기 시작했다. 유봉이 내처 20리가량 추격해갔을 때였다. 난데없이 함성이 울리더니 좌우에서 복병이 물밀듯 쏟아져나온다. 왼쪽에서는 하후상이, 오른쪽에서는 서황이 군사를 휘몰고 달려나왔다. 순간 지금까지 뒤도 돌아보지 않고 달아나던 맹달이 말머리를 돌려 공격해왔다.

유봉은 세 방면에서 짓쳐들어오는 군사들의 협공을 견뎌내지 못하고 대패했다. 겨우 군사를 수습한 뒤 밤을 새워 상용을 향해 달아나는데, 위군이 일제히 뒤를 추격해왔다. 가까스로 성 아래 당도한 유봉은 다급히 성문을 열라고 소리쳤다. 그러나 성문이 열리는 대신 위에서 어지럽게 화살이 날아오는 것이 아닌가. 유봉이 깜짝 놀라 뒤로 물러서는데, 성루 위에서 신탐이 외친다.

"나는 이미 위나라에 항복한 지 오래다!"

분이 치밀어오른 유봉은 당장 성을 공격하려 했으나 위군이 바싹 뒤쫓고 있는지라 도리 없이 공격을 단념하고 방릉을 향해 달아나기 시작했다. 방릉성 가까이 다다른 유봉은 또 한번 놀랐다. 성 위에 위나라 깃발이 꽂혀서 휘날리고 있었던 것이다. 성루에서 신의가 깃발을 휘둘러 신호를 보내자 성 뒤에서 한떼의 군사들이 쏟아져나왔다. 나부끼는 깃발에는 '우장군 서황(右將軍徐晃)'이라는 글자가 큼직하게 씌어 있었다. 유봉은 대적할 생각도 못하고 서천으로 말머리를 돌렸다. 서황은 승세를 몰아 끈질기게 추격해왔다. 유봉이 겨우 위기를 벗어나서 보니, 끝까지 남아 뒤를 따르는 군사는 겨우 1백여기에 지나지 않았다. 수많은 군사를 잃고 성도에 도착한 유봉은 한중왕을 뵙고 땅에 엎드려 통곡하며 그간의 자세한 일을 고하였다. 현덕이 버럭 화를 내며 꾸짖는다.

"아비를 욕보인 불효한 자식이 무슨 낯으로 다시 나를 보러 왔단 말이냐?"

유봉이 말한다.

"숙부께서 돌아가신 것은 제가 구하지 않아서가 아니라, 맹달의 모함과 방해 때문이었습니다."

이 말에 현덕은 더욱 격노했다.

"사람이 먹는 음식을 먹고 사람이 입는 옷을 입는다고 네가 사람이라 하겠느냐. 나무로 만든 허수아비가 아니고서야 어찌 역적놈의 말에 넘어간단 말이냐!"

현덕은 좌우를 둘러보며 호령한다.

"저놈을 당장 끌어내 목을 베어라!"

맹달이 회유의 서신을 보내왔을 때 유봉이 그 자리에서 찢어버리고 사자를 참했다는 사실은 그를 처형한 지 며칠 뒤에야 한중왕의 귀에 들어갔다. 한중왕은 유봉을 죽인 것을 못내 후회하며, 또한 관운장의 죽음을 애통해하다가 마침내 병이 들었다. 이로 인해 군사를 움직이지 못했다.

한편 위왕 조비는 스스로 왕위에 오른 뒤 문무백관들을 모두 승급시키고 상을 내렸다. 그리고 무장군사 30만명을 이끌고 남쪽 패국 초현을 순시하고 조상의 묘소를 찾아 제를 올렸다. 이때 고향의 부로(父老)들이 먼지를 날리며 길을 막고 술을 따라 바쳤으니, 옛날 한고조가 자기 고향 패국에 들렀을 때의 일을 본뜬 것이었다. 그런 중에 조비는 갑자기 대장군 하후돈의 병세가 위독해져 앞일을 예측할 수 없다는 보고를 받고 급히 업군으로 돌아갔다. 조비가 당도했을 때 하후돈은 이미 세상을 떠난 뒤였다. 조비는 몸소 상복을 입고 성대히 장사 지내주었다.

그해 8월에 석읍현(石邑縣)에 봉황이 나타나고 임치성(臨淄城)에는 기린이 출현했으며, 업군에 황룡이 나타났다는 보고가 들어왔다. 이에 중랑장 이복(李伏)과 태사승 허지(許芝) 등이 모여 상의했다.

"여러가지 상서로운 징조들이 나타난 것은 모두 위(魏)가 한(漢)을 대신해 천하를 다스려야 한다는 뜻이오. 어서 제위선양(帝位禪讓, 황제 자리를 후계자에게 넘김)의 의식을 마련해 한제로 하여금 위왕에게 선위하도록 해야 할 것이오."

이렇게 뜻을 모으고 나서 화흠을 비롯한 왕랑·신비·가후·유이(劉廙)·유엽·진교·진군·환계(桓階) 등 일반 문무관원 40여명은 내전으로 들어가 헌제를 뵙고 주청했다.

"청컨대 위왕 조비에게 선위하소서."

위나라 사직이 이제 창건되니　　　　　　魏家社稷今將建

한나라 강산은 갑자기 옮겨가리　　　　　漢代江山忽已移

헌제는 과연 무슨 말로 답할 것인가?

80

한나라의 대통을 잇다

조비는 헌제를 폐위해 한왕조를 찬탈하고
한중왕 유비는 제위에 올라 한나라 혈통을 계승하다

화흠 등 문무관원들이 헌제를 뵙고 아뢴다.

"엎드려 생각건대, 위왕이 왕위에 오른 뒤로 그 덕이 사방에 퍼지고 그 인자함이 만물에 미치니, 고금을 통틀어 비록 당우(唐虞, 요순堯舜 임금)라 할지라도 이보다 더하지는 못할 것입니다. 군신들이 모여 의논한 끝에 이제 한나라의 운세는 다했다고 결론지었으니, 바라건대 폐하께서는 요순의 도를 본받으셔서 산천과 사직을 위왕에게 물려주소서. 그렇게 하심이 위로는 하늘의 뜻에 응하고 아래로는 백성의 뜻에 따르며 폐하께서 청한(淸閑)의 복을 누리시는 길이니, 조종(祖宗, 제왕의 조상)과 백성들에게 이보다 다행한 일이 어디 있겠습니까? 신들이 의논하여 특별히 주청드리옵나이다."

헌제는 너무나 놀라 한동안 말문을 열지 못하다가 문무백관을 보고 울며 말한다.

"짐이 생각건대 고조께서 삼척검(三尺劍)으로 흰뱀을 베어 의를 세우고, 진(秦)을 평정하고 초(楚)를 무찔러 창업의 기틀을 세우신 이래 대대로 이어내려온 지 4백년이오. 짐이 비록 재주는 없으나 별다른 허물 또한 없거늘 어찌 조종의 대업을 버릴 수 있겠소? 경들은 다시 잘 생각하여 공정하게 의논해보길 바라오."

화흠이 이복, 허지와 더불어 앞으로 나서더니 다시 아뢴다.

"폐하께서 믿지 못하시겠거든 이 두 사람에게 한번 물어보소서."

이복이 아뢴다.

"위왕께서 즉위하신 이래로 기린이 나타나고 봉황이 날아들며 황룡이 출현하고 가화(嘉禾, 벼)가 무성하게 자라며 감로(甘露)가 내리니, 이 모든 하늘의 상서로운 기운은 장차 위가 한을 대신해 천하를 다스릴 것이라는 징표이옵니다."

이어서 허지가 아뢴다.

"신들이 천문의 일을 맡고 있어서 밤에 건상(乾象)을 보니, 타오르던 한나라의 기운과 운수가 끝나고 폐하의 제성(帝星)도 잘 보이지 않았습니다. 위나라 건상은 천지와 함께하여 무궁하기가 말로 다하기 어렵고, 또한 도참(圖讖)과도 맞아떨어집니다. 도참에 '귀(鬼)가 위(委)의 곁에 잇닿아 있으니 마땅히 한을 대신할 것이요, 언(言)은 동쪽에 있고 오(午)는 서쪽에 있어 두 해〔日〕가 서로 빛을 발하며 위아래로 옮겨다닌다'고 했으니, 폐하께서는 황제의 위를 물려주심이 옳습니다. '귀가 위의 곁에 잇닿아 있다' 함은 바로 위(魏)를 뜻하고, '언이 동쪽에, 오는 서쪽에 있다'는 것은 허(許) 자를 가리키며, '두 해가 빛을 아울러 아래위로 옮긴다'는 것은 창(昌)을 말합니다. 이는 결국 위가 허창(허도)에서 한나라를 계승한다는 뜻이오니, 원컨대 폐하께서는 깊이 살피소서."

묵묵히 듣고 있던 헌제가 입을 연다.

"경들이 말하는 상서로운 기운이니 도참이니 하는 것은 모두 허망한 것이니, 어찌 그런 것을 믿고 수백년 내려온 조종의 기업을 버릴 수 있겠소?"

이번에는 왕랑이 아뢴다.

"예로부터 흥하면 반드시 폐하고 성하면 반드시 쇠하는 것이 이치라 했으니, 어찌 망하지 않는 나라가 있으며 무너지지 않는 집안이 있겠사옵니까? 한실이 4백여년을 이어오다 이제 폐하의 대에서 운수가 다했으니, 마땅히 물러나 피하셔야 할 것입니다. 공연히 의심하고 주저하시면 변을 초래할 뿐이옵니다."

헌제는 목놓아 울며 후전으로 들어가고 모여 있던 백관들은 빙그레 웃으며 물러갔다.

다음 날 백관들은 또다시 대전에 모여서 환관을 시켜 헌제를 모셔오도록 했다. 헌제가 근심과 두려움에 감히 나가지 못하는데, 곁에 있던 황후 조(曹)씨가 묻는다.

"문무백관들이 조회를 열고자 폐하를 청하는데, 어찌하여 나가지 않으시옵니까?"

헌제가 눈물을 흘리며 말한다.

"그대 오라비가 짐을 몰아내고 제위를 빼앗으려고 백관들을 시켜 위협하는지라 선뜻 나가지 못하는 것이오."

조황후가 대로하여 소리친다.

"오라버니가 어찌 감히 이런 역적질을 한단 말입니까!"

황후의 말이 미처 끝나기도 전에 요란한 발소리와 함께 조홍과 조휴가 허리에 칼을 차고 내전으로 들어와서는 헌제에게 대전으로 나갈 것을 강요했다. 조황후가 분을 참지 못해 소리 높여 꾸짖는다.

"네놈들이 부귀를 탐해 역모에 공조하는구나! 내 아버님께서는 그 공로가 온세상 가득 미치지 않은 곳이 없고 위엄을 천하에 떨치셨는데도 감히 황제의 자리를 넘보지 않으셨거늘, 이제 오라버니는 왕위에 오른 지 얼마 되지도 않은 터에 한나라를 찬탈하려 하다니, 하늘이 네놈들을 기필코 용서치 않을 것이다!"

조황후가 통곡하며 안으로 들어가니 좌우에 모시고 있던 시종들도 모두 흐느껴 울었다.

조홍과 조휴는 다시 헌제에게 대전으로 나갈 것을 강권했다. 견디다 못한 헌제가 옷을 갈아입고 대전으로 나가자 화흠이 아뢴다.

"폐하께서는 어제 신들이 의논하여 드린 말씀대로 하셔서 부디 큰 화를 면하소서."

헌제가 통곡한다.

"그대들은 모두 한나라 국록을 먹은 지 오래이며, 더구나 그대들 중에는 한조 공신의 자손도 여럿인데, 어찌하여 차마 신하로서 할 수 없는 일을 꾸미는가!"

화흠이 말한다.

"폐하께서 만일 여러 사람들의 뜻을 따르지 않으신다면 하루아침에 대궐 안이 큰 화를 당할 터이니, 이는 신들이 불충한 탓이 아니옵니다!"

헌제는 더 참지 못하고 부르짖는다.

"누가 감히 짐을 시해하려 하느냐?"

화흠이 버럭 역정을 낸다.

"폐하가 임금 자리에 있을 만한 복이 없어 사방이 크게 어지러운 것은 천하가 다 아는 일입니다. 만일 위왕이 조정에 없었다면 폐하를 시해하려는 자가 어디 한 사람뿐이었겠습니까? 폐하께서는 은혜를 덕으로 갚으려 하기는커녕 오히려 천하 백성들이 일어나 폐하를 몰아내기를 바라시는 것입니까?"

헌제는 너무나 놀라 소매를 떨치며 일어났다. 순간 왕랑이 얼른 화흠에게 눈짓을 보냈다. 화흠이 헌제 앞으로 성큼 다가서며 용포 자락을 움켜잡더니 얼굴빛을 싹 바꾸어 윽박지른다.

"허락할 것인지 말 것인지 빨리 말하시오!"

헌제는 벌벌 떨며 대답을 못한다. 조홍과 조휴가 칼을 뽑아들고 소리친다.

"부보랑(符寶郞, 황제의 옥새를 관리하는 벼슬)은 어디 있느냐?"

조필(祖弼)이 앞으로 나서며 대답한다.

"여기 있소이다."

조홍이 어서 옥새를 찾아오라고 다그쳤다. 그 말에 조필은 눈을 부릅뜨고 꾸짖는다.

"옥새는 황제의 보배인데, 어찌 함부로 내놓으라 하느냐?"

조홍은 무사들에게 호령한다.

"냉큼 저놈을 끌어내 목을 베어라!"

무사들에게 끌려나간 조필은 목이 떨어지는 순간까지 그들 무리를 꾸짖어댔다.

후세 사람이 시를 지어 조필을 칭송했다.

간악한 무리 권세를 휘둘러 한실 망하니   奸宄專權漢室亡
선위를 사칭하여 요순을 본받는다네   詐稱禪位效虞唐
만조백관은 모두 위를 떠받드는데   滿朝百辟皆尊魏
충신은 겨우 부보랑 한 사람뿐이네   僅見忠臣符寶郎

헌제가 두려움에 몸을 떨며 섬돌 아래를 보니 갑옷 입고 창을 든 수백명의 군사가 모두 위군이다. 헌제는 울면서 신하들에게 말한다.

"짐이 위왕에게 천하를 넘겨줄 테니, 바라건대 요행히 남은 목숨 보존하여 여생이나 마치게 해주오."

가후가 대답한다.

"위왕께서 분명 폐하를 저버리지 않을 것이오니, 폐하께서는 한시바삐 조서를 내려 백성들을 안심시키소서."

헌제는 진군에게 명하여 천하를 위왕에게 물려준다는 조서를 쓰게 했다. 그리고 마침내 화흠에게 조서와 함께 옥새를 건네주니, 화흠은 곧장 문무백관을 거느리고 위왕에게 가서 이를 바쳤다. 조비는 크게 기뻐하며 조서를 펴 읽게 했다.

짐이 32년 동안 재위하면서 천하가 크게 어지러웠으나, 다행히 조종의 도우심에 힘입어 위급한 난리 중에도 보존해올 수 있었다. 그러나 이제 천문을 살피고 민심을 헤아려보건대, 한나라의 운수가 이미 다하고 천운이 조(曹)씨에게 있는지라. 전왕(前王, 조조)이 이미 신무(神武)의 공적을 쌓았고, 또 금왕(今王, 조비)의 밝은 덕이 더욱 빛을 발해 이제 그 징조에 응하니, 천지의 이치가 분명함을 진실로 알겠도다. 무릇 '대도는 천하를 위해 공정히 행한다〔大道之行天下爲公〕' 하는지라, 옛날 요임금은 사사로이 그 위(位)를 아들에게 전하지 않음으로써 그 이름을 만고에 떨쳤으니, 짐이 오랫동안 사모해온 바이다. 이제 옛날 요임금의 거룩한 법을 좇아 승상 위왕에게 선위하노니, 왕은 이를 사양치 말라.

조비는 다 듣고 나서 즉시 조서를 받으려 했다. 이때 사마의가 간한다.

"안됩니다. 조서와 옥새가 내려지기는 했지만 마땅히 표문을 올려 겸손하게 사양하셔야만 천하 사람들의 비난을 막을 수 있습니다."

조비는 사마의의 간언에 따라 왕랑에게 표문을 짓게 해 헌제에게 올렸다. '신은 덕이 높지 않으니 어진 사람을 구하여 천위(天位)를 잇게 하라'는 내용이었다. 헌제가 표문을 받고 몹시 놀라고 의심스러워 신하들에게 묻는다.

"위왕이 겸양하니 어찌해야겠소?"

화흠이 대답한다.

"지난날 위무왕(武王, 조조)이 왕의 작위를 받을 때도 세번 사양했으나, 이를 허락지 않고 다시 조서를 내리니 그제야 받았습니다. 하오니 폐하께서 다시 조서를 내리시면 위왕이 비로소 받을 것입니다."

헌제는 환계를 시켜 다시 조서를 쓰게 한 다음, 이번에는 고묘사(高廟使) 장음(張音)에게 조서와 옥새를 주어 위왕에게 보냈다. 조비가 받은 두번째 조서의 내용은 다음과 같다.

아아, 그대 위왕이여, 표문을 올려 겸양하도다. 한나라의 운수가 기운 지 이미 오래였으나 다행히 무왕 조조가 덕이 높고 천운을 입어 신무한 힘을 떨치더니 흉포한 무리를 무찔러 중원을 평정하고, 지금의 왕 조비가 전왕의 유업을 계승해 지극한 덕을 빛내고 위세와 가르침이 사해에 퍼져 그 은혜로움이 온나라에 가득하니, 하늘의 역수(曆數)가 마땅히 그대에게 있음이라. 옛날 순임금은 20여가지 큰 공을 세워 요임금이 천하를 넘겨주었고, 우(禹)임금은 치산치수(治山治水)의 공적이 있어 순임금이 제위를 물려주었다. 한나라도 요임금을 이어 성인의 의(義)를 전함이 옳으니, 신령스러운 복에 따르고 하늘의 밝은 뜻을 받들어 어사대부(御史大夫) 장음에게 절(節)을 지니고 황제의 옥새를 받들게 하여 보내니, 왕은 이를 받으라.

조비가 조서를 보고 기쁨을 감추지 못하면서도 가후에게 말한다.
"비록 두번이나 조서를 받았으나, 후세 사람들에게 제위를 찬탈했다는 소리를 들을까 두렵소."
가후가 대답한다.
"그건 지극히 쉬운 일입니다. 다시 장음에게 명해 옥새를 가지고 돌아가게 하소서. 그런 다음 화흠을 통해 황제에게 분부하시되, 대 하나를 쌓고 수선대(受禪臺)라 이름하게 하십시오. 그리고 길일을 택해 대소 벼슬아치들을 모두 그 아래 모이게 하여 황제가 직접 옥새를 내리고 제위를 넘겨주도록 한다면, 그 누구도 의심할 수 없을 뿐만 아니라 여러 무리들의 논의도 막을 수 있습니다."
조비는 흡족해하며 즉시 표문을 써서 옥새와 더불어 헌제에게 돌려보냈다. 장음이 대궐로 와서 옥새와 표문을 헌제에게 바치니, 헌제가 뭇 신하들에게 묻는다.
"위왕이 또 사양하니, 이는 무슨 뜻이오?"
이때 화흠이 아뢴다.
"폐하께서 대 하나를 쌓아 수선대라고 이름짓고, 문무백관과 백성들을 불러모아 그들이 보는 앞에서 분명하게 선위하신다면, 폐하의 자자손손이 반드시 위나라의 은혜를 입을 것입니다."

헌제는 화흠의 말에 따라 태상원(太常院) 관리를 파견하여 번양에 터를 마련하고 3층의 높은 대를 쌓았다. 그리고 10월 경오일(庚午日) 인시(寅時, 새벽 4시)에 제위를 선양하기로 했다.

그날이 되어, 헌제는 위왕 조비를 청하여 수선대 위에 올랐다. 대 아래에는 대소 관원 4백여명과 어림호분금군(御林虎賁禁軍) 30여 만명이 모여 있었다. 헌제가 친히 옥새를 받들어 조비에게 내렸고 마침내 조비가 이를 받았다. 수선대 밑에 모인 신하들은 무릎을 꿇고 칙서 읽는 소리에 귀를 기울였다.

아아, 위왕이여! 옛날에 요임금은 순에게 선위하고 순임금 또한 우에게 선위했으니, 천명은 한곳에 머물지 않고 항상 덕 있는 자에게 돌아가도다. 한나라의 도가 점점 쇠미해져 세상이 질서를 잃더니, 급기야 짐의 대에 이르러서는 대란이 일어나고 흉포한 무리들이 벌떼처럼 횡행하여 세상을 전복하려 했도다. 다행히 무왕의 신무한 힘을 입어 사방의 난을 평정하고 종묘를 보전했으니, 이 어찌 나 한 사람만의 복이겠는가. 만천하가 다 그 은혜를 입었다 하리라. 금왕(今王)은 선대의 공을 계승해 그 덕을 빛내며 문무의 대업을 회복하고 선조의 공적을 밝히는도다. 이제 하늘은 상서로움을 내리고 사람과 귀신이 그 징조를 알리는지라. 짐이 그 빛남을 헤아려 뜻을 전하려 했으나 모두들 말하기를 '요순의 조화로움을 본받으라' 하는지라, 짐은 옛날 요임금을 좇아 경건히 그대에게 황제의 자리를 선위하노라.

아아, 하늘의 운수가 그대에게 있으니 그대는 삼가 대례(大禮)를 받들어 만국(萬國)을 받고 엄숙히 천명(天命)을 따르라.

칙서 낭독이 끝나자 위왕 조비는 즉시 선위의 대례를 치르고 제위에 올랐다. 이어 가후가 대소 관원들을 거느리고 수선대 아래서 조례(朝禮)를 드렸다. 조비는 연강(延康) 원년(220)을 황초(黃初) 원년으로 고치고, 국호를 대위(大魏)라 했다. 천하에 대사령을 내리고, 제 아비 조조에게 태조(太祖) 무황제(武皇帝)의 시호를 추존했다.

화흠이 아뢴다.

"하늘에는 두 해가 없으며, 백성에게는 두 임금이 없다 했사옵니다. 한제가 천하를 양도했으니 마땅히 번복(藩服, 왕궁과 거리가 5천리 떨어진 땅)으로 물러나야 할 것입니다. 바라건대 폐하께서는 교지를 내리셔서 유(劉)씨를 어디에 안치할지 명하소서."

말을 마친 화흠은 헌제를 수선대 아래로 끌어내리더니 꿇어앉혀 조비의 명령을 듣게 했다. 마침내 조비가 교지를 내려 헌제를 산양공(山陽公)에 봉하고 그날로 떠나게 하니 화흠이 칼을 짚고 서서 헌제를 손가락질하며 큰소리로 외친다.

"한 황제를 세우고 한 황제를 폐함은 예로부터 늘상 있던 일, 금상(今上)께서 인자하셔서 차마 해치지 않으시고 그대를 산양공으로 봉해 오늘 안으로 떠나라 하시니, 앞으로 황제께서 부르시기 전에는 마음대로 입조하는 것을 불허하노라."

헌제는 눈물을 삼키며 절하여 사례한 뒤 말을 타고 떠났다. 수선대 아래 모여 있던 군사와 백성들이 이를 보고 모두 슬퍼해 마지않았다. 조비가 신하들에게 말한다.

"순임금과 우임금의 일을 짐이 이제 알았노라!"

이에 모든 신하들이 일제히 만세를 외쳤다.

후세 사람이 이 수선대를 보고 한탄한 시가 있다.

서한 동한 지나온 역사 자못 어렵더니　　　　兩漢經營事頗難

하루아침에 옛 강산을 잃고 말았네　　　　　一朝失却舊江山

조비는 요순의 선양을 본받으려는데　　　　黃初欲學唐虞事

사마씨가 장래에 하는 꼴 보라　　　　　　司馬將來作樣看

문무백관들이 조비에게 하늘과 땅에 사례할 것을 청하여 조비가 무릎을 꿇고 절하려는데, 갑자기 수선대 앞에서 괴이한 바람이 일더니 모래를 날리고 돌을 굴려서 이것들이 소나기처럼 쏟아져내렸다. 서로 마주 보아도 얼굴을 알아볼 수 없는 지경인데, 문득 대 위의 촛불들이 일시에 꺼져버렸다. 조비는 너무 놀라 수선대 위에 쓰러졌다. 문무백관들이 급히 구완해 수선대 아래로 내려와서 반식경 만에야 겨우 깨어난 조비는 시신들의 부축을 받고 입궁했으나 며칠 동안이나 병석에 누워 조회조차 열지 못했다.

병세가 다소 호전되고 나서 조비는 비로소 대전에 나와 신하들의 하례를 받았다. 그 자리에서 화흠을 사도(司徒)에 봉하고 왕랑을 사공(司空)으로 삼는 등 대소 관원들 모두에게 일일이 상을 내리고 벼슬을 올려주었다. 조비의 병은 좀처럼 완쾌될 기미를 보이지 않았다. 허도의 대궐에 요괴가 많기 때문이라 생각한 조비는 즉시 허도에서 낙양으로 옮겨서 큰 궁전을 짓기 시작했다.

이 일은 곧 성도에 보고되었다.

"조비가 스스로 대위(大魏)의 황제 자리에 오르고 낙양에 새로 대궐을 짓고 있사옵니다."

또다른 보고가 뒤를 이었다.

"산양으로 향하던 헌제께서 도중에 살해되셨다 하옵니다."

한중왕은 이 소식을 듣고 온종일 통곡을 그치지 않았다. 문무백관들에게 상복을 입도록 명한 후, 멀리 허도를 향해 제를 올리고 세상을 떠난 헌제에게 효민황제(孝愍皇帝)라는 시호를 올렸다. 현덕은 이 일로 인해 근심이 깊어져 마침내 자리에 눕고 말았다. 모든 정사는 공명이 맡아보았다. 공명이 태부(太傅) 허정(許靖), 광록대부(光祿大夫) 초주(譙周)와 더불어 상의한다.

"비록 하루라도 천하에 임금이 없어서는 안되니 한중왕을 황제로 모시도록 합시다."

공명의 말에 초주가 답한다.

"근래 상서로운 바람이 불고 경사스러운 구름이 일더니, 성도 서북쪽 하늘에는 황기(黃氣)가 수십길이나 치솟고 있습니다. 또한 황제성이 필(畢)·위(胃)·묘(昴, 별자리 이름) 사이에 나타나 마치 달처럼 밝으니, 이는 바로 한중왕이 제위에 올라 한나라 혈통을 계승하실 징조라, 더 무엇을 의심하겠습니까?"

공명은 허정과 함께 대소 관료를 이끌고 들어가 한중왕에게 황제의 위에 오를 것을 간청하는 표문을 올렸다. 한중왕은 표문을 읽더니 크게 놀란다.

"경들은 어찌하여 나를 불충불의한 사람으로 만들려 하오?"

공명이 아뢴다.

"아닙니다. 조비는 스스로 한나라를 찬탈해 제위에 올랐지만, 주상께서는 한실의 후손이시니 마땅히 대통을 이어 한나라 사직을 보존하셔야 합니다."

한중왕은 더욱 낯빛이 굳어진다.

"내 어찌 역적의 무리를 본받을 수 있겠는가!"

말을 끝내기가 무섭게 소매를 떨치고 일어나더니 뒤도 돌아보지 않고 후궁으로 들어가버렸다. 관원들도 말없이 자리를 떴다. 그로부터 사흘이 지나서 공명은 다시 관원들을 이끌고 대전으로 들어가 한중왕 뵙기를 청했다. 모든 관원들이 한중왕 앞에 꿇어엎드린 가운데 허정이 아뢴다.

"이제 한나라 황제께서 조비에게 시해당하셨으니, 주상께서는 즉시 제위에 오르셔야 합니다. 한의 황제로서 군사를 일으켜 역적을 치지 않으신다면, 이야말로 충의를 저버리는 일입니다. 오늘날 온 천하가 주상을 임금으로 모시고 효민황제의 원한 갚기를 고대하고 있습니다. 주상께서 신들의 간청을 듣지 않으신다면, 이는 천명을 거역하는 일이며 백성의 뜻을 저버리는 것입니다."

한중왕이 대답한다.

"내 비록 경제(景帝)의 후손이지만 백성들에게 덕을 베풀지 못하고 난세를 바로잡지 못했는데, 이제 내가 스스로 제위에 오른다면 찬탈하는 것과 무엇이 다르단 말이오?"

뒤를 이어 공명이 몇번씩이나 간절히 권했으나 한중왕의 고집을 꺾을 수는 없었다. 공명은 궁리 끝에 한가지 계책을 세우고, 여러 관원들을 불러모아 어떻게 할 것인지 지시한 다음 자신은 병을 핑계 삼아 두문불출했다.

한중왕은 공명의 병이 깊다는 소리를 듣고 친히 그 부중으로 문병을 갔다. 한중왕이 공명의 병상 옆으로 다가가 묻는다.

"군사는 어디가 그리 편찮으시오?"

공명이 답한다.

"근심으로 인해 가슴이 타는 듯하니 아무래도 오래 살 것 같지가 않습니다."

"도대체 무슨 근심이기에 이렇듯 병이 났단 말이오?"

한중왕이 거듭 물었으나 공명은 병이 위중한 듯 눈을 감고 아무런 대답이 없었다. 한중왕이 답답해하며 거듭 물으니 공명은 그제서야 한숨을 크게 몰아쉬며 탄식하듯 말한다.

"신이 초려에서 나와 대왕을 만나뵌 이래로 오늘날까지 대왕께서는 신의 말이라면 무엇이든 믿고 따라주셨으며, 이제 다행히 양천을 거두었으니 이는 지난날 신이 예언한 바입니다. 오늘날 조비가 제위를 찬탈하고 급기야 한나라 사직을 무너뜨리니, 문무관원들은 한결같이 대왕을 받들어 제위에 모시고, 위를 없애고 유(劉)씨를 다시 일으켜 더불어 공명을 이루기를 간절히 원하고 있습니다. 그런데 대왕께서는 고집을 부리시고 수궁하지 않으시니, 모든 관원들이 원망하는 마음을 품고 탄식하며 머지않아 흩어져버릴 게 분명합니다. 문무백관들이 떠나버리고 나서 오와 위가 결탁해 쳐들어온다면 양천은 보존할 수 없을 것이니 신이 어찌 근심하지 않겠습니까?"

그제야 한중왕은 속마음을 털어놓는다.

"내가 경들의 청을 거부한 것은 천하 사람들의 뒷공론이 두렵기 때문이오."

"성인이 말씀하시기를 '명분이 바르지 않으면 말에도 이치가 없다〔名不正 則言不順〕' 했습니다. 이제 대왕께서는 명분이 바르고 말이 이치에 맞는데 누가 감히 뒷말을 하겠습니까? 자고로 '하늘이 내리신 것을 받지 않으면 오히려 벌을 받는다〔天與弗取 反受其咎〕'고 하였습니다."

공명의 말에 한중왕이 고개를 끄덕이며 말한다.

"이 일은 군사의 병환이 완쾌된 뒤에 행해도 늦지 않을 것이오."

순간 공명은 병상에서 벌떡 일어나더니 병풍을 가볍게 밀쳐 넘어뜨렸다. 병풍이 넘어지자 거기 엎드려 있던 문무백관들이 일제히 입을 모아 말한다.

"주상께서 이미 윤허하셨으니, 길일을 택해 대례를 행하겠습니다."

한중왕이 깜짝 놀라 둘러보니, 태부 허정(許靖)을 비롯해 안한장군(安漢將軍) 미축(麋竺)·청의후(靑衣侯) 향거(嚮擧)·양천후(陽泉侯) 유표(劉豹)·별가(別駕) 조조(趙祚)·치중(治中) 양홍(楊洪)·의조(議曹) 두경(杜瓊)·종사(從事) 장상(張爽)·태상경(太常卿) 뇌공(賴恭)·광록경(光祿卿) 황권(黃權)·좨주(祭酒) 하종(何宗)·학사(學士) 윤묵(尹默)·사업(司業) 초주(譙周)·대사마(大司馬) 은순(殷純)·편장군(偏將軍) 장예(張裔)·소부(少府) 왕모(王謀)·소문박사(昭文博士) 이적(伊籍)·종사랑(從事郎) 진복(秦宓) 등 문무백관들이 가득하다. 한중왕은 놀라며 말한다.

"경들은 어찌하여 나를 불의에 빠뜨리려 하는가?"

공명이 관원들에게 말한다.

"주상께서 이미 윤허하신 일이니, 곧 대를 쌓고 길일을 택해 대례를 행하시오."

즉시 한중왕을 모셔 환궁하게 한 공명은 박사(博士) 허자(許慈)와 간의랑(諫議郎) 맹광(孟光)에게 대례를 주관하게 하고 성도의 무담(武擔) 남쪽에 대를 쌓도록 지시했다. 모든 준비가 갖추어졌다. 관원들은 난가(鑾駕, 임금이 타는 가마)에 한중왕을 모시고 제를 올리기 위해 단에 올랐다. 초주가 단 위에서 큰소리로 제문을 낭독했다.

건안 26년 4월 병오(丙午) 초하루에서 12일 지난 정사(丁巳)에 황제 유비는 감히 황천후토(皇天后土, 하늘과 땅의 신령)께 고하나이다. 한나라는 천하에 국운이 무궁한지라, 옛날 왕망이 찬역했을 때 광무제가 진노하사 벌하시고 사직을 보존했나이다. 이제 조조가 잔인하게 황제와 황후를 시해하여 그 죄악이 하늘에 닿았고, 그 아들 조비는 흉악한 마음을 품고 제위를 찬탈하였습니다. 천하의 모든 장수와 선비들이 한나라의 대통이 끊어짐을 탄식하니, 이 비가 대통을 이어받아 고조와 광무 이조(二祖)의 업적을 힘입어 몸소 천벌을 대신 행할까 하옵니다. 비가 덕이 없어 감히 제위를 잇는 것이 두려워 백성에게 묻고 멀리 군장(君長)에게 의논하니, 한결같이 말하기를 천명을 좇지 않을 수 없으며, 조상의 대업을 오래 비워둘 수 없고, 천하에 주인이 하루라도 없을 수 없다 하여, 사람들의 바라는 바가 오로지 비 한 사람에게로 모아졌나이다. 이에 유비는 천명을 받들고, 고조와 광무의 대업이 땅에 떨어질까 두려운 마음에 감히 길일을 택하여 단에 올라 제를 드려 고하나이다. 유비가 황제의 옥새를 받아 사해 백성을 보살피려 하오니, 천지신명께서는 한나라에 복을 내리시어 평안하게 굽어살피소서.

제문을 읽고 나서 공명이 관원들을 거느리고 공손히 옥새를 올렸다. 한중왕은 이를 받아 단 위에 바치고 거듭 사양했다.

"과인은 재주도 덕도 없으니 바라건대 재주와 덕을 갖춘 사람을 찾아 옥새를 드리도록 하오."

공명이 말한다.

"주상께서는 사해를 평정하셨고 공덕이 천하에 빛나시며 더구

유비는 한의 대통을 이어 황제의 자리에 오르다

나 대한(大漢)의 종친이시니, 마땅히 황제의 위에 오르셔야 합니다. 이미 천신께 제를 올려 고했는데 어찌 사양하십니까?"

한중왕이 뭐라 말하기도 전에 문무백관들이 일제히 소리 높여 외친다.

"만세!"

모두들 절을 올리고 춤을 추어 마침내 대례를 마쳤다. 연호를 장무(章武) 원년(221)으로 고치고 오(吳)씨를 황후로 삼았으며, 또한 장자 유선(劉禪)을 태자로 삼고, 둘째아들 유영(劉永)을 노왕(魯王)으로, 셋째아들 유리(劉理)를 양왕(梁王)으로 삼았다. 제갈량을 승상으로, 허정을 사도로 삼고, 대소 관원들의 직급을 일일이 올리고 천하에 대사령을 내리니, 동천과 서천의 백성들이 한결같이 환호성을 올리며 기뻐했다.

이튿날 처음으로 조회가 열렸다. 문무관원들이 절하고 나서 반열을 지어 늘어섰다. 선주(先主, 유비)가 조서를 내린다.

"짐이 도원에서 관운장·장익덕과 더불어 결의하면서 생사를 함께하기로 맹세했으나, 불행히 큰아우 관운장이 동오의 손권에게 해를 입으니 천추에 맺힌 한을 풀 길이 없다. 원수를 갚지 못하면 이는 맹세를 저버리는 일이니, 짐은 이제 군사를 일으켜 동오를 치고 역적을 사로잡아 한을 풀고자 하노라."

이때 반열 가운데서 한 사람이 걸어나와 엎드려 절하며 간한다.

"그것은 안될 말씀입니다."

선주가 보니, 바로 호위장군(虎威將軍) 조운(趙雲)이었다.

임금이 하늘을 대신해 토벌에 나서기 전 　　　君王未及行天討

신하에게서 바른말 먼저 듣는구나 　　　　　臣下曾聞進直言

과연 자룡은 어떤 간언을 올리려는 것일까?

삼국지 4
개정판

초판 1쇄 발행 • 2020년 12월 21일

지은이 / 나관중
옮긴이 / 황석영
펴낸이 / 강일우
펴낸곳 / (주)창비
등록 / 1986년 8월 5일 제85호
주소 / 10881 경기도 파주시 회동길 184
전화 / 031-955-3333
팩시밀리 / 영업 031-955-3399 · 편집 031-955-3400
홈페이지 / www.changbi.com
전자우편 / lit@changbi.com

ⓒ 황석영 2020
ISBN 978-89-364-3069-6 04820
ISBN 978-89-364-3291-1 (전6권)